제15회
황순원문학상
수상작품집

제15회
황순원문학상
수상작품집

한강 | 눈 한 송이가 녹는 동안

중앙일보
문예중앙

차례

수상작가 한강 특집

수상작	눈 한 송이가 녹는 동안	9
수상 소감		55
자선작	에우로파	59
수상작가가 쓴 연보		91
수상작가 인터뷰	연하고 깨끗한, 막연하나 이끄는 _윤경희	96

최종후보작

강영숙	맹지盲地	130
권여선	이모	155
김솔	피커딜리 서커스 근처	187
김애란	입동	222
손보미	임시교사	251
이기호	권순찬과 착한 사람들	282
정소현	어제의 일들	314
조해진	사물과의 작별	359
황정은	웃는 남자	386
심사 경위	제15회 황순원문학상 심사 경위 _신준봉	412
심사평	고통과 구원, 아름답고 정교하게 맞물리다 _심진경	415

제15회
황순원문학상

수상작가
한강특집

수상작	눈 한 송이가 녹는 동안
수상 소감	
자선작	에우로파
수상작가가 쓴 연보	
수상작가 인터뷰	연하고 깨끗한, 막연하나 이끄는 _윤경희

수상작 |

눈 한 송이가 녹는 동안

그가 나에게 온 것은 자정 무렵이었다.

나는 열흘 가까이 떨어지지 않는 밭은기침을 하며 책상 앞에 웅크려 앉아 있던 참이었다. 외풍이 센 방이어서, 유리창에 올록볼록한 비닐을 붙였고 커튼도 쳤지만 코끝이 찼다. 보일러 온도를 더 높여야 하나. 의자에 걸쳐둔 솜조끼를 스웨터 위에 겹쳐 입고 일어서는데 그와 눈이 마주쳤다.

그는 작고 마른 몸피에 어울리지 않게 통이 넓은 연한 색 청바지에, 역시 지나치다 싶게 품이 큰 갈색 점퍼를 걸치고 있었다. 한 발을 방 안으로 막 들였고, 남은 한 발은 바깥에 엉거주춤 걸쳐놓았다. 방문 너머 부엌의 어둠을 등진 그의 얼굴이 해쓱했다.

어쩐 일이세요?

반사적으로 나는 물었다. 그가 나에게 올 이유가 없었다. 나는 그의 가족이 아니고 친구도 아니었다. 잠시라도 연인이거나 그 비슷한 무엇이었던 적도 없었다. 하지만 내 질문이 무례하고 무정했다는 걸 깨닫고 얼른 덧붙여 말했다.

서 있지 말고 들어오세요.

그는 약간 어리둥절한 표정으로 문턱을 마저 넘어 방으로 들어왔다. 나는 책상 앞 회전의자를 문 쪽으로 돌려놓았다.

여기 앉으실래요?

그는 망설이는 듯했다. 나는 재차 두 손으로 의자를 가리켰다. 마지못한 듯 회전의자에 걸터앉은 그가 내 얼굴을 물끄러미 올려다봤다. 뿔테안경 속의 장난기 어린 눈이 조금 웃는 것도 같았다.

차를 대접해야 할까? 하지만 죽은 사람이 차를 마시는지 확신할 수 없었다. 차를 끓이는 동안 그를 혼자 두는 것도 옳지 않은 것 같았다. 나는 팔짱을 끼고 서서 잠자코 그의 얼굴을 건너다봤다. 어쩐 일이세요, 라고 다시 묻고 싶었지만 참았다. 뭐든 이유가 있겠지, 죽은 지 삼 년이 지난 뒤 누군가에게 올 때에는. 기다려보기로 했다.

*

여기가 k씨 집인가?

예.

혼자 살아요?

예.

내가 예전에 k씨 결혼식에 갔었는데, 그게 벌써.

십삼 년 전 이맘때예요. 십이월.

그렇지, 시간이 많이 흘렀으니까.

시간이 많이 흘렀어. 그가 되풀이해 낮은 목소리로 중얼거렸다. 한차례 신중하게 고개를 끄덕이고는 집게손가락으로 안경을 추어

올렸다. 낯익은 모습이었다. 그는 외모에 무신경한 사람, 그래서 얼마간 촌스럽다는 인상을 주는 사람이었지만, 억양이나 표정, 손동작 같은 것은 대조적으로 서울 토박이 같았다. 사석에서도 사용하는 문어체 문장들 때문에 더 그렇게 느껴졌을 것이다. 실제로는 오지라 할 만한 강원도 군사지역에서 태어났고, 인근 마을들을 통틀어 유일하게 고등학교에 들어간 사람이었다. 필사적으로 책을 탐식하는 그의 습관은 여섯 개 학년이 한 학급으로 운영되던 초등학교 분교의 도서실에서 시작되었다고 했다.

내가 그를 만난 것은 십칠 년 전 첫 직장에서였다. 그는 나보다 여덟 살 많은 선배였으니 나에게 말을 놓아도 되었고 간혹 높여도 무방했다. 그는 질책할 일이 있거나 까다로운 일을 의논할 때마다 깍듯한 존댓말을 썼는데—갑자기 말을 높이는 건 좋지 않은 신호였다—편안한 분위기에서도 다른 선배들처럼 분명한 하대를 하지는 않았다. 가벼운 경어 표현을 이따금씩 섞어 썼고, 뭔가 지적할 때는 '그렇게 생각하는 게 아주 말이 안 되는 건 아니지만……' '글쎄, 그건 다음 기회로 넘기는 게 낫지 않을까' 하는 식으로 거리를 뒀다.

방금 중얼거린 말을 스스로 지우려는 듯 그가 천천히 말했다.

하지만 시간이 흘렀다는 게, 그렇게까지 중요한 건 아닌데……

지금 그가 내 사생활을 중언부언 캐묻거나 추궁하려는 게 아니라는 것을 나는 곧 알아차렸다. 언제나 그랬듯 그는 단지 정확하고 싶은 것이다. 말로 오류를 범하고 싶지 않은 것이다.

그때 선배님이 접시를 사주셨어요.

화제를 돌리려고 나는 밝게 말했다.

축의금 대신에요. 인사동 통인가게 거였는데, 두 개 한 벌짜리 분청사기 접시였어요.

내가 그랬나?

미소를 지어야 할지 망설이는 듯한 표정으로 그가 되물었다.

하나는 이사 다니면서 깨졌는데, 나머지 하나는 그대로 있어요.

나는 접시가 있는 부엌 쪽을 가리켰다.

오래전 일이라 기억이 안 나는데.

내가 가리킨 쪽의 어둠을 향해 그가 얼굴을 돌렸다.

결혼식에서 축의금을 내는 게 늘 싫긴 했어. 너무 편리한 방법이잖아.

그가 또박또박 발음하며 다시 집게손가락으로 안경을 추어올리는 것을 보면서, 사람이 죽은 뒤에도 그리 변하진 않는 거로구나, 나는 생각했다.

*

왜 여기로 왔는지는 나도 몰라요.

여전히 침착하게 그가 말했다.

꼭 가고 싶은 곳에 가게 되지도 않고, 꼭 보고 싶은 사람을 보게 되지도 않아.

책상의 스탠드 불빛을 옆으로 받은 그의 얼굴은 절반쯤 밝았고, 나머지 절반은 먹물을 끼얹은 것처럼 어두웠다.

선택할 수 있다면 매번 딸아이를 보러 가겠지. 그 애가 벌써 열아홉 살이야.

순간 나는 사과하고 싶어졌다.

미안해요 선배. 저는 몰랐어요, 지난봄까지.

뭘 몰랐어요?

아무도 저에게 알려주지 않았어요. 경주 언니 그렇게 되고, 첫 직장에서 만났던 사람들하곤 완전히 연락이 끊겼어요. 지난봄에 J사 사람을 우연히 만나 선배 안부를 물었는데, 대답이 믿기지 않았어요. 그 사람을 안 만났으면 아직도 모르고 있었을 거예요.

눈가에 깊은 주름을 새기며 그가 처음으로 활짝 웃었다.

나쁘지 않은데.

그의 나이는 마흔여섯에서 멈췄고 나는 그 뒤로 삼 년 동안 나이를 먹어, 이제 그와 나는 다섯 살밖에 차이 나지 않았다.

여태 내가 함께 살아 있다고 생각하는 사람이 있었다니.

그의 소식을 뒤늦게 들은 그 봄날 저녁 나는 인터넷 검색창에 그의 이름을 입력했었다. 이 년 칠 개월 전의 부고 기사가 가장 먼저 떴다. 방금처럼 눈가의 주름을 드러내며 장난스럽게 웃고 있는 얼굴 사진을 생소한 느낌으로 들여다보고, 지인들이 트위터에 올린 애통한 단상들을 여전히 비현실적인 느낌으로 읽어 내려간 뒤, 오래전 몇 차례 들러본 적 있던 그의 블로그에 들어갔다. 그가 쓴 기사들과 생활의 단상들이 일주일에 한 번씩 업데이트되던 그곳에는 정말로 삼 년여 전부터 새 글이 올라오지 않고 있었다.

그의 얼굴에서 웃음기가 가셨다. 정색을 하면 커지는 검은 눈으로 안경알 너머에서 나를 응시하는 표정이 어쩐지 두렵게 느껴졌다. 내가 잘못된 화제를 꺼낸 게 분명했다.

선배, 차 드실래요?

다시 나는 밝게 물었다.

그럴까?

산딸기차, 박하차, 홍차가 있어요.

박하차가 좋겠는데.

나는 낮은 책장 위에 놓인 시디플레이어를 켰다.

음악 들으실래요?

좋지.

어떤 거 틀까요?

뭐든. k씨가 듣고 싶은 것.

나는 그와 가까운 사이가 아니라서 그가 무슨 음악을 좋아하는지 알지 못했다. 다만 그의 블로그에 실렸던 마지막 기사가 초가을 밤 사간동 한옥에서 열린 퓨전 음악회였던 것을 기억했다. 기사 다음에 올린 단상에서 그는 그 공연이 매우 아름다웠다고, 평생에 걸쳐 가본 어떤 음악회보다 좋았다고, 정확한 이유는 어째선지 잘 설명할 수 없다고 썼다. 나에게는 여남은 개의 국악 음반이 있지만 그중 퓨전은 둘뿐이다. 해금과 피아노 앙상블을 찾아 시디플레이어에 넣었다.

물이 금방 끓을 거예요.

그는 고개를 주억거리더니 일어서서 창 옆 책장으로 걸어갔다. 아까부터 그렇게 하고 싶었던 듯, 내가 최근에 산 책들 중 하나를 호기심 어린 손길로 꺼내 목차를 펼쳤다. 쉰 목소리로 흐느끼는 것 같은 해금 가락이 막 흘러나오기 시작하는 것을 들으며 나는 부엌으로 갔다. 주전자에 물을 붓고 끓이는 동안 가장 좋은 머그잔 두 개를 꺼내 티백을 넣었다. 그가 선물했던 분청사기 접시를 싱크대 위쪽 선반에서 찾아내, 냉장고에 남아 있던 호두와 건포도를 모두 털어 담았다. 불안한 마음에 돌아볼 때마다 여전히 방에서는 스탠드 불빛과 음악이 새어 나오고 있었다. 책장 앞에 서 있는 그의 헐렁한 청바지가 보였다.

*

물이 끓기 직전에 나는 생각했다.

그가 조금 변하지 않았나.

물론 많은 부분이 놀랄 만큼 그대로였다. 하지만 십칠 년 전 함께 직장생활을 하던 때와는 분명히 달라져 있지 않나.

죽었기 때문일까, 나는 생각했다. 하지만 비슷하게 침착한 저 표정을 그의 블로그에 올려진 몇 장의 사진에서도 봤다. 나이를 먹으며 성마르고 까다로워지는 사람과 온화해지는 사람이 있다면 그는 후자 쪽인 것 같았다. 감포 바닷가의 콘도로 떠났던 회사 수련회에서 얼굴에 맥주를 뒤집어쓴 채, 목을 타고 셔츠로 흘러내리는 술을 닦으려 하지 않은 채 핏발 선 눈으로 좌중을 둘러보던 서른한 살의 남자는 어디로 간 걸까.

그때 나는 입사한 지 한 달이 채 되지 않은 수습사원이었기 때문에 그 충혈된 눈의 의미를 이해하지 못했다. 방금 그의 얼굴에 맥주를 끼얹은 뒤 유리잔을 쥔 채 떨고 있는 여선배의 손을 이해하지 못했다. 좌중의 침묵을, 헛기침을, 콘도 지하의 컴컴한 술집 테이블에서 서둘러 빠져나가는 임원진의 구둣발 소리를 이해하지 못했다. 아무것도 이해하지 못했으므로 나는 그와 여선배가 어떤 연애에 얽힌 사이일지 모른다고 막연히 상상했다. 어쨌거나 막내사원인 내가 테이블을 정돈해야 했다. 카운터로 뛰어가 냅킨 한 다발과 물수건을 가져와서 그에게 건네며, 여전히 입술을 떨고 있는 여선배의 창백한 옆얼굴을 놀랍고도 꺼림칙한 마음으로 훔쳐보았다.

자신의 얼굴과 셔츠를 대강 문질러 닦은 뒤에도 그는 고개를 똑바로 세운 채 침묵했다. 사람들이 눈치껏 차례로 그 불편한 자리를 떠나는 동안, 문제의 여선배는 맹렬한 속력으로 술을 들이켜 곧 엉망으로 취해버렸다. 열두시가 가까워지자 그와 여선배, 그리고 나만 테이블에 남았다. 둘이서 나눠야 할 이야기가 있을 거란 생각에 나도 엉거주춤 일어섰다.

어디 가요? 우리 바람 쐬러 나갑시다.

조금도 취하지 않은 목소리로 그가 내 얼굴을 올려다보며 말했다.

같이 갑시다, k씨.

아니에요, 뒤로 물러서는 나에게 그는 한 번 더 힘주어 말했다.

같이 갑시다.

콘도에서 불과 이백여 미터 거리에 해변이 있었다. 두 사람은 내 앞으로 세 걸음쯤 떨어져 걸었다. 엉망으로 취한 줄 알았던 여선배는 비틀거리긴 했지만 부축받지 않아도 될 만큼 꼿꼿한 자세를 유지했다. 그들은 진지하게 대화했으며 때로 언쟁했다. 바람과 파도 소리에 묻혀 대화의 내용은 거의 들리지 않았다. 하지만 그들이 연인이었던 적이 없다는 것만은 분명했다. 그들은 사적인 화제를 다루고 있지 않았다. 마침내 검은 바다가 모습을 드러내자, 흰 모래펄 틈으로 거칠게 솟아오른 젖은 바위들을 그들은 앞장서서 밟으며 나아갔다. 간혹 뒤돌아보며 내가 아직 따라오고 있는지 확인하곤 했는데, 그것은 완벽한 제삼자이자 아무것도 모르는 스물세 살짜리 수습사원에게 던질 만한 눈길이 아니었다. 제발 이곳에 둘만 남겨놓지는 말아달라고, 이 시간 자신들이 겪고 있는 곤란과 괴로움의 증인이 되어달라고 청하는 것 같은 이상하게 간절한 시선이었다. 얼얼하게 얼굴을 때리는 짠바람과, 거대한 바다가 쉬지 않고 검은 몸을 뒤척이는 것 같은 파도 소리 속에서, 나에게는 묵묵히 그들의 뒤를 따르는 것 말고 할 수 있는 일이 없었다.

*

방에 돌아와보니 그가 홀연히 사라졌거나 하는 일은 생기지 않았다. 그는 평생 책상 앞에서 일해온 사람 특유의 구부정한 자세로 의자에 앉아, 뿔테안경을 벗어 한 손에 든 채 책을 읽고 있었다. 내가 책상에 펼쳐둔 삼국유사 주석본이었다.

연말까지 희곡을 완성해야 해서요.

책상 모퉁이에 쟁반을 내려놓으며 내가 말했다. 절반쯤만 사실이었다. 국립극장에서 내년 이른 봄 삼국유사를 주제로 세 편의 연극을 올리는 기획을 했는데, 연출하는 친구가 그중 하나를 맡았다. 처음으로 함께 작업해보자는 친구의 제안을 거절하기도 어려웠지만, 실은 다른 종류의 글을 써야겠다는 생각, 그렇지 않으면 어떤 것도 다시 쓸 수 없을 거라는 막막함 끝에 대본을 맡은 것이었다. 하지만 두 주 전에 최종마감이 지나갔고, 친구는 서둘러 다른 작가를 알아보겠다며 완곡하게 실망을 숨기는 메일을 보내왔다. 내가 연말까지 희곡을 완성하겠다는 것은, 그저 이 해가 가기 전 무엇이든 끝내보겠다는 개인적이고 가망 없는 바람에 불과했다.

부엌에서 쓰는 접이식 의자를 가져와 책상 옆에 놓고 내 몫의 찻잔을 들었을 때에야 그는 책을 내려놓았다. 펼쳐진 페이지 가운데 지난여름 내가 연필로 그었던 밑줄들이 보였다. 그 뒤 페이지의 여백에는 이제 쓰게 될 대본 속 승려들의 이름을 적고 동그라미를 둘렀었다. 노힐부득과 달달박박. 열 살 무렵 문고판 삼국유사로 처음 접했을 때부터 그 이름들의 발음은 우스꽝스러운 데가 있었다.

그래서, 잘되어가고 있어요?

오래전 그가 정색을 하고 말을 높일 때마다 그랬듯 나는 조금 불안해졌다. 받은기침이 다시 나오려는 것을, 뜨거운 차를 한 모금 마셔 가라앉혔다. 그러고 보니 그는 언제나 그렇게 물었다. 기어이 원고를 펑크 내겠다는 필자를 설득하는 긴 통화를 막 끝마쳤을 때. 기행 꼭지의 출장 사진을 실수로 모두 날려버렸다는 사진작가의 사과 전화에 애써 괜찮다고 답한 뒤 수화기를 내려놓았을 때. *잘되어가고 있어요?* 그 질문의 의미를 제대로 이해하기까지 시간이 걸렸다. 나무라는 것도, 약을 올리려는 것도 아니라는 것을. 호들갑스럽게 근심을 함께 나누고선 막상 현실적인 도움을 못 주는 사람이 되고 싶지 않기 때문에, 처음부터 감정을 절제하는 편을 택하는 그의 성격을. 그걸 알고 나서는 일부러 엄살을 섞어 대답했다. *아, 정말 죽겠어요.* 안도하듯 그도 선선히 응수하곤 했다. *저런, 그렇게 쉽게 죽진 않아.*

이제는 예전처럼 과장스런 쾌활함 뒤로 숨고 싶지 않았으므로 나는 대답했다.
아니요. 문제가 좀 있어요.
그는 놀라지 않은 듯, 그러나 조금은 궁금한 듯 상체를 조금 앞으로 내밀었다. 계속 말하라는 뜻이다.
흔한 문제예요. 연출자와 제가 가려던 방향이 원래 비슷했는데, 제가 써갈수록 점점 달라졌어요.
그가 잠자코 고개를 주억거렸다. 더 계속하라는 뜻이다.

*

처음 생각은 광대극을 만들자는 거였어요. 엉터리 신라 옷을 입은 광대 넷이 무대 한쪽에 앉아 전통 악기를 연주하면서 극이 시작돼요. 광대들은 끝까지 그 자리를 지키면서, 극이 진행되는 중에도 태연하게 툭툭 끼어들어 말도 하고 노래도 해요.
극의 전반부는 가볍게 가요. 깊은 산속 각자의 암자에서 홀로 사는 두 스님이, 이따금 만나 서로 얼마나 열심히 수행하는지 경쟁하고, 내기도 하고, 팽팽한 농담을 주고받아요. *너는 물고기를 먹고 똥을 누었구나? 나는 물고기를 먹고 물고기를 누었다. 에그, 저기 헤엄쳐 가는 게 그놈인 게냐? 제가 얼마나 캄캄한 데를 빠져나왔는지 알려는가.*

그러다 눈보라 치는 밤이 오면서 분위기가 바뀌어요. 길 잃은 여자가 하룻밤 재워줄 것을 청하는데, 노힐부득은 유혹이 두려워서 거절해요. 하지만 달달박박은 여자를 암자 안으로 들여요. 다음 이야기는 아마 선배도 아실 거예요. 언 몸을 녹이도록 달달박박이 나무 욕조에 따뜻한 물을 채워줬는데, 여자가 함께 목욕을 하자고 말해요. 마침내 그 밤이 지나가고, 아침 일찍 노힐부득이 달달박박의 암자에 찾아가죠. 친구가 유혹에 넘어갔을 거라고 짐작하면서. 그런데 나무 욕조도, 그 안의 물도 모두 황금이 되어 있어요. 달달박박은 황금 부처가 되어 있고요. 여자가 관음보살이었던 거죠. 그 황금의 물에 노힐부득도 몸을 씻고는 함께 부처가 돼요.

연출자는 제가 그 이야기의 전체 뼈대를 지켜주길 바랐어요. 하지만 쓰면 쓸수록 제 마음이 그 결말과 멀어졌어요. 그 승려들이 황금 부처가 될 것 같지 않고, 길 잃은 여자가 관음보살일 것 같지 않았어요.

*

음악 때문에 나는 일어섰다. 해금 앙상블의 마지막 트랙이 시작되었는데, 갑작스런 축제처럼 여러 대의 관악기와 타악기가 들어와 대화를 이어가기 어려웠다. 볼륨을 반쯤 줄였다가, 눈짓으로 그의 동의를 구한 뒤 정지 버튼을 눌렀다. 선 채로 다른 시디들을 뒤적이며 그에게 물었다.

이야기가 재미없지요?

자문자답하며 나는 웃었다.

이렇게 재미없는 이야기를 봄부터 매일 생각했어요.

방금 뱉은 것이 낯익은 문장이란 사실을 문득 깨닫고 나는 말을 멈췄다.

이 재미없는 이야기를 난 날마다 생각해.

십칠 년 전 그의 얼굴에 맥주를 끼얹었던, 검은 바위들이 솟아오른 해변을 비틀거리며 앞서 걸었던 여선배를, 나는 한 달쯤 뒤 점심시간에 회사 뒤편 골목에서 마주쳤었다. 삼월 하순이었지만 초겨울같이 추웠고 바람에서 모래맛이 났다. 단독주택을 개조한 국숫집 담장 위로 흐드러지게 핀 개나리가 어딘가 비현실적으로 보였다.

피차 혼자여서 우리는 함께 식당에 들어갔다. 여럿이 식사를 함께한 적은 몇 번 있었지만, 따로 대화를 나눈 것은 그날이 처음이었다. 유난히 안 나오는 국수와 전을 기다리는 동안 선배는—아직 경주 언니라고 부르지 않았다—지난 몇 달간 회사에서 있었던 일들을 나에게 차근차근 설명해주었다. 참 재미없는 이야기지, 그렇지? 마른 몸에 비해 마디가 굵은 두 손을 깍지 낀 채 그녀는 웃으며 자문자답했다. 이 재미없는 이야기를 난 날마다 생각해.

더 이상 나는 그에게 이 실패할—아니, 이미 실패한—대본에 대해 말하고 싶지 않았다.

창사기념일 기억나세요, 선배?

찾고 있던 시디를 플레이어에 넣으며 나는 물었다.

월미도에 같이 갔었잖아요.

이번에도 생각나지 않는다고 그가 말할 것 같아 나는 긴장했다. 중지 첫 마디에 펜대 자국이 두드러진 오른손을 뻗어 그가 찻잔을 들고 있었다.

그랬지, 류경주씨하고.

음과 음 사이의 침묵이 또렷한 가야금 독주가 이윽고 스피커에서 흘러나왔다.

우리가 탁구를 쳤지 않나?

그가 찻잔을 입술에 대고 기울일 때 나는 생각했다. 차가 식었을 텐데. 그는 여태 차가 식기를 기다렸을까. 죽은 사람은 뜨거운 것을 마시지 못하나.

k씨가 심판을 봤지.

불쑥 누군가가 문턱을 넘어 들어올 것 같아 나는 그의 어깨 너머 어둠을 바라봤다. 아무도 없었다. 부엌도 현관도 텅 비어 있었다. 그와 나 둘뿐이었다.

*

그날 경주 언니는 짙은 남색 원피스에 하얀 면 재킷을, 나는 첫 월급으로 이월에 사뒀던 연두색 투피스를 입었다. 그는 회색 정장에 하늘색 타이를 매고 007 가방을 들었다. 오월 초순의 화창한 날이었다. 제대로 차려입은 우리가 평일 오후 월미도의 놀이공원에 들어서자 사람들이 흘끔거렸다.

아마 바이킹부터 탔던 것 같다. 개구리라는 이름이 붙은 처음 보는 놀이기구도 탔다. 기둥 하나가 하늘 높이 솟아 있고, 플라스틱 좌석 여남은 개가 그 기둥에 체인으로 매달려 있었다. 경쾌한 음악과 함께 기둥이 회전하자 좌석들이 대각선으로 떠오르며 빙글빙글 돌기 시작했다. 회전이 차츰 빨라지는가 싶더니 좌석들이 예고 없이 개구리처럼 튀어 올랐다. 더 높이 튀어 올랐다 툭 떨어지고, 더 빨리 돌고, 나중엔 예기치 않게 뒤쪽으로 돌며 튀어 올랐다가 지옥처럼 끝없이 떨어져 내리는 그 기구에 나는 완전히 질려버렸다.

입장권은 그와 경주 언니가 번갈아 샀다. 방금 탄 놀이기구 때문에 어지럼이 가시지 않은 채 주섬주섬 지갑을 꺼내는 나에게 경주 언니는 말했다. k씨, 수습이잖아. 아직 햇병아리도 안 됐는데. 그녀는 쿡쿡 웃으며 놀렸다. 계란이는 가만있어.

창사기념일 행사가 끝난 것은 오후 한시 삼십분경이었다. 입사 후 밝은 평일 오후에 퇴근하는 것은 처음이라 나는 좀 어리둥절해져 있었다. 갑자기 생긴 시간을 어떻게 쓸까, 생각하며 지하 행사장 정리를 마치고 경주 언니와 함께 엘리베이터를 탔다. 3층에서 엘리베이터 문이 열리자, 먼저 사무실에 들렀다 나온 그가 가방을 들고 서 있었다.

선배, 뭐 하세요 오늘?

나보다 다섯 살 많으며 그와 입사동기인 그녀가 그에게 깍듯이 물었다.

글쎄, 너무 일찍 끝나 뭘 할지 모르겠는데요.

그 역시 깍듯하게 대답했다. 감포에서의 일 이후 그들이 사적인 대화를 주고받는 것을 나는 처음 보았다.

그럼 월미도 갈까요? k씨하고 같이.

그는 놀란 듯했다. 나도 놀랐다. 월미도? 되묻는 그에게 경주 언니가 말했다.

거기 놀이공원 있잖아요. 회는 먹으면 좋고, 안 먹어도 되고.

오후의 한산한 인천행 국철에 세 사람이 나란히 앉아 지상구간으로 접어들 때까지, 그들은 여전히 학생처럼 깍듯한 말씨로 이야기를 주고받았다. 내가 입사하기 직전까지 그들은 5년 가까이 같은 부서에서 잡지를 만들었으므로, 내가 알지 못하는 공통화제들이 담담하게 이어졌다.

윤 선배하고 요즘도 연락해요?

그가 물었을 때 경주 언니는 선선히 대답했다.

예, 한 날에 한두 번은 통화해요.

지금 뭘 하신답니까?

그때 그의 어조는 너무 정중해서 약간 우스꽝스럽게 들렸다.

여기저기 이력서를 내고 있는데 잘되는 것 같지 않아요. 벌써 나이가 너무 많잖아요.

그제야 윤 선배가 누구인지 나는 알았다. 대학 졸업과 함께 회사에 들어와 십일 년 동안 근속했던 사람. 내가 입사하기 직전까지 그들과 함께 잡지를 만들고 일을 가르쳤던 선배.

지난 삼월 경주 언니의 이야기를 듣고서야, 나는 입사한 첫 달에 느꼈던 사무실의 미묘한 분위기가 무엇 때문이었는지 알게 되었다. 무엇인가 들큼한 것이 벽 뒤에서 썩어가는 것 같던, 사람들의 미소와 목소리와 속마음이 모두 다른 말을 하는 것 같던 이물감이, 단순히 처음 진입한 사회생활에서 누구나 느낄 법한 주관적인 인상이 아니었다는 것을 알았다.

그곳은 6·25 때 월남한 보수적인 오너가 세운 직원 사십여 명 규모의 회사였다. 한때 정치판에 몸담은 적 있다는 그 오너는 단신에 강철 같은 카리스마의 소유자였고, 여자 직원은 결혼과 함께 퇴사해야 한다는 원칙을 가지고 있었다. 귀중한 모성을 보호받아야 하므로 가정과 직장을 양립해서는 안 된다는 것이었다. 사실상 그 회사는 대학을 갓 졸업한 여성을 주로 채용했고, 그녀들이 이십대 후반에 결혼해 회사를 떠나게 되면 다시 미혼의 여성을 고용함으로써 인건비를 최소화했다. 창사 후 수십 년 동안 이 원칙이 지켜졌으므로, 직원들은 나이 든 남자 상사와 어린 여자 평사원으로 양분되었다. 현재 평직원 가운데 남자는 한 사람, 지금 월미도에 함께 가고 있는 그뿐이었다. 그는 스물일곱 살에 입사해 얼마 후 결혼했고 돌이 지난 딸이 있지만, 퇴사할 이유가 없으니 변함없이 회사에 몸담고 있었다. 끝까지 회사에 남아 책임을 맡을 사람이므로 상사들을 비롯한 모두가 그를 다르게 대했다.

그와 경주 언니의 선배였던 윤이란 이는 서른네 살에 갑자기 결혼하게 되었지만 회사를 그만두길 원하지 않았다고 했다. 공식적으로 퇴직을 거부한 첫 사례였다. 그녀가 서면으로 노동법의 근거를 제시했지만, 오너의 뜻은 완고했고 상사들도 마찬가지였다. 신혼여행에서 돌아온 그녀가 출근투쟁을 시작하자 분위기가 뒤숭숭해졌다. 작은 조직에서 사람들은 그 싸움을 지지하는 이들과 방관하는 이들, 거부감을 표하는 이들로 나뉘었다. 매일매일의 냉대와 압박 속에서 그녀는 한 달을 버텼다. 아무도 일감을 주지 않는 책상에 아침부터 저녁까지 앉아 있었다. 내가 그 회사의 채용공고를 보고 입사지원서를 낸 뒤 초조하게 결과를 기다리던 바로 그 무렵이었다.

　이젠 모르겠어, 라고 경주 언니는 나에게 말했었다.

　임 선배가 어떤 역할을 해줄 거라고는 처음부터 기대하지 않았어. 누구보다 입장이 난처했을 테니까. 그런데 알 수 없는 건 내 마음이었어. 우리를 절망하게 하는 사람들, 정말 열심히 싸워야 할 상대는 오너와 상사들인데, 이상하게 임 선배가 불편했어. 그 사람들과 함께 늙어가며 끝까지 회사에 남을 선배의 얼굴을, 복잡한 마음 없이 바라볼 수 없었어. 출근투쟁이 시작되고 두 주 동안 평직원들 대부분이 태업을 했어. 삼 주째엔 평직원 모두가 사표를 쓰자는 제안이 나왔는데, 어떻게 알았는지 상사들은 그 즉시 모두 해고될 거라고 경고했어. 이 회사에 들어오려는 사람은 많다고, 어쨌거나 유능한 상사들이 버티고 있으니 잡지가 결호되는 일은 생기지 않을 거라고. 우린 저녁마다 모여서 회의를 했고, 우리 중 누가 회의 내용을 상사들에게 알리는지 파악하려고 했지만 결국 아무것도 밝혀낼 수 없었어. 모두 불안해했어. 다수결로 파업도 일괄사표도 결렬됐어. 앞을 알 수 없게 복잡하고 불안한 하루하루라고 그때는 생각했는데, 지금 돌아보면 더 단순할 수 없을 만큼 분명한 과정이었어. 우린 깨끗이 졌고, 출근투쟁을 하던 선배는 떠났고, 그 자리에 k씨가 채용됐고, 회사에선 전면적으로 인사 배치를 새로 해서 각 부서 직원들을 모두 떼어놓았어. 이젠 나 자신을 이해할 수가 없어. 그 모든 과정을 임 선배가 몰고 간 것도 아니었는데, 나서지 않았을 뿐 늘 우리와 같은 편이었다고 할 수 있는데, 단지 모두와 똑같이 무력했던 것뿐인데, 나 자신부터 그토록 철저하게 무력했는데, 어째서 그 미소 짓는 얼굴에 술을 뿌릴 권리가 나에게 있다고 믿었던 걸까?

*

탁구를 치자고 먼저 말한 사람은 그였다.

비비탄 장총으로 동물 인형들을 맞혀 떨어뜨리는 부스를 지나 놀이공원의 출구 쪽으로 걷는데, 빛바랜 흰 천막 아래 설치된 탁구대가 보였다. 그와 경주 언니는 무심하게 잠시 의논한 끝에, 다섯 세트를 해서 진 사람이 저녁으로 회를 사기로 했다. 나에게는 네트 옆에 서서 심판을 보라고 했다. 치자고 한 사람이나 그러자고 한 사람이나 심드렁했던 그들의 태도는 경기가 시작되자 곧 진지해졌다. 둘의 실력이 거의 대등했다. 마지막 세트는 여러 차례 듀스가 되다가 어렵게 결판이 났다. 누가 이겼는지는 어째서인지 기억나지 않는다. 정장과 원피스 차림으로 신중하게 서브를 넣고, 지나치다싶게 열심히 쫓아가 공을 받아치던 그들의 모습만 또렷하다. 그 모습이 재미있었는지 지나가던 사람들도 멈춰 서서 웃음을 머금은 채 경기를 지켜보다 제 갈 길을 가곤 했다. 하지만 정작 그와 경주 언니는 좀처럼 웃지 않았다. 점수를 얻었다고 특별히 기뻐하지 않고, 잃었다고 표 나게 안타까워하지도 않았다. 예기치 않은 상황에서 가끔 함께 웃음을 터뜨리긴 했지만 웃음의 끝이 길고 쓸쓸했다. 그들 사이에 조심스러운 우정이 존재한 적 있었다는 사실을, 그것이 한차례 깨어졌다는 사실을 나는 어렴풋이 느꼈던 것 같다. *이 재미없는 이야기를 난 매일 생각해.* 속이 텅 빈 하얀 플라스틱 공이 쉬지 않고 탁구대에 부딪히며, 무심하게 맑은 소리를 내며 허공으로 튀어 올랐다.

*

시간이 얼마나 흘렀을까.

그의 등이 책상 위 자명종 시계를 가려 몇 시인지 보이지 않았다. 내 손목시계는 차를 끓이는 동안 부엌의 식탁에 풀어놓았다. 휴대폰은 현관 옆 옷걸이에 걸어둔 가방 속에 있다.

그 시합, 누가 이겼는지 기억나세요?

그가 웃었다.

그런 건 심판이 기억하는 거 아닌가?

누가 회를 샀는지 기억 안 나세요?

생각 안 나는 걸 보니 내가 이겼었나……

기억을 더듬는 듯 그가 커튼이 쳐진 창 쪽을 바라봤다.

하지만 경주씨 혼자 계산을 하진 않았을 거야. 같이 냈을 거예요 아마.

그러자 어렴풋이 떠올랐다. 납작한 광어들이 바다 쪽에서 느리게 움직이고, 그 위로 여남은 마리의 오징어들이 빠르게 헤엄치던 푸른색 수조. 그 앞 카운터에서 지갑을 꺼내들고 서로 계산하기 위해 실랑이하던 그들의 옆얼굴. 계란이는 빠지라니까. 나는 얼떨떨하게 옆에 서서, 스물세 살이 열세 살이라도 되는 듯 베풀어지는 그들의 배려에 어쩔 줄 모르고 있었다.

나만 살았어. 하마터면 그렇게 소리 내 중얼거릴 뻔했다. 내 마음을 꿰뚫어보듯 그가 말했다.

k씨만 남았네.

그의 침착한 말씨를 흉내 내려 애쓰며 나는 대답했다.

아직까지는요.

방금 한 말을 다시 지우려는 듯, 이번에는 그가 밝게 화제를 돌렸다.

희곡 이야기를 더 해봐요.

재미없는 이야긴데요.

아니, 뭐든 나에게는 재미있어. 이렇게 시간이 가지 않을 때는.

그가 다시 비스듬히 어깨를 앞으로 기울였다.

제목이 뭔지 궁금한데.

아직 정하지 않았어요.

그래도 처음에 생각한 게 있을 텐데.

눈 한 송이가 녹는 동안.

그렇지, 눈보라가 쳤다고 했지. 여자가 온 밤에.

*

　어두운 무대에 눈이 내린다. 눈송이들은 점점의 흰 조명으로 표현된다. 그러니까 실은 눈이 아니라 빛이기 때문에, 눈송이 하나 하나가 기묘하게 따스해 보인다. 바람 소리의 음향이 차츰 거세어진다. 눈송이-빛-들이 한 방향으로 세차게 몰아친다. 그 방향을 거슬러 흰 옷 입은 여자가 무대 오른편에서 왼편으로 힘겹게 나아간다. 여자라기보다는 소녀에 가깝다. 너덜너덜한 담요를 왜소한 어깨에 둘렀고, 추위에 곱은 손으로 담요가 날아가지 않도록 가슴팍을 여며 누르고 있다. 남은 한 손으로는 대나무 지팡이를 움켜쥐었다. 큰 눈을 치뜨고 허공의 한 점을 올려다보며, 지팡이로 앞을 더듬으며 소녀는 필사적으로 걷는다. 걸음이 하도 느려, 마치 영원히 제자리걸음을 하고 있는 것처럼 보인다.

*

　이 시각쯤이었을까?
　그가 조용히 물어와 나는 말을 멈췄다.
　예, 새벽 한시에서 두시 사이예요. 노힐부득의 암자 문 앞에서 소녀가 내쫓기고, 들을 가로질러 달달박박의 암자로 가는 길이에요.
　그게 아니라……
　미세하게 그의 어깨가 더 앞으로 기울어졌다.
　그 사고가 난 것이.

그의 말을 이해한 순간 나는 입술을 물었다 놓았다.

난 발인 전날 밤늦게야 도착했는데 아는 사람이 아무도 없어서, 정확히 어떤 사고였는지 듣지 못했어.

안경알 너머 그의 눈이 어둡고 진지했다.

그전까지도 k씨와는 연락하고 지냈지요? 두 사람이 끝까지 친했으니까.

어느 쪽의 질문에도 얼른 대답하지 못한 채 나는 그의 말끝을 곱씹었다. *끝까지 두 사람이 친했으니까.*

내가 아는 한 그와 경주 언니는 끝내 완전히 화해하지 못했다. 월미도에 다녀온 뒤로 한결 자연스럽게 지냈지만—농담을 주고받았고, 이따금 서로 가족의 안부를 물었다—어른거리는 그림자 같은 경계와 의심, 미미한 실망 같은 것이 두 사람 사이의 공기에 언제나 배어 있었다. 여름휴가 기간이라 직원들이 절반쯤 빠져나가 한산하던 점심 무렵, 사무실 중앙의 소파에 마주 앉아 신문을 보던 그들의 대화를 기억한다. 관광용 헬기가 바다에 추락해 조종사와 승객 전원이 사망한 사고로 신문과 방송이 떠들썩하던 때였다.

3억…… 보상금이 3억이라.

그가 감탄하듯 낮게 중얼거렸을 때 경주 언니가 물었다.

그래서요?

그냥, 그렇다는 거예요.

보상금 3억이, 그래서 그냥 어떻다는 거예요?

그의 얼굴이 붉어졌다. 나도 그만 그 자리가 불편해졌다.

피곤하게 그러지 말아요, 경주씨.

미안합니다.

조금도 미안하지 않은 말투로 그녀가 사과했다. 그가 신문을 접어 탁자에 내려놓았다. 커피가 담긴 자신의 잔을 들고 일어서더니, 몸을 돌리고 한발 걸어가려다 말고 떨리는 목소리로 그녀에게 물었다.

류경주씨를 제외한 모든 사람들이 속물이라고 생각하는 겁니까?

아니요, 그렇지 않아요. 죄송합니다.

그녀는 진심으로 미안해하고 있지 않았으므로, 그도 진심으로 그 사과를 받지 않았다.

*

……*절이 싫으면 중이 떠나는 거라는 말.*

그 국숫집에서 경주 언니는 말했다.

그 말 때문이었어. 그 말이 갑자기 또렷이 생각났는데, 정신이 들고 보니 내 손에 빈 유리잔이 들려 있었어. 임 선배는 얼굴이 흠뻑 젖어서 날 바라보고 있고. 몸이 덜덜 떨려왔어. 잔을 떨어뜨리면 깨질 것 같아 힘껏 움켜쥐고 있었는데, 나중에 어떤 사람은 내가 그걸로 더 무서운 짓을 할까 봐 불안했다고 하더라. 하지만 난 그런 사람이 아니야. 학교 다닐 때도, 아무리 술을 마셔도 그런 행동은 한 적 없었어.

따뜻한 보리차가 담긴 사기잔을 그녀가 가만히 쥐었다 놓았다. 반신반의한 채 경계하며 나는 그 조심스런 손동작을 지켜봤다. 그녀와 단둘이 이 식당으로 들어온 것이 어쩐지 잘한 일 같지 않았다.

파업을 해야 하나, 한다면 언제 할까. 모두 함께 사표를 써야 하나, 그게 수리되면 다음은 어떻게 할 건가. 그렇게 끝없이 길어진 회의를 마치고 집으로 돌아가는 길에, 임 선배와 함께 지하철을 탔어. 내가 내릴 지하철역이 가까워졌는데 선배가 그 이야기를 했어. *절이 싫으면 중이 떠나는 거란 말도 있잖아, 경주씨.*

핏기 없던 그녀의 얼굴이 어느새 상기된 것을 나는 보았다.

물론 그건 단지 그날 선배 마음에 오가던 많은 생각들 중 하나였을 수 있어. 그렇게 직설적으로 누군가가 떠나주길 바란다고 말한 건 아니었을 수도 있어. 하지만 난 당황했어. 당황한 마음을 숨기고, 잘 들어가시라는 인사를 하고서 지하철에서 내렸어. 왜 그렇게 얼굴이 뜨거워졌는지 몰라. 3분 만에 완성된다는 증명사진 부스를 지나는데, 거기 거울에 비친 내 얼굴이 무슨 물감을 칠한 것같이 붉어져 있었어.

나는 당황했다. 누구도 선뜻 나에게 말해주지 않았던 회사의 상황에 대해 그녀가 여태 설명해준 것은 고마운 일이라고 할 수 있었다. 그러나 다음 수순으로 그녀는 왜 감포에서 자신이 그런 행동을 했는지 설명하고 싶은 것이다. 그러자면 상대편에 대해 이야기할 수밖에 없다. 잘 알지 못하는 누군가의 험담을 일방적으로 듣는 것만큼 불편한 일은 없다. 여전히 의심하며 나는 그녀의 이야기에 귀를 기울였다. 이어지는 그녀의 목소리가 그토록 착잡하지 않았다면, 나는 그녀가 경솔하고 감정적인 사람, 가까이하지 않도록 특별히 주의해야 할 선배라는 결론에 도달했을지도 모른다.

그런데 이상한 건, 지금까지도 내가 자꾸만 그 말을 떠올리곤 한다는 거야. 마치 그게 임 선배가 아니라 나 스스로 생각해낸 말인 것처럼.

그때 나는 그녀의 어깨가 유난히 둥글다는 것을 알았다. 목에서 팔로 이어지는 선이 유달리 가파른 경사로 미끄러져 내려와, 아래쪽으로 처진 작은 어깨뼈를 지나 약간 통통한 팔―그녀의 몸에서 유일하게 통통한 부분―로 이어졌다. 그럴 리 없겠지만 마치 여고생 시절부터 입어 몸의 일부가 된 것 같은 회색 폴라티를, 그 아래 드러난 힘없는 어깨뼈의 윤곽을 나는 물끄러미 건너다봤다.

다음에 누군가가 결혼하게 될 때, 다시 지난번처럼 우리가 싸울 수 있을까? 질 게 분명한 싸움을 누가 하려고 할까? 디자인팀 사람들하고 얼마 전에 이야기해봤는데, 모두 여기서 적당히 경력을 쌓아 결혼 전에 이직하겠다는 분위기였어. 신문을 펼치면 구직란부터 본다는 사람도 있었어.

그때까지 나는 그녀에 대해 아는 것이 없었다. 몇 가지 사정으로 그녀가 사실상 가족을 부양하고 있다는 것도, 대학 1학년부터 사귀었던 남자친구와 얼마 전에 결별했다는 것도 몰랐다.

그게 현명한 건지도 몰라. 모두 각자 살길을 찾아야 하는 건지도 몰라. 그러니까 k씨도 신중하게 생각해. 여기가 떠나야 할 절이라면, 정말로 결혼하면서 일을 그만둘 생각이 아니라면 말이야. 우린 임 선배와는 처지가 다르니까. 뼈를 묻을 수 있는 직장이 아니잖아.

*

그러나 그녀의 생각이 틀렸다.

그는 그 회사에 뼈를 묻지 않았다. 내가 글을 쓰겠다고 이 년여 만에 회사를 그만둔 이듬해, 그가 경주 언니보다 먼저 이직을 했다. 경력직 공채로 들어간 시사잡지 편집부에서 오 년쯤 일하다가, 한 대기업에 대해 비판적인 특집기사가 인쇄 직전 삭제되는 일이 벌어졌다. 항의를 위한 태업과 파업, 주동자 해고의 수순을 밟은 뒤 기자들은 끝까지 싸우자는 이들과 업무복귀하자는 이들로 분열되었다. 그는 돌아가지 않는 편을 택했다.

언론이 그 일에 침묵했으므로 당시 나는 그 과정을 세세히 알지 못했다. 파업 이후의 싸움이 다시 일 년을 끌었으니, 천막을 치고 장기농성을 하는 동안 어디에도 보도되지 않은 사측의 회유와 협박, 한밤의 몸싸움이 있었을 것이다. 결국 그들은 모금을 하고 스스로 사비를 추렴해 새로운 잡지를 꾸렸다. 그곳에서 그는 마지막 사 년을 일했다.

그의 1주기에 동료 기자가 쓴 짤막한 회고 기사를 나는 지난봄에야 읽었다. 천막에서 농성을 하며 너나없이 집에 생활비를 못 가져다주던 시기에도 그는 늘 조용하고 침착해서, 친가나 처가에 재산이 많은 모양이라고 짐작했다는 것이다. 그러나 내 짐작이 틀렸다, 라고 그 기자는 썼다.

그의 장례식장에서 고등학교 동기라는 이가 울먹이며 나에게 말했다. '녀석이 그 무렵에 저에게 전화했었습니다. 미안하다고, 정말 미안하다고, 오만원만 빌려줄 수 있느냐고.'

기사 하단에 단체사진 한 장이 실려 있었다. 천막농성 시절 기자들이 야외용 플라스틱 탁자에 둘러앉아 찍은 사진이었다. 그는 탁자 모서리께에서 두 손으로 턱을 고인 채 웃고 있었다.

서울내기들보다 더 서울내기같이 좀처럼 흥분하지 않던 사람. 새벽까지 다들 술에 취해 울분을 토하는데 술집 화분에서 풀잎을 꺾어 피리를 불어보다 얼른 내려놓던, 사실은 촌놈. 암 진단을 받은 즈음이었을 여름에 그가 지나가듯 말했다. '이제 너무 착하게 살지 말아야겠어. 착한 사람은 일찍 죽는 것 같아.' 왜 그때 나는 그토록 야무지게 되받아쳤던가? '당신, 별로 안 착하거든. 벽에 똥칠할 때까지 살 테니 걱정 마.'

*

바깥이 너무 고요하다고 나는 생각했다. 커튼을 걷어보면 눈이 내리고 있는 것 아닐까. 음보다 침묵이 또렷하던 음악은 조금 전 마지막 트랙까지 돌아가 멈췄다. 여전히 그는 미동도 하지 않은 채 대답을 기다리며 앞으로 몸을 기울이고 있었다.

갓길이 없는 구간이라서, 사고차량이 너무 위험해 보이니까 경주 언니가 차를 세운 것 같아요.

자신도 위험할 거란 생각을 못했던 거군.

대답 대신 나는 고개를 끄덕였다.

남편도 크게 다쳤다고 들었는데.

결국 죽었어요. 경주 언니 삼우제 조금 지나서.

신혼이었는데.

결혼하고 일 년 반 정도 됐을 거예요.

나는 결혼식 때밖에 못 봤어.

사람 좋고, 조금 통통하고…… 그 무렵 경주 언니가 많이 말라서 더 그렇게 보였던 것 같아요. 둘이 참 달랐는데 이상하게 어울렸어요. 결혼 전에 셋이 저녁을 같이 했는데, 계속 저에게 뭘 먹이려고 하더라고요.

착한 사람이었나 봐.

경주 언니를 편안하게 해주려고 애쓰는 것 같았어요.

류경주씨가, 마음이 평화로운 사람은 아니었으니까.

그랬죠. 많이 예민하고.

그가 입을 다물었다. 마치 자신이 살아남아 죽은 사람을 기억하는 양, 기도하듯 조심스럽게 두 손을 깍지 끼었다.

*

가끔 우리가 벌레 같다는 생각을 해, 라고 경주 언니가 나에게 말한 적이 있었다. 그녀가 결혼한 뒤 서로 바빠 거의 팔 개월 만에 만났을 때였다. 주말까지 시내로 외출하고 싶지 않다는 그녀의 말에 내가 신혼집으로 찾아갔다. 그녀의 남편은 주말 특근을 나갔고, 언제나처럼 그녀는 나에게 케이크며 쿠키 같은 달콤한 것들을 먹이고 싶어 했다.─그녀는 사무실 책상 서랍에도 늘 초콜릿과 사탕을 넣어두고 다녔다─내가 가져간 차를 열어 함께 마신 뒤 그녀는 집 근처 공원을 산책하자고 했다. 그렇게 단것들을 먹었는데도 그날 그녀는 지쳐 보였다. 몰라보게 나이 들어 보이기도 했다. 수령이 오래된 듯한 갈참나무들 아래를 지나다가 불쑥 나에게 말했다.

이렇게 오래 살아가는 것들 아래 있으면 더 그런 생각이 들어. 우리가 해치지만 않으면, 어쩌다 불이 나거나 벼락만 맞지 않으면 수백 년도 살 수 있는 것들 아래에서, 이렇게 짧게 꼬물꼬물 살아가는 우리가 어떤 존재인지…… 다음 달, 다음 해, 아니, 오 분 뒤 일조차 우린 알지 못하잖아. 그렇게 시간에 갇혀서 서로 찌르고 찔리면서 꿈틀거리잖아. 그걸 내려다보고 있는 존재가 어딘가 있다 해도, 그가 우릴 사랑할 것 같지 않아. 우리가 상처 난 벌레를 보듯 혐오하지 않을까? 무관심하지 않을까? 기껏해야 동정하지 않을까?

그렇게 냉소적인 경주 언니의 모습을 그때 처음이자 마지막으로 보았다. 그 시기가 아마 그녀에게 가장 어두웠던 때였다. 나와 그가 그 회사를 떠난 뒤 경주 언니는 서른세 살까지 그곳에서 일했다. 결혼을 준비하면서 회사와 싸울 준비를 함께 했는데, 그 과정을 누구와도 미리 상의하지 않았다. 대부분 후배인 동료들에게 부담을 주고 싶지 않았으므로 혼자 노동청에 신고를 했다. 회사에서 책상을 치워버릴 기회를 주지 않기 위해 신혼여행도 가지 않았다. 기약 없는 출근투쟁을 시작했고, 마침내 회사가 승복했다.

더 어려운 싸움은 그때부터 시작됐다. 어느 정도 예상은 했지만, 그렇게까지 따돌림이 심하리라고는 미처 상상하지 못했다고 했다. 공황장애도 그 무렵 경험했다. *숨이 가빴어. 숨을 못 쉬어서 곧 죽을 것 같다는 생각이 들었어. 그러면 정말로 조금도 숨을 쉴 수 없었어.* 그렇게 그녀는 일 년을 버텼다. 일 년을 채우지 못하고 그만두면, 법적으로 이긴다 해도 결국은 지는 거라는 선례가 될 것 같아서였다고 했다. 얼마간 쉬며 건강을 추스르는 대신 바로 지방도시의 작은 신문사로 이직한 것도 비슷한 이유에서였다. 결국 결혼 때문에 그만둔 것이라는 선례를 남기지 않고 싶기 때문이었다. 선례라니, 나에게는 그 말이 이상하게 느껴졌다. 본의든 아니든 오랜 시간 그녀를 따돌리고 있는 바로 그 동료들을 위한 선례라니.

그녀의 말대로 우리는 시간에 갇혀 앞을 보지 못하므로, 타지에서 시작한 새 직장생활에 경주 언니는 만족했다. 대우가 박한 데다 직원이 적어 일이 고된 편이지만 우선 마음이 편하다고 했다. 한 달에 두 번 그녀가 서울로 올라가고 두 번은 남편이 그녀에게 내려와 주말을 보낸다며, 다시 연애를 시작한 것 같은 느낌이 싫지 않다고도 했다. *지금은 모든 게 괜찮은데, 앞으로 아이가 생기면 어떻게 할지 그게 걱정이지.*

그날은 오월 첫 주 연휴의 마지막 날이었다. 그녀는 남편과 함께 서울에서 연휴를 보냈고, 그사이 양가 어른들에게 미리 어버이날 선물을 드리며 식사를 했다. 그녀 혼자 내려가는 게 안쓰러워서였는지 남편이 차에 동행했다. 가끔 그렇게 함께 내려왔다가 월요일 새벽에 바로 올라가곤 한다고, 그녀는 자랑과 근심과 애정이 섞인 목소리로 나에게 말한 적 있었다.

시간에 갇혀 앞일을 알지 못했으므로, 경주 언니는 특별히 좋은 일을 한다는 생각 없이 사고차량 뒤에 차를 멈추고 내려섰을 것이다. 그러지 않으면 나중에 스스로 부대끼리란 것을 알기 때문에 그렇게 했을 것이다. 아니, 그런 계산조차 없이 자연스럽게 그렇게 했을지도 모른다. 다른 사람들이 보기에는 까다롭고 유난하고 피곤한 선택들로, 그러나 자신으로선 다른 방법을 생각해낼 수 없었던 유일한 선택들로 이루어진 것이 그녀의 삶이었는지도 모른다.

새벽에 부고를 듣고 내려가며 생각했었다. 그녀의 말처럼 우릴 내려다보는 존재 같은 건 없다고. 우리를 혐오하거나 연민하거나 무관심한 존재 같은 것은, 처음부터 없었고 앞으로도 없다고. 밤의 고속도로 같은 어둠 속에서 우리는 서로 찌르고 찔리며 꿈틀거린다고. 그러다 죽으면 사라진다고. 그 모든 번민, 선의와 후회가 남김없이 무로 돌아간다고.

*

함께 있어주세요, 소녀가 말한다.

젊은 승려가 멀찍이 떨어져 서서 대답한다.

그건 안 된단다.

제발. 눈 한 송이가 녹는 동안만.

소녀는 나무 욕조의 물속에 들어가 있는데, 이상하게도 그녀의 머리에 쌓인 눈이 녹지 않는다. 그 눈송이들을 커다랗게 확대한, 눈의 결정 모양을 한 빛무늬가 무대 뒤편 검은 벽에 하얗게 비쳐 있다.

그 결정들을 홀린 듯 바라보며 승려가 묻는다.

왜 머리 위 눈이 녹지 않을까?

시간이 흐르지 않으니까요.

하지만 우리는 이야기를 나누고 있는데.

우리가 시간 밖에 있으니까요.

*

그전에, 회사 앞으로 류경주씨가 날 찾아온 적 있었어.

낮아진 그의 목소리에 집중하려고 나는 손바닥으로 두 눈꺼풀을 문질렀다. 졸음이 물러나고 살갗이 까슬해질 때까지 비볐다.

경주씨가 결혼하고 반년쯤 됐을까? 이 이야기는 누구에게 처음 하는데…… 꼭 아이를 가진 사람 같았어요. 집사람이 딸아이 처음 가졌을 때 앉고 일어서는 걸 유난스럽게 조심스러워했는데, 뭔가 비슷했어. 못 보던 기미도 얼굴에 잔뜩 끼고.

그는 텅 빈 머그잔을 눈높이까지 올려 들었다. 차가 남긴 얼룩의 무늬를 똑똑히 기억해야 할 필요가 있는 것처럼 잔 안쪽을 들여다봤다.

좋아하던 커피도 안 마시고, 무슨 허브차를 앞에 놓고 한 시간쯤 딴 이야기만 하다 갔어.

소리 내지 않고 찻잔을 책상에 내려놓은 뒤 그가 다시 손깍지를 끼었다.

처음엔 아마 나에게 뭔가 부탁할 일이 있어 왔을 거라고 생각했어. 가령 이직할 자리를 알아본다거나. 그런데 이야기하다 보니 그런 것 같지 않았어요. 대화는 조용하고, 어느 때보다 순조로웠어. 그 친구하고 그렇게 순탄하게 대화를 나눈 게 아주 오랜만이라고 느낄 만큼.

그때가 경주 언니에게는 어려운 시기여서.

그랬겠지. 하지만 그런 이야기는 하지 않았어. 오히려 그 화제는 피하고 싶어했어.

조용히, 깨끗하게 잠이 가셨다. 그 무렵 그녀가 정말 임신을 했었는지 나는 알지 못했다. 그러다 그 아이를 잃었는지, 그랬다면 어떻게 회복되었는지 알지 못했다. 그녀에게 나는 처음 만났던 인상 그대로 햇병아리 어린 후배일 뿐이어서, 정말 고통스러운 시기에는 만날 수 없는 사람이었는지도 모른다.

나는 그를 흉내 내듯 고개를 수그려 텅 빈 찻잔 속을 들여다보았다. 그녀와 그가 우스꽝스러운 정장 차림으로, 기우는 햇빛을 받으며 탁구를 치던 모습을 생각했다. 이상해요,라고 나는 중얼거렸다.

뭐가?

그가 묻는 음성이 아득히 멀어진 것 같았다.

늘 생각하던 경주 언니가 오지 않고, 선배가 오늘 저에게 왔다는 게.

*

어두운 고속도로를 달릴 때마다 그녀를 생각했다. 갓길이 없는 구간을 지날 때마다 생각했다. 그러던 어느 날 차를 팔았다. 갑자기 운전을 그만둔 것에 대해 누구에게든 설명할 수 있는 타당한 이유들이 있었지만, 진짜 이유에 대해서는 가까운 사람들에게도 말하지 못했다.

*

희곡 얘기를 더 해봐요.

그의 목소리가 더 낮고 아득해져, 마치 이 방이 아닌 다른 곳에서부터 울려오는 것 같았다.

지금까지가 다예요. 끝내지 못했어요.

좀 더 또렷한 목소리로 그가 말했다.

그럼 쓰다가 멈춘 장면 얘기를 해봐.

나는 그 장면을 이야기할 마음이 없었다.

*

소녀가 물 밖으로 걸어 나온다. 젖은 옷에서, 팔뚝과 종아리에서 쉬지 않고 물이 흘러내리는데, 머리 위에 쌓인 눈만은 아직도 녹지 않았다. 무대 앞 객석을 향해 한 발씩 다가오며 그녀가 말한다.

나는 잠을 잘 수 없어요. 당신은 잠들 수 있어요?
잠깐 잠들어도 꿈을 꿔요. 당신은 꿈을 꾸지 않아요?

언제나 같은 꿈이에요.

잃어버린 사람들.

영영 잃어버린 사람들.

거기서 멈췄다. 더 쓸 수 없었다. 고통 때문이 아니었다. 내가 그 고통의 바깥에 있다는 사실이 무섭도록 생생했기 때문이다. 더 쓸 수 없다고 메일을 보낸 며칠 뒤 새벽, 아직 잠들기 전이었는지 친구가 즉각 전화를 걸어왔다.

그럼 더 쓰지 않아도 돼. 대사는 필요 없어. 말로 못하는 걸 몸으로는 할 수 있어. 몸을 비틀고 관절을 꺾을 수 있어. 무너지고 으스러질 수 있어. 그렇게 어떻게든 다다를 수 있어. 그럴 수 있다고 믿고 있어. 그러니까 네가 더 쓰지 않아도 돼. 원고만 넘겨.

하지만 나는 원고를 넘기지 못했다. 오직 그 모습, 머리에 눈을 인 소녀가 관절을 꺾고 몸을 비틀고, 무너지고 으스러지는 모습만 남았다. 친구가 무대에 올릴 그것과 같을 수 없을, 내 상상 속 그녀의 고통만이.

*

그를 등지고 걸어가 창문 앞에 서자 찬 기운이 느껴졌다. 커튼을 열자 더 추워졌다. 밭은기침을 하며 반투명한 안쪽 유리창을 열었다. 투명한 바깥쪽 유리창이 나왔지만 올록볼록한 비닐을 붙여놓아 밖이 보이지 않았다. 귀퉁이부터 반쯤 비닐을 뜯어냈다. 과연 어둠 속에서 성글게 날리는 눈발이 보였다.

그렇게 연극이 끝나는 건가?

나는 팔짱을 끼고 돌아섰다.

끝을 쓰지 못했다니까요.

거기서 멈췄다면 그게 끝인 거지.

내가 재차 고개를 젓자 그가 물었다.

더 쓴다면, 끝에 가서 그들이 평화를 얻나?

지난봄 보았던 단체사진에서처럼, 그는 책상에 팔꿈치를 얹고서 비스듬히 턱을 고이고 있었다.

모르겠어요, 나는 대답했다. 부처가 되지 않고 관음보살이 되지 않고, 나무 욕조에 담긴 물이 황금이 되지 않고 그들이 평화를 얻는 방법을 나는 모른다.

여전히 손에 턱을 고인 채 그가 말했다.

……내가 기억하기로 k씨는 언제나 평화스러운 사람이었는데.

나는 되물었다.

제가요?

조용하고 평화로운 사람이었어.

나는 반박하고 싶었다.

그땐 제가 지금보다 말이 없었으니, 단지 조용하니까 그렇게 보였던 것 아닐까요?

그런가. 하지만 지금도 k씨는 평화로워 보여.

아니요, 불가능해요. 이 세상에서 평화로워진다는 건. 지금 이 순간도 누군가 죽고.

나는 재빨리 입을 다물었다.

누군가 뒤척이고 악몽을 꾸고.

내가 입을 다물었는데 누가 말하는지 알 수 없었다.

누군가 이를 악물고 억울하다고, 억울하다고 말하고.

간절하다고, 간절하다고 말하고.

누군가가 어두운 도로에 던져져 피흘리고.

누군가가 넋이 되어서 소리 없이 문을 밀고 들어오고.

누군가의 몸이 무너지고. 말이 으스러지고. 비탄의 얼굴이 뭉개어지고.

*

하지만 평화는 부끄러운 게 아니야.

그가 의자를 밀고 일어서며 말했다.

나한테는 언제나 그게 가장 중요했어요.

그의 키가 이렇게 컸을까, 순간 나는 생각했다. 나보다 사오 센티미터 정도 큰, 남자들 중에선 체구가 작은 사람이었는데. 오랜 시간 동안 웅크린 자세로 책상 앞에서 일하면 오히려 키가 줄어들지 않나.

그러자 불현듯 비슷한 생각을 한 적 있었다는 사실이 떠올랐다. 언젠가 이렇게 그와 마주 선 적이 있었다. 마주 앉아 무엇인가를 반박하고 옹호한 적이 있었다. 침묵하며 고집스럽게 서로를 건너다본 적이 있었다.

*

밤 아홉시가 채 안 되었는데 뜻밖에 마감이 끝난 십일월 저녁이었다. 한꺼번에 원고가 들어오지 않게 해달라며 불평하던 디자인팀은 다음 날 아침 일찍 오기로 하고 먼저 퇴근해, 그와 나만 사무실에 남아 있었다. 열쇠를 경비실에 맡긴 뒤 어둑한 로비를 빠져나오자 밤바람이 찼다. 앞장서서 지하철역으로 향하는 그에게 내가 말했다.

저는 여기서 걸어갈게요, 선배.

걷다니, 어디까지?

이상하다는 듯 그가 물었다.

이렇게 어중간하게 퇴근할 땐 삼양동까지 걸어가는 게 나아요.

그렇게 먼 길을, 걸어서?

두서없이 나는 대답했다.

빨리 걸으면 한 시간 반쯤 걸리는데, 가슴 답답한 것도 없어지고…… 버스를 타도 무척 막히니까요. 아침마다 시달리는 걸로 됐지, 저녁까지 만원 지하철 타고 싶진 않고요.

그래? 그럼 오늘은 나도 걸어볼까.

편하지만은 않은 선배가 함께 걷는다니 기쁘지 않았지만, 그렇다고 특별히 꺼려질 것도 없었다. 벌써 일 년 가까이 함께 일해 서로의 사생활과 장단점을 알았고, 서로 도울 일이 많다보니 사소한 신뢰가 쌓여, 일정한 거리를 둔 약간의 우정이 자라나 있었다. 회식 뒷날 아침 그가 서랍에서 꺼내 건네준 겔포스를 받아들고 조금씩 빨아 마시다가 눈이 마주쳐 웃음을 흘리기도 했고, 그래도 숙취가 나아지지 않아 토마토주스를 사러 가는 나에게 그가 천원권 지폐를 주며 한 병 더 부탁하기도 했다. 손윗사람인 그의 생활을 지켜보며 배운 것들도 있었다. 잡지가 나와 취재원과 필자들에게 보낼 때면 반드시 펜으로 감사 엽서를 써서 해당 페이지에 끼워놓는다거나, 아무리 바빠도 퇴근하기 전에 책상을 깨끗이 정리하는 습관. 감정 기복이 심하고 막말을 하는 상사에게 자존심을 잃지 않고 침착하게 대처하거나, 때로 불가피할 때 체념하는 방법 같은 것들을. 위계가 중요한 직장생활에서, 더구나 성별이 다른 사람들이 친해지는 것은 쉽지 않은 일이었다. 하지만 그렇게 여러 해가 흐르면 한낮의 놀이공원에서 정장 차림으로 탁구를 칠 만큼 무람없어질 수 있을 것도 같았다.

그러나 아직은 허물없지 않아서, 불빛이 휘황하고 번화한 거리와 한산한 거리, 다시 나타나는 번화한 거리를 우리는 별다른 대화 없이 통과해 걸었다. 다시 한적해진 인도의 포장마차 앞에 그가 멈춰 섰다.

오랜만에 걸으니까 배가 고픈데. 뭐라도 먹고 가지.

자리에 앉자 그는 소주 한 병부터 시켰다. 그즈음 위염 약을 먹던 나는 한 잔만 받아 마셨고, 그는 석 잔을 거푸 마시고는 한쪽으로 병을 치워버렸다. 오뎅국물과 떡꼬치를 앞에 놓고 일 이야기를 심상하게 주고받다가 그는 물었다.

k씨는, k씨의 자리가 자신과 어울린다고 생각해요?

그가 깍듯한 경어를 쓸 때마다 그랬듯 나는 긴장했다. 내가 일을 못한다고 말하려는 걸까? 자신의 자리에 대해 이야기하고 싶은 걸까? 절이 싫으면 중이 떠나는 거라고 나에게도 말하려는 걸까. 그는 망설이고 있었다. 지난 삼월 국숫집에서 따뜻한 물잔을 쥐었다

놓으며, 이 말을 이 아이에게 다 해도 될까, 가늠하는 듯한 시선으로 나를 응시했던 경주 언니처럼.

그 후 한 시간 가까이 이야기를 나누는 동안 서로에게 무슨 말을 했는지 정확히 기억나지 않는다. 그가 회사에서 느끼는 고립감에 대해 말했던가? 동료들의 끈질긴 오해가 그를 절망시킨다고 말했던가? 아니, 그런 말들은 하지 않았다. 한 번도 국그릇을 들어 올려 입에 대지 않고, 오직 숟가락만 사용해 말끔하게 오뎅 국물을 비운 뒤 그는 말했다.

그럼, 더 걷고 싶으면 k씨 혼자 걸어요. 난 이제 버스를 타고 가야겠어.

버스정류장에서 그는 나에게 배웅하지 말고 그냥 가라고 말했다. 이렇게 자주 걸어 다니면 다리가 아프지 않느냐며 웃었다.

나이가 몇 살인데, 아직도 고등학생같이 방황하는 거예요?

놀리는 듯, 짐짓 걱정스러운 듯 그가 존댓말로 물었다.

그날 삼양동까지 마저 걸어가던 길은 평소처럼 자유스럽게 느껴지지 않았다. 새벽쯤 눈비가 오려는지 습기 찬 바람이 얼굴을 얼얼하게 했다. 다리가 더 아팠으면 좋겠다고 생각하며 나는 계속 걸었다. 다음 날 아침 사무실의 내 책상에 정확히 앉아 있을 내 모습이 타인의 것 같다고 느끼며 걸었다.

다음 날 언제나처럼 동료들과 함께 점심을 먹으러 가던 길이었다. 횡단보도의 신호가 바뀌기를 기다리는데 그가 지나가듯 간밤의 꿈 이야기를 했다. 두 돌이 되어가는 부산스런 딸아이가 무릎에 앉아 있었는데, 아이가 고개를 돌려 그와 눈을 맞췄다고 했다. 그런데 가만히 보니 딸아이의 얼굴이 아니어서 놀랐다. 아주 낯선 아이였는데, 그게 어린 k씨란 걸 어째선지 알아볼 수 있었어.

그렇게 먼 길을 맨날 혼자 걸어 다닌다고 하니, 아마 좀 걱정이 됐었나 보지.

그가 스스로 꿈을 분석했다.

이런 꿈 이야기를 하니까 이상한가?

안경을 추어올리며 그는 물었다.

아니요, 나는 서둘러 대답했다.

오해 같은 건 하지 않겠지.

그의 말에 나는 웃었다. 아무것도 거리낄 게 없었다.

*

나는 힘주어 바깥쪽 창문을 열었다. 방충망까지 열고 바깥으로 손을 내밀었다. 찬 눈송이가 손바닥에 내려앉았다가 곧 사라졌다. 텅 빈 도로변의 나무들이 눈에 덮여 고요했다. 빽빽이 주차된 차들 위에도 눈이 쌓여 있었다. 아직 발자국이 찍히지 않은 인도가 가로등 불빛에 빛났다.

요즘 나는 이런 일들이 좋아졌어,라고 경주 언니는 메일에 썼다. 새 직장 옆에 얻은 방의 햇빛 드는 겨울 창을 찍어 함께 보내면서였다. 막상 결혼할 때는 다른 일이 더 중요해서, 이런 것들에는 신경 쓸 겨를이 없었거든. 이 방은 무늬 없는 흰 벽지로 도배를 하고, 문하고 창틀은 하얀 페인트로 직접 칠했어. 밝은 게 좋아서 커튼은 달지 않았어. 이상하지, 이제야 오래 살고 싶다는 생각이 들어. 그동안은 늘 마음 어딘가가 부서져 있어서, 굳이 오래 살고 싶다는 생각이 들지 않았던가 봐.

그가 걸어와 창 앞에 나란히 섰다. 점퍼 주머니에 두 손을 찔러 넣고는 추운 듯 어깨를 웅크렸다. 두꺼운 안경알 안쪽에서 빛나는 눈이 바깥을 향했다.

이제 손을 꺼내 눈을 향해 내밀려는가, 나는 생각했다. 죽은 사람의 손은 얼마나 차가울까. 거기 닿은 눈은 얼마나 오래 머물러 있을까. 눈 한 송이가 녹지 않는 동안, 우리가 얼마나 더 이야기할 수 있을까.

순간 내가 그와 악수를 나눈 적 없었다는 사실을 깨달았다. 만나고 헤어질 때마다 공손하거나 가볍게 목례했을 뿐, 가장 담담한 예의를 갖췄을 뿐이었다. 한 번의 꿈속뿐이었다, 잠시 우리가 닿았던 것은. 내가 그의 딸아이만큼 어려져서 무릎에 앉았을 때.

이제 밝아지려는가, 나는 생각했다. 그는 아직 점퍼 주머니에서 손을 꺼내지 않은 채, 마치 검푸른 허공에 멈춰 서려는 듯 느리게 떨어져 내리는 눈송이들을 묵묵히 바라보고 있었다. 말없이 우리의 눈과 눈이 만났다. 평화를.

*본문에 나오는 임 선배 동료의 추모 글은 2011년 10월 20일자 《시사인》에 실린 김은남의 「오윤현 기자를 보내며」와 같은 해 《기자협회보》 10월 3일자에 실린 고제규의 「영면」, 그리고 『다시 기자로 산다는 것』(시사인북)에 실린 안은주 기자의 글을 읽은 뒤 쏠 수 있었습니다. 삼가 고인의 명복을 빕니다.

한편, 2013년 여름 연출가 배요섭과 삼국유사에 대한 연극의 대본 작업을 두고 이야기를 나누었습니다. 이후 그는 「너는 똥을 누고 나는 물고기를 누었다」의 대본을 쓰고 연출해 상연했습니다. 처음의 이야기 이후 서로의 작업은 전혀 다른 것이 되었으며, 다만 그 연극의 제목이 이 소설 속 희곡에 한 문장의 대사로 들어가 있음을 밝힙니다.

고통받는 이들에게 문학은 과연 무엇일까? 문학은 세상의 고통을 어떻게 나눠 지고 있는 것일까? 문학은 그 고통과 함께하는 것처럼 쉽게 말해지지만, 그것의 자리는 냉정하게 말해 '고통의 바깥'에 불과할지 모른다. 한강의 「눈 한 송이가 녹는 동안」에서 '나'는 다음과 같이 진술한다. "거기서 멈췄다. 더 쓸 수 없었다. 고통 때문이 아니었다. 내가 그 고통의 바깥에 있다는 사실이 무섭도록 생생했기 때문이다."
「눈 한 송이가 녹는 동안」에서 광대극을 쓰고 있는 화자 '나'는, '노힐부득'과 '달달박박'이 부처가 되는 대단원으로 나아가지 못한다. 설화에서는 두려워 거절한 이도, 서슴지 않고 품은 이도 관음보살이 거쳐간 물에 몸을 씻고 모두 부처가 되었다. 그러나 '나'의 상상 속에서 물 밖으로 걸어 나온 관음보살은 여전히 부서진 몸의 소녀인 채이다. "영영 잃어버린 사람들"의 고통은 으스러진 소녀의 몸으로 육화되고, 설화 속 인물들에게 허락된 구원을 '나'는 도저히 쓸 수가 없다.

실존을 건 고귀한 정신들의 투쟁에 관한 한, 한강을 넘어설 작가는 많지 않다. 때로 이를 악문 듯한 한강의 문장들은 조용하지만 단호하게 누군가 피 흘리고 있는 세상을 응시한다. 동료의 부당한 퇴사를 둘러싸고 오해와 갈등을 겪었던 '경주 언니'와 '임 선배'는, 자기 나름의 방식으로 생의 마지막 순간까지 자존을 지키고자 했다. 소설은 '출근투쟁'과 '천막농성'이라는 산문적 세계에 저 설화의 세계를 겹쳐 놓으며, 남겨진 자들이 어떻게 평화를 말할 수 있는지 심문한다. "내가 입을 다물었는데 누가 말하는지 알 수 없었다."

과연 문학이, 고통의 안과 밖마저 허물 수 있을 것인가. 영영 잃어버린 무엇은, 바로 그 이유로 우리 삶을 떠날 수 없다. 그 간절한 말들을, 문학의 불가능한 실험을, 한강은 지금 거듭하고 있다.

— 차미령 · 문학평론가

수상 소감

어떻게 시작해야 할지 모르면서 이 글을 시작하고 있습니다.

   그 선배의 소식을 들은 것은 지난해 5월 『소년이 온다』를 낸 직후였습니다. 벌써 3년 전에 돌아가셨던 것을, 저는 그때에야 우연히 알게 된 것이었습니다. 그 후 며칠 동안 저는 길을 가다가 자주 벽이나 전신주, 주차한 차량에 부주의하게 몸을 부딪히곤 했습니다. 내려야 할 지하철역을 지나치는 바람에 약속 시간에 늦기도 했습니다. 물론 그 선배 때문만은 아니었습니다. 『소년이 온다』를 출간한 뒤까지도 여태 저에게 머물고 있던 폭력과 고통의 잔상 때문이기도 했고(그것이 아마 앞으로도 제 안에서 완전히 사라지지 않고 함께 있으리라는 사실을 이제야 받아들이고 있습니다), 그 무렵 광화문을 지날 때마다 눈과 가슴을 찔렀던, 영영 잃어버린 아이들을 위한 천막들 때문이기도 했습니다.

무엇인가 써야겠다고 생각했습니다.

하지만 가능할 것 같지 않았습니다.

시작한 문장들을 지우고, 다시 시작한 문장들을 또 지우다가 여름이 갔습니다.

그러다 바르샤바 대학의 초대로 폴란드에 머물고 있던 초겨울에, 그 선배가 혼으로 찾아오는 한밤의 순간을 문득 상상했습니다. 그렇다면 차를 대접해야지, 뒤이어 저는 생각했습니다. 그러자 조금씩 소설이 진척되기 시작했습니다. 하지만 쉽지 않아서, 서두만 겨우 쓰고 한국으로 돌아왔습니다. 봄호 마감은 결국 못 지켰고, 여름호 마감도 기한을 넘겨 거의 8개월 만에 소설을 완성할 수 있었습니다. 단편소설 한 편을 쓰는 데에 이렇게 오랜 시간이 걸린 것은 처음입니다.

늦은 밤과 이른 새벽, 이 소설을 쓰다가 문득 어두운 방을 돌아보며 혹시 정말 혼이 오진 않았을까, 생각한 적이 있었습니다. 하지만 『소년이 온다』를 쓸 때도 그랬듯 그런 일은 결코 생기지 않았습니다. 현실의 삶과 죽음은 간결하고 냉혹한 것이니까요. 그저 저의 서툴고 서툰 방식으로, 턱없이 부족한 힘을 다해 애도하고 싶었습니다. 그토록 예민하고 소소하고 조그만 사람들이 마주해야 했던 윤리적 선택에 대해 더듬더듬 말하고 싶었습니다. 깨끗함에 대한 갈망이 때로 얼마나 강하고 무서운 것인지에 대해. 간절할수록 허락되지 않는, 불가능한 평화에 대해.

감사하다는 말씀을 쓰기가 겁이 납니다.

열심히 쓰겠다는 약속도, 거짓이 될지 몰라 여기 적을 수 없을 것 같습니다.

다만 이 두려운 마음만을 잊지 않겠습니다.

선배와 경주 언니가 평화롭기를, 오직 누추하고 불가능한 저의 언어로 빌어봅니다.

자선작 |

에우로파

『노랑무늬영원』(문학과지성사, 2012)에 수록

인아는 악몽을 꾼다고 했다. 그 악몽 속으로 나는 들어가보지 못했다. 그녀와 함께 살고 있지 않으니, 악몽을 꾸는 모습을 본 적도 없다. 어제 저녁 인아는 오랜만에 전화를 걸어와 밝은 목소리로 안부를 물었고, 내가 그녀의 안부를 되묻자 '악몽을 꾸는 것만 빼곤 다 좋아'라고 대답하고는 불쑥 웃음을 터뜨렸다. 현재까진 그게 내가 그녀의 악몽에 대해 알고 있는 전부다.
　지금 카페 유리문을 열고 들어오는 인아는 굽이 높은 빨간 구두에 회색 청바지를 입었고, 길고 헐렁한 먹색 카디건을 걸친 어깨가 활짝 펴져 있다. 구두에 어울리는 밝은 벽돌색 스카프를 친친 둘러 어깨 뒤로 넘겼다. 매일 악몽을 꾸는 사람 같지 않다. 나와 눈이 마주치자마자 생긋 웃는 얼굴이 백짓장같이 희긴 하다.
　뭐라도 먹고 있지, 배 안 고파?
　오래된 애인처럼 인아는 자리에 앉자마자 메뉴판부터 펼친다.
　너 오면 시키려고 그랬지.
　나도 오래된 애인처럼 덤덤하게 대답한다.
　커다란 창문으로 오전의 가을 햇빛이 눈부시게 들어오는 일층 카페다. 오픈된 주방에서 커피, 끓는 우유, 바닐라, 데리야키 소스 냄새가 뒤섞여 퍼져온다. 친하지 않은 누군가의 집에 갑작스럽게 초대돼 엉거주춤 부엌 식탁 앞에 앉아 있는 기분이다.

뭐 먹을래? 아침 안 먹었지?

꼼꼼하게 메뉴판을 뒤적이며 인아가 묻는다. 부러 퉁명스럽게 나는 대답한다.

휴일 오전에 직장인을 불러내는 건 범죄 행위란 거 알지? 네가 사는 거니까 알아서 시켜.

그런 게 어딨어, 하고 인아는 새치름해지는 듯하더니 곧 마음을 바꿔 간소한 아침 메뉴와 커피를 고른다.

이렇게 시킬까?

내가 고개를 끄덕이자 인아는 손을 들어 종업원을 부른다. 또박또박 주문을 마치고 생긋 웃는다. 눈언저리에 장난기가 느껴지는 웃음이다. 그렇게 그녀가 누군가를 향해 웃을 때 내가 약간의 고통을 느낀다는 것을 그녀는 모른다. 그 누군가가 남자건 여자건, 얼마나 가까운 사람이건 상관없다. 고통과 거리를 두려고 나는 잠깐 창밖으로 고개를 돌린다.

왜 보자고 했어?

보고 싶어서.

이런 경우, 즉각적으로 나오는 인아의 대답은 대부분 농담이다.

진짜야. 못 믿겠어?

나는 물끄러미 인아의 얼굴을 건너다본다. 분명히 야위었고 핏기가 없다. 큰 눈이 더 커지고 눈 아래가 거무스름해졌다.

응.

부루퉁한 내 대답에 인아가 카디건을 벗으며 웃는다. 웃는 그 얇은 입술을 나는 잠자코 바라본다. 방금 드러난 흰 티셔츠의 동그란 어깨 부분을 만지고 싶다고 생각한다. 가만히 상체를 껴안은 다음, 두 손바닥으로 단단한 날개뼈들을 느끼고 싶다.

*

인아에게 애인이 있는지 나는 잘 모른다. 직감으론 지금은 없는 것 같다. 지난 몇 해 동안 한두 차례 연애 비슷한 것을 하는 것도 같았지만, 그 때문에 인아가 나와 거리를 둔 적은 없다. 나는 어디까지나 인아의 친구고, 친구 이상의 무엇이었던 적은 없다.

우리는 애인이 아니지만, 카페에서 나온 뒤 누가 먼저 그러자고 할 것 없이 인아의 아파트 쪽으로 걸음을 옮긴다. 인아가 나를 집으로 바로 부르지 않고 근처의 카페에서 보자고 한 것은 그녀가 요리를 싫어하기 때문이다. 인아는 스물네 살의 겨울부터 약 육 년 동안 결혼 생활을 했는데, 이천 일이 넘는 그 기간 동안 거의 매일 요리를 했기 때문에 남은 인생에선 최소한의 음식만으로 살아가겠다는 결심을 하고 있었다.

다행히 나는 인아를 결혼 직전인 스물네 살의 여름부터 알았기 때문에 그녀가 만든 음식을 먹어보았다. 내 생일 즈음에 잡채와 바삭바삭한 연근전을 만들어서 새로 산 것으로 보이는 밀폐용기에 담아 퀵서비스로 보내주었던 해도 있고(당시 인아의 남편의 승진에 관여하던 상사의 집에도 같은 요리를 보냈으니 감동할 것 없다고 말하면서), 제빵에 열중했던 몇 해 동안은 레몬이나 유자청을 넣은 향긋한 파운드케이크를 구워서는 계절과 상관없이 크리스마스 분위기로 빨강과 초록 리본을 장식해 건네주기도 했다. 인아가 만든 음식들은 예외 없이 맛있었지만, 요리를 하던 시절의 인아는 어딘지 불행해 보였기 때문에 나로선 그것들을 다시 맛보고 싶은 생각이 전혀 없다.

무슨 꿈을 꾸는데?

아파트 일층 출입구에 들어서며 내가 묻자 인아는 두 눈을 동그랗게 뜨고 내 얼굴을 올려다본다.

악몽을 꾼다며.

아아.

인아는 짧은 감탄사를 뱉고는 비스듬히 고개를 한쪽으로 기울인다.

악몽에 무슨 확실한 내용이 있겠어, 그냥 악몽이지.

비좁은 8인용 승강기가 기계음을 끌며 칠층까지 올라가는 동안, 인아도 나도 잠시 침묵한다. 복도 끝집까지 또각또각 구두 굽 소리를 내며 걸어가 현관에 열쇠를 꽂는 인아를 나는 뒤따라 걸으며 지켜본다. 잠깐 집 근처의 카페에 나오면서 굽이 높은 빨간 구두를 신다니, 인아는 갑자기 나를 사랑하게 되었거나 우울한 것 같다. 만난 지 십년 만에 사랑에 빠진다는 말은 들어보지 못했으니 후자일 게다.

인아의 체구와 비슷하게 군살 없이 길쭉한 구조를 가진 집으로 나는 따라 들어간다. 인아가 연습실 겸 간이 녹음실로 쓰는, 틀어박혀 하루의 대부분을 보내는 방의 문은 언제나처럼 닫혀 있다. 좁고 긴 부엌과 좁고 긴 거실을 구별해주는 미닫이문은 활짝 열려 있다.

거실 안쪽으로는 화장대를 겸해 쓰는 소박한 서랍장과 전신거울, 철제 싱글 침대가 요령 있게 숨겨져 있는데, 침대 발치에 놓인 키 큰 옷걸이만은 현관에서 바로 보인다. 못 보던 짙은 초록색 니트 원피스가 옷걸이에 걸려 있다. 나는 묻는다.

언제 공연 있어?

금요일.

인아는 구두를 벗고 성큼성큼 거실까지 걸어 들어간다. 담배부터 꺼내 물며 베란다 문을 연다. 나는 옷걸이 앞에 멈춰 서서 원피스의 넓은 소매 부분을 쓸어본다. 까슬하고 짜임이 성글다.

공연 때 이거 입으려고?

그럴까 하고 그저께 샀어. 입어볼까?

내 대답을 기다리지 않고, 인아는 아직 불을 안 붙인 담배를 깨문 채 카디건을 벗고 원피스에 목을 넣는다. 헐렁한 원피스 속으로 인아의 마른 몸이 쏙 들어간다. 잇자국이 박힌 담배를 재떨이에 걸쳐 놓고 인아가 묻는다.

어때?

나는 웃음을 터뜨린다.

자루 뒤집어쓴 것 같은데.

스카프를 하면 괜찮아져.

인아는 옷걸이에 걸려 있던 스카프 석 장을 차례로 둘러본다.

어떤 게 제일 나은 것 같아?

그거, 빨강. 초록색 옷에다 두르니까 꼭 네가 옛날에 굽던 빵 같다.

청바지 위에 초록색 원피스를 걸친, 빨강 스카프를 산타처럼 두른 인아가 소리 내어 웃는다. 나는 문득 몸을 기울여 인아에게 입맞춘다. 자칫 인아가 싫어할 수 있기 때문에, 입술을 제외하고는 몸이 닿지 않도록 주의한다. 인아는 눈을 감지 않고, 나도 눈을 감지 않는다. 인아의 혀에서 시럽 맛이 난다.

*

　인아를 처음 만났을 때 나는 전역한 지 두 달이 채 되지 않은 복학생이었다. 좀처럼 빨리 자라주지 않는 머리카락이 아직 밤송이 같을 무렵, 오랜만에 연락이 된 초등학교 동창 여자애가 자신의 친구를 만나보겠느냐고 물었다. *(어떤 앤데?)* 내가 묻자 괄괄한 성격의 그애는 대답했다. *(어딘가 너랑 비슷하다고 생각했던 대학 때 친구야. 근데 네가 너무 늦게 제대했다. 올겨울에 결혼한대. 그냥 친구하기로 하고 셋이 술 한잔 어때?)*

　약속 장소에 나타난 인아는 허리까지 내려오는 숱 많은 머리를 느슨하게 땋아 내리고, 긴 체크무늬 치마에 투박한 러닝화를 신고, 왼손 검지에는 커다란 큐빅이 박힌 반지를 낀 날씬한 여자애였다. 무슨 디자인 회사의 수습사원이라고 했는데, 회사의 성격상 그런 차림이 허용되는 모양이었다. 키가 조금 클 뿐 뛰어난 미인이랄 수는 없었는데, 마치 누군가가 암호를 걸어놓은 듯 수수께끼 같은 표정만은 인상적이었다. 해독이 필요해 보이는 그 진지한 얼굴을 바라보다가 나는 대뜸 반말로 물었다.

　(겨울에 결혼한다며? 결혼식에 나도 가도 돼?)

속이 잘 들여다보이지 않는 눈웃음을 지으며 인아는 고개를 저었다.
(결혼식은 뭐하러? 재미도 없을 텐데, 시간 아깝게.)

그날 밤 세 사람은 엉망으로 취하도록 술을 마셨다. 인아는 마치 평균대 위를 걷는 듯 두 팔을 양 옆으로 길게 뻗어 균형을 잡으며, 수차례 비틀거리며 휘황한 밤거리를 앞장서 걸었다. 그녀가 대학 시절 동아리 밴드에서 기타를 연주하고 자작곡을 노래했다는 말을 그때까진 실감할 수 없었는데, 어둡고 인적 없는 골목에 다다르자 인아는 낯선 노래의 후렴부를 불렀다.

*에우로파,
얼어붙은 에우로파
너는 목성의 달*

*내 삶을 끝까지 살아낸다 해도
결국 만져볼 수 없을 차가움*

그 목소리의 개성에 나는 놀랐다. 대화할 때는 특별한 점을 느끼지 못했는데, 노래하는 인아의 목소리는 무척 맑았다. 더욱 특별한 것은, 맑기만 하던 그 목소리가 높은 음역대로 들어갈 때마다 미묘하게 변한다는 것이었다. 차가운 유리잔처럼 섬세한 그 목소리의 표면에, 기묘하게 처연한 슬픔 같은 것이 자잘한 물방울들처럼 응결되었다가 사라지곤 했다.

잊을 수 없는 여름밤의 한순간이었다. 인아의 노래가 아름다웠기 때문만은 아니었다. 내가 청춘의 한복판에 있었기 때문도 아니었다. 그 순간 인아를 사랑하게 된 것은 더더욱 아니었다. 다만 인아의 노래가 갑자기 끝났을 때, 지난 이십여 년 동안 억눌러왔던 생생한 갈망이 단박에 빗장을 끄르고 내 심장 밖으로 걸어 나온 것을, 그 어둡고 남루한 골목 한가운데서 나를 마주 보며 서 있는 것을 알아보았다.

*

눈을 감아.

인아의 명령에 나는 복종한다. 검은색 아이라이너가 내 눈시울 위로 조용히 움직인다.

눈 떠봐.

나는 눈을 뜨고, 거울 속의 낯설고도 낯익은 얼굴이 나를 바라보는 것을 마주 바라본다.

다시 감아.

인아가 쉰 아이섀도 스틱이 내 눈두덩을 문지르는 것을, 이어 그녀의 집게손가락이 눈꺼풀 전체를 부드럽게 매만지는 것을 나는 느낀다.

속눈썹은 내가 할게.

그럴래?

인아는 마스카라를 나에게 내민다. 나는 천천히, 능숙하게 속눈썹을 위로 말아 올린다. 거울 속에서 짙고 풍성해진 내 속눈썹을 찬찬히 들여다본다.

입술도 네가 할래?

나는 대답 대신 립 팔레트를 건네받는다. 이제 인아는 화장대에서 물러나 침대에 걸터앉는다. 새 원피스를 벗어 나에게 입게 한 뒤 그녀는 위아래 모두 흰 트레이닝복 차림이 되었다. 하얀 옷 때문에 핏기 없는 얼굴이 더 창백해 보인다.

입술을 다 바른 뒤 나는 전신거울 앞에 선다. 허벅지와 종아리의 털을 검은 팬티스타킹으로 감추고, 진한 초록색 원피스에 스튜어디스처럼 미색 스카프를 두른 내가 얌전히 두 손을 모으고 서 있다.

어때?

거울 속의 인아는 한 손을 앞으로 뻗어 엄지손가락을 들어 올려준다. 남은 손으로 침대 옆 탁자에 놓인 담뱃갑을 더듬는다. 내가 몸을 이리저리 돌려 거울에 비춰보는 동안, 인아는 푸르스름한 담배 연기를 침대 뒤편의 창문을 향해 뱉어낸다.

밖에 나가고 싶다.

내가 중얼거리자 인아는 미소 띤 얼굴로 말한다.

아직 배 안 고픈데. 조금 이따 나가자.

나는 인아의 옷장 맨 아래 서랍을 열고 밝은 갈색 가발을 꺼내 쓴다. 좋은 품질의 인모로 만든, 제법 비싼 금액을 치르고 샀던 것이다. 두 손으로 컬을 매만져 자연스럽게 모양을 부풀린 뒤 화장대 의자에 다리를 꼬고 앉는다.

정말 배 안 고파?

오래된 연인처럼 나는 거울에 비친 인아에게 묻는다.

글쎄, 적당히 기분 좋을 만큼.

인아가 담뱃재를 재떨이에 턴다. 나는 거울 옆의 벽을 더듬어 스위치를 내린다. 어두워지는 베란다 쪽 창을, 그 앞의 침대에 걸터앉아 있는 인아를 거울을 통해 일별한다. 파르스름한 박명 때문에 문득 환영처럼 아름다워 보이는 내 모습을 묵묵히 건너다본다.

그 물고기가 다시 꿈에 나오는 거야?

나는 묻는다.

어떤 물고기?

네 악몽에 말이야.

아무것도 알고 있지 않다는 듯 담담한 얼굴로, 인아가 어둠 속에서 조용히 눈을 빛낸다.

*

저렇게 눈을 빛내며 인아는 내 얼굴을 건너다보았었다. 4년 전 이른 봄, 공원 분수대 위로 어질머리나게 쏟아지던 햇빛이 막 사위기 시작하던 늦은 오후였다.

스물네 살의 그 여름밤 이후 우리는 이따금씩 연락해 만났다. 처음 몇 년 동안은 괄괄한 초등학교 동창과 함께였지만, 그 친구가 벤처기업체를 동업하던 대학 동기와 결혼해 사업차 베트남으로 떠나버린 뒤로는 둘만 만났다. 내가 직장에 매여 있기 때문에 대체로 인아가 점심때 회사 앞으로 찾아왔는데, 대략 한 시간 반에서 두 시간쯤 간단한 식사나 차를 같이 한 뒤 헤어지곤 했다. 우리 관계는 다소

피상적이었던 것 같다. 피차 속 깊은 이야기를 화제로 꺼내는 일은 드물었다. 그 이른 봄 오후까지는 분명히 그랬다.

마침 직속 상사가 일본으로 출장을 떠나 마음의 여유가 있는 날이어서, 세시 조금 지나 찾아온 인아에게 늦은 점심을 사준 뒤 나는 조금 걷자고 했다. 커피 한 잔씩을 들고 공원 분수대 앞의 벤치에 나란히 앉았을 때, 인아는 결혼 초에 겪었다는 일화를 들려주었다. 시댁에서 가족 모임을 가졌는데, 회를 떠온 남편과 그의 형제들이 저녁으로 매운탕을 끓여 먹자며 커다란 비닐봉지를 그녀에게 내밀었다는 것이었다. (*거기 담겨 있던, 회를 뜨고 남은 물고기를 별 생각 없이 양푼에 옮겨 담았어. 그런데, 수돗물을 받아서 막 씻으려는데 그 물고기 뼈가 세차게 퍼덕였어. 살은 다 발라졌는데 아직 살아 있었던 거야. 나도 모르게 비명을 질렀어. 양푼을 놓치는 바람에 얼굴이며 윗옷에, 부엌 바닥에 물이 마구 튀었어. 다행히 물고기는 개수대 안으로 떨어졌어. 그걸 보고 모두들 웃어댔어. 이걸 어떡해요, 살아 있어요, 내가 말하니까 큰동서가 웃으면서 대답했어. 뭘 어떻게 해, 동서가 알아서 해봐. 난 우는 줄도 모르고 눈물을 흘리면서, 뼈만 남아서 꿈틀거리는 그 물고기를 씻어서, 냄비에 넣고 뚜껑을 덮었어.*)

거기까지는 아직 평범한 이야기였다. 오 년이 더 지난 여태까지 그 물고기가 가끔 악몽에 나타난다는 이야기도, 좀 지나치다 싶긴 했지만 이해할 만했다. 다만 나를 의아하게 한 것은 인아가 처음으로 자신의 결혼 생활에 대해 말했다는 것이었다. 우리가 그동안 나눴던 화제들은 대체로 조심스럽게 사생활을 배제한 것이었다. 길다면 긴 시간이 흘렀는데, 우리는 서로에 대해 잘 모르고 있었다. 내가 인아에 대해 아는 것은 건강이 극도로 나빠졌을 때 디자인 회사를 그만두었다는 것(한 차례 이상 유산을 한 것 같았지만 정확히 묻지 못했다), 그 후 기타 연주를 제대로 배워보고 싶어 했다는 것(대학 시절 기타는 독학한 것이었고, 시간이 흐를수록 점점 자신이 없어진다고 그녀는 말한 적 있었다), 그러나 원인을 알 수 없는 지독한 두통 때문에 거의 아무것도 하지 못한 채 여러 해를 흘려보냈다는 것 정도였다. 나에 대해 인아가 알고 있는 것은 아마 그보다 더 적었을 것이다. 중산층 부모에게서 태어나 평범하게 대학을 졸업하고 별 볼 일 없는 한 직장에 줄곧 다니고 있으며, 서른이 되도록 제대로 된 연애를 못해보았다는 것. 그 지루한 이력을 인아는 어떻게 생각하고 있었을까.

 (*그것 참 끔찍하구나*), 하고 나는 침착하게 대답했다. (*그게 그렇게 오래 살아 있을 수도 있는 거구나.*) 덤덤하다 못해 거의 무기력한 내 대답에 귀를 기울이지 않은 듯, 인아의 목소리가 차츰 열기를 띠었다. 어떻게 맥락이 이어지는지 이해할 수 없는 다른 이야기가 시작되었다. (*나, 요즘 프랙탈에 관한 책을 읽고 있어. 깜짝 놀랐어, 우리 몸속 혈관들이 뻗어나가는 선, 하천들이 지류를 만들며 뻗어가는 선, 나무들이 하늘로 가지를 뻗어 올리는 선 들이 모두 닮아 있다니. 지하철 입구에서 빠져나오는 인파의 움직임도 비슷한 선들을 그리고 있다니. 그렇다면, 혹시 사람의 인생도 그럴까? 공간이 아니라 시간 안에서, 우리 삶이 어떤 수학적인 선…… 기하학적으로 추측 가능한 선들을 따라 나아가고 있는 걸까? 지하철 출구를 빠져나올 때마다 생각하게 돼. 함께 수학적인 곡선을 그리며 걷고 있는 사람들에 대해서, 그 사람들과 내가 비슷한 몸을 갖고 있다는 것에 대해서. 비슷한 곡선으로 뻗어간 핏줄들 속에 거의 같은 온도의 피가 흐르고, 세찬 심장의 압력으로 그게 순환하고 있다는 것에 대해서…… 이상하*

지 않아? 그 사람들은 결코 내 삶의 안쪽으로 들어올 수 없고, 나 역시 그들의 삶 안으로 들어갈 수 없는데, 함께 그 선들을 그리고 있다니.)

당황한 내가 뭐라고 대답하기 전에, 인아는 수년 전에 보도되었던 치과의사 살인사건으로 갑작스럽게 화제를 돌렸다. (그런데 말이야, 물속에 담긴 시신이 늦게 부패한다는 걸 그 사람은 배워서 알고 있었던 걸까? 그걸 계산해서 여자의 목을 조르고, 정교하게 알리바이를 맞췄던 걸까? 그럴 수 있을 만큼 침착했던 걸까? 그런데 그 사람의 몸속 혈관은 내 몸속 혈관하고 똑같은 선들을 가지고 있지. 하천의 지류가 흐르는 선, 나무가 가지를 펼쳐 올리는 선하고 똑같은 선 말이야. 같은 지하철 출구에서 그 사람과 내가 우연히 서로를 지나쳐 갔다면, 그 사람은 나와 함께 곡선의 일부가 되어서, 태연하게 다른 방향으로 걸어갔을 거야, 그렇지?)

그쯤에서 나는 그녀의 이름을 부르며 제지했다. (인아야, 오늘 왜 그래? 무슨 얘길 하려는 거야?) 그 순간 인아는 폭발했다. 지나치게 빽빽하게 감은 오르골처럼 부서졌다. 자잘한 부속들이 사방으로 튀듯 더 빠르게 쏟아져 나오는 취중독백 같은 문장들 속에서 나는 깨달았다. 인아가 최근에 끔찍한 일을 겪었다는 것을. 논리와 인과가 무의미해지는 지점을 통과해, 내가 모르는 어딘가로 넘어갔다가 우연히 제자리로 돌아왔다는 것을. 이상한 열기와 집요함을 그 와중에 얻어냈다는 것을. 그것이 어떤 일인지 알고 싶지 않았다. 그걸 겪고도 부서지지 않은 인아의 가냘픈 몸이 어쩐지 두렵게 느껴졌다.

나는 침착함을 잃지 않았다. 어떤 경우에도 덤덤하고 차분한 것, 그 무정하고 무기력한 자세만이 삶에 대해 내가 가진 유일한 방패라고 나는 믿고 있었다. 인아가 내뱉는 열띤 단어들, 깨어진 문장들, 의미 없이 반복되는 접속사들—그러니까, 그런데, 하지만 말이야—속에서 그 무정함을 놓치지 않으려고 애쓰는 동안, 그녀의 말들이 지푸라기 같은 무엇을 필사적으로 붙잡으려 하고 있다는 것을 마침내 읽어냈다. *(단 한 가지 사실만을 이해할 수 없어. 지금까지 너는 나를 다치게 한 적이 없었어. 지난 육 년 동안 단 한 번도 그러지 않았어.)* 만약 내가 평범한 남자였다면, 그 순간 인아를 끌어안거나 손을 잡았을까.

  두서없이 거칠고 긴 그녀의 고백이 별안간 끝나자, 유리 조각들이 촘촘히 흩어져 박힌 것 같은 침묵이 우리 사이에 놓였다. 이제 내가 대답할 차례라는 것을 깨닫자 긴장 때문에 턱이 약간 떨렸다. 혀끝으로 아랫입술을 축인 뒤 나는 차근차근 말하기 시작했다. *(그동안 나는 언제나 너를 특별하게 생각했어. 지금 이 순간도 특별하게 생각하고 있어. 하지만 그건 내가 너를 사랑해서가 아니야. 나는 너처럼 되고 싶어.)* 인아의 얼굴이 어떤 마비의 상태를 드러내는 것을 나는 보았다. 본래 인아는 퍽 영특한 눈매를 지니고 있었는데, 내 대답에 귀를 기울이던 그 순간만은 거의 백치처럼 멍해 보였다. *(너 같은 목소리를 갖고 싶고, 너 같은 몸을 갖고 싶어. 어떤 밤에는, 그 갈망 때문에 미칠 것 같을 때도 있어.)* 좀 전의 흥분 때문에 눈시울과 속눈썹이 조금 젖은 채 인아는 내 얼굴을 유심히 들여다보았다. *(더 견딜 수 없는 건, 이렇게 내 삶이 지나가고 있다는 거야. 벌써 꽤 많이 지나가버렸다는 거야. 내가 얼마나 비겁한지 너는 모를 거야. 비겁한 사람의 인생이란 긴 형벌과 다름없는 거야.)*

  자신의 상태에만 몰입해 있던 사람이 문득 그 밖으로 빠져나올 때 지어 보일 수 있는 가장 방심한 표정을 나는 그날 보았던 것 같다. 잠시 후 인아는 눈으로 웃었는데, 자신이 나를 향해 품어왔을지 모른다고 의심했을 연정에 대한 쓴웃음이라기엔 지나치게 부드러운 데가 있었다.

(가까이 와봐.)

갑자기 침착해진 목소리로 인아는 말했다. 나는 그 말을 이해하지 못하고 가만히 있었다. 인아는 내 쪽으로 다가와 앉더니, 주저 없이 내 입술에 자신의 입술을 포갰다. 십 초 가까이 시간이 흐른 뒤 입술을 떼고는 진지하게 말했다. (좀 더 잘해볼 수 없어?) 꾸지람을 들은 기분으로 나는 인아의 입술 안으로 혀를 넣었다. 십여 초가 더 흐른 뒤, 인아는 물러나 앉으며 속삭이듯 빠르게 말했다.

(자, 이제부터 우린 진짜 친구가 되는 거야. 아니, 자매도 괜찮아. 네 생일이 빠르니까, 이제부터 네가 언니야.)

언제부턴지 모르게 공원은 한산해져 있었다. 분수대에서 떨어지는 물소리가 기묘하게 적막했다. 멀리서 빠른 발소리와 웃음소리, 어린아이를 부르는 소리가 들렸다. 누군가가 줄곧 우리를 지켜보고 있었는지도 몰랐다. 상관없었다. 아직 남은 햇빛 속에서 나를 마주 보는 인아의 눈이 조용히 빛났다.

*

대낮같이 환하지만 기이하게 공허한 음영을 거느린 네온사인 아래를 나는 인아와 함께 걷는다. 10센티 하얀 힐의 앞코에 갇힌 발끝이 아프다. 발목이 시큰거린다. 행인들은 호기심을 숨기며 슬쩍 나를 눈여겨보거나, 가던 길을 멈추고 노골적으로 뒤돌아본다. 상관없다. 밑창이 두툼한 운동화에 청바지 차림의 인아가 반 보쯤 앞장서서 걸어가고, 나는 인아의 비스듬한 옆모습을 보며 계속 걷는다. 인아는 내 친구고 자매지만, 문득문득 나는 그녀와 입맞추고 싶다. 사 년 전 분수대 앞에서 처음 입맞춘 뒤로 가끔 그런 마음이 든다. 내 뜻과는 관계없이 내 몸이 남자이기 때문일지도 모른다. 몸이란 원래 제 나름의 기억을 가지고 있기 때문인지도 모른다. 나는 인아가 싫어하지 않을 만큼 이따금, 잠깐씩 조심스럽게 입맞춰보지만, 그 이상을 인아가 원하지 않는 것을 안다.

종종 나는 눈부신 쇼윈도 앞에서 걸음을 멈추고 그 안에 진열된 것들을 골똘히 들여다본다. 색색의 에나멜 구두들, 짧거나 치렁치렁한 치마들, 자잘한 큐빅들이 박힌 화려한 머리핀과 브로치들이 저토록 눈부시게 느껴지는 것은, 그것들이 나에게 허락되지 않았기 때문일 것이다. 인아는 나와 함께 재미있어하며 그것들을 들여다보지만, 나처럼 황홀해하지는 않는다. 저런 것들을 믿으면 안 돼,라고 그녀는 언젠가 나에게 말한 적이 있다. 그냥, 환영 속을 걷는 거라고 생각해.

인아의 말대로, 이런 날의 밤 산책은 나에게 환영의 숲이나 바다 아래를 걷는 것이다. 원피스를 입고 힐을 신고 진하게 화장을 하고, 내가 태어나 자란 도시의 번화가를 목적 없이 걷는다. 내가 아는 누구를 우연히 이 거리에서 마주친다 해도 나를 알아보지 못할 것이다. 모든 것이 눈부시게 휘황하고, 가슴 아프도록 절실해서 나는 가끔 눈물을 흘리고 싶은 마음이 되기도 한다. 하지만 실제로 눈물을 흘리는 일은 없다. 방해하지 않으려고 천천히 반 보 앞에서 걷고 있는 인아의 옆얼굴을 바라보는 것만으로 눈언저리의 뜨거움은 곧 식혀진다. 얼음이나 돌처럼 단단해 보이는 그 옆얼굴을 뒤따라 나는 계속 걷는다.

눈부시던 번화가의 불빛이 차츰 성글어지다 문득 황량한 본모습을 드러낸 거리의 끝에서, 인아는 걸음을 멈추며 나에게 묻는다.

다시 돌아갈까?

누가 먼저랄 것 없이 몸을 돌려 우리는 다시 번화한 거리를 향해 걷는다.

이런 날의 밤 산책에서 가장 중요한 일은 시선을 견디는 것이다. 편견과 혐오, 경멸과 공포의 시선들, 때로 노골적이고 더러 은근한 그것들을 감지하며 잠자코 앞으로 나아간다. 이따금 지나치게 강렬한 감정이 담긴 시선을 만날 때 인아는 나에게 말을 건다. 팔짱을 끼거나 손을 잡는다. 활짝 눈웃음치는 눈으로 내 얼굴을 올려다본다. 그럴 때 나는 오래전에 보았던 짧은 영화의 한 장면을 떠올리기도 한다. 한 쌍의 레즈비언이 햇빛 환한 거리를 팔짱을 끼고 걷고 있다. 서로의 뺨과 어깨와 팔을 애무하며, 웃음과 입맞춤을 나누며 건물들의 모퉁이를 돌고 또 돈다. 십 분 가까이 침묵 속에서 그들의 다정한 오후를 비추던 카메라는 그들이 사라진 모퉁이를 뒤따라 돌아가, 둔기에 머리를 맞고 피 흘리며 죽어 있는 그들을 마지막으로 위에서 비춘다. 핏속에 나란히 누워 있는 그들의 몸 위로 엔딩 크레딧이 올라간다.

아직 머리를 둔기로 얻어맞거나 붉은 피를 흘리지 않은 채, 우리는 번화가의 찬란한 네온사인 아래로 돌아와 걷고 있다. 과장되게 슬픈 체하는 발라드 음악과 취객들 사이로, 한 발 한 발 보도에 못 자국을 박듯 나아간다.

좀 전에 봐두었던 머리핀이 진열된 쇼윈도 앞에 나는 멈춰 선다. 붉고 화려한 크리스털 꽃 장식이 달린 핀을 진지하게 들여다본다. 고개를 돌리자, 비스듬히 뒤편에 서 있던 인아가 살갑게 묻는다.

사고 싶어?

대답 대신 나는 무거운 유리문을 밀고 가게 안으로 걸음을 내디딘다. 당혹감을 숨긴 앳된 종업원의 미소를 향해, 내가 가진 가장 아름다운 웃음을 꺼내 보인다. 발소리를 내지 않는 인아가 뒤따라 들어오는 기척을 느낀다.

*

나중에 안 일이지만, 분수대 앞의 벤치에서 우리가 그 고백들을 주고받았을 때 인아는 결혼 생활을 막 청산한 상태였다. 얼마간의 위자료가 있었기 때문에—역시 정확히 묻지 못했지만, 인아가 경험한 어떤 폭력이 환산된 금액인 것 같았다—당장 생계가 쫓기는 상황이 아니었는데도 인아는 그 후 첫 일 년 동안 닥치는 대로 일했다. 대형 마트의 캐셔 일이 가장 먼저였고, 얼마 지나지 않아 상급자의 눈에 들어 환불처리 팀으로 옮겨갔는데, 한 번 더 부서를 옮기게 되었을 때 그 일을 그만두었다. 그 후로는 수개월에 걸쳐 심한 우울증에 시달렸고(*까맣고 독한 액체 같은 게 뒤통수로 흘러 들어오는 것 같아. 그럴 땐 몸을 움직일 수 없어. 잠을 잘 수도 없어.*), 거의 위험하게 느껴졌던 마지막 순간에 대학 시절 밴드를 함께했던 친구와 연락이 닿았다. 당시 인아의 상태가 너무 나빴기 때문에, '일어나서 움직여봐'라고 꾸준히 격려하는 중에도 나는 결국 인아가 회복될 수 없을 거라고 몰래 예상했었다. 하지만, 완전히 죽은 줄 알았던 화분에서 기이하게 선명한 꽃이 피듯 인아는 되살아났다.

  재작년 여름 인아가 만든 첫 음반을 나는 가끔 꺼내 듣는다. 레이블 없이 자체 제작해, 홍대 인근의 레코드숍과 인터넷으로만 판매하는 음반이다. 거기 실린 노래들을 쓰고, 믿을 수 없는 끈기로 쉬지 않고 기타와 노래를 연습하고(*불면증이 좋은 점도 있어. 연습할 시간이 끝없이 생겨난다는 거지.*) 변변한 녹음실 대신 친구의 옥탑방 작업실에서 녹음을 하는 동안(*창문을 두 겹으로 닫고, 암막 커튼을 치고, 기계음이 들어가면 안 되니까 에어컨이랑 냉장고를 끄고, 컴퓨터 본체엔 담요를 씌웠다가 한 테이크 끝나면 얼른 걷어서 식혀가면서 녹음해. ……온몸이 그냥 땀이야.*) 인아는 그동안 입어온 검은색 계열의 옷들을 차례로 버렸다. 머리를 밝게 물들였고, 선명한 노란색 셔츠나 워싱을 많이 한 청바지 같은 값나가지 않는 것들을 하나둘 사들였다. 하지만 정작 음반에 실린 곡들은 처음 만난 여름밤에 들었던 노래와 비교할 수 없을 만큼 어두워져 있었다. 그 깨끗함이 되돌아올 수는 없던 것이다. 스크래치와 거친 효과음들을 의도적으로 넣은, 압도적으로 몽환적인 사운드 속에서 인아의 목소리는 무엇인가와 지독하게 싸우는 사람처럼 가냘프고 절실했다.

  첫 클럽 공연에 나를 초대하며 인아는 전화로 말했다. (*네가 되고 싶은 것이 되어서 와.*) 하지만 수요일 저녁의 공연이었으므로 나는 퇴근하자마자 흰 와이셔츠와 타이 차림으로 갔다. 덕분에 사십 분 일찍 도착했는데, 아직 세션들이 오지 않았는지 인아는 혼자서 기타를 멘 채 무대를 서성거리고 있다가 나를 향해 손짓했다. *(오 분만 담배 피우고 오자.)* 인아는 앞장서서 지하 클럽을 빠져나가 옆 건물의 주차장으로 갔다.

일곱시가 가까웠어도 아직 밝은 팔월 저녁이었다. 담배를 먼저 꺼낼 줄 알았는데, 인아는 기타를 멘 채 하얀 면 원피스의 허리께에 달린 커다란 주머니에서 손톱깎이를 꺼냈다. 왼손의 손톱들이 별로 길지 않은데, 정성껏 깎고 줄로 다듬었다. 실처럼 희고 가느다란 손톱 조각들이 아무렇게나 주차장 바닥에 흩어지는 동안 인아는 침묵했다. 그 조용한 옆얼굴을 건너다보며 나는 잠자코 서 있었다. 아마 그때 처음 인아를 사랑한다는 생각을 했던 것 같다. 그런 확신을 여자에게 느꼈다는 것에 나는 당황했다. 감정과 거리를 두려고 일부러 냉정한 질문들을 던졌다. *(네가 첫 번째 순서야?) (첫 번째로 하게 해달라고 부탁했어.) (왜?) (사정이 있어서 리허설을 못하게 돼서, 혼자라도 미리 좀 와 있으려고. 중간에 하면 오 분 사이에 준비해야 되는데 더 긴장될 것 같았어.) (사람들 앞에서 노래하는 거 오랜만이지?) (팔 년쯤 됐나봐. 대학 4학년 때, 이 클럽이 여기로 옮겨오기 전에 오디션 보고 네 번쯤 공연했었거든. 같이 밴드 하던 친구들하고.) (결국 다시 하게 될걸, 왜 그만뒀었어?) (비겁했지.) (그런 결혼은 왜 갑자기 했던 거야?) (상대가 의사라서.) (그게 다였어?) (내가 속물이라서.) (신랄하구나.) (근본적으로, 나라는 사람한테는 위대함이 결핍돼 있어.)*

손톱을 다 깎은 인아가 원피스 주머니에 손톱깎이를 넣었다. 담배를 꺼내 잇사이에 물고 라이터를 더듬어 찾는 인아의 단단한 뺨에 내 손을 얹어보고 싶었다. 그러나 악수를 건넬 엄두도 내지 못했다.

클럽으로 돌아가, 나는 맥주 한 캔을 바에서 받아 들고 벽 쪽의 가장 어두운 자리에 앉았다. 스무 명이 채 되지 않는 관객에게 뒷모습을 보인 채 인아는 드럼과 키보드 세션 들과 인사를 나누고 조율을 했다. 작은 생수병을 기울여 이따금씩 입을 적셨다.

마침내 시작된 공연에서 인아는 자신에게 허락된 다섯 곡의 노래를 불렀다. 첫 곡을 부른 뒤 간단히 자신과 세션들을 소개했고, 다음 두 곡을 이어서 부른 뒤 지난밤 꾸었다는 실없는 꿈 이야기로 관객들을 웃기고는(*꿈에, 기타를 치는데 줄이 끊어지는 거예요. 여벌 기타 줄이 없어서 다음 밴드에게 기타를 빌렸는데, 같은 부분에서 또 줄이 끊어졌어요. 잠깐만 기다려달라고 하고는 밖으로 나가서 기타 줄을 사려는데, 골목이 끝없이 얽히면서 이상한 거리가 나오는 거예요.*) 빠른 템포의 다음 곡을 불렀다. 거기까지는 음반에 수록된, 나도 아는 곡들이었다. 다음으로 부른 마지막 곡은 얼마 전에 새로 만들었다는, 조용한 키보드 반주의 도입부로 시작되는 곡이었다.

늦은 여름밤,
피곤한 몸으로 지하철역을 빠져 나왔지.
얼굴에 퍼렇게 수염이 자란 남자들이
종이 박스 위에 모여 앉아 있었지.
색색의 플래카드가 만장처럼 걸려 있어서,
나는 다른 출구로 잘못 나온 줄 알았어.

걸음을 멈추고 플래카드에 적힌 걸 읽었는데.

예상치 못한 내용의 가사에, 무거운 침묵이 객석에 흘렀다. 그 순간 드럼이 들어왔다. 인아의 깡마른 손이 스트로크를 시작했다. 높은 음역대로 들어가면 처연해지는 목소리가 비트와 객석의 침묵 위로 울렸다.

그들은 나에게
죽음을 요구한다.
하지만 나는 죽지 않겠다.

바람 소리가 섞인 것 같은 가성으로 인아는 후렴부를 향해 날아들어갔다.

그때였지,
내 심장에 차디찬 불이 당겨진 건.
한 꺼풀 비늘이
내 눈에서 힘껏 벗겨진 건.

*

이제 인아와 나의 산책은 번화가를 완전히 벗어났다. 인아의 아파트가 가까워질수록 보도블록들은 더 험하게 패어 있다. 내 구두의 가늘고 날카로운 굽이 흔들린다. 자칫 접질리겠다 싶게 발목이 양옆으로 활짝 젖혀지곤 한다.

발 아프지 않아?

인아가 나무라듯 묻는다.

그러니까, 굽 너무 높은 거 사지 말자니까. 키도 크면서.

나는 웃으며 대답한다.

적당히 기분 좋을 만큼 아파.

나직이 소리 내어 인아가 따라 웃는다. 내가 얼마나 아슬아슬한 경계 위에 존재하고 있는지 깨닫게 하는 웃음이다. 내가 얼마나 간절하게 여자이고 싶은지 알게 해준 사람도 인아고, 남자의 몸으로 여자를 안고 싶어질 수도 있다는 걸 알게 해준 사람도 인아다. 어린 시절, 점점 어두워지는 골목을 내다보며 어머니가 돌아오길 기다리던 저녁을 떠올리게 하는 사람, 우산이 없어 강당 처마 아래 서서 잦아들지 않는 빗발을 바라보던 오후를 떠올리게 하는 사람도 인아다. 그런 순간 막연히 만나고 싶었던, 모르는 누군가의 희끗한 얼굴과 무심코 겹쳐지는 사람도 인아다.

인아의 얼굴에서 곧 웃음이 걷힌다. 나도 더 이상 웃지 않는다. 10센티 굽의 에나멜 구두를 절름절름 끌며 더 걷는다. 물이 마른 우물 속처럼 비좁고 더러운 골목에 이르렀을 때, 그녀에게 그 노래를 불러달라고 말한다.

무슨 노래?

왜, 옛날에 불러줬잖아. 왜 음반에 넣지 않았는지 궁금했어.

옛날이라니, 언제?

나는 기억나는 소절을 불러준다.

에우로파,
얼어붙은 에우로파
너는 목성의 달

인아는 웃음을 터뜨린다.
내가 그 노래를 언제 네 앞에서 불렀어?
나는 조금 실망한다. 인아는 그날 밤의 일을 잊은 것이다.
가사가 긴데, 많이 잊어버렸을 거야.
인아가 주저한다.
……끝까지 부를 수 없을지도 몰라.
그러나 더 물러서지 않고, 그녀는 낮은 목소리로 노래를 부르기 시작한다.

에우로파,
너는 목성의 달
암석 대신 얼음으로 덮인 달

지구의 달처럼 하얗지만
지구의 달처럼
흉터가 패지 않은 달

아무리 커다란 운석이 부딪친 자리도
얼음이 녹으며 차올라
거짓말처럼 다시 둥글어지는,
거대한 유리알같이 매끄러워지는

후리후리한 우리 그림자가 골목길 위로 앞서 걸어가는 것을 나는 지켜본다. 조그만 허밍으로 후렴부를 따라 부른다. 키를 낮게 잡았기 때문에 인아의 목소리는 높고 처연한 음역대로 들어가지 않는다. 노래가 완전히 끝날 때까지 그녀의 음성은 낮고 무겁다.

에우로파,
얼어붙은 에우로파
너는 목성의 달

내 삶을 끝까지 살아낸다 해도
결국 만질 수 없을 차가움

*

대부분의 사람들은 평생 동안 크게 색깔과 형태를 바꾸지 않고 살아가지만, 어떤 사람들은 여러 차례에 걸쳐 자신의 몸을 바꾼다. 지난 십 년 동안 내가 만나온 인아가 그런 사람이라는 것을 이젠 알 것 같다.

지난 한 해 동안 인아는 자신을 부르는 곳이면 어디든 가서 노래했다. 약간의 보수를 받을 때도 있었지만, 차비도 못 받는 경우가 대부분이었다. 노래가 끝난 뒤 청중들과 함께 거리를 행진하다 최루액이 섞인 물대포를 맞아 기타가 망가진 적도 있었다. 이제 인아는 내가 모르는 많은 사람들과 만나고 가까이 지낸다. 앞으로 더 많은 사람들을 만날 것이다. 두 달쯤 전 인아의 집에 갔을 때 그녀는 나에게 말했다.

(새벽에 전화를 받았어. 조사할 게 있으니 곧 집으로 데리러 오겠대. 한 시간 뒤에 도착할 테니 준비하고 있으라고 했어. 세수하고 옷을 입고, 생리대 몇 장이랑, 전에 먹었던 신경안정제를 점퍼 안주머니에 넣고 기다렸는데 결국 아무도 안 왔어. 그냥 겁주려고 그런 거였나 봐. 이상하지, 이런 일들은 구십년대까지 다 끝난 줄 알았는데.)

그때 나는 밤 산책을 준비하기 위해 방금 세수를 한 상태였다. 최대한 수염 자국을 남기지 않기 위해 새로 면도한 내 얼굴이 거울 속에서 해쓱했다. 거울을 통해 나를 바라보는 인아의 얼굴은, 간밤에 잠을 못 이룬 탓인지 실제보다 더 나이 들어 보였다. 무심을 가장해 나는 물었다.

(……꼭 그런 델 다니면서 노래해야 돼? 원래는 그런 일들에 관심 없었잖아.)

침대 위에 책상다리를 하고 앉은 채, 그녀는 잠시 생각에 잠겼다가 되물었다.

(기억나? 예전에 내가 너한테, 날 설득해보라고 했잖아.)

고개를 끄덕이지 않았지만 나는 기억했다. 인아가 노래를 부르기 직전, 그녀가 다시 일어설 수 없을 거라고 내가 비밀스런 죄의식을 느끼며 점쳤던 그 시절이었다. 왜 더 살아야 하는지 설득해봐, 라고 인아는 나에게 말했다. 그러니까, 내가 더 살아 있는 것에 무슨 의미가 있는지.

망설이는 나의 대답을 더 기다리지 않고 인아는 말했다.

(나한테는 근본적으로 위대함이 결핍돼 있어. 이 얘기도 언젠가 했어. 기억해?)

기억했지만 나는 여전히 대답하지 않았다. 거울에서 몸을 돌려 돌아보자, 인아의 담담한 눈길이 내 얼굴을 찬찬히 응시했다.

(이제 난 늙어가고 있고, 앞으로 더 늙을 거야.)

인아가 입을 다물었다 뗄 때마다 가느다란 주름들이 입가에 패었다 지워지는 것을 나는 보았다. 그녀가 반년쯤 전 장기와 각막 기증 서약을 했다는 것을 나는 알고 있었다. 기운이 날 때마다 헌혈 차량의 비닐 침대에 누워 두 팩씩 피를 뽑아왔다는 것을, 서랍에서 우연히 발견한 수십 장의 헌혈 증서를 보고 알았다. 시체까지 의학생들의 해부실습을 위해 내놓을 거라고 그녀가 무심하게 말했을 때 나는 못 들은 척 눈을 돌렸었다. 살이 다 발라진 인아가 꿈틀거리며 수술용 침대 위에서 몸을 뒤트는 환상 때문이었다.

(내 안에서는 가볼 수 있는 데까지 다 가봤어. 밖으로 나가는 것 말고는 길이 없었어. 그걸 깨달은 순간 장례식이 끝났다는 걸 알았어. 더 이상 장례식을 치르듯 살 수 없다는 걸 알았어. 물론 난 여전히 사람을 믿지 않고 이 세계를 믿지 않아. 하지만 나 자신을 믿지 않는 것에 비하면, 그런 환멸은 아무것도 아니라고 말할 수 있어.)

무언가에 항의하는 것처럼 단호해진 말씨에, 나는 숨을 죽인 채 귀를 기울였다.

(하지만 지금까지 내가 말한 건 네가 방금 물었던, 왜 그런 델 다니면서 그런 노래를 하느냐는 질문에 대한 진짜 대답이 아니야. 그 대답은 너에게 하고 싶지 않아.)

*

벌써 오래전의 일이다.

지나가듯 그녀가 도울게,라고 말했을 때 나는 무슨 말인지 얼른 알아듣지 못했다. *(네가 되고 싶은 것이 되는 것 말이야. 도울 게 뭔지 생각해볼게.)* 다시 그녀가 곡을 쓰기 시작하던 때, 죽은 줄 알았던 화분에서처럼 선명하게 피어나던 때, 우리가 밤 산책을 시작하기 직전의 일이었다.

그 후 일 년 반쯤의 시간이 훌쩍 흘렀을 때, 인아가 첫 공연을 했던 클럽에 함께 간 적이 있었다. 입소문으로 음반이 차츰 팔리면서 인아의 관객이 불균형하게 많아졌으므로, 더 이상 인아는 그 클럽에서 다른 팀들과 함께 보수 없이 공연하지 않아도 되었다. 소극장이나 다른 클럽을 하루씩 빌려 단독 공연을 하는 일이 가능해진 것이다. 하지만 인아는 가끔 그 클럽의 구석자리에 혼자 앉아 있다 돌아오곤 한다고 했는데, 그날은 나와 동행한 것이었다.

그 밤 밴드들은 관객들의 심장이 쾅쾅 울리도록 음량을 높여 연주했다. 덕분에 가사는 거의 들리지 않았다. 그들의 일렉 기타와 베이스와 드럼과 관객들의 심장—특히 내 심장—이 함께 피를 뿜으며 폭발할 것 같다고 느꼈을 때 나는 인아에게 그만 나가자고 했다. 삐걱거리는 목조 계단을 밟아 지상으로 나오자 초겨울 밤의 공기가 유난히 고요하고 찼다.

 (사실, 공연보다 더 좋은 건 혼자 있는 시간이야. 아마 누구나 그럴걸.) 하고 그때 인아는 웃으며 말했다. 돌아보는 나를 향해 장난스럽게 콧잔등을 찌푸렸다. *(방에서 혼자 기타를 안고 음을 더듬을 때. 가사를 붙여볼 때. 고치고, 또 더듬고, 받아 적고, 불러보고 그럴 때.)*

 다정히 내 이름을 부른 뒤 인아는 이어 물었다. *(만약 네가 원하는 대로 태어났다면 뭘 했을 것 같아?)* 나는 대답하지 않았다. *(원하는 대로 다 살아낼 수 있다면 뭘 할 것 같아?)* 나는 여전히 대답하지 않았다. 그 순간 미칠 듯 뜨겁게 치밀어오른 말들을 내가 입에 담았다면, 우리는 처음으로 싸웠을지도 모른다. 그게 마지막이 되었을지도 모른다. 웃기지 마. 내가 널 사랑한다고 해서, 그런 답을 네가 나한테 요구할 수 있다고 생각하지 마. 닥쳐. 닥치라고.

*

 클렌징 오일로 화장을 지우고 샤워기의 뜨거운 물로 오래 몸을 씻은 뒤, 아침에 입고 왔던 옷들을 주섬주섬 걸쳐 입는다. 세면대 위의 거울 속에서 나를 건너다보는, 친숙하고도 낯선 사람의 얼굴을 마주 건너다본다. 그 사람이 누구인지 나는 모른다. 한 번도 누구인지 알 수 없었던 사람이 저기 있다. 더 이상 청년이 아닌 얼굴, 서서히 완고한 주름들을 새기며 늙어갈 사내의 얼굴을 나는 본다.

씻는 동안에는 물소리 때문에 들리지 않았는데, 앰프를 연결하지 않은 일렉 기타의 쳇소리가 인아의 연습실에서 새어 나오고 있다. 좀 전에 골목에서 불렀던 노래의 느린 변주가 끝날 때까지 나는 타일 벽에 기대 서 있다. 연습실 문이 조용히 열렸다 닫히는 소리를 확인한 뒤, 차가운 물을 틀어 한 번 더 얼굴을 씻는다.

샤워하면서 빨아둔 브래지어와 스타킹을 가지고 나와 베란다의 빨래 건조대에 펼쳐 넌다. 컬이 망가지지 않도록 가발을 말아 인아의 서랍장 안쪽에 넣고, 원피스와 스카프를 옷걸이에 다시 걸어놓는다. 어느 사이 인아는 침대 속에 깊이 몸을 파묻고 누워 말없이 나를 지켜보고 있다. 밤이 깊어 더 진해진 그녀의 눈 아래 검은 그늘을 나는 본다. 장례식이 끝났다면서, 왜 인아는 다시 악몽을 꾸는 걸까.

그녀가 꾸는 악몽에 대해서는 모르지만, 내가 꾸는 가장 내밀하고 외설스러운 꿈에 대해서는 알고 있다. 이따금 나는 인아의 몸에서 가장 이상한 곳에 입맞추는 꿈을 꾼다. 그녀의 골반뼈 바로 안쪽, 파르스름한 실정맥 두어 가닥이 섬세한 매듭처럼 뭉쳐져 불쑥 솟아오른 부분이다. 창백하고 얇은 살갗 안쪽에 비쳐 있는 그 미미한 기형의 흔적 위로 나는 끈덕지게 입술을 문지른다. 꿈속에서, 그 일이 너무 행복해 언제까지나 끝내고 싶지 않다. 그녀의 골반이 뒤척일 때마다 더 부드럽게 입맞춘다. 내 혀와 그 살갗이 달라붙어 영원히 떨어질 것 같지 않다.

그것이 아주 오래전, 그녀가 위태롭게 어두웠을 때, 단 하룻밤의 몇 시간 동안 허락된 일이었다는 것을 알고 있다. 그런 일을 겪은 뒤에도 우리가 계속 살아가야 한다는 것을 알고 있다. 모든 것이 환영처럼 잠시 이뤄지거나 단박에 파괴된 뒤에도, 검은 바다의 밑면 같은 거리를 한 걸음씩 못을 치며 나아가는 일만 남는 것을 알고 있다.

나는 묵묵히 침대로 다가가 인아에게 짧게 입맞춘다. 인아의 입술에서 쓴 담배 냄새가 난다. 그녀는 아직 나를 비겁자라고 부른 적 없다. 비좁고 높은 평균대 같은, 내가 살고 있는 경계에서 뛰어내리라고 말한 적도 없다. 그저 이따금 함께 밤거리를 걸어줄 뿐이다. 아무 일도 우리 사이에 없었던 것처럼 다정하고 무정하게. 수차례 으스러지게 서로의 몸을 껴안고 빗장뼈를 어루만지고, 고통에 가까운 애착을 느끼며 따뜻한 살을 비볐던 일 따위는 없었던 것처럼.

공연 잘해, 금요일에.

인아는 대답 대신 웃으며 말한다.

안 나갈게.

나 역시 사람을 믿지 않는다고, 고통을 주는 데가 있는 인아의 웃음을 보며 생각한다. 언젠가 그녀가 나를, 내가 그녀를 깊게 상처 입히리란 것을 알고 있다. 우리 산책이 영원하지 않으리란 것을 안다.

인아의 방을 나서기 전에 나는 묻는다.

그대로 잘 거야? 불 꺼줄까?

여전히 미소를 머금은 채 그녀가 고개를 끄덕인다.

복종하듯 나는 스위치를 내린다. 인아의 단단하고 창백한 얼굴이 순식간에 어둠에 잠긴다. 다시 스위치를 올려 날카로운 불빛을 불러들이거나, 저 불분명한 어둠을 향해 비명을 지르고 싶은 충동을 나는 침착하게 억누른다.

수상작가가 쓴 연보

1970년　11월 27일 오전, 광주 중흥동 철길 옆집에서 태어났다. 맑은 늦가을 날이었다고 했다. 그해 여름 어머니가 장티푸스를 앓으며 약을 많이 먹어, 혹시 모른다는 조바심에 낳지 않으려고 했던 아이였다. 나는 아주 작고 가벼웠다고 한다. 집에 저울이 없어 몸무게를 달아보진 않았지만 기껏해야 2.5킬로그램 정도였을 거라고 어머니는 말했다. 내가 어렸을 때 고모들은 "넌 정말 쬐그맣고 가무잡잡하고 못생긴 아기였어."라고 짓궂게 놀리곤 했다.

1980년　1월에 가족과 함께 서울 수유리로 올라왔다. 서울은 추운 곳이었고 우리는 대체로 가난했다. 그러나 나는 무사히 학교생활에 적응했다. 서울에 오기 전에도 이사를 자주 다녔기 때문에, 전학생으로 살아가는 일에 익숙했다.

1993년　대학을 졸업한 이해부터 출판과 잡지 일을 시작해 이후 3년 가까이 일했다. 《문학과사회》 겨울호에 시 「서울의 겨울」 외

4편이 실렸다.

1994년　서울신문 신춘문예에 단편소설 「붉은 닻」이 당선되었다. 「질주」, 「야간열차」, 「여수의 사랑」 등의 단편소설을 써서 발표했다. 그해 여름에 쓴 「어둠의 사육제」는 이듬해에 발표했다.

1995년　여름에 첫 소설집 『여수의 사랑』이 나왔다. 첫 책을 받아든 날은 아무 일도 하지 못했고, 차마 책을 펼쳐보지도 못했다. 이해가 끝날 무렵, 더 이상 직장 생활과 글쓰기를 병행하기 어렵다는 것을 깨닫고 직장을 그만두었다.

1996년　단편소설 「흰 꽃」과 「철길을 흐르는 강」을 발표했다.

1997년　단편소설 「내 여자의 열매」를 발표했다.

1998년　3년 동안 붙들고 있었던 첫 장편소설 『검은 사슴』을 출간했다. 중편소설 「어느 날 그는」을 발표했다. 그해 가을, 미국 아이오와 대학교에서 주최하는 국제창작프로그램에 3개월 동안 참여했고 이후 한 달쯤 여행을 했다.

1999년　「아기 부처」, 「해질녘에 개들은 어떤 기분일까」, 「아홉 개의 이야기」 등의 단편소설을 발표했다.

2000년　두 번째 소설집 『내 여자의 열매』를 출간했다.

2002년　장편소설 『그대의 차가운 손』을 출간했다.

2003년　중편소설 「노랑무늬영원」을 발표했다. 아이오와의 기억을 담아 썼던 산문들을 모은 『사랑과, 사랑을 둘러싼 것들』을 출간했다.

2004년
~2005년　「채식주의자」 연작 세 편을 차례로 발표했다.

2006년　단편소설 「파란 돌」과 중편소설 「왼손」을 발표했다.

2007년　노래들에 대한 기억을 담은 산문집 『가만가만 부르는 노래』를 출간했다. 만들고 부른 노래들을 시디로 만들어 부록으로 넣었다.
장편소설 『채식주의자』를 출간했다.

2009년　단편소설 「훈자」를 발표했다.

2010년　장편소설 『바람이 분다, 가라』를 출간했다.

2011년　단편소설 「회복하는 인간」, 「에우로파」를 발표했다.
장편소설 『희랍어 시간』을 출간했다.

2012년   단편소설「밝아지기 전에」를 발표했다.
         세 번째 소설집『노랑무늬영원』을 출간했다.

2013년   20년 동안 발표할 생각 없이 혼자 써왔던 시들 중 60편을 추려서, 시집『서랍에 저녁을 넣어 두었다』를 출간했다.

2014년   여섯 번째 장편소설『소년이 온다』를 출간했다.
         아르코가 지원하고 바르샤바 대학이 초대한 레지던스 프로그램으로, 미루나무 두 그루가 내다보이는 폴란드의 조그만 아파트에 4개월 동안 머물렀다.

2015년   단편소설「눈 한 송이가 녹는 동안」을 발표했다.

수상작가 인터뷰

연하고 깨끗한,
막연하나 이끄는

윤경희 · 문학평론가

작가 인터뷰를 준비하면서 가장 먼저 한 일은 그녀의 책들을 따로 모아두는 것이었다. 온종일 어둑하기만 한 침실 책장에 흩어져 꽂힌 소설, 시집, 동화, 산문집 들을 볕이 조금은 더 잘 드는 공부방 책장 한편에 출간연도 순으로 정렬해놓았다. 첫 책부터 시작해서 무엇이든 새로 낼 때마다 착실히 따라 읽어왔다고 자신하지만 그래도 혹시 빠진 게 있을까. 동화책 둘과 산문집 하나를 미처 못 챙겼다는 걸 뒤늦게 안다.

1993년 등단해서, 1995년에 첫 책을 내어, 2015년 현재 스물두 해째의 이력을 보내는 작가. 이렇게 헤아려보니 살아온 시간의 반절 가까이 나는 그녀를 읽어왔구나. 동시대인의 행운을 누리며. 등단 칠 년 차에 『내 여자의 열매』를 내며 작가는 썼다. "한 사람이 살아 있는 동안 그의 세포들은 끊임없이 죽고 새로 만들어지는 일을 되풀이한다. 그렇게 체세포가 모두 바뀌는 데 칠 년의 주기가 걸린다고 들었다. 칠 년 동안, 내 세포들이 새것이 되었다. 내 눈과 귀와 코와 입술, 내장과 살갗과 근육들이 소리 없이 몸을 바꾸었다."고. 이대로 셈하면 작가는 지금껏 세 번 몸을 바꾸었고 네 번째 새 몸을 만드는 중이다. 과학적으로 오류인 것이 문학적으로도 그렇지는 않다. 어떤 작품은, 말은, 그것을 쓰고 읽는 일은, 작가의 몸은 물론이고 독자의 몸도 실제로 바꾸기 때문이다. 나는 느릿한 사람이므로, 그녀의 글을 따라 읽은 스무 해 동안, 적어도 두 번 바뀌었다.

어떤 계기로 처음 읽게 되었는지는 거의 기억나지 않는다. 문학을 전공하거나 글쓰기에 뜻을 두지 않아도 시와 소설을 읽는 게 대학생의 일반적인 교양 활동으로 여겨지던 시절이었다. 학교 앞 서점들의 역할을 높이 사지 않을 수 없다. 저물녘의 서점은 수업이 파한 뒤 모임이 시작될 때까지 애매한 시간을 때우려는 학생들로 붐볐다. 들뜬 막간, 생일을 축하하거나 사귀고 싶은 마음을 전하기 위해, 서가에서 적절한 책을 골라 값을 치른 다음, 앞장에 짤막한 문구를 적어 주고받았다. 잔디밭에서 기타 치고 노래 부르는 중에, 벤치에 모여 앉아 음료와 수다를 즐기는 중에, 책 이야기가 아무렇지도 않게 섞여들었다. 모두와 그런 이야기를 나눌 수 있지는 않았어도 그런 이야기를 나눌 수 있을 만한 사람들은 결코 부족하지 않았다. 나는 아마 그녀의 첫 소설집을 가방에 챙겨 학교에 갔을 것이다. 과방에 앉아 꺼내 읽었을 텐데. 누군가 작가 이름을 보고 아는 척을 했다는 사실만 이제 와 희미하게 떠오른다. 『여수의 사랑』이라는 제목에 그곳에 가족이 있는 누군가도 이야기를 거들었을 것이다.

처음 읽게 된 계기보다는 계속 읽게 된 연유가 더 중요하지만 그것이야말로 명확히 설명할 수 없다. 그녀의 첫 책이 나온 이듬해에 나는 한국 문학 읽기를 그만두었다. 활자에 대한 냉담, 읽기의 곤란, 말의 무서움…… 아무리 그럴듯한 이름을 붙여도 마땅히 포괄할 수 없는 징환의 초기 발현이었다. 돌이켜보면 그렇다. 처음에 그것은 전혀 문제로 여겨지지 않았다. 책 읽기를 그만두어도 생활은 별다르지 않게 진행되었으므로. 자국어 문학에 대한 관심이 냉각되었을 뿐. 외국어 서적을 읽으며 수업에 참여하고 과제를 수행하는 데는 무리 없었다. 몇 해를 그렇게 부분적 마비와 불감의 상태로 보내면서도 그녀를 비롯한 두어 작가들의 책은 어쩐지 계속 따라 읽게 되었다. 「내 여자의 열매」를 읽고서는, 누구에게 보여주어야 한다는 필요도 없이, 그저 내 안에서 쓰고 싶은 게 생겨났으니 그것을 쓰겠다는 욕구에 따라, 독후감에 가까운 그것을 썼고, 완성했다. 컴퓨터를 도난당한 탓에 그 글은 지금 없다.

한국을 떠나자마자 문제는 비로소 심각해진다. 다른 사람들은 알아차리지 못할지라도 나는 내게서 무언가 잘못되어가고 있음을 확연히 인지한다. 한국어 문헌뿐만 아니라 거의 모든 것이 읽기 어려워지고, 외국어는 물론이고 한국어 문장조차 제대로 만들어낼 수 없고, 아무 말도 잘 할 수 없다. 수치심, 증오, 공포, 분노는 어린 날부터 내가 가장 아끼고 친했던 사물로 향한다. 그리하여 어느 날 나는 책장 세 개 분량의 책을 한꺼번에 팔아치운다. 몇 년 동안 단 한 권의 책도 새로 사지 않는다.

그녀의 책들은 팔지 않고 빼둔 것들 몇 상자 안에 살아남아 나와 함께 대서양을 건넜다.

무언과 난독의 시기는 거주지를 옮기고도 여전히 지속되었다.

어느 늦은 가을날 나는 이래서는 더 이상 살 수 없다고 느낀다. 목이 막혀 숨을 잘 쉴 수 없다. 고지식하게 읽기와 쓰기만 해온 삶인데, 그것 외에는 할 줄 아는 게 없는데, 그러니 그것을 하지 않으면 사는 게 아닌데, 그것을 하지 못해서 이렇게 괴롭고 아픈 건데, 온몸이 굳어 딱딱해져 더 못 쓰고 더 못 말하는 건데. 나는 네 발 잘린 장난감 개처럼 짤뚝거리며 자리에서 일어난다. 한국의 가족에게 그녀의 신간을 부쳐달라고 부탁한다. 책꽂이 한편에 책들을 출간연도 순으로 정렬한다. 첫 책부터, 첫 페이지부터, 다시 읽는다. 책상 앞에 앉아, 한글 창을 열고, 곱아 떨리는 손가락으로 써 나간다, 몇 년 만에, 낱말들을, 내가 감히, 낱말들을 기워 문장을, 만들어낼 수 있을지, 문장들을 꿰매 문단을, 무섭지만, 문단들을 이어, 말이라고 할 만한 무언가를. 더듬거리며 더듬는다. 손가락 끝에 온 무게를 담아. 그렇게 한 글자씩 만들기 시작한 날 내 몸은 바뀌었다.

윤경희 무엇보다 먼저 제15회 황순원문학상 수상작가로 선정되신 것을 축하드립니다. 선생님과의 인터뷰를 진행하게 되어 큰 영광입니다. 왜 그런지 말씀드리느라 인터뷰 전에 제 이야기를 지나치게 길게 늘어놓아 송구스럽기도 합니다. 선생님과는 2012년 김태용 작가의 문지문학상 시상식에서 처음 인사를 나누었다고 생각했는데, 곰곰이 돌이켜보니, 2008년 동아일보 신춘문예 시상식에 선생님께서 소설 부문 심사위원으로 참석하셨다는 게 기억났어요. 그날 저는 선생님의 작품에 관한 평론으로 상을 받았는데, 그 자리에 작가 본인이 있다는 데 아주 놀랐지요. 부끄러워서 선생님께 개미만 한 목소리로 인사드렸는데 아마 기억하지 못하실 것 같아요. 인터뷰를 위해 선생님의 작품들을 처음부터 다시 읽고, 선생님 덕분에 쓰게 된 저의 첫 글을 돌이켜보고, 그러다 보니 자연스럽게 사적인 내력까지 고백하지 않을 수 없게 되었습니다. 제 몸을 바꾸어주셔서, 제가 조금 더 유연한 몸으로 조금 더 삶다운 삶을 살 수 있게 해주셔서, 감사드립니다. 고마운 마음을 꼭 전해드리고 싶었습니다.

말이 나온 김에 몸에 관한 이야기로 시작해볼까 하는데 어떨지요. 선생님의 작품을 통해 독자인 저의 몸이 바뀌어가고 있듯, 이십여 년 동안 작품을 써오시면서 그 글쓰기로 인해 선생님 자신의 몸은 어떻게 바뀌어왔을지 궁금해집니다. 다소간 막연한 질문이어서 부연하는 말들을 덧붙일까 하다가 그만둡니다. 선생님의 말씀이 퍼져나가는 방향을 따라가고 싶어서요.

한강 아, 다행이에요…… 2008년 신춘문예 시상식에서 서로 부끄러워하며 잠시 인사를 나눴던 것만 같은데, 이번 인터뷰 때문에 처음 통화할 때는 선생님이 전혀 기억을 못하시는 눈치였어요. 저는 그래서 내 기억이 틀렸었나, 그냥 먼발치에서 수상자를 바라보기만 했던 건가, 속으로 생각했었어요.

그렇게 오래 제 소설들을 가까이 두고 읽어주셨다니 감사합니다. 사실 부끄럽기도 하고요. 최근에 『보르헤스의 말』이란 제목으로 나온 대담집을 읽었는데, 낭독회의 청중 앞에서 사회자가 만년의 보르헤스에게 "여기 계신 모든 분들이 보르헤스 씨에 대해 궁금해하고 있습니다."라고 서두를 떼자 보르헤스가 대답하던 게 생각납니다. "제발 저도 그랬으면 좋겠네요. 나는 그 사람이라면 넌더리가 나거든요." 물론 농담으로 응수한 것이지만, 그 책에 일관되게 반복되는 그의 태도이기도 했어요. 다시 자신으로서 살아야 한다는 게 끔찍해서 아침마다 잠에서 깨는 게 싫다는 지독한 고백도 나오고요.

조금 비슷하고 다르기도 한 이야기인데, 얼마 전 이상(李箱)의 생일을 기념해 몇몇 작가들이 통인동의 생가 골목에서 동시다발적으로 낭독회를 했어요. 기획자인 김연수 씨가 초대해서 저도 참가했는데요. 재작년에 나온 제 시집엔 스물한 살부터 출간 당시까지 이십여 년 동안 쓴 시들이 묶여 있는데, 그 낭독회는 거기 실린 어떤 시들과, 비슷한 시기에 씌어졌던 제 소설들을 교차해 읽는 형식으로 사회자 없이 담담하게 진행했어요. 첫 창작집부터 『소년이 온다』까지 장편소설 여섯 권의 순서를 따라서요. 그런데 그게 결국 제 삶의 변화들을(선생님의 표현에 따르면 '몸이 바뀌는' 순간들을) 어쩔 수 없이 짚어가는 과정이어서, 낭독이 끝날 때쯤 되니 무슨 고해를 한 것처럼 무척 복잡한 기분이 되었어요. 그 남루한 책들을 쓰면서 어찌어찌 건너온 이십 년에 이어서, 다시 계속 자신으로서 살아가야 한다는 사실에 대해서요.

하지만 결국 질문에 대답해야 할 것 같은데요. 말씀하신 것처럼 칠 년에 한 번씩은 아니고, 소설들을 쓸 때마다 변화를 경험했다고 생각돼요. 특히 장편소설을 쓰고 나면 그 이전으로 돌아갈 수 없게 되었어요. 어떻게 보면 저의 가장 중요한 질문들을, 장편소설들을 통해 완성해보려 애쓰는 식으로 살아왔던 것 같아요. 『검은 사슴』에서는, 죽음에 그토록 가까워 보였던 네 사람이 그 모든 일을 겪은 뒤, 결국 한 사람도 죽지 않고 살아서 이 세계를 버티잖아요. 그렇게 제 삶도 한 발 더 앞으로 내디딜 수 있었던 거고요. 같은 방식으로 아주 단순하게 이야기하자면, 『그대의 차가운 손』에서는 서로의 몸을 석고로 뜬 뒤 껍데기를 부수는 제의 같은 과정을 통해 한 발 더 나아가게 되고(바라건대 진실 쪽으로), 『채식주의자』에서는 육식을 거부하고 자신이 식물이 되어가고 있다고 믿고자 하는 여자의 투쟁(구원을 위한 것이지만 사실은 파멸의 길인)을 통해 인간과 세계의 폭력을 응시하려 해보고, 『바람이 분다, 가라』에서는 그렇게 폭력과 아름다움이 그토록 격렬하게 뒤섞인 세계를 배로 밀고 기어가 껴안아야 한다는 사실을 마침내 받아들이고 싶어 하고, 『희랍어 시간』에서는 그렇게 우리가 삶을 껴안을 수 있다면, 인간의 부인할 수 없는 연하고 깨끗한 부분을 응시하는 것으로만 가능하지 않을까, 묻고 싶었어요. 그러니까 소설들, 제 질문들, 제 삶, 제 몸이 함께 움직이며 변화하며 아주 천천히 나아가고 있고, 더듬거리고 서성거리고 뒤척이면서 근근이 여기까지 온 것 같아요.

<u>윤경희</u> 아, 작품에서 작품으로 그런 연결선이 있었던 거로군요. 제가 미처 포착하지 못한 리듬을 알려주셔서 감사합니다. 선생님의 작품들을 처음부터 다시 읽어야 할 이유가 생겨서 얼마나 기쁜지요. 버티고, 부수고, 나아가고, 밀고, 기어가, 껴안고……. 선생님의 말씀을 가만히 들여다보니, 소설을 지속적으로 써나간다는 것은 마치 생의 안무를 조직하는 것 같다는 느낌도 드네요. 안무를 짜면서 동시에 그런 동작을 감당할 신체를 구상하고 단련해야 할 것 같기도 하고요. 부서지고 쓸리면서도 연하고 깨끗하게 재생하는 몸이요. 그런 몸을 만들어가는 시간이 소설을 쓰는 삶이라면, 그런 소설을 읽는 사람의 몸과 삶도 역시 그렇게 되기를, 문득 바라게 되어요.

선생님의 작품을 순차적으로 읽어온 독자로서, 제 나름으로도, 작품들 사이에 차이를 마련하면서도 더욱 근본적인 저류에서는 그것들을 이어주는 변주적 요소들의 흐름을 감지하곤 하는데요. 조금 더 정확히 말씀드리면 파동 에너지에 가까운 것이랄까요. 한 작품에서 다음 작품으로 전달되면서 형태와 양상은 변이해도 에너지 자체는 보존되는 생의 동력이 느껴집니다. 그래서 심지어 새 작품을 읽고 나서는 아직 쓰지 않으신 다음 작품에서 어떤 주제와 내용이 다루어질지 점쳐보기도 하는 즐거움을 누리기도 합니다.

부풀고 잦아들고 다시 부푸는 파동은 작품들 사이에 모종의 매듭이나 징검다리를 만들어주는 것처럼 느껴지기도 하는데요. 이전에 쓰신 것들을 빗어 묶은 다음, 다음 글쓰기의 타래를 예비하는 지점으로서요. 제가 읽기에는 『바람이 분다, 가라』와 『희랍어 시간』 사이에, 그리고 이전의 모든 작품들과 『소년이 온다』 사이에 그런 매듭 또는 디딤돌이 있는 것 같습니다.

황순원문학상 수상작인 「눈 한 송이가 녹는 동안」은 『소년이 온다』의 연장선상에 있는 것 같습니다. 『소년이 온다』에서 선생님께서는 "속눈썹에 눈송이가 맺히는" 감각, "눈 덮인 길"을 걸어가는 "옷이 얇은 소년"과 그의 발목에 스미는 눈 더미, "그의 무덤 앞에 쌓인 눈 더미 속"을 디디고 앉은 목소리를 쓰셨지요. '눈송이들'이라 이름 붙인 장에서는 미완의 초혼극이 진행됩니다. 무대에서 사람들이 느리게 걷습니다. 남자들이, 여자가, 소년이, 그리고 노파가. 그들이 걷는 느리고도 느린 시간은 특정하나 명명하기 어려운 죽음에 대해 적절한 장례를 치르지 못한 시간, 그 죽음이 과연 장례를 치를 수 있는 것인지 자문하고, 그럼에도 불구하고, 예를 다한 장례를 치르려 부단히 시도하는 사람들에게 주어진 생의 시간, 죽음과 장례에 존엄과 미가 있음을 일깨우고 보이려는 문학과 예술의 시간, 한마디로, 이미 발생한 죽음과 아직 치르지 못한 장례 사이에서 생겨날 수 있는 모든 감정, 불의, 실패, 모색의 시간이 아닐까 합니다.

이 느림의 시간은 곧 「눈 한 송이가 녹는 동안」이겠고요. 선생님께서는 소설 속에 죽음 이후와 미완의 장례 이전이라는 중간계적 시간을 여시면서 그것을 또한 산 사람과 유령이 혼재하는 시간으로 나타내셨습니다. 사실 『소년이 온다』에서부터 「눈 한 송이가 녹는 동안」까지 제게 가장 흥미롭고 게다가 반갑기까지 한 것은 유령의 등장입니다. 기척처럼 찾아오는 혼들. 죽음은 선생님의 이전 소설들에서도 주요한 주제이자 사건이었지만, 혼의 목소리와 모습은 『소년이 온다』 이후부터 본격적으로 등장합니다. 선생님께, 두 작품 바깥의, 혼 이야기를 더 듣고 싶습니다.

한강 예, 『소년이 온다』를 쓰는 동안 혼에 대해 생각했어요. 매순간 생각했다고 할 수 있어요. 2장에서는 정대의 혼이 말하기도 했고요. 그런데 동호는, 계속해서 호명-초혼 되지만 끝내 혼으로 돌아오지 않아요. 다만, 살아 있는 우리가 기억하고 고통스럽게 부르는 목소리들 사이에 가까스로 어른어른 존재하거나, 존재하는 데 실패하거나 하면서 흔들려요.

이 소설을 쓴 직후에 「눈 한 송이가 녹는 동안」을 써야겠다고 생각했는데, 실은 이 단편(150매니까 중편이라고도 할 수 있어요)은 혼 3부작의 첫 번째 소설이기도 해요. 지금으로선 다음 두 소설을 쓸 일이 아득해서 장담을 할 수는 없지만 처음 생각은 그랬습니다. 왜 혼이냐고 물으신다면, 그럴 수밖에 없었다고 대답해야 할 것 같아요. 혼 말고 다른 이야기를 쓸 수 없었어요. 『소년이 온다』를 쓰면서도 그랬지만 쓴 뒤에도, 아직까지도 그 죽음들이 제 안에 있고 아마 오랫동안 그 흔적을(차츰 희미해지겠지만) 저의 일부로 껴안고 살아가야 할 것 같다고 느껴요. 그러니까 혼의 이야기는, 『소년이 온다』를 쓰고 나서 저에게 가장 가깝게 느껴졌던 어떤 것이었어요.

윤경희 정대의 혼이 말하는 부분을 읽으면서 얼마나 울었는지 모릅니다. "나는 혼자였어. 그러니까 혼들은 만날 수 없는 거였어. 지척에 혼들이 아무리 많아도, 우린 서로를 볼 수도 느낄 수도 없었어. 저세상에서 만나자는 말따윈 의미없는 거였어", 이 문장들이 사적인 기억과 맞닿아 가슴을 찔렀습니다. 그런데 정말 궁금한 것이 있어요. 혼들끼리는 서로 말을 걸 줄 모른다거나, 혼이 되면 서로가 "누구인지는 알지 못하면서, 누군가가 죽었는지 죽지 않았는지만은" 알 수 있다거나, 서로의 존재를 "가냘프고 부드러운 무엇"이 닿아오는 것처럼 느낀다거나, 이 같은 혼에 대한 정대의 앎은, 혼의 특질에 대한 선생님의 생각은, 어떻게 생성된 것인지요. 기존의 유령에 관한 철학이나 문학에서 발견할 수 없는 선생님만의 독특한 유령론이라고 생각되어서요.

한강 『소년이 온다』를 쓰면서 자연스럽게 그런 혼의 상태를 생각하게 되었는데, 그전에도 혼에 대해 이런저런 생각을 하다 보면 언제나 그렇게 연한 존재로 느껴졌어요. 대학 시절에 시를 쓰는 선배가 '귀신이라는 게 있다면, 사랑에 빠졌을 때 사람들의 마음속에 끈질기게 어른거리는 얼굴과 같은 어떤 것인지도 모른다'고 말한 적이 있어요. 제 느낌도 비슷해요. 가냘프게 어른거리는 그림자 같은 어떤 것일 것 같아요.

<u>윤경희</u> 선생님의 말씀을 머릿속에서 가만히 여러 번 울리게 놓아두면서 혼의 이미지를 그려보고 있습니다. 이미지는 물적인 것인데, 물적인 것으로 혼을 그리기란 애초부터 그릇된 방법이라는 걸 절감하면서도요. 혼에 대해 상상하고, 생각하고, 쓴다는 것은 혼에게 다시 육을 주는 일이 되지 않을까 싶기도 합니다. 혼에게 더 잘 맞는 연한 몸을요.
『소년이 온다』와 수상작 이야기를 조금 나누고는 어쩐지 역차순으로 거슬러 더듬어 가보고 싶어져서 『희랍어 시간』을 펼쳤습니다. 『희랍어 시간』은 선생님의 작품들 중에서 제가 가장 좋아하는 것이기도 합니다.
『희랍어 시간』에서 선생님께서는 이국, 이방어, 언어 상실과 습득 등의 주제를 전면에 배치하십니다. 그런데 『여수의 사랑』과 『검은 사슴』 등 초창기 작품을 읽을 때부터 느껴왔던 것이지만, 선생님의 소설 속에서 공간은 실제 지리보다 훨씬 넓게 펼쳐져 있고, 그래서 한 장소와 다른 장소 사이의 거리는 거의 오갈 수 없을 정도로, 또는 가닿으려고 떠났다가는 아득하게 사라질 것만 같이, 길게 늘어나 있지요. 서울과 태백 사이의 실제 거리는 180킬로미터가량이지만, 『검은 사슴』을 읽으면서 저는 400페이지가 넘는 두꺼운 소설 속 문장들이 하

나씩 이어지면서 두 도시 사이를 측정할 수 없을 정도로 점점 더 벌려놓고 있다는 느낌이 들었습니다. 태백이라는 장소는 소설 속으로 진입하면 할수록 점점 더 부풀어서 서울을 점점 더 멀리 밀어내는 것만 같아요. 다른 여러 소설들에서 현재 수유리에 거주하는 인물들과 그들의 고향인 K시 사이의 거리도 마찬가지로 멀리 느껴집니다.

그래서 『희랍어 시간』에서 남성 화자가 한국과 독일에서 양분되었던 자기의 삶을 회상할 때 부각하려는 거리감이 선생님의 소설을 따라 읽어온 독자의 입장에서는 오히려 익숙했습니다. 그는 두 나라뿐만 아니라 두 언어 사이에서도 양분된 삶을 살았겠지만, 그것은 K시의 방언을 잊고 서울에 와서 살다가 어느 날 귀향했을 때 그곳의 방언을 다시 듣게 된 다른 인물들이 느끼는 감각과도 그다지 다르지 않으리라 여겨집니다.

한강 『검은 사슴』 이야기를 하시니, 그 소설을 쓰며 태백과 정선, 속초를 여행하곤 했던 1995년 겨울부터 1997년 겨울까지의 시간이 생각납니다. 당시 그곳은 지금저럼 교통이 좋지 않았어요. 청량리역에서 열차를 타면 거의 종일 달려야 도착할 수 있었어요. 어둔리의 느낌을 찾아서 버스도 닿지 않는 화전민촌에 들어간 적도 있는데, 그곳은 정말 다른 세계였어요. 산봉우리들 때문에 아주 늦게 날이 밝고 빨리 어두워졌어요. 숙소도 따로 없어서 이장님께 부탁해 빈방이 있는 집에 신세를 졌는데, 밤새 바람 소리가 얼마나 압도적이었는지……. 몇 년 전 그쪽으로 여행을 갔다가, 이제는 그 모든 것이 사라졌다는 사실을 깨닫고 먹먹해졌던 기억이 납니다.

제가 광주를 떠나 서울 수유리로 옮겨오게 된 것은 만 아홉 살 때였는데, 그 후 여름과 겨울이면 서울에서 버스를 타고 광주 외가에 들러 며칠 지내고, 거기서 다시 버스를 타고 남쪽 바닷가의 친가에 가는 긴 여행을 하곤 했어요. 그런데 부모님이 저희 형제들을 데려가시는 게 아니라, 지도 한 장, 여비 조금을 손에 들려서는 알아서 찾아가도록 보내셨어요. 그래서 아직 어린 나이였는데도 시내버스, 시외버스, 고속버스, 군내버스를 갈아타가며 긴 시간을 여행하게 되었는데요. 그 시절의 저에게는 한국이 지금처럼 작은 나라가 아니라, 한없이 멀고 고단한 길들로 가득한, 거의 무한한 공간처럼 느껴졌어요. 이건 좀 다른 이야기인데, 그런 유년시절의 경험 때문인지 저는 보기와는 다르게 여행이나 낯선 장소에 대한 거부감이나 두려움이 별로 없어요. 세계 어디에 떨어뜨려놓아도 살아남을 수 있고 길을 찾을 수 있을 것 같은 근원적인 힘 같은 걸 그때 얻었던 것 같아요.

그런데 제 소설 속에서 공간적으로 양분된 삶을 살았던 사람들이 많이 나오는 것은 그런 제 개인적 경험(가족과 함께 서울로 올라온 1980년 1월에, 너무 추워서 그 추위의 감각으로 그 공간을 몸에 새겼던 것 같은)도 이유가 될 수 있겠지만, 그보다는 그들의 삶의 마디들과 매듭들을, 건널 수 없거나 어떻게든 건너야 할 시간과 공간의 간격들을 통해 그리고 싶어서였다고 생각돼요.

<u>윤경희</u> 어떤 곳에 떨어지든 생존하고 길을 찾아내는 근원적인 힘이라 하시니 어쩐지 『바람이 분다, 가라』에서의 "태점"이 떠

오르는걸요. 모호하고 아득한 평면 위에서, 날씨와 시간을 오래도록 포함하며, 기어이 자기 궤적을 밀고나가는 조그맣고 힘 있는 존재요.

사실 『바람이 분다, 가라』는 개인적으로 가장 읽어내기 힘들었습니다. 저는 소설 안에서 인물이 겪는 신체적 고통에 쉽게 영향을 받는 편이어서, 마치 그것이 전염병이나 되는 양, 이 작품 초반부터 파토스가 서서히 증폭되다가 마지막 장면에서 난투로 폭발할 때까지 너무나 힘겨워서 몇 번이고 읽기를 멈추어야 했습니다. 마침내 다 읽고 난 후에는 완전히 탈진했고요. 물론 작품을 쓰신 선생님의 노고와 인물들의 고통에 비할 바는 못 되겠지요. 선생님의 글쓰기의 중요한 주제를 고통의 감각이라 한다면, 『바람이 분다, 가라』는 그것의 정점을 보여준 것 같았습니다. 그래서 저는 감각의 정점 이후 작가가 더 이상 어떤 이야기를 지속할 수 있을지 궁금해했고, 고통을 가장 격렬히 겪은 생명체가 그럼에도 불구하고 생을 지속한다면, 그리하여 이야기도 이어진다면, 그것은 아마도 모든 정념이 탈색되고 운동성도 최소화된 무성생식체의 존재 양식에 가까운 무엇이 아닐까, 혼자 짐작해보기도 했습니다.

그런데 『희랍어 시간』에서 선생님께서는 "그와 그녀의 (…) 체온" 이야기로 돌아오셨고, 이어지는 단편집에서는 회복하는 인간들의 이야기를 하셨지요. 저는 제 예상이 빗나간 게 아쉽기는커녕 크게 안도하고 울었습니다. 자꾸 울었다고 고백하는 것을 양해해주시기 바랍니다. 언젠가부터 어디에서나 누구에게나 울음을 말하는 데 전혀 부끄러워하지 않기로 했거든요.

한강 아, 그런데 『바람이 분다, 가라』는 고통의 극점에 다다르려는 이야기가 아니라, 죽음에서 삶으로 건너가는 사람의 이야기라고 저는 믿고 있어요. 정희가 끝끝내 죽지 않고 살아서, 불길을 등지고 깨끗한 공기 쪽으로 배를 밀고 나와 얼굴을 내민 것, 마침내 스스로 숨을 쉬면서 인공호흡기가 넣어주는 숨과 싸우게 된 것, 그것이 저에게는 중요했어요. 어떻게 보면 제가 어떤 대답을, 온 힘을 다해서 그 장면에 써넣고 싶었던 것 같아요. 그렇게 소설을 끝내고 나니 비로소 우리가 정말 살아낼 수 있다면, 살아내야 한다면, 우리가 인간의 어떤 것, 삶의 어떤 것을 들여다볼 때 그것이 가능할까, 하는 의문이 생기게 된 거예요. 『희랍어 시간』은 그 질문을 가능한 한 조용하고 느리게 어루만져보려고 한 소설이에요. 그 소설을 쓰는 동안, 부인할 수 없는 인간의 연한 부분에 대해서 생각했어요. 두 사람이 손가락과 손바닥을 사용해 글씨를 써서 대화할 때, 바싹 깎인 손톱이 상처를 내지 않는 순간에 대해 생각했어요.

윤경희 선생님과 대화가 이어질수록 연함과 깨끗함에 대해 다시금 곰곰이 생각하게 되어요. 선생님의 작품을 읽을 때 제가 미처 주의를 기울이지 못했던 것이거든요. 인간의 연하고 깨끗한 부분에는 몸뿐만 아니라 혼도 있는 거겠지요. 앞서 정대가 온 힘을 다해 생각해서 알아낸 혼도 연약하고 깨끗한 거겠지요. 한 송이 눈 같은 거겠지요. 거슬러 올라가 『그대의 차가운 손』에서 L.의 물렁하고 풍부한 살, 「노랑무늬영원」에서 도마뱀의 새로 돋은 투명한 발, 지문처럼 동글동글한 노란 빛점들도 연약하고 깨끗한 것들이겠지요. 연약하고 깨끗한 것들은 이미 이렇게나 작품 곳곳에 있는데 그걸 이제껏 왜 못 알아보았는지 모르겠어요.

한강 혼에 대해 생각하다 보니, 요즘 인간의 그런 지점에 대해 더 많이 생각하게 되는 듯합니다.

윤경희 간밤에는 꿈을 꾸었습니다. 꿈에서 저는 말을 못했습니다. 음음, 음, 음음, 음……. 이렇게만 말할 수 있었는데, 누군가에게 꽃에 대해 말해야 했고, 꽃을 말할 수 없는 저는, 제 말에 꽃을 인용하기 위한 방식으로, 화분에서 꽃을 뿌리째 한 움큼 뽑아냈습니다. 손에 있는 것만 말로 전해진다는 다급함에요. 음음, 음, 꽃, 음음, 음……. 꿈속의 여러 요소들이 최근 선생님과의 대화에서 비롯되었지요.

저는 평소에 꿈을 자주 꾸고 꿈 자체에 관심이 커서 선생님의 글쓰기에서도 자연스럽게 꿈 부분을 유심히 읽어왔는데요. 『검은 사슴』, 「아기 부처」, 『바람이 분다, 가라』는 꿈을 상기하거나 꿈 이야기를 풀어놓음으로써 비로소 소설이 시작합니다. 다른 많은 작품들에서도 인물들은 꿈을 꾸고, 꿈을 되살려내고, 그것에서 현재 삶의 조짐을 찾아내려 하거나, 나아가 예술적 작업의 모티브를 얻기도 합니다. 선생님께서는 소설 한 편을 완성할 때마다 선생님의 삶을 밀고 나아온 듯하다고 하셨는데요, 이처럼 생을 어떤 방향으로 이끄는 동력의 토대에 꿈이 있지는 않은지 궁금해졌습니다. 또한 꿈이 예술가적 인물에게 작업의 영감과 방향성을 제시해준다는 점에서, 마찬가지로, 선생님께 선생님 자신의 꿈은 소설을 생성시키는 일종의 씨앗이자 그것의 서사적 진행 과정을 미리 품어 보여주는 핵이 아닐까 생각되기도 하고요.

선생님께 꿈 이야기를 듣고 싶은 마음이 큽니다. 소설 속 꿈의 글쓰기에 관한 말씀뿐만 아니라, 평소에 실제로 꿈을 자주 다양하게 꾸시는지, 꿈을 질료로 삼아 소설 외에 다른 작업을 하셨던 적이 있거나, 앞으로 그럴 의향이 있으신지, 꿈에 대해 어떤 감정과 어떤 생각을 갖고 계신지, 아무 말씀이든 많이 듣고 싶어요.

한강 저도 수면의 질이 그리 좋지 않아서 꿈을 많이 꾸는 편이에요. 그런데 가끔 어떤 꿈들은 생시에 겪은 일들보다 더 깊은 영향을 미치기도 해요. 혼이 되어서 걷다가 물속의 파란 돌을 건지고 싶어 하고, 그래서 다시 살아나야겠다고 생각한 꿈은 여러 차례 썼지만 아직도 저에게 어떤 숙제 같은 무엇이에요.

이상하게도, 글을 오래 쓰지 않거나, 어떤 글을 쓰는 것을 단념하려고 하거나 할 때 중요한 꿈을 꾸곤 해요. 마치 제 안에서, 제가 맨정신으로 관통할 수 없는 어떤 장막 뒤에서, 의미심장한 장면들로 번역된 어떤 말들이 던져지는 것 같은 느낌이 들기도 해요. 때로는 장면들이 아니라 직접 문장들이 떠오르기도 하고요. 그걸 소설이나 시에 그대로 쓸 때도 더러 있어요.

윤경희 꿈과 더불어 선생님의 작품에서 제가 특별히 아껴 읽는 요소는 예술가적 인물 유형과 그들의 작업입니다. 첫 소설집의 「저녁빛」에서 그림을 그리는 남자를 보여주셨고, 『아기 부처』에서는 불화를 숙련하는 사람, 『그대의 차가운 손』에서의 조각가, 『채식주의자』에서의 영상 작업가와 거의 무용과 같은 몸짓을 보여주는 모델들, 『바람이 분다, 가라』와 「노랑무늬 영원」의 화가들……

선생님께서는 예술가들을 등장시키고 그들의 작업을 서술하는 데 그치지 않고, 작업에 대한 그들의 사유와 함께 그런 행위를 하고 그런 오브제를 만들어내지 않을 수 없는 그들의 삶의 이력과 심신의 증상을 치밀하게 문장으로 바꾸어놓으십니다. 또한 그들의 작업이 개인적 충동과 증상의 산물을 초월해, 보다 넓은 맥락에서, 현시대와 사회 속에서 상품, 소유물, 해석과 전유의 텍스트가 되고, 경외감을 넘어 몰이해와 파괴의 충동까지 불러일으키는 집단적 욕망의 대상이 되는 과정도 낱낱이 보여주십니다. 소설 속에서 그것은 문학의 메타포로 읽히기도 하지만, 보다 근본적으로는 그런 환원적인 해석을 좌절시키면서, 언어와 이미지라는 두 매체를, 말하는 것과 만지는 것을, 쓰는 것과 묻히는 것을 구분하려는 시도 자체를 아름답고 처절하게 무화시키는 듯 보입니다. 그리하여 선생님의 소설에서는 굳이 예술가나 그들의 작업물이 등장하지 않는 부분일지라도 항상 이미지, 형상, 마티에르, 만짐과 손댐에 의한 변용 등을 읽어낼 수 있다고까지 생각되어요. 풍경에서든, 사람의 몸에서든, 눈 내리는 허공에서든요.

시각 예술에 대한 선생님의 깊은 관심과 식견은 어떻게 생성되었는지요. 눈으로 보고 손으로 만들어내는 것들에 대한 사랑은 선생님의 마음속에서 어떻게 생겨났는지요. 앞선 질문과 마찬가지로 그것을 소설 언어가 아니라 다른 형식과 매체로 구현해보고 싶으신 마음도 있으신지요.

한강 지난여름부터 그림을 그리기 시작했어요. 그냥 연필하고 백지만 가지고, 누구한테도 배우지 않고 그냥 혼자서 생각날 때마다 형상을 그려요. 좋아하는 사물들도 그리고, 제 발도 그려보고, 강렬한 꿈을 꾸고 나면 그저 되는대로 떠올리면서 그려보기도 해요. 오래전부터 전시 보는 것을 좋아했지만 직접 해보겠다는 생각은 그동안 해보지 못했었는데, 이제는 어느 누구를 위해서도 아니고 그저 자신을 위해서 계속 해보고 싶어요. 최근에 줌파 라히리가 '모든 걸 버리는 대신' 영어를 버리고 이탈리아어로 쓴 책을 읽었어요. 책을 덮고 나서, 저 역시 만일 모든 걸 버리는 대신 모국어를 버리는 일이 생긴다면, 외국어로 글을 쓰는 대신 (완성도와 아무런 상관없이 혼자서) 그림을 그리면 되겠다고 생각했어요.

그런데 제가 어떻게 해서 미술을 좋아하게 되었는지는 잘 모르겠어요. 멀리 가보면 제가 어릴 때 함께 살던 막내고모가 미대를 다니셔서 그 방에 물감 냄새가 자욱했고 저에게 모델을 시키곤 했지만(가만히 있으려면 정말 힘들었어요) 그땐 그림 그리는 일에 별다른 관심이 없었어요. 학창시절에도 미술 시간을 특별히 좋아하지 않았고요. 1998년에 미국 아이오와 대학에서 주최하는 창작프로그램에 3개월 동안 참여하고, 1개월 동안 이곳저곳 미술관들을 돌아다녔는데 그때 처음으로 미술이라는 것에 눈을 떴어요. 그 후 몇 년 동안 미술에 푹 빠져 있던 시기가 있었어요. 늘 그쪽 책들을 읽고, 자주 전시를 보러 가고…… 그런데 요즘은 전시를 그리 많이 보지 못했어요. 좀 더 마음의 여유가 생기면 다시 찾아다닐 수 있겠지요.

윤경희 「눈 한 송이가 녹는 동안」을 찬찬히 다시 읽었습니다. 선생님의 작품을 통틀어 가장 조심스럽게 읽은 작품이라 해도 과언이 아닌데요. 화자, 경주 언니, 임 선배, 이 세 사람이 서로에게 유지하는 격의와 예민한 거리감을 작품 앞에서 독자역시 존중하고 지켜야 할 것 같은 느낌이 들어서요. 임 선배의말과 제스처는 결코 투명하지 않은 겹과 껍질을 지녔고, 그래서 그가 한마디라도 건네거나 심상하게 움직일 때마다 화자는 그것의 숨은 뜻을 짐작해 확인하고, 경주 언니의 말과 행동은 표면상으로는 정합적이지만 그런 엄정한 윤리를 추동하는 정념은 결코 자기, 타인, 세계의 조화에 굳건하게 기반하지는않고, 화자는 자기의 것이 아닌 고통과, 그것의 극화와, 극화의 불가능 사이에 다소간 교착한 상태라는 데서, 이들의 불편과 난국이 종이 바깥으로도 떨려 나오는 듯했습니다.

「눈 한 송이가 녹는 시간」이라는 제목은 작고 차갑고 보드라운 물상이 자신의 현상태보다 조금 더 따뜻하고 맑은 존재로 변하는 덧없거나 사소한 시간이 아니라, 반대로, 눈 한 송이가 절대 녹지 않도록, 그것이 변하거나 움직이지 않도록, 주의하고, 확보하고, 경각해야 하는 시간처럼 읽히기도 하고요. 숨이라도 쉬면 훈김에 그것이 녹을까 숨도 참아야 하는, 눈이라도 감았다 뜨면 그것이 사라져 없을까 눈도 부릅떠야 하는, 시간처럼 읽히기도 하고요. 그러자니 긴장이 고조되고요. "평화를"이라는 마지막 문장을 읽고 나서도 마음이 결코 평화로워지지 않았습니다.

한강 「눈 한 송이가 녹는 동안」은 천천히 쓴 소설이에요. 『소년이 온다』를 낸 직후에 임 선배의 모델이 된 옛 직장 선배의 소식을 들었어요. 벌써 3년 전에 돌아가셨는데 저는 뒤늦게 알게 된 것이었어요. 뒤늦은 애도의 방법으로 무엇인가를 쓰고 싶다고 생각했어요. 그런데 여름까지 잘되지 않았어요. 그때 써놓은 원고지 열 매 정도는 결국 그냥 버렸고요. 바르샤바 대학이 초대하고 아르코가 지원해준 레지던스 프로그램으로 9월부터 12월까지 폴란드에 머물렀는데, 막 추워질 무렵에 문득 혼으로 오는 선배의 모습이 떠올라서 처음부터 다시 쓰게 되었어요. 그런데 최종 완성을 여름호 마감인 5월 초순에 했으니까, 8개월도 넘게 단편 하나를 붙들고 있었던 셈이에요. 이사를 하고 이런저런 도시들을 여행하는 와중에도 줄곧 노트북 컴퓨터를 가지고 다니면서, 여러 장소들에서 힘겹게 이어 쓴 소설이기도 하고요. 완성하고 나니까, 장편소설을 썼을 때만큼은 아니지만 뭔가를 간신히 통과했다는 느낌이 들었어요. 할 수 있는 한 마음을 다해서, 하지만 어둡고 무겁기보다는 선선하고 담담하게 쓰자는 게 이 소설을 쓰는 동안 했던 생각이었어요.

윤경희 「눈 한 송이가 녹는 동안」을 조심스럽게 읽은 이유를 한 가지 더 말씀드리자면, 선생님의 이전 작품들과 다르게, 인물들의 문제가 전적으로 그들의 윤리적 신념에 따라 제시되고 진행되어서이기도 합니다. 다른 작품들에서 인물들은 사유하고 신념을 다지기 전에 먼저 몸으로써 문제를 겪고, 그들이 몸으로 겪는 특수한 증환과 고통의 감각에서 이야기가 풀려나옵니다. 그런데『소년이 온다』부터 선생님께서는 윤리적 결단을 한 사람의 신체에 가해지는 폭력적 고통에 대해 쓰기 시작하셨고, 「눈 한 송이가 녹는 동안」은 그런 전환의 연장선상에 있다고 생각되어요. 병증과 죽음이 개인 내부의 동물적 충동, 가족력, 불의의 사고가 아니라 사회적 폭력에 기인한다는 전환이오. 제가 맞게 읽었다면, 어떤 계기로 그렇게 고통의 원인을 투시하는 시선의 방향을 바꾸게 되셨는지 궁금합니다.

한강 제가『소년이 온다』를 쓴 것이 사람들에게는 단절이나 커다란 변화로 느껴지는 듯한데, 제 내면에서는 그 소설이 앞의 소설들과 이어져 있어요. 저에게 폭력은 중요한 주제예요. 몇 년 전에『여수의 사랑』 개정판 교정을 보면서, 제가 인간의 폭력에 대해 처음부터 고통스럽게 다루고 있었다는 사실을 깨닫고 놀랐어요. 그때까지 저는 그 주제를 『채식주의자』에서 처음으로 직면했다고 생각했거든요. (폭력적인 세계와, 완전한 결백의 (불)가능성에 대해서요.) 조용한 분위기의 『희랍어 시간』에서도 언어를 폭력으로 느끼며 그것을 거부함으로써 가까스로 존엄을 확보하려 하는 사람이 나오는데요. 『희랍어 시간』을 쓰고 난 뒤, 제 내면에 심겨진 인간에 대한 근원적 의문을 찾아 내려가게 되었는데, 그 뿌리에 1980년 5월 광주가 있었다는 사실을 깨닫게 되었어요. 그러니까 저에게 『소년이 온다』는 가장 중요한 질문의 무서운 뿌리로 다가가려 했던 소설이에요.

그런데 『소년이 온다』를 쓰는 과정에서 제가 가지고 있던 생각들이 어떤 변화를 겪었어요. 2012년 12월부터 3개월 동안 하루에 여덟 시간씩 광주에 관한 잔혹한 자료들을 읽었는데, 읽으면 읽을수록 그나마 가지고 있던 인간에 대한 신뢰마저 부서지는 경험을 했어요. 이 소설을 쓸 수 없다는 좌절감을 느꼈고 거의 포기했어요. 그러다가, 5월 27일 새벽까지 도청에 남았다가 돌아가신 시민군(부드럽고 섬약한 성격의 젊은 야학 교사였던)의 마지막 일기를 읽게 되었어요. 기도의 형식이었는데, 아마 아시는 분도 있을 거예요. "하느님, 왜 저에게는 양심이란 것이 있어서 이렇게 저를 찌르고 아프게 하는 것입니까. 나는 살고 싶습니다." 그때 무엇에 얻어맞은 것처럼, 제가 그때까지 무엇을 놓치고 있었는지 깨달았어요. 그리고 생각한 것이, 이 소설이 인간의 참혹과 폭력에서 시작했지만 인간의 존엄으로 나아가야 한다는 거였어요. 그저 거기까지만 가면 되는 거라고 생각했어요. 그리고 소설의 맨 앞과 맨 뒤에 촛불을 밝히자고, 할 수 있는 최선의 애도를 하자고 생각했어요. 그러자 어떻게 장들을 배열해야 할지 알 수 있게 되었고 3월부터 소설을 쓰기 시작할 수 있었어요.

이 소설을 완성하고 나서 인간의 존엄에 대해서 더 쓰고 싶다고 느꼈던 것은, 이 소설이 결국 저를 어떻게든 변화시켰기 때문에 가능한 일이었던 것 같아요. 임 선배와 경주 언니 같은, 그토록 예민하고 소소하고 시시한 사람들이 고통스럽게 맞닥뜨리는 윤리적 선택에 대해 쓰고 싶었어요.

윤경희 사실 『소년이 온다』를 읽으면서 존엄의 문제가 너무나 강렬하게 다가와서 최근까지도 줄곧 그것에 대해 생각해왔습니다. 하지만 아무리 혼자 생각하고 이런저런 다른 글들을 읽어도, 소설 속에서 "우리는 고귀해", "우리는 고귀하니까" 같이 똑같은 말만 되뇔 수밖에 없는 인물처럼, 인간의 존엄에 대한 믿음과 그것을 파괴하는 상황들에 대한 울분 위에 어떤 말을 덧붙여나가야 할지 곤란한 상태였어요. 그래서 그것에 관한 작가의 말을 더 듣고 싶다는 마음이 간절했습니다. 선생님의 인터뷰어가 되기 전에도요. 존엄에 대해서 말씀을 더 많이 해주시면 크게 감사드리겠습니다. 이 인터뷰 전체에서 제가 가장 절실하게 듣고 싶고 구하고 싶은 답입니다. 존엄이란 무엇인가. 인간은 어떻게 존엄한가.

한강 그저 존엄에까지 가자고 생각은 했지만, 『소년이 온다』를 쓰는 동안 인간의 참혹과 존엄 사이에서 스스로 많이 흔들렸어요. 4장 '쇠와 피' 같은 경우에는 제가 흔들리며 회의했던 흔적들이 고스란히 담겨 있어요. 더 이상 나아갈 수 없다고 느껴질 때마다, 달리 방법이 없어서 소년에게 매달렸어요. 그가 나를 밝은 쪽으로 이끌고 가기를 바랐고, 실제로 그에게 끌려가듯 간신히 앞으로 나아가는 경험을 했어요. 만일 지금 누군가 저에게 인간이 무엇이냐고 묻는다면, 어떤 폭력보다 먼저, 인간의 참혹보다 먼저, 어린 동호가 엄마의 손을 잡고 밝은 쪽으로 나아가는 순간에 대해서 이야기해야 할 것 같다고 느껴요.

『소년이 온다』를 낸 직후에 어떤 번역가의 글을 읽었는데요. 그야말로 우연히 오래전의 글을 마주친 것이었어요. 걸프전이 시작됐다는 뉴스를 들은 날 그분이 버스에 탔다고 해요. 전쟁이 일어났으니 폭격이 계속될 것이고, 아이들을 비롯한 많은 사람들이 죽겠구나, 생각하며 차창 가에 앉아 있었는데, 정신이 들어보니 자신도 모르게 눈물을 흘리고 있었다고 해요. 그때 그분이 한 생각이, '아, 내가 인간을 사랑하는가 보다'.

그 대목을 읽으면서 알게 됐어요. 『소년이 온다』를 쓰는 동안 고통을 느꼈는데, 책을 낸 뒤에도 그것이 계속되고 있는데, 그건 내가 인간의 존엄을 믿기 때문이구나. 그러니까 인간은 존엄한 존재라고, 바로 그 때문에 고통을 느끼는 존재라고 저는 생각해요. 그런데 동시에 인간은 아주 약한 존재이기도 해요. 너무나 약해서 그 존엄이 쉽게 깨어지고 훼손되고 부서져요. 바로 그렇기 때문에 더욱 그렇게 되어선 안 되는 것이라고 믿어요.

윤경희 존엄. 사랑. 밝은 쪽. 세 낱말을 둥그렇게 잘 닳은 목직한 돌멩이에 하나씩 써서 마음속 탁상 위에 놓아둡니다. 예전에 살던 동네에서 묘지 산책 중 대리석 묘판들 위에서 본 돌멩이들처럼요. 나는 너를 잊지 않는다, 네가 있는 곳에 내가 와 있다, 저 역시 그런 마음으로요.

이어서 조약돌처럼 가벼운 질문들 몇 개 드려도 될까요. 「눈 한 송이가 녹는 동안」에서 화자는 희곡을 씁니다. 선생님의 이전 작품들 몇몇에서도 희곡을 쓰는 사람이 등장하는데요. 선생님께서는 소설, 시, 산문, 동화 등 여러 장르의 글쓰기를 하시지만 실제로 희곡을 쓰시지는 않은 것으로 알고 있습니다. 선생님께서 연극과 무대에 지니신 관심은 어떻게 비롯되었는지요. 연극의 어떤 점에 매료되시는지요. 직접 희곡을 쓰시거나 연극을 연출하시고 싶은 마음은 없는지요.

한강 희곡을 언젠가 쓰고 싶어요. 어릴 때부터 연극에도 끌렸는데, 혼자 작업하는 게 더 편한 제 성향 때문에 시와 소설을 쓰게 되었지요. 몇 년 전엔 한번 모놀로그를 써본 적도 있어요. 머릿속에 연극이 천천히 흘러가고 저는 그걸 따라가며 적어봤어요. 그런데 「눈 한 송이가 녹는 동안」에서 연출하는 친구와 삼국유사에서 모티브를 가져온 연극 이야기를 나누는 장면은 일부 사실에서 가져온 거예요. 그 후 실제로 제 친구는 전혀 다른 내용의 연극을 올렸고 저는 이 소설을 썼어요.

윤경희 『희랍어 시간』의 마지막 페이지들을 읽으면서 저는 사포의 시를 떠올려보기도 했는데요. 파피루스와 양피지가 삭아, 완본이 거의 존재하지 않고, 오로지 너덜너덜한 섬유질이나 피막 쪼가리로만 존재하게 된 시들이오. 그래서 낱말 한두 개나 때로는 도무지 번역할 수 없는 무의미한 문자 흔적들만 남게 된 시들이오. 사포 시의 현대어 번역본들을 읽으면서, 만약 이것을 한국어로 번역한다면, 선생님께서 가장 적임자가 아닐까 생각해본 적도 있답니다. 나중에 사포의 언어가 고대 희랍어 중에서도 아주 특이한 방언이어서 고전어학자들도 번역하기 쉽지 않다는 것을 알고 나서는 저의 망상을 포기하게 되지만요. 사포의 시가 아니더라도 혹시 글쓰기의 일환으로 번역을 시도해보고 싶은 생각은 없으신지요. 만약 그렇다면 어떤 작품을 번역해보고 싶으신지요.

한강 실망시켜드려 죄송한데, 저는 희랍어를 못해요. 희랍어 문법책만 세 종류를 사서 들여다봤지만 배우지는 못했어요. 희랍철학을 공부하신 선생님께 도움을 청해서 희랍어 문장들을 그 책에 넣을 수 있었지요. 정말 고맙게 생각하고 있어요. 번역이 무척 매력적인 작업이란 생각은 가끔 해요. 어떤 시들을 시험 삼아 번역해본 적도 있고요. 그런데 지금은 마음의 여유가 없어서, 시간이 많이 흐른 뒤에 제대로 시도해보고 싶어요. 한국에 소개되지 않은 작품이면 더 의미 있고 좋을 것 같아요. 몇 년 전에 읽은 앤 카슨(Anne Carson)이나, 최근에 우연히 읽은 조지 시르테스(George Szirtes) 같은 사람들의 시집이면 좋겠습니다.

윤경희 아, 이렇게나 반가운 말씀을 들려주실 줄은…… 앤 카슨은 저도 너무나 좋아하는 작가입니다. 조지 시르테스는 선생님 덕분에 처음 이름을 들어봅니다. 선생님의 번역으로 두 시인을 읽게 되는 날이 오기를 진심으로 기원합니다.

선생님의 작품도 여러 외국어로 번역되고 있는데요. 자신의 언어가 타인의 언어로 바뀌는 과정과 결과를 대하는 느낌은 어떠실지도 궁금합니다. 작품이 놓이는 환경과 맥락이 달라지면서 독자들의 반응도 다소간 달라질 것 같은데요. 한국 독자들과 다른 해외 독자들만의 해석이나 감상이 있다면 그것도 들려주실 수 있으신지요.

한강 『채식주의자』가 외국 독자들에게 읽혀지는 방식이 저에게는 재미있었어요. 이 소설은 국내에서 출간되었을 때 어떤 보수적인 독자들에게는 오해도 받았고, 과하거나 지독하거나 이상한 이야기라는 거부감을 느낀 이들도 있었던 것 같아서, 이 소설이 그저 진지하게 받아들여지는 모습이 저에게는 다행스럽게 느껴졌어요.

윤경희 인터뷰를 기회로 가을 내내 선생님의 작품을 다시 읽게 되어서 행복했습니다. 느릿하게 만들어서 드리는 질문에 섬세하고 밀도 높은 답을 들려주셔서 크게 감사드립니다. 선생님의 말씀을 들으면서, 가만히 주의를 기울여 들여다보면서, 읽었던 것을 다시 읽고, 이어지는 말씀에 또다시 펼쳐보고, 책과 책, 문장과 문장 사이를 몇 번이나 왕복했습니다. 그러면서 경청과 대화의 기쁨에 더해 발견과 재해석의 기쁨까지 누리게 되었어요. 황순원문학상 수상을 다시 한 번 축하드리면서, 혼 3부작 중 앞으로 쓰실 나머지 두 작품을 기다립니다. 감사합니다.

한강 선생님이 한없이 길고 진지한 질문들을 던져주셔서, 저도 평소보다 길게 답하게 되었어요. 그런데 앞으로 쓸 소설들에 대해 말씀은 드렸지만, 살다 보면 많은 것들이 어긋나게 마련이라서, 확실히 어떤 것을 쓰게 될지는 아직 모르겠어요. 지금까지 그랬던 것처럼 천천히 계속 쓸 수 있다면 그것이 가장 좋은 일이겠지만……. 저도 감사드립니다.

한강 선생님께서 제15회 황순원문학상을 수상하시게 되었는데요, 수상작가 인터뷰 진행을 청탁드리고자 합니다. 문예중앙 편집부의 전화를 받은 것은 초가을 경주로 내려가는 고속도로 위에서였다. 고교 수학여행 이후 처음으로 다시 가는 곳. 여행의 목적은 한마디로 씻음이었다. 단체 여행의 번잡함만은 아닌 이런저런 요인들 탓에 아름다운 장소에서의 생의 한 시간대가 부옇고 탁해졌다. 얼룩 때를 묻힌 채로 지내면서 언젠가 그 장소에 다시 있어봄으로써만 개운해질 거라 그리워했다. 25년 만에 기회가 닿아 내려가는 도중에 난생처음으로 사과밭을 보았다. 순간 영탄할 수밖에 없었는데, 나무에 오로롱 열려 달린 새빨간 과실이란 그렇게나 맑고 눈부신 존재라는 데, 경주에 이르기 전부터 나는 씻어지고 있었다.

　연하고 깨끗한 것. 내게 온 말들 가운데 가장 막연하나 가장 힘 있게 이끄는 것을 되풀이해 떠올린다. 무엇이 연하고 깨끗한가. 하지만 답의 궁극은 수수께끼로서 주어지므로, 더 묻는 대신 제 힘으로 밝혀내보여야 하는 게 있으므로. 무엇이 그런가. 봄 찻잎과 여치의 날개를 교배한 새 목숨 같은 것. 사랑하는 사람의 얼굴은. 알아보지 못하더라도 서로 곁에 어른거리는 혼들은. 부연 눈으로 읽어온 페이지들을 들추면서 처음부터 그곳에 있었던 여리고 부드러운 것들을 하나씩 찾아낸다. 눈을 씻는다.

**제15회
황순원문학상** | # 최종후보작

강영숙　　　맹지盲地

권여선　　　이모

김솔　　　　피커닐리 서커스 근처

김애란　　　입동

손보미　　　임시교사

이기호　　　권순찬과 착한 사람들

정소현　　　어제의 일들

조해진　　　사물과의 작별

황정은　　　웃는 남자

강영숙

맹지 盲地

1998년 서울신문 신춘문예에 「8월의 식사」가 당선되어 등단했다.
소설집 『흔들리다』 『날마다 축제』 『빨강 속의 검정에 대하여』 『아령 하는 밤』,
장편소설 『리나』 『라이팅 클럽』 『슬프고 유쾌한 텔레토비 소녀』가 있다.

점심을 먹고 나서 사무실 건물 옥상에 올라가 커피를 마셨다. 모든 직장인들이 다 그렇듯이 담배나 피우고 별 쓸데없는 얘기나 하는 시간이었다. 누군가 난간에 올려둔 화분이 보였다. 화분 밑동에 붙어 나풀거리는 검정색 비닐은 화분이라도 끌고 곧 허공으로 뛰어내릴 것처럼 동그랗게 부풀어 올랐다가 이내 옥상 난간 아래로 자취를 감췄다. 손에 닿는 종이컵의 까끌까끌한 촉감을 느끼며 동료들의 얘기를 듣고 있을 때 검정색 비닐이 다시 허공으로 떠올랐다.

환기구 기둥 옆쪽에 동료들과 같이 서 있는 지영이 보였다. 잠깐 몸을 왼쪽으로 돌려 내 쪽으로 시선을 주는 것 같기도 했다. 지영이 같은 회사에 다닌다는 걸 알았을 때 나는 그것을 우연 이상으로 받아들였다. 소심하고 우울했던 나는 자신의 생각이나, 자신이 가 있는 곳의 사진을 찍어 인터넷에 올리는 사람들의 일상을 훔쳐보는 게 싫지 않았다. 'Attila'라는 이름을 쓰는 한 사람이 있었는데 그 사람이 지나다니는 장소가 나와 같은 곳이라는 걸 알게 되었다. 오리 엠블럼이 그려진 회사 로고가 결정적이었다. 깊은 밤, 나는 지영이 인터넷에 올리는 글과 사진을 보다가 잠들었다. 그녀는 주로 환경 문제를 주제로 한 짧은 글들과 사진을 올리곤 했는데 나 같은 무식한 공돌이는 잘 알 수 없는, 지루하고 어려운 내용이었다. '지구온난화는 사기다', '로마 클럽 보고서의『성장의 한계』는 옳았다' 따위의 기사 같은 것들이 그랬다.

  사실 여자들에 대한 관심이 끊어진 건 오래전이었다. 왠지 비위 상하는 향수 냄새도 싫고, 그렇게 오래 공을 들일 만큼 매력적인 존재들인지도 의심스러웠다. 내게 여자들은 길거리의 비둘기나 해변의 갈매기와 똑같았다. 그런데 지영은 좀 달랐다. 나를 닮은 아이를 낳아 잘 키워주고 시간 맞춰 밥을 해주는 사람을 찾아야겠다는 생각은 처음부터 없었다. 지영은 세상이 망해도 나를 안전한 곳으로 데려다주거나 최소한 어디가 안전하다고 말해줄 것 같은 사람이었다. 나는 그런 사람을 찾고 있었는지도 모르겠다. 그래서 지영을 꼭 이모에게 데려가고 싶었고, 어쩌면 이런 일이 다시는 일어나지 않을 거라는 생각이 들기까지 했다.

  선배님, 우리는 다들 똑똑한 사람들인데 왜 회사만 오면 이렇게 멍청하게 될까요?

  러시아 영업팀 후배 놈이 발로 담뱃재를 비벼 끄며 말했다. 뭐 맨날 하나 마나 한 말들이었다. 내가 쓰는 볼펜 하나, 쓰고 버리는 휴지 하나조차도 마음에 드는 색깔과 모양으로 할 수 없는 게 회사였다. 대꾸할 가치도 없어 그냥 아무 말이나 해버렸다.

야, 됐고, 요즘은 여자들한테 뭐 선물하면 좋아하냐?

에이 진짜, 이러면 나 선배님 놔두고 러시아로 가버린다.

뭐 좋아하냐고?

에이 진짜, 마카롱이지, 선배님.

인터넷 검색 끝에 마포구 서교동에 있는 유명하다는 마카롱 집을 찾아냈다. 알록달록한 색깔의 동그란 과자 두 쪽이 붙은 한 개의 가격이 2천 원이라는 게 믿어지지 않았다. 알록달록한 색깔 말고는 아무것도 알 수 없을 것 같은 멍청한 화려함이 마음에 들었다. 나는 굳이 화려한 톤의 리본을 고른 직원의 취향을 무시하고 지영이 좋아할 것 같은 모노톤의 리본을 골라 상자를 단단히 묶어달라고 말했다.

몇 년 전만 해도 건수로 가는 버스는 여러 곳의 터미널에서 탈 수 있었지만 언제부터인가 버스는 단 한 곳의 터미널에서만 출발했다. 터미널은 한산했다. 짧지도 길지도 않은 파마머리를 한 할머니가 신발을 벗고 발뒤꿈치를 만지다가 얼굴을 들어 나를 쳐다봤다. 사실 할머니라고 하기에는 애매한 얼굴이었지만 어쨌든 노인은 네 칸짜리 플라스틱 의자 중 푸른색 의자에 앉아 있었다. 노인은 갑자기 휴, 하고 숨을 내쉬며 의자 등받이를 밀고 벽에 상체를 기대었다.

"이렇게 먼 데까지 오게 하다니! 나같이 늙은 여자를 말이야. 그런데 어쩌겠어. 일자리가 필요한 건 난데. 할 수 없지."

노인은 혼자 떠들었다. 플라스틱 의자 옆의 담벼락에 한쪽 다리를 붙이고 서서 휴대폰을 내려다보고 있는 나를 의식했는지, 슬쩍 옆자리로 비켜나 앉았다. 나는 가끔씩 택시 승강장 앞을 쳐다봤다. 공터 쪽이 소란스러워졌다. 공터 중심을 향해 휠체어를 탄 사람들이 천천히 모여드는 중이었다. 그 사람들을 내려놓은 검은색 다인승 승용차에서 영정 사진을 든 아이가 마지막으로 내렸다. 조금 뒤 스피커 노이즈가 들려왔다. 그리고 곧 출발하는 버스를 알리는 터미널 안내방송 소리와 스피커 노이즈가 충돌했다.

뭐라고? 좀 조용히 해봐! 건수, 건수로 가는 버스는 1시 15분에 출발합니다. 승객 여러분께서는 승강장에서 대기해주시면 감사하겠습니다.

조용한 터미널은 안내방송이 나오고 나서 더 조용해졌다. 유화로 그린 영정 사진은 공터 중앙, 커다란 테이블 위에 놓여졌다. 영정을 들었던 아이는 어깨도 펴고 팔도 돌리며 몸 전체를 커다랗게 움직였다. 공터 중심을 향해 휠체어를 탄 사람들이 거의 다 도착했고, 사람들이 스피커를 하나씩 쥐고 말을 하기 시작했다.

어쩌고저쩌고, 우리는 오늘 너는 어쩌고저쩌고, 어쩌고저쩌고, 그래서 어쩌고저쩌고. 어쩌고저쩌고.

조금씩 초조해졌다. 교복을 입은, 몸이 젓가락처럼 마른 여자애들 둘이 터미널 매표소 옆 시멘트 담벼락에 붙은 강력범 신고 전단지를 보며 킥킥거리는 게 보였다. 머리 길이도 치마 길이도 다리 굵기도 두 사람 뒷모습은 모두 다 똑같아 보였다.

"전라도 말씨, 경기도 말씨, 죽 째진 눈, 시원시원한 성격. 헐, 이 아저씨 좆나 무섭게 생겼다. 다 무서운 일급 살인범들!"

여자애들은 껌딱지처럼 전단지에 붙어 서서 물러설 줄 몰랐다. 여고생들의 낄낄거리는 웃음소리를 들으며 눈앞을 봤다. 공터의 휠체어 탄 사람들도, 조금 가까이 있는 여고생들도, 의자에 앉은 파마머리 노인도 거대한 황사에 갇힌 불확실한 실루엣으로 보일 뿐이었다. 사실 모든 게 그랬다. 모두 다 불투명하고 불확실하다는 것만이 진리였다. 눈앞을 죄다 가리는 돔 하늘과 황사는 잘 믿어지지 않았다. 그러나 누구보다 믿을 수 없는 건 나 자신이었다. 지영은 아직 도착하지 않았지만 빨리 지영에게 이 황사를 보여주고 싶었다. 불투명한 황사의 막이 눈앞에서 점점 몸집을 불리는 모습은, 정말이지 장관이었다.

인터넷 포털사이트 구글에서 알려주는 기온은 섭씨 19도였다. 무슨 이유에서인지 건수로 가는 버스 시간은 검색되지 않았다. 온도는 높지 않은데 초여름 같았다. 양복 재킷을 벗고 소매를 걷었다. 다음부터는 몸에 너무 딱 맞는 양복, 발뒤꿈치가 깊이 들어가는 수입 구두는 사지 않아야겠다고 결심했다. 지영이 오기만 한다면 바로 다음에 출발하는 버스표로 바꾸면 그만이었다. 곧 버스 출발 시간이었는데 그러거나 말거나 지영은 오지 않았다.

베이지색 재킷에 운동화를 신은 노인이 플라스틱 의자 중 맨 끝의 노란 의자에 앉아 있는 게 보였다. 65세, 70세, 아니 75세쯤, 노인들의 나이는 잘 짐작할 수 없지만 깔끔해 보이는 인상이었다. 노인의 바로 옆 의자에는 분홍색 보자기에 싸인, 직사각형의 제법 큰 짐이 놓여 있었다. 그는 가끔씩 짐 위에 손을 올렸다가 무릎 위에 손을 올리고, 이내 시계를 한번 보고는 다시 짐 위에 손을 올리기를 반복했다. 몇 사람이 더 승강장 주변으로 가까이 다가섰고, 황사는 건수로 가는 사람들만을 에워싼 채 누에고치처럼 점점 커졌다. 나는 조급해져서, 더는 기다리지 못하고 지영의 전화번호를 눌렀고 벨은 여러 번 울렸지만 지영은 전화를 받지 않았다.

불투명한 황사 돔을 뚫고 버스의 앞머리가 천천히 정거장으로 들어왔다. 승강장을 향해 들어오는 버스 앞머리가 해치의 얼굴처럼 일그러져 보였다. 역겨운 세제 냄새 또한 함께 밀려들어왔다. 몇 명 안 되는 승객들은 황사 속에서 버스 출입문을 찾느라 더듬거렸고, 차문을 밀고 나온 운전기사는 마스크와 흰 장갑을 착용한 채 방역 업체 직원 같은 모습으로 철컥, 버스표에 구멍을 냈다.

버스 안에서는 술 냄새가 진동했다. 뒤쪽 일인용 좌석에 앉은 남자가 두 다리를 쭉 뻗은 채 차가 출발하기도 전부터 코를 골았다. 젊은 커플은 리시버를 한쪽씩 꽂은 채 소풍이라도 가는 모양이었다. 파마머리 노인은 휴대폰을 붙들고 통화 중이었고 공터 쪽에선 아직도 스피커 소리가 들려왔다. 열 명 남짓한 승객을 실은 버스가 굴다리를 지나 터미널을 빠져나갔다. 순간 전화기가 부르르 떨렸고 나는 버스 기사를 향해 손을 쳐들었다가 금세 다시 내려놓았다. 최근에 사이언톨로지스트가 되었다는 동창이 보낸 문자 메시지였다.

8단계만 거치면 우리의 모든 상처가 치유돼 고통으로부터 벗어날 수 있어. 내가 도와줄게. 영혼을 치료하는 기계가 있단다! 이걸 구하고 싶다면 우리가 도와줄 수 있어. 신용카드 할부 구입도 가능해.

　버스는 이미 도심을 빠져나가고 있었다. 휴대폰 카메라를 켜고 얼굴을 비춰보았다. 얼굴 전체가 검고 늙어 보였다. 귀도 아프고 심장도 쿵쾅거리는 것 같았다. 조악한 디자인의 커튼을 묶은 벨트를 풀어 창을 가리고 지영이 링크해 올렸던 몇 개의 글들을 봤다. 사실 여러 번 읽은 얘기였다. 자기 아이가 미세먼지 때문에 기형아로 태어났다고 믿는 중국의 한 여자 아나운서가 미세먼지의 위험성을 알리는 다큐멘터리를 만들었다. 그녀는 스티브 잡스처럼 청바지를 입고 미세먼지에 위협받고 있는 중국 상황을 설명하고 다녔다. 그러다 어느 날부터 그 여자가 만든 모든 동영상은 물론, 그 여자가 나오는 자투리 동영상조차도 유튜브에서 완전히 사라져버렸다. 지영은 그 기사를 링크해 올리면서 아무런 감상도 덧붙이지 않았다.

　서류 가방을 가슴에 안은 청년이 손잡이를 하나씩 바꿔 쥐며 굳이 내 옆자리에 와 앉았다. 그때 나는 거의 멍해져서 지영이 언젠가 인터넷에 올린, 연둣빛 조명이 강한 어떤 방을 상상하고 있었다. 청년은 내 옆자리에 앉자마자 가방에서 종이 책자를 꺼내며 말을 걸기 시작했다. "저기, 혹시 진보정치에 관심 있으신가요?" 청년은 단색으로 프린트된 종잇장을 가슴께로 내밀었다. "현장 설문조사 나왔는데요. 국민 여러분들의 생생한 의견을 듣고자, 일부러 나왔습니다." 지나치게 고분고분하고 정확한 문장을 구사하려는 태도가 마음에 들지 않았다. 이런 사람들은 대부분 정신이 이상하다는 게 내 결론이었다. 백팩을 열고 서류를 꺼냈다. 그래도 청년은 옆자리에서 떠날 생각을 안 했다. 코 고는 소리는 여전히 들려왔고 뭔가 시큼한 냄새 같은 것이 차 안을 떠돌았다. 문득 고개를 돌려 뒷자리를 보니 분홍색 짐을 가지고 있던 노인이 창밖을 보며 점잖게 앉아 있었다. 분홍색 짐의 귀퉁이가 잠깐 보이는 것도 같았다.

건수도 황사가 심했다. 터미널 앞 교차로에는 네모반듯한 모델하우스 몇 채가 깃발을 꽂은 물통 배너를 일렬로 세운 채 서 있었다. 터미널 편의점에서 마스크를 사지 않은 것을 후회했다. 어딘가 들어가 있다 나오고 싶었지만 들어가 피할 건물도 없고 무방비로 황사에 노출될 수밖에 없었다.

이모네 동네는 건수 터미널에서 불과 삼십 분 거리였다. 나는 버스에서 내리고 나서도 한참을 터미널 근처에서 서성거렸다. 왠지 둔기로 머리를 맞은 것처럼 어지러웠다. 지난 몇 달간 시달림을 당한 부품 재고가 보관된 창고가 건수에 있었다. 건수 터미널에서 부품 창고에 갔다가 다시 이곳 터미널로 와 북쪽으로 향하는 시내버스를 타고 이모네 집으로 가면 끝이었다. 지영이 왔다면 부품 창고에는 갈 생각도 하지 않았을 것이다. 이모가 말해준 버스 번호가 18번이었는지 81번이었는지도 잘 기억나지 않았다. 그러나 어릴 때 여러 차례 와본 길이어서, 아무 문제없이 잘 찾아갈 수 있을 것이 분명했다.

정 차장 너, 이번 일 똑바로 처리 못하면 알아서 해라. 지난 수요일 오후 회의 자리에서 부장이 말했다. 조금씩 다들 지겨운 표정이었는데, 부장이 눈을 부릅뜬 채로 나를 공격하자 다들 얼굴에 생기가 돌았다. 나는 십 년 가까이 회사에 다녔지만 대단한 금액의 연봉을 받으며 승승장구하는 직장인은 본 적이 없었다. 다들 옆자리 동료가 당하는 꼴을 보면서 자신이 살아남았다는 걸 안도할 뿐이었다. 창가에 누군가 가져다놓은 촌스런 갈색 꽃이 아니었다면 나는 시선을 둘 곳을 찾지 못했을 것이다.

건수 산업단지는 건수 터미널에서 4킬로미터라고 구글 지도가 말해주었다. 이 지역의 녹색 택시조합 기사는 내비게이션이 고장 났지만 산업단지가 어딘지는 알 것 같다고 말했다. 얼마 달리지 않아 낮은 건물들마저도 보이지 않게 되고 드문드문 버스 정류장만 보였다. 택시가 내려놓고 간 도로 위에 나 말고는 사람이 단 한 명도 없었다. 길 양쪽엔 낮은 코스모스 같은 게 허벅지 높이까지 자라나 있었고 논과 밭이 보였으며 그 뒤로 야트막한 산이 전부였다.

평평한 길 한쪽에 단지 진입로가 보였다. 화살표가 있고 350미터라고 표시된 이정표가 보였다. 반듯한 길 오른쪽은 모두 논밭이었고 끝없이 연결된 철조망이 이쪽과 저쪽을 구분했다. 길 왼쪽의 건물들은 자기 그림자에 기대 겨우 서 있었고, 집들 위로 검고 굵은, 일직선으로 지나가는 전기 전선들이 뭉텅이진 채 빼곡했다. 건물에는 아무도 살지 않는 게 분명했다.

쓰레기 적치장 앞을 지나 빠르게 걸었다. 담장 높이까지 쌓인 자동차 폐타이어와 버려진 자동차 더미로 빈 공간이 없었다. 사람이 그곳 어딘가에 있을 것 같지는 않았다. 건수 산업단지는 이제 단지로서의 기능이 끝난 곳이었다. 어디선가 휘파람 소리가 들렸다. 방금 지나온 집 앞에 철제의자가 놓여 있고 한 사람이 야구 모자를 쓴 채 앉아 있었다. 주름이 가득한 작은 얼굴의 노인이었다. 노인이 다시 휘파람을 불었다.

저기, 개가 있어.

노인이 앉은 의자 앞에, 논 쪽에 바짝 세워 주차한 자동차 한 대가 보였다. 차체가 청색으로 변색된 버려진 자동차 같았다. 자동차 보닛 위에 앉아 있던 커다란 개가 날 보고는 차 꼭대기로 올라갔다가 다시 보닛 위로 내려와 먼 곳으로 시선을 돌렸다. 개가 아니라 호주산 들개인 딩고나 늑대 같았다. 귓가 전체에 검은 반점이 있는 것처럼 얼굴 전체가 어두워 보이는 것 말고는 그랬다. 휘파람 소리는 다시 들리지 않았지만 개는 점처럼 시야에서 계속 이어져 보였다.

그러거나 말거나 계속 걸었다. 너 이번 일 똑바로 처리 못하면 알아서 해라. 이른 아침 혹은 늦은 밤, 부장은 늘 나한테 그렇게 말했다. 소주병 열 개쯤이 깔린 야심한 시각의 회식자리에서조차도 그 소리를 들어야 했다. 나는 앞에 앉은 사람의, 주홍색 고춧가루 물이 묻은 셔츠 소맷귀, 술집 천장에서 돌아가는 선풍기 같은 것을 쳐다보곤 했다. 마음을 누르고 다시 눌렀지만 나는 부장을 죽이고 싶었다. 이 모든 일을 내 책임으로 돌리는 건 부당하다고 생각했다. 내가 언젠가 저 새끼를 조져버릴 거야. 자면서도 다짐하고 또 했지만 그럴 때마다 정말 내 책임일지도 모른다고 자책하기도 했다. 죽이기는커녕, 난 아무것도 단 한 번도, 단호하게 행동해본 적이 없는 사람이었다.

건수 산업단지를 알리는 청동 표지판은 칠이 벗겨진 채 녹슨 판만 붙어 있었다. 산업단지 개발이 중단된 건 건수 지역만의 일도 아니었다. 얼마 전까지만 해도 건수시는 동남아시아에서 온 연수생들로 활기가 가득하던 곳이었다. 그 많던 연수생들이 다 어딘가로 가고, 건수 주변 어딘가에 부상을 당했거나 일을 하지 못하는 사람들만 모여 사는 지역이 있다는 얘기만 들었다. 마당에 서서 커피를 마시고 공놀이를 하고 팔굽혀펴기를 하던, 작은 몸의 눈이 붉은 동남아인들은 보이지 않았다. 연수생들이 모여 있던 공터는 우주선이 착륙해도 될 정도로 커다랗게, 움푹 파인 것처럼 보였고 공터 건너편에 들어선 네 개 동의 부품 창고가 보였다.

창고 출입문에는 여러 나라의 언어로 된 안내문이 덕지덕지 붙어 있었다. 햇빛이 강해서 비밀번호 버튼을 누르는 짧은 시간 동안에도 몸이 타버릴 것만 같았다. 문은 쉽게 열렸고 자동적으로 전기가 켜졌다. 바닥에는 모양이 다른 많은 발자국들이 찍혀 있고 출입구 앞쪽 벽면에만 유독 검은 손때 자국이 많이 묻어 있었다. 복도 바닥에 깔린 포대들, 벽에 붙은 종이 때문에 시야가 온통 흰색이었다. 복도에 위생복과 헬멧을 올려둔 선반이 보였다. 위생복은 차곡차곡 개켜 있기는 했지만 실거미줄투성이였고, 접힌 옷과 옷 사이에는 초록색 가루로 된 녹이 잔뜩 묻어 있었다. 양복 위에 위생복을 덧입고 모자를 쓰는 동안에도 얼굴의 열기는 가시지 않았다.

골칫덩어리들이 어디 있는지 찾아야 했다. 창고 안에 환기팬이 있는지 없는지 진공상태 속을 걷는 것 같았다. 문제는 희박한 공기였다. 벽 쪽으로 가 환기팬이 있는지 찾았지만 찾을 수 없었다. 숨을 참는 느낌으로 앵글들 사이를 걸었다. 철제 앵글은 천장을 찌를 듯 높이 뻗어 있고 어느 공간도 빈 곳이 없었다. 인터넷도 잘 터지지 않아서 부품 위치를 종이에 적어오지 않은 걸 후회했다. 그러나 이메일을 쓸 때마다 언급하던 물류 번호는 일련번호대로 내 머릿속에 정리되어 있었다. 땀은 나고 창고 안이 모두 같은 색이어서 잘 보이지 않았다. 군데군데 철제 사다리가 놓여 있었다. 사다리를 끌어다 놓고 올라갔다 내려갔다 몇 번씩 이동하며 숫자가 끝나는 지점을 찾았다. 모두 다 파악하기까지 커다란 철제 앵글 두 바디 전체를 다 훑어야 했다. 지붕 끝에서 발끝까지, 엄청난 면적이었다.

비교적 옮기기 쉬운 앵글에 있는 박스 하나를 꺼냈다. 빅토리녹스 칼로 박스 표면의 회색 테이프로 봉해진 부분을 갈랐다. 담뱃갑 크기만 한 아날로그 튜너(tuner)들이 정전기 방지용 트레이에 차곡차곡 담겨 있었다. 어디선가 희미한 기계음이 들리는 것 같았다. 물건 하나를 쥐었다. 2, 3년 전 디지털 튜너로 바뀌기 전에 썼던 텔레비전용 아날로그 튜너였다. 튜너는 텔레비전에서 여러 주파수를 모아 영상 장치로 가동시키는 기본적인 장치였다. 몇 달째 내 피를 말리게 하고 있는 물건은 사실 그냥 작은 기계 장치에 불과했다. 덤핑으로라도 재고 수를 줄여야 했는데 시기를 놓쳐버리고 말았다. 재고는 채 사용되지도 못한 채 신제품이 개발되었다. 손으로 쓰레기가 된 튜너를 한 움큼 집어 백팩 안에 넣었다. 상한 김장배추였다면, 모터가 고장나버린 냉장고였다면 내다 버리면 그만이었다. 상한 술이라면, 상한 딸기라면 마시고 먹어버리면 그만이었지만 아날로그 튜너들은 갖다 버릴 곳이 없었다.

창고에서 나와 화장실을 찾았다. 화장실은 내가 방금 나온 창고

와 옆 동 창고 가운데, 약간 안쪽 지점에 있었다. 화장실 입구로 들어서는 순간 주춤했다. 자동차 보닛 위에 서 있던 개가 화장실 바닥에 앉아 격렬하게 턱을 떨고 있었고 선캡을 쓴 노인이 선 채로 소변을 보다가 얼굴을 돌려 나를 쳐다보며 말했다. 헬로우!

걸으면 걸을수록 구두 굽이 발목 전체를 뜯어 먹을 듯이 옥죄어 왔다. 부장이 날 힐난하던 때보다 오히려 지금이 더 비참했다. 황사가 몸 켜켜이 침범해 날 녹다운시키려고 했다. 황사는 내 몸을 덮치려는 듯 검붉은 색으로 바뀌며 성큼 눈앞으로 몰려왔다.

버스 시간을 확인하러 매표소 쪽으로 다가갔다. 누군가 다가와 내 팔을 잡았다. 팔에 닿는 살이 핫팩처럼 뜨거웠다. 건수에 올 때 터미널에서부터 같이 온 파마머리 여자 노인이었다. 터미널 화장실 앞 의자에 베이지색 재킷의 남자 노인이 앉아 있었다. 여자 노인이 다가와 내 팔을 잡으며 말했다. "저 어르신이 짐을 잃어버렸대. 내가 볼일을 다 보고 터미널로 왔는데 저 양반이 저렇게 앉아 있는 거야." 여자 노인이 내 팔을 끌고 남자 노인 쪽으로 가까이 데려갔다. "저는 모르는 분인데요." 말했지만 소용없었다. 남자 노인은 두 손을 앞으로 모은 채 턱을 조금 들고 정면을 보고 있었다. 남자 노인이 짐을 화장실 밖에 두었는데, 짐이 너무 중요한 것이었기 때문에 화장실에는 가지고 들어가지 않았다고 말했다. 남자 노인은 채 일 분도 안 되는 시간에, 손도 대충 씻고 화장실에서 나왔다고 했다. 터미널 라운지에는 몸에 잔뜩 힘이 들어간 군인들 한둘 말고는 사람도 별로 없었다. "우리가 여기 표 파는 직원, 화장실 청소 아줌마, 저기

분식집 남자, 약국 직원한테까지 다 돌아다니면서 물어봤는데 아무도 못 봤대." 더 흥분한 건 여자 노인이었다. 여자 노인의 입가에서 흰색 거품이 조금씩 솟아났다. "난 직장을 구하려고 시내에 가 누굴 만나고 왔어요. 면접을 보긴 했지만 채용될지는 알 수 없어요. 왜 나 취직시켜주게? 나 취직시켜줄 수 있어?" 여자 노인이 내 팔을 강하게 잡아당겼다. 무슨 말이든 해야 했는데 이럴 때는 뭘 말해야 할지 잘 몰랐다. "가서 볼일들 보십쇼. 내 일이니 내가 알아서 하지요." 그때만 해도 남자 노인의 얼굴은 대단히 이성적으로 보였고 아직 다 어두워지기 전의 일이었다.

가로 50센티, 세로 30센티짜리 분홍색 보자기에 싸인 그 물건 주변에 누가 있었는지 남자 노인은 잘 기억하지 못했다. 그가 사기꾼일지도 모른다는 생각을 잠깐 하기도 했지만 이내 그런 생각을 접었다. 어쨌든 남자 노인은 결코 자존감이 훼손되거나 한 얼굴이 아니었고 누가 와서 사건의 진위를 물어도 자기 자신 탓을 할 사람처럼 보이지는 않았다. 그래서 왜 그가 잃어버린 물건을 내가 찾아주어야 하는지 잠깐 멍해졌다. 여전히 내 주변을 오가는 사람들은 군인들뿐이었다. 나는 아무나, 눈앞으로 막 지나가는 군인에게 다가갔다.

건수에 온 군인들은 어디로 놀러 가는지 알아요?

남자 노인과 여자 노인을 데리고 명동으로 갔다. 건수 시내의 제일 번화한 거리라는 명동은 길이가 채 100미터도 되지 않아 보였다. 제일 먼저 파출소에 들어가 전당포 위치를 물었다. 값나가는 물건이라면 전당포로 먼저 갔을지도 모른다고 생각했다. 그때까지도 남자 노인은 자기가 가지고 있던 물건이 뭔지 말해주지 않았다. 남자 노인과 여자 노인을 시내 한복판에 세워놓고 전당포로 들어갔다. 계단은 내 몸 하나 걸어 올라가기에도 비좁았다. 전당포 주인은 벽에 붙은 텔레비전을 보며 파우치에 든 홍삼을 빨아 먹고 있었다. 나는 짐의 모양을 설명했고 그런 물건을 든 사람이 왔었는지 묻고는 이내 밖으로 나갔다.

남자 노인과 여자 노인은 도로 중앙의 분리대 구실을 하는 바에 걸터앉아 약국에서 파는 드링크제를 마시고 있었다. "이거, 총각도 하나 마셔." 여자 노인이 나한테 갈색 병 하나를 건넸다. 그들은 부부처럼 무덤덤해 보였다. 갈색 병 속에 든 액체를 마시면 난 죽을 수도 있었다. 아니면 지갑을 털리고 길에서 잠들거나, 아니면 누군가 내 장을 빼내갈지도 몰랐다. 그러거나 말거나 난 사실 목이 말랐다. 그래서 갈색 병 속에 든 액체를 단숨에 마셨다. 시간이 조금 지나도 아무 일도 일어나지 않았다. 그래서 나는 짐 찾는 일을 계속할 수밖에 없었다. "저기 어르신들, 제가 배가 고픈데요. 일단 밥을 좀 먹고 찾아보면 어떨까요?" 주변이 푸른색을 띠기 시작할 시간이었지만 오히려 더 불투명한 색깔로, 모든 경계가 아주 간신히 보일 뿐이었다.

남자 노인과 여자 노인 그리고 나를 제외하고 모든 손님은 거의 다 휴가 나온 군인들이었다. 우리는 그냥 식당에서 제일 주문을 많이 하는 메뉴를 달라고 했고, 그 음식이 커다란 불판에 놓인 채 공깃밥과 함께 나왔다. "자네 소주 한잔 하겠나?" 남자 노인이 나한테 물었고 여자들보다 더 큰 소리로 떠드는 군인들 때문에 귀가 다 얼얼

할 지경이었다.

　어느 순간이었는지 잘 모르겠다. 빈속에 들어간 소주 때문에 귀가 왕왕거렸고 굉장히 소란스러웠다. 갑자기 남자 노인이 옆자리에 앉은 군인들에게 조용히 하라며, 요즘 군인 놈들은 도대체 정신 상태가 썩었다고 말했고 바로 옆에 거의 붙어 앉은 군인에게 "전쟁은 제대로 하겠느냐"는 말을 했다. 그래도 젊었을 때는 사회활동깨나 했다는 여자 노인은 또 남자 노인을 거들기 시작했고, 난 주변의 군인들로부터 미친 노인네들을 부모로 둔 바보 같은 놈이 아니냐는 듯한 눈총을 받게 됐다. 술에 취한 건지, 안 취한 건지 잘 알 수 없는 얼굴의 남자 노인은 나한테 술병을 건네주면서 이번엔 나를 공격했다. "자네 회사 다니지?" 남자 노인은 내 대답은 듣지도 않고 요즘 젊은 사람들은 일을 열심히 안 한다며, 우리 때는 어땠는지 알아? 말도 안 통하는 나라, 사막에도 가고 얼음밭에도 가서, 나라 잘살게 해보겠다고 모든 악조건에도 말이야, 참 나, 말세야 말세, 라면서 큰 소리로 떠들었다. 남자 노인의 술잔은 금세 비고 소주가 두 병을 넘어서고 여자 노인은 턱을 괸 채 남자 노인의 말을 들으며 좋아했다. 그때 옆자리에 있던 군인 하나가 무슨 말을 했는데 남자 노인이 폭발하고 말았다. "조용히 처먹지 못해, 이 자식들아." 그 군인의 어깨와 시선이 이쪽으로 휙 돌고 분위기가 싸해졌다. "이제 그만 일어나시죠, 어르신. 물건 찾으러 가요, 이제." 남자 노인은 일어날 생각도 안 하고 오히려 날 비난했다. "닥쳐 이 자식아, 군인이란 것들이 저 지경이니 나라가 이 꼴이지." 그때 저쪽에 앉은 군인들이 벌떡 일어나 테이블을 밀치며 식당을 나갔다. "저기 할머니, 일어나요. 이제

나가요." 나는 졸고 있는 여자 노인의 어깨를 흔들었다. 모두 자리에서 일어났는데 계산을 하는 사람이 없어서 할 수 없이 내가 했다. 별로 먹은 것도 없는데 밥값은 오만 원이 넘었고 나는 은근히 화가 나기 시작했다. 뭐 챙길 짐이 있는 것도 아닌데, 이 노인네들은 식당을 나가는 데만도 얼마나 시간이 오래 걸리는지 답답해 미칠 지경이었다. 나는 어떡하든 여기서 나가 이 노인네들과 즉시 헤어질 생각이었다. 저녁 일곱시가 가까운 시간이었다.

저는 약속이 생겨 먼저 가보겠습니다.

그때까지도 나는 내가 계산한 밥값 생각을 했다. 무슨 명동이라면서 가게들은 벌써 셔터를 내리고 이미 깜깜했다. 지금이라도 터미널로 가 버스를 타면 자정 전에는 지영을 만날 수 있을 것 같았다. 남자 노인과 여자 노인에게 머리를 숙여 인사하며 뒤로 몇 걸음을 빼려는 찰나였다. "야 이 자식아, 너 이리 와." 남자 노인이 날 부르는 소리였고 여자 노인은 갑자기 긴장해 내가 있는 쪽으로 급히 걸어왔다. "그럼 저 양반 짐은 어쩌구. 가야 돼, 지금?" 내가 밥값을 낸 게 미안해 택시비라도 주려는 걸까, 나는 그때까지만 해도 그렇게 착하고 순진했다. "물건을 찾아주든가 우리를 다시 터미널에 데려다주든가 해야 할 거 아냐. 자네가 물건 찾아주겠다고 우리를 데리고 여기까지 온 거 아냐. 난 여기가 초행이야. 김 여사는 어때요? 김 여사도 초행이지." 남자 노인이 계속 지껄여댔다.

나는 남자 노인 옆으로 다가가 노인의 팔뚝을 잡고 걷기 시작했다. 여자 노인도 우리 뒤를 따라왔다. 빈 택시는 많았다. "자 타시죠. 제가 모셔다 드릴게요." 팔에 힘을 준 탓인지 남자 노인이 잠깐 긴장하는 듯했다. "기사 양반 버스 터미널로 갑시다." 뒤에 앉은 남자 노인이 말했고 운전기사는 말없이 차를 몰았다. 어쨌든 택시가 출발하자 두 노인은 입을 닫았고 다시 조용해졌다. 휴대폰을 열어보았지만 아무것도 도착한 것은 없었다. 나는 침착해지고 싶었다. 동창에게 답장을 빨리 못해 미안하다고 문자 메시지를 보냈다. 이 사이언톨로지스트는 '미션이 곧 비즈니스'라는 이상한 말 뒤에 스마일 이모티콘 두 개를 붙여 보냈다.

뒤쪽 자리는 고요했다. 나는 방향을 틀어 운전기사에게 건수 공업단지로 가달라고 말했고 운전기사는 고개를 갸우뚱했다. "거긴 아무것도 없잖아. 거기 뭐가 있어?" 운전기사가 물었다.

택시가 지나가는데 파란색 고물차 앞이 환했다. 선캡을 쓴 수숫대처럼 마른 노인이 느리게 춤을 추고 있었다. 자동차 불빛인지, 이동식 백열등 불빛인지 알 수 없는 불빛 앞에서 혼자서 춤을 추고 그 커다란 개가 혀를 내민 채 노인을 지켜보고 있었다. 개는 저만치서 택시 불빛을 보고 달려들 기세로 짖어댔지만 이내 노인 옆으로 가 앉았고, 노인의 몸은 꽈배기처럼 꼬인 채 두 팔만 허공을 흔들고 있었다. 검은색으로 뭉쳐져 보였던 전선줄들도, 낮에 본 몇 개의 창고 건물도 거짓말처럼 눈앞에 보이지 않았다. 나는 잠시 혼란에 빠졌지만 곧 창고의 위치를 찾았다. 택시가 서고 나는 기사에게 두 배의 차비를 낸 뒤 잠깐 기다리라고 말했다. 창고 문은 금세 열렸다. 무인 경비 시스템조차 부실한 게 얼마나 다행인지 몰랐다. 그때 두 노인이 택시에서 내려 이쪽으로 걸어오고 있었고 택시는 막 돌아서 위치를 바꾸는 중이었다. "여기가 어디야, 총각?" 하나는 비척비척 걸어왔고 하나는 한가롭게 황사로 뒤덮인 저녁 정취를 감상 중이었다. 그러거나 말거나 나는 창고 문을 활짝 연 뒤 이 노인네들을 창고 안에 처넣고 빨리 건수를 떠날 작정이었다. 여자 노인의 어깻죽지를 한 팔로 잡아 창고 입구까지 끌고 갔고, 이내 경치를 보고 있는 남자 노인의 어깨를 잡아 창고 쪽으로 세게 끌어당겼다. "이놈, 니가 도둑놈이구나, 그래 어디 내 물건 내놔라, 이놈아." 노인이 몸의 중심을 잃지 않으려고 힘을 쓰며 소리를 쳤다. 그러거나 말거나 나는 두 사람을 창고 안으로 처넣고 벽으로 밀어붙였다. 둘 다 바닥에 깔린 포대에 발이 걸려 넘어졌고 계속해서 뭐라고 뭐라고 떠들었다. 노인네들이 휴대폰이 안 터진다며 119에 전화를 걸자고 하는 사이 나는 부품 상자가 있는 쪽으로 갔다. 그리고 상자 하나를 내려 뚜껑을 열고 비닐에 든 부품을 노인네들의 무릎 위로 뿌렸다. "아니 이놈 좀 보게. 내 물건 내놔, 이놈아. 너 그게 뭐 비싼 건 줄 알지? 그건 내 마누라 제사상에 놓을 제사 음식이다. 이 천하에 나쁜 놈아." 나는 노인의 짐 따위에는 관심도 없었고 죽은 마누라 어쩌고 하는 말도 나와는 아무런 상관이 없었다. 나는 창고 문을 닫고 밖으로 나왔다. 택시는 도망가버리고 없었다. 생애 통산, 하루 종일 더는 걸을 수 없을 만큼 걸었다. 춤을 추던 수숫대처럼 마른 노인은 보이지 않았다. 그 커다란 개가 노인이 쓰고 있던 선캡을 입에 문 채 내 뒷모습을 봤다. 버스 시간만 아니라면 개마저도 창고 안에 처넣고 싶은 심정이었다. 순간 나는 다시 뒤를 돌아봤지만 노인은 보이지 않았다. 구글의 위치 추적을 통해 택시를 부르곤 하던 휴대폰 앱은 작동하지 않았다. 황사는 전자 기계 칩의 내부마저도 먹어버린 게 틀림없었다.

이모, 난 오늘 아무것도 못 먹었어요.

소음 때문에 이모가 소라도 때려잡는 줄 알았다. 탕탕 탕. 타닥. 쉬웅. 냉장고 문 여닫는 소리가 나고 가스레인지 팬이 돌고, 냄비 뚜껑이 떨어지고 부엌은 소리 천지였다. 소리에 비해 이모가 내온 밥상은 간소했다. 반찬은 흰색의 연근부침 같은 것과 알록달록한 색깔의 꼬치, 그리고 노란색이 도는 생선전이었다. 막 생선전을 베어 물던 순간이었다. 물컹하면서 이가 부딪치고 역겨운 냄새가 치밀어올랐다. 배가 고팠지만 쉰 음식을 삼킬 수는 없었다.

그런데 너 웬일로 시간이 났니? 옆집에서 제사가 있다고 음식을 가져왔어.

응. 여기 공장에 왔다가, 그거 이모 선물이야.

밥을 차려주고 이모는 방에 누워 텔레비전을 봤다. 이모가 손을 뻗어 마카롱 상자를 끌어갔고 부스럭거리며 상자를 풀었다. 상자 안의 것들이 뭉개지지 않았기만을 바랐다.
이모를 만나고 싶지 않았다. 이모를 보면 엄마 생각이 났고 무거운 납덩이가 가슴을 짓누르는 기분이 들었다. 고등학교 때 엄마가 일하던 직장에 갔었다. 엄마는 땅이 좀 있던 부잣집의 막내딸이었는데 결혼을 하고 도시로 이주하면서 도시 노동자가 됐다. 엄마의 다리는 늘 퉁퉁 부어 보였고 직장 안의 어떤 곳, 어떤 때는 붉은색 등받이 앞에서, 어떤 때는 검은색 등받이 앞에서 낮은 탁자에 엎드린 채 졸았다. 나는 친구를 불러내 먹지도 못하는 소주를 먹고 담배를 피우고 쌍욕을 해대면서 다시는 엄마가 일하는 직장에는 가지 않겠다고 다짐했었다.

엄마가 오래 살지 못할 거라는 말을 들은 날, 병실에 있는 엄마를 보고 나온 이모와 나는 달리 갈 곳을 찾지 못하고 병원 건물 지하로 내려갔다. 4천 원짜리 식권 두 장을 샀고 이모와 같이 묵은 쌀 냄새가 코를 찌르는 병원식당 밥을 먹었다. 어떻게 된 건지 그날 입었던 양복 주머니에 금박으로 식권이라는 글씨가 찍힌 작은 종이 한 장이 들어 있었다. 나는 왠지 그 식권을 버리지 못하고 지갑 속에 넣어 가지고 다녔다. 분명 두 장을 샀고 우리는 둘 다 밥을 받아먹었는데 왜 식권 한 장이 주머니 속에 있었는지 모르겠다.

자는 내내 상한 음식 냄새가 떠나지 않았다. 목이 말라 잠에서 깨어나 식탁에 앉았다. 이모는 마카롱 한 개를 반쯤 먹고는 비닐봉지에 넣어 식탁 위에 올려두었다. 상자를 묶은 리본을 왼쪽 검지손가락에 쥔 채 소셜네트워크 계정에 들어갔다. 불과 삼십 분 전에 지영이 올린 글이 하나 보였다.

먼 곳에 사는 큰 고래가 Z시 앞바다에 와서 죽었다는 말을 들었다. 몸이 10미터도 넘는 큰 고래였다. 고래의 내장에는 15킬로그램이 넘는 각종 플라스틱, 크기가 다른 여러 종류의 비닐, 10미터나 되는 천 호스, 도자기 꽃병, 헤어드라이어 등 다양한 것들이 들어 있었다고 한다. 고래가 죽은 원인은 장폐색이었다고…….

 글은 갑자기 뚝 끊어졌고 나는 죽은 고래 사진을 보면서 이모가 먹다 남긴 마카롱 반 조각을 입에 넣었다. 이것이 세상이 망해도 나를 안전한 곳으로 데려다주겠다는 지영의 메시지인지는 잘 알 수 없었다. 마카롱은 끔찍하게 달았다. 이 맛이 사람들에게 꼭 필요한 맛인지조차 알 수 없었다. 여전히 나는 아무것도 알 수 없었다.

강영숙은 직관이 뛰어난 소설가다. 그의 시선을 통해 바라보면 목가적으로 느껴지는 평면적 진실은 불길한 징후들이 뒤엉킨 입체적 혼돈으로 뒤바뀐다. 종종 문장과 서사의 매무새가 깔끔하게 정돈된 소설을 좋은 소설의 필요충분조건으로 말하는 평자들이 있다. 소설이 하나의 에피소드나 단면적 인물을 중심으로 한 간결한 사건을 다룰 때 문장은 안정적이고 서사는 군더더기 없는 형태로 종결될 수 있다. 특히 단편소설에 있어 작품의 외형적 단아함은 성취를 평가하는 절대적 기준으로 작용한다.

하지만 소설가가 어떠한 논리를 통해서도 이해 불가능한 인간의 내면을 재현하고 있거나 인간의 정념이 어지럽게 뒤섞인 거대한 사회의 모습을 형상화하고자 한다면 그것은 결코 명확한 문장으로 정리될 수도 없거니와 정돈된 서사의 형태로 제시되어서도 안 된다. 그런 일은 내장처럼 구불구불한 도시의 지하를 몇 개의 색과 선으로 표시하는 지하철 노선도에서나 가능한 일이기 때문이다.

단편 「맹지」는 전자회사에 근무하는 '나'의 짝사랑과 부품 창고가 있는 '건수 산업단지'로의 외근을 서사화하고 있는 텍스트이다. 개발이 중단된 건수는 문명의 폐기물들이 적재된 일종의 '유령도시'다. 짝사랑하고 있는 지영에게 줄 마카롱 상자를 들고 불길한 도시를 배회하는 '나'는 이곳에서 타인에 대한 약간의 호의로 포장된, 사실은 인간에 대한 적의와 살의, 분노와 증오라고 부를 수 있는 오염된 정념이 자신의 내면에 아무렇지도 않게 도사리고 있다는 사실을 알게 된다. 강영숙은 불길함을 응시하는 문장의 피카소처럼 명도만으로 이 어두운 시대의 심연을 그려내고 있다. '맹지(盲地)'는 '눈먼 인간들의 땅'이며, 눈 감은 소설가의 망막 위에 어른거리는 시대의 어두운 초상이다.

― 서희원 · 문학평론가

권여선

이모

1996년 장편소설 『푸르른 틈새』로 제2회 상상문학상을 받으며 등단했다.
소설집 『처녀치마』 『분홍 리본의 시절』 『내 정원의 붉은 열매』 『비자나무 숲』,
장편소설 『푸르른 틈새』 『레가토』 『토우의 집』 등이 있다.

결혼하기 전에 나는 태우의 친가 쪽은 번다하지만 외가 쪽으로는 외할머니 한 분밖에 없는 줄 알았다. 그래서 그의 부모님을 처음 만나 뵈었을 때 어머니가 외동딸이라 성격이 좀 센 편이겠구나 짐작했다. 상견례는 중식당에서 있었는데 어머니가 코스와 단품 등 모든 메뉴를 결정했고, 아버지는 조금 툴툴거리면서, 태우는 아무 말 없이 그 결정에 따랐다.

결혼하고 한 달쯤 지나서 태우는 큰이모와 외삼촌이 있다는 얘기를 했다. 그러니까 시어머니에게 언니와 남동생이 있다는 얘기였다. 그들은 우리 결혼식에 참석하지 않았다. 큰이모는 이 년째 가족들과 관계를 끊고 잠적했고, 외삼촌은 도박빚으로 수배중이라고 했다. 시어머니는 결혼을 앞두고 굳이 이런 사실을 며느리와 사돈집에 알릴 필요가 있겠는가 고민한 끝에 말하지 않기로 결정했다는 것이다.

"그런데 이제 와서 왜?"

"큰이모가 병원에 입원했대. 다행히 엄마한테 연락이 됐나 봐."

"무슨 병이시래?"

"말씀 안 하셨어. 그건 병이 심각하다는 뜻 아닐까?"

"그게 뭐 꼭……"

나는 어정쩡하게 대꾸했다. 한 번도 본 적 없는 분의 병증에 대해 뭐라고 할 말이 없었다.

"하루 종일 마음이 그랬어. 난 큰이모가 좋았거든."

태우의 마지막 말은 내게 모종의 압력으로 다가왔다. 이러다 도박빚으로 수배중인 외삼촌도 며칠 안에 만취한 상태로 남편 품에 안겨 우리 신혼집에 출현하는 건 아닐까 하는 불안이 엄습했다.

나는 시어머니를 모시고 시이모님의 병문안을 가기로 했다. 한 번쯤은 가보는 게 도리일 터였다. 어머니가 합리적이고 강단 있는 분이라 적잖은 의지가 되었다. 어머니는 길도 복잡하니 택시를 타자고 했다. 택시를 타고 가는 중에 시이모님이 어디가 아프신지 묻자 췌장암이라는 간단한 대답이 돌아왔다. 어느 정도 진행이 되었는지, 전이는 안 되었는지 물으려다 어머니의 얼굴을 보고 그만두었다. 택시에서 내려 병원 입구를 향해 걸어갈 때 어머니가 입을 열었다.

"우리 언닌,"

어머니는 잠시 움찔하더니 말을 바꾸었다.

"그러니까 네 시이모님은, 아주 괴팍한 사람도 아니지만 그렇다고 다정한 편도 아니다. 누구한테 민폐 끼치는 걸 싫어하고 차라리 자기가 손해를 보고 마는 성격이지."

나는 그런 점은 자매가 아주 닮았다고 생각했다.

"난 좀 일찍 결혼한 편인데 결혼하고 나서는 친정에 자주 왕래하지 않았다. 친정이 싫었으니까."

어머니는 이렇게 말하고 나를 보았다. 이해하겠느냐 묻는 듯도 하고, 너도 그런 건 아니냐 살피는 듯도 했다.

"우리 언닌 평생 직장생활 하면서 결혼도 안 하고 엄마를 모시고 살았다. 그 집에 경철이 녀석이, 그러니까 네 시외삼촌 말이다, 걔가 가끔 들락거렸는데, 걔가 돈 사고 치면, 그래, 이제 너한테 못할 말이 어디 있겠냐, 그러면 언니가 몇 번 물어주고 그랬지. 그러다가……"

우리는 어느새 엘리베이터 앞에 도착했다. 환자복을 입은 사람들 서너 명이 우리와 함께 엘리베이터에 탔다. 어머니는 엘리베이터에서 내린 후에야 다시 얘기를 이어나갔다.

"그게 재작년 가을인가 그런데, 언니가 갑자기 편지 한 장만 써놓고 사라졌다. 자기를 절대 찾지 마라, 당분간 모든 관계를 끊고 살겠다, 죽기 전에 한 번만이라도 그렇게 살아보고 싶다, 마음이 변하면 돌아오겠다, 뭐 그런 내용이었는데, 참 내용도 놀라웠지만, 그러니까 그게 뭐냐? 너는 글을 쓰니 알겠지. 그걸 뭐라고 그러냐?"

나는 그게 뭔지 알 수 없었다.

"글에 담긴 기운이라고 해야 하나? 글자도 아니고, 글씨체도 아니고."

"문체요?"

"문체? 그런 걸 문체라고 하냐? 나는 모르겠다. 우리 언니도 옛날엔 글쟁이가 되고 싶어 했지. 널 보면 반가워할지도 모르겠다. 아무튼 언니 편지를 읽는데, 문체인지 뭔지에 깃들어 있는 마음이나 기분 같은 게 으스스하게 느껴지는데, 못된 말을 쓴 것도 아니고 다 평범한 말뿐이었는데, 이상하게 무섭고 서럽더라. 난 그게 뭔지 궁금하다. 도대체 그게……"

어머니의 얘기는 거기서 끝났다. 병실에 도착할 때까지 그게 뭐였는지 골똘히 생각하는 듯했다.

시이모는 인사하는 나를 빤히 보더니 금세 알겠다는 듯 고개를 끄덕였다.

"너구나!"

그 말이 너무 격의가 없어 나는 당황했다. 어머니는 병상에 누운 언니를 물끄러미 내려다보았고, 시이모도 동생을 말갛게 올려다보았다. 침묵이 계속되자 나도 시이모를 물끄러미 내려다볼 수밖에 없었다. 예상대로 그녀는 매우 말랐고, 거칠고 주름진 피부에, 숱이 듬성듬성 빠진 머리를 모자나 스카프로 가리지 않고 그대로 내놓고 있어 아사 직전의 원숭이처럼 보였다. 어머니와 두 살 차이라는데 스무 살은 더 들어 보였다. 피곤해서인지 눈이 시려서인지 시이모는 몇 초씩 눈을 감았다 뜨곤 했는데, 퀭한 눈을 뜨고 무엇을 응시힐 때면 눈의 흰자위에 살짝 푸른빛이 감돌았다.

어머니가 마침내 입을 뗐다.

"병원비는 걱정 마, 언니."

"걱정, 마라."

시이모가 천천히 말했다. 되묻는 건지 중얼거리는 건지 애매했다.

"그런 소릴 들으니 참 좋구나. 그래도 난 퇴원할 거다."

"언니, 제발!"

"부탁인데 엄마한테는 알리지 마라. 그 여인이 내 앞에서 우는 건 절대 보고 싶지 않다."

그렇게 말하고 시이모는 눈을 감더니 다시 뜨지 않았다. 어머니는 일 분 정도 서 있다가 가자, 하더니 병실을 나갔다. 짧고 어색한 병문안이었다. 나는 홀가분한지 서운한지 알 수 없는 기분에 사로잡혔다. 참 이상한 자매들이었다. 시트 밖으로 삐죽 나와 있는 시이모의 마르고 주름진 손을 보자 왠지 한 번은 잡아보고 싶었다.

"시이모님, 저 갈게요."

내가 손을 잡자 시이모가 눈을 반짝 떴다. 짓무른 듯 젖은 눈자위 속에서 푸른빛이 거미줄처럼 가늘게 반짝였다.

"너 글 쓴다며?"

"본격적으로 쓰는 건 아니고, 그냥 공부하고 있어요."

"우리 집에 한번 놀러 와라."

"아, 네."

시이모가 웃음인지 찡그림인지 가늠할 수 없는 표정을 지었다.

"내 집에 누굴 초대하는 건 처음이야."

"아, 네."

"송장 치우게는 안 할 테니 놀러 와."

"네."

"아이, 오지 마라, 오지 마!"

고양이처럼 토라진 시이모의 말투에 나도 모르게 투정하듯 물었다.

"아니 왜요?"

"난 떨리는데 넌 심드렁하잖니?"

"아니에요, 너무 갑작스러워서 그래요. 갈게요."

"그래, 가라."

"아니, 시이모님 집에 놀러 간다고요."

"시이모님은 무슨……"

시이모가 뭐라고 중얼거렸다.

"네?"

"이모라고 부르라고. 글자도 반으로 줄고 어감도 낫잖니? 놀러 올 거면 얼른 메모해라. 윤경호, 경기도 안산시……"

이모가 퇴원한 후에 나는 그녀의 집을 규칙적으로 방문했다. 규칙은 그녀가 정했는데 일주일에 한 번, 월요일 오후였다. 그녀는 매일 집 근처의 도서관에 다니는데 월요일이 휴관일이라고 했다. 나는 결혼 준비를 위해 대학원을 한 학기 휴학한 상태여서 시간이 여유로웠다. 아마 내가 살아온 서른 해 중에서 그때가 가장 한가한 때였을 것이다.

이모는 안산의 외곽에 있는 오래된 소형 아파트에 살고 있었다. 열 평 남짓한 실내 공간은 잘 정돈되어 있었다. 아니, 잘 정돈되어 있다기보다 정돈할 것이 거의 없었다. 그녀의 집에는 없는 게 많다. 텔레비전도, 컴퓨터도, 휴대전화도, 집전화도 없었다. 당연히 케이블이나 인터넷도 연결되어 있지 않았다. 그럼 뉴스는 어떻게 보시느냐 물었더니 도서관에 가서 거기 있는 컴퓨터로 본다고 했다. 에어컨은커녕 선풍기도 없었다. 그녀의 집에 있는 가전제품이라고는 구형 냉장고와 세탁기뿐이었다. 옷장도 없었는데 벽에 붙박이로 설치된 이불장만으로 충분한 듯했다. 집 안 전체가 수녀의 방처럼 텅 비어 있었다. 그릇이나 냄비도 몇 개 없었는데, 그 때문인지 몸에 밴 습관인지 그녀는 설거지거리가 생기면 그 자리에서 바로 씻었고, 빨랫감이 생기면 세탁기를 돌리지 않고 손으로 빨았다.

이모를 처음 방문한 날은 좀 추웠는데 그녀는 커피가루만 넣은 뜨거운 커피에 설탕을 따로 내주었다. 그녀는 내게 가족이 어떻게 되는지, 태우와 어떻게 만났는지 물었다. 나는 부모님과 오빠가 있으며, 남편과는 친구 소개로 만났고 만난 지 일 년도 안 되어 결혼하게 되었다고 말했다.

"그래, 내가 잠적하기 전까지는 태우한테 여자친구가 없었지. 첫눈에들 퍽 좋았던 모양이구나. 근데 넌 그 애를 뭐라고 부르니? 신혼이니 모골이 송연하게 불러대지 않겠니?"

나는 좀 부끄러워하면서 달링과 신랑을 합쳐 달랑이라고 부른다고 대답했다.

"달랑이라고 부르면 달랑거리면서 달려오겠구나."

결혼도 하지 않은 그녀의 입에서 튀어나온 뜻밖의 농담에 나는 당황했다. 그러나 그녀의 표정에는 딱히 장난기라고 할 만한 것이 보이지 않았고 말투도 날씨 얘기를 하듯 무심했다.

"네 숫기로 봐서 밖에서는 그렇게 부르지 않는 게 좋겠다. 달링이랑 신랑이랑 합쳤다는 소리도 하지 말고. 다들 나처럼 생각할 거다. 달랑이는 달랑이로 들릴 뿐이니."

이모와 이런저런 얘기를 나누면서 나는 여러모로 놀랐다. 그녀는 실제로 수녀처럼 살고 있었다. 아침에 일어나면 물을 마시고 첫 담배를 피우고 이십 분 정도 아침 운동을 한다고 했다. 그건 운동이라기보다 그녀가 스스로에게 가장 적합하다고 생각하는 자세와 동작으로 구성한 일련의 스트레칭이었다. 간단히 아침을 만들어 먹고 씻고 10시쯤 가방을 메고 도서관에 간다. 필기도구와 지갑, 열쇠가 든 가방에 보리차를 담은 통을 챙긴다.
"책 먼지 때문인지 거기 오래 앉아 있으면 그렇게 목이 마르더라고."
나는 그게 췌장암 병증 중 하나였으리라고 생각했다.
도서관에 가면 일단 서가에서 책을 고르고 자리에 앉아 하루 종일 그 책만 읽는 게 그녀의 방식이었다. 내용이나 재미 같은 건 상관하지 않고 처음부터 끝까지 다 읽는다. 이해가 되지 않아도 글자는 읽을 수 있으니 한 글자 한 문장 한 페이지 한 챕터씩 차례로 읽어나간다. 오후 2시쯤 집에 돌아와 점심을 만들어 먹고 다시 도서관에 가서 문을 닫는 6시까지 책을 읽는다. 책을 다 못 읽으면 대출해 가지고 와서 저녁을 만들어 먹고 잠들기 전까지 마저 읽는다. 도서관 휴관일인 월요일만 빼고 그녀가 도서관에 가지 못하는 특별한 사정은 없다.
담배는 하루에 네 개비만 피우는데, 아침에 일어나서 하나, 점심 먹고 둘, 저녁 먹고 셋, 잠자기 전에 마지막 담배를 피운다. 술은 일주일에 한 번, 일요일 밤에 소주 한 병 정도를 마신다. 그날은 다소 사치스러운 안주를 만들어 먹기도 한다고 이모는 말했다.

"예전에는 거의 요리를 안 했다. 하더라도 대충 만들어서 맛도 모르고 급하게 먹었지."

그러다 혼자 살면서부터 요리에 재미를 붙였다고 했다. 요리를 할 때 그녀는 더할 나위 없는 평온함을 느낀다. 요리는 불과 물과 재료에만 집중해야 하는 일이다. 요리를 하면 할수록 그녀는 요리가 창조적인 작업이라는 생각이 든다. 똑같은 요리를 반복해도 결코 똑같은 맛을 내지 못한다는 사실이 그녀를 실망시키기는커녕 더욱 매혹시킨다. 그녀는 오로지 자신만을 위해 요리하며 일인분의 음식을 만드는 데도 정성을 다한다. 일인분이라고 아무렇게나 만들면 더 맛이 없다. 그녀의 냉장고에는 항상 다시국물이 준비되어 있고, 씻어서 물기를 빼거나 데치거나 말려놓은 야채와 해물 들이 다양했다. 그녀는 많이 먹는 편이 아니기 때문에 어떤 날은 한 시간 동안 공들여 만든 음식이 반 공기의 해물죽일 때도 있다.

"양은 보잘것없지만 맛은 그렇지 않아."

그녀는 자랑스럽게 말했는데 그건 사실이었다. 나는 그녀의 집에서 딱 한 번 저녁을 얻어먹은 적이 있는데, 반찬은 조기조림과 시래기된장국이었다. 비싼 조기가 아닐 텐데도 양념이 밴 살점은 달았고 시래깃국은 깊고 구수한 맛이 났다. 조기도 시래기도 그녀가 제철에 무더기로 사다 손질해 말린 것들이라 했다.

그러나 내가 무엇보다 깜짝 놀란 건 그녀의 생활비였다. 언뜻 보기에도 검소한 살림이라고 느꼈지만, 그녀는 한 달에 65만 원만 쓴다고 했다. 더 놀라운 것은 그중 30만 원은 월세로 나간다는 것이었다. 용돈도 아니고 한 달 생활비로 어떻게 35만 원만 쓸 수 있는지

나는 이해가 되지 않았다. 태우와 결혼해서 한 달을 살고 생활비가 얼마나 들었는지 따져보고 나는 어이가 없었다. 더 기막힌 건 크게 낭비한 돈이 없으므로 무엇을 줄여야 할지 모른다는 거였다. 만져보지도 못하고 이체되는 돈이 예상외로 많았다. 그런데 35만 원이라니, 우리 아파트 관리비와 우리 부부의 핸드폰 요금만 합쳐도 그 정도는 됐다.

"그렇게 어려운 일도 아니야. 산술적으로 하루에 만 원씩만 쓴다 생각하면 되니까. 5만 원은 관리비로 나가지. 여름에는 그보다 적고 겨울에는 그보다 많고."

담배와 커피, 쌀과 김치, 휴지와 비누, 의료보험 등 일상적으로 소비되는 비용을 제하면 하루에 실질적으로 쓰는 돈은 만 원의 절반인 5천 원 정도라고 했다. 나는 아무 말도 할 수 없었다. 5천 원이면 택시를 타고 몇 킬로나 갈 수 있는 돈일까.

두 번째 방문 때 나는 커피와 케이크, 맥주와 담배 같은 것을 잔뜩 사가지고 갔다. 그녀는 그것들에 손도 대지 않다가 내가 돌아갈 때 도로 가져가게 했다.

"네가 좋은 생각으로 사온 건 안다. 하지만 나는 내 가난에 익숙하고 그게 싫지 않다. 우리 서로 만나는 동안만은 공평하고 정직해지도록 하자. 나는 네가 글을 쓴다는 것도 좋지만 내 피붙이가 아니라는 게 더 좋다. 피붙이라면 완전히 공평하고 정직해지기는 어렵지. 혹시라도 네가 내 집에 뭘 몰래 두고 가거나 최악의 경우 돈 같은 걸 놓고 간다면 내가 얼마나 잔혹한 사람인지 알게 될 거다. 네가 먹을 간식을 사오는 건 괜찮아. 대신 다 먹고 가긴 해야겠지."

그렇게 그녀와 나는 두 달 남짓, 나름대로 공평하고 정직하게 월요일 오후에 그녀의 집에서 만나 묽은 블랙커피를 마시며 얘기를 나눴다. 누구의 삶을 간단히 요약하는 게 가능하다면, 이모의 삶이야말로 가장 간단히 요약될 수 있는 삶이 아닐까 싶다.

내가 만나 뵌 적이 없는 그녀의 아버지, 그러니까 시외할아버지는 약간 자폐적인 면이 있는 분이었다고 한다. 그에 대한 울분과 열등감 때문인지 몰라도 엄청난 술꾼이었는데, 술만 먹으면 사는 일이 비천하다고 고함을 질러대곤 했다. 욕을 하거나 난동을 부리지 않고 오로지, 사는 일이 이렇게 비천하다, 비천해, 하고 외칠 뿐이었다.

그녀의 어머니인 시외할머니는 나도 뵌 적이 있고 우리 결혼식에도 참석하셨다. 나는 그분이 무척 헌신적이면서도 당신의 그런 면을 남 앞에서 극구 내세우지 않는 겸손한 성정을 가진 분이라고 생각했다. 그런 내 인상을 말하자 그녀는 유감스러운 얘기를 들었을 때처럼 입가를 축 늘어뜨리고 말했다.

"그다지 틀린 얘기는 아니야. 희생정신으로 똘똘 뭉친 옛날 여인이니까. 이타적인 면도 있고 인내심도 강하시지. 중요한 건 무엇을 위한 희생이냐, 무엇에만 배타적으로 이타적이냐, 하는 거 아니겠니?"

그녀는 자기 어머니에 대해 별로 얘기하고 싶지 않아했는데, 그것도 우리 시어머니와 비슷했다.

어쨌든 그런 부모 밑에서 맏딸로 태어난 그녀는 대학 1학년 여름에 아버지가 술에 취해 넘어져 객사하는 바람에 가장 역할을 떠맡지 않으면 안 되었다. 대학을 졸업하자마자 대기업 홍보실에 입사해 쉰다섯 살에 홀연 사라지기까지 평생 결혼하지 않고 직장생활을 하며 어머니를 모시고 살았다. 그리고 이 년여간 잠적하여 혼자 살았고, 췌장암에 걸려 석 달간 투병하다 죽었다. 이것이 남자 같은 이름을 가진 윤경호, 그녀의 삶이다.

 물론 이모의 삶에도 적지 않은 우여곡절이 있었다. 그녀에게 직접 들은 건 아니지만, 남편과 시어머니로부터 조각조각 들은 얘기를 종합하면, 그녀는 대기업에 입사해서 사오 년 동안은 생활비와 동생들의 학비를 댔다. 동생들이 대학공부를 마친 후에는 금전적인 지원을 중단했다. 그러나 남동생이 사업을 하다 부도를 내는 바람에, 우리 시어머니는 그게 결코 부도가 아니라 도박빚이 분명하다고 확신했는데, 아무튼 그 빚 때문에 남동생이 감옥에 갈 판국이 되자, 그녀는 그동안 모아두었던 돈과 회사를 퇴직하면서 받은 퇴직금을 모두 남동생의 빚 청산에 쏟아부었다. 그 후로는 몇 년마다 자리를 옮기면서 이런저런 출판사에 근무했다. 그러다 그녀의 어머니, 그러니까 내 시외할머니가 그녀 몰래 서류를 꾸며 남동생의 보증을 서도록 해놓은 바람에 그 빚에 휘말려 서른아홉 살에 신용불량자가 되었다. 그때부터 비정규직으로 일하면서 빚을 다 갚는 데 십 년 가까이 걸렸다. 신용을 회복하자마자 그녀는 아동물 출판사에 취직했는데 그때 이미 쉰 살에 가까웠다. 그때부터 그녀는 누구에게도 돈 한 푼 내놓지 않았다. 시어머니 말씀으로는 아마 그때부터 이모가 가족들과 관계를 끊고 혼자 살 결심을 한 것 같다고 했다. 독립의 기반을 마련하기 위해 그녀는 누구에게도 돈 한 푼 주지 않고 스스로에게도 돈 한 푼 쓰지 않으면서 악착같이 돈을 모았다. 그래서 그녀의 어머니, 즉 내 시외할머니는 식당에 나가 주방일을 도우며 직접 생활비를 벌지 않으면 안되었다. 그리고 이미 말했다시피 재작년 가을에 그녀는 편지 한 통을 써놓고 사라졌다. 시외삼촌이 도박빚에 몰려 시외할머니에게 전화를 걸어 죽네 사네 하던 밤 바로 다음 날에.

이모는 오 년여 동안 1억 5천만 원 정도를 모았는데 1억은 아파트의 전세 보증금으로 넣고, 남은 5천만 원으로 돈이 떨어질 때까지 아무 일도 하지 않고 제멋대로 살아볼 생각이었다. 혼자 사는 건 그녀 평생에 처음 있는 일이었다.

전화가 없으니 아무도 그녀에게 연락할 수 없었다. 방문객이나 택배원, 우편배달부 때문에 인터폰이 울리는 일도 없었다. 해야 할 일도, 지켜야 할 약속도 없었다. 그 무엇도 그녀의 시간을 강제로 구획하거나 갑작스럽게 중단시킬 수 없었다. 자기 앞에 몇 년의 시간이 안개 낀 평원처럼 드넓게 펼쳐져 있다는 걸 실감한 뒤부터 그녀는 오로지 과거에 사로잡히고 말았다.

그녀는 멍하니 앉아 오래전 일들을 떠올리곤 했다. 아니, 오래전 일들이 아무 때나 불쑥불쑥 떠오르곤 했다. 그녀는 시간 가는 줄 모르고 과거에 깊이 몰입했다 한참이 지난 후에야 몽유에서 깨어나듯 현실로 돌아오곤 했는데, 그럴 때면 몹시 화가 났고 풀 길 없는 원한에 사로잡혔다.

"내가 처음부터 이렇게 철도 침목처럼 규칙적으로 살았던 건 아니다. 그렇다고 자유롭게 살았냐 하면 그것도 아니지. 희망이 없으면 자유도 없어. 있더라도 막막한 어둠처럼 아무 의미나 무늬도 없지. 그때 나는 방탕하게 돈을 다 써버리고 얼른 죽어버리자 하는 생각밖에 안 했던 것 같다. 그러다 조금씩 변해서 지금처럼 살게 됐는데, 그게 아무리 생각해도 그날 밤 이후부터인 것 같구나."

이제 나는 그녀에게서 들은 그 겨울날의 이야기를 할 것이다. 그녀는 서두르지 않고 천천히 말을 골랐고 어떤 느낌이었는지를 이해시키기 위해 내 눈을 자주 들여다보았다. 그때마다 그녀의 흰자위에서 새벽처럼 맑고 시린 푸른빛이 반짝였다. 나 또한 재촉하거나 질문을 던지지 않고 조용히 집중해서 들었다.

그날은 시작부터 이상한 날이었다, 하고 이모는 말했다.

아침에 그녀가 베란다로 나갔을 때 세상은 밤새 내린 눈으로 하얗게 덮여 있었고 모든 것이 엄청난 한파 속에 바짝 얼어 있었다. 담배를 피우고 들어와 손을 씻으려는데 온수가 나오지 않았다. 그녀는 복도로 나가 계량기함에 덧대놓은 방풍지를 뜯고 계량기함을 열어보았다. 다행히 계량기는 터지지 않았다. 오래된 아파트라 복도 새시가 설치되어 있지 않아 두꺼운 천으로 계량기를 감싸고 방풍비닐을 씌워놓았는데도 얼어버린 것이다.

그녀는 옷을 두껍게 챙겨 입고 시장으로 나갔다. 눈은 완전히 그쳤지만 날씨는 조금도 녹지 않아 매섭도록 기온이 낮았고 눈이 시릴 만큼 햇살이 강했다. 문화센터 앞 벤치에 늙은 노숙자가 앉아 있었다. 오며 가며 몇 번 본 적이 있는 남자였다. 그는 늘 술에 취한 채 혼잣말을 했는데 대부분은 욕설이었다. 때로 그는 고개를 번쩍 치켜들고 여보셔흐, 여보셔흐, 하며 지나가는 사람들을 소리쳐 부르기도 했는데, 말끝은 담배연기처럼 목에서 뿜어져 나오는 후음에 묻혔다. 누구도 그 부름에 응하지 않았고 그의 속을 훑고나온 독가스 같은 입김이 공기 중에 떠돌다 제 몸에 들러붙기라도 할 듯 바삐 멀어졌다.

그날따라 그녀는 그에게 돈을 좀 주고 싶은 생각이 들어 가방에서 천 원짜리 지폐를 꺼냈다. 그녀가 장갑 낀 손으로 지폐를 내밀자 그는 천천히 주머니에서 손을 꺼내 손바닥을 위로 향한 채 엄지와 검지를 집게처럼 내밀어 지폐 끝을 잡았다. 군데군데 살갗이 터진 그의 오므린 손바닥에 잘못 태운 숯가루처럼 얼룩덜룩한 무채색의 어둠이 고여 있었다. 지폐를 놓는 순간 그와 눈이 마주쳤는데, 추위로 눈물이 고인 그의 탁한 눈빛을 보자마자 그녀는 기이한 섬뜩함을 느끼고 허둥지둥 그 자리를 떴다. 금방이라도 그가 여보셔흐, 여보셔흐, 소리쳐 부를 것만 같았다.

그녀는 드라이어와 3미터 멀티탭을 사가지고 와서, 부엌의 수도꼭지를 온수로 틀어놓고 현관문을 활짝 열고 긴 멀티탭 전선을 연결해 집 안 콘센트에 드라이어를 연결한 후 계량기함 앞에 쪼그리고 앉았다. 드라이어를 뜨거운 강풍으로 틀어 온수 계량기 위에 놓고 천천히 원을 그리며 돌렸다. 계량기가 터지지는 않았으니 언젠가는 녹을 것이다. 그녀는 가끔 드라이어를 끄고 집 안에 틀어놓은 수도꼭지에서 물이 나오는지 확인했다.

비닐봉지를 든 젊은 여자가 총총걸음으로 복도로 들어서더니 그녀에게 물이 안 나오느냐고 물었다. 그녀는 온수가 안 나온다고 대답했다. 젊은 여자는 드라이어 소리 때문에 못 알아들었는지 그대로 서 있었다. 그녀는 드라이어를 끄고 온수가 안 나온다고 한 번 더 말해주었다. 여자는 다소 놀란 듯한 맹한 표정을 짓고 있었는데 눈이 물고기처럼 크고 튀어나와 더 그렇게 보이는 것 같았다. 그럼 아무 물도 안 나오겠네요, 하고 물고기 눈의 여자가 물었다. 그녀는 애써 짜증을 억누르고, 냉수는 나오고 온수만 안 나온다고 세 번째로 말해주었다. 여자가 고개를 갸웃하더니, 어, 우리는 냉수만 안 나오는데, 했다. 그럼 얼른 녹이라고 하자 여자의 얼굴에 미안한 웃음이 스쳤다. 우리 집 계량기는 멀쩡해요! 여자는 좋은 정보라도 주듯 눈을 깜빡거리며, 냉수가 단수인 거죠, 했다.

그녀는 어이가 없어, 그 집도 언 거라고, 우리 집 계량기도 겉으로는 멀쩡하지 않느냐고 말했다. 젊은 여자가 얼른 고개를 숙이고 그녀의 계량기함을 들여다보았다. 여자의 삐친 머리칼이 그녀의 볼을 간질였고 비닐봉지에서 닭튀김 냄새가 풍겼다. 이게 언 거예요? 여자가 눈을 크게 떴다. 가까이에 얼굴을 들이밀고 있어 여자의 숨이 그녀의 얼굴에 끼얹어졌고, 금세라도 여자의 튀어나온 눈알이 구슬처럼 굴러 떨어질 것 같았다. 누군가와 이렇게 가까이 있어본 게 영겁처럼 오래전 일이라는 생각이 들었다.

그녀는 갑자기 여자의 어깨를 밀쳐버리고 싶은 기분이 들었고, 그걸 눈치라도 챈 듯 여자가 발딱 일어나 종종걸음으로 뛰어가더니, 그녀와 한 집 건너 현관문을 열고 들어갔다. 잠시 뒤에 여자의 남편으로 보이는 젊은 남자가 나와 계량기함의 방풍지를 뜯고 뚜껑을 열고 들여다보았다. 물고기 여자가 드라이어를 가지고 나오더니, 냉수가 어느 쪽이에요, 할머니? 하고 물었다. 그녀는 못 들은 척하려다 아래쪽이라고 말해주었다.

  물고기 여자는 집 안으로 들어갔고, 굉음을 내는 드라이어를 들고 그녀는 위쪽 계량기를, 건넛집 남자는 아래쪽 계량기를 녹였다. 그녀는 가끔씩 드라이어를 끄고 부엌 쪽을 들여다보고 물소리를 확인했지만, 건넛집 남자는 드라이어를 빈번히 껐다 켰다 하며 집 안에 대고 나와, 안 나와? 소리를 질렀다. 이십 분 가까이 되어서야 그녀의 부엌 수도꼭지에서 물이 떨어지는 소리가 들렸다. 그녀는 천으로 계량기를 꼼꼼히 감싸고 계량기함을 닫고 방풍지를 다시 붙였다. 문을 닫기 전에 힐긋 보니 남자는 드라이어를 계량기함에 꽂아둔 채 담배를 피우고 있었다. 남자가 혹시 고맙다는 인사를 할까 싶어 기다렸지만 남자는 의식적으로 피하는 동작을 취하며 등을 돌렸다. 다 식은 닭튀김을 먹는 게 화가 났을 수도 있고 추워서 짜증이 난 걸 수도 있지만, 그녀는 왠지 남자가 자기에게 화를 내고 있다는 생각을 떨칠 수 없었다. 어쩌면 남자는 돈이 들더라도 차라리 계량기가 터져 수도사업소 사람을 불러 교체하는 편을 원했을지도 모른다. 남자의 등허리를 노려보다 그녀는 오싹한 증오를 느끼고 집 안으로 들어왔다.

  언제였을까. 그의 자취방에서 과도로 참외를 깎아 쪽을 내고 참외 씨를 미세하게 바르며 그의 등허리를 바라보았던 그 봄은. 그녀 인생에서 가장 아름다웠던, 병아리 빛깔의 수채화 같던 그 봄날의 오후는. 그리고…… 그녀는 현관 구석에 서서 고개를 숙이고 장갑 낀 양손을 번갈아 쥐었다 놓았다. 당장이라도 과도를 움켜쥐고 무엇을 찌를 듯이, 장갑 속의 언 손가락들을 바르르 떨게 만드는 이 붉고 어두컴컴한 증오가 무엇인지 알 수 없어 그녀는 오른손으로 왼손을 쥐었다 놓고 왼손으로 오른손을 쥐었다 놓았다.

이모는 내가 그 등허리에 깊은 관심을 보이는 걸 알아차렸다.
"그 사람은 장이 안 좋아서 참외 씨를 먹으면 안 되는데 단걸 좋아해서 참외 속은 먹고 싶어했지. 그래서 참외 씨를 하나하나 발라내야 했어. 내가 대리를 달았을 때니까 스물여섯이나 일곱쯤 됐을 때다. 그때 만나서 사오 년쯤 사귀다 헤어진 사람인데, 회사 다니는 사람은 아니고 공부하는 사람이었지."

나는 이모가 그 사람과 헤어진 시기가, 시외삼촌이 사업빚인지 도박빚인지 때문에 감옥에 갈 뻔한 때가 아니었을까 생각했다. 공부하는 사람이니 돈을 벌지 못했을 테고, 이모가 모아놓은 돈도 모두 날아갔고, 이모의 직장마저 불안정해졌으니, 결혼은 요원해졌을 것이다. 병아리 빛깔의 수채화는 대개 그렇게 붉고 어두워져 석양처럼 사라지고 마는 것이다.

"헤어지고 나서 그 사람을 딱 한 번 본 적이 있지. 우연히, 무슨 행사장 입구 같은 데서."

그 사람 옆에는, 그때까지는 그의 아내가 아니었던 어리고 날씬한 여자애가 서 있었다. 그 당시만 해도 여자들이 브래지어 끈을 드러내는 일이 드물었는데, 그 여자애는 보라색 브래지어 끈이 드러

나는 검정 탱크 탑에 와인 빛깔의 미니스커트를 입고 있었다. 여자애는 사람들과 어울리지 않고 혼자 겉돌았다. 나중에 힐긋 보니 아이들처럼 비상구 계단에서 팔짝팔짝 엇갈려 뛰기를 하고 있었는데, 짧은 스커트 아래에서 허벅지가 엇갈릴 때마다 살짝살짝 검정 팬티가 엿보였다. 다들 저 여자애는 대체 누구야 하는 시선으로 힐끔힐끔 쳐다보곤 했다. 그때 이미 그와 사귄다든가, 결혼할 거라든가, 전 남편과의 이혼이 문제가 되고 있다든가 하는 소문이 돌았다. 그녀는 그 여자애의 행동이 사람들의 시선을 의식한 연기라는 걸 깨닫고 혐오를 느꼈지만, 다른 모든 사람들과 마찬가지로 불가해한 행동을 하는 그 어린 이혼녀에게서 쉽사리 눈길을 돌릴 수 없었다.

그 후 그 사람과 그 여자애가 우여곡절 끝에 결혼했다는 얘기를 들었고, 또 얼마 지나서는 누군가 그 사람 집에 놀러 가서 그들 부부를 보고, 아이들도 보고, 집안 꼴도 보았는데, 참 애가 애를 키우는 것 같아 걱정되더라는 말을 하는 것도 들었다. 그리고 또 한참 지나서 그녀는 지인의 싸이월드 미니홈피에서 후배가 죽었다, 로 시작하는 글을 읽었다. 지인이 싸이월드에 올린 추모 글에 따르면 교통사고가 났는데 운전하던 후배의 아내는 중상을 입고 옆자리에 앉아 있던 후배는 사망했다고 했다. 설마 그 사람은 아니겠지 하고 기사를 검색해보았는데, 그가 재직 중인 대학 이름과 부고기사가 떴다. 그런데 그때가 언제쯤이었는지는 아무리 생각해도 모르겠다고 이모는 말했다.

"마흔이 훌쩍 넘었던 건 분명한데, 마흔여섯쯤이었는지 마흔여덟쯤이었는지."

아무튼 그녀보다 두 살 많은 그 사람은 마흔여덟이었는지 쉰이었는지 모를 나이에 죽었다. 그의 죽음을 알고 나서 그녀는 지인의 싸이월드를 통해 알게 된 그의 아내의 싸이월드에 들어가 그 여자가 쓴 글들을 모두 읽었다. 글을 잘 쓰지는 못했지만 많이 올리는 편이었고, 여행을 자주 다니는지 사진도 많이 올렸다. 그러다 언제부턴가 그 여자가 페이스북으로 옮겨갔고, 그녀도 덩달아 페이스북에 가입해 그들은 페친이 되기까지 했다.

이모가 그 여자의 페이스북을 마지막으로 확인한 건 잠적하기 일이 년 전이었다고 한다. 그 여자는 뜻밖에도 미국에서 살고 있었다. 그때가 선거철이었는지, 그 여자가 재외국민 투표를 했고 한국인인 게 자랑스럽다는 글을 올려놓았는데, 그때에도 그녀는 깊은 혐오를 느끼면서 그 여자가 쓴 글과 그 밑에 달린 158개의 의미 없는 댓글을 모조리 읽었다. 그걸 끝으로 그녀는 다시는 페이스북을 하지 않았다.

내가 이모 나이에 싸이월드와 페북을 했다는 사실에 놀라움을 나타내자 이모는 다소 오만한 표정을 지었다.

"네가 태우랑 동갑이라니 하는 말인데, 나는 태우가 네 살 때 컴퓨터를 산 사람이다. 그땐 아래아한글이 없어서 보석글을 썼다. 너는 모르겠지만 하이텔이니 천리안이니 하는 통신을 시작한 게 서른대여섯쯤이었고, 한때는 통신중독에 게임중독이기까지 했다. 블로그는 귀찮아서 하다 말았고, 싸이월드 좀 하다가 트위터와 페북으로 갈아탔지. 사실 나는 가족들과 관계를 끊는 것보다 온라인 관계를 끊는 게 더 힘들 정도였다. 그건 주어진 게 아니라 내가 선택한 거였고, 오로지 내가 쓴 글, 내가 보여준 이미지만으로 구성된 우주였으니까."

　계량기 때문에 늦은 아침을 해먹고 베란다에서 담배를 피우고 들어왔을 때 인터폰을 통해 위층 집 벨소리가 울리고 있었다. 접속불량인지 어떤 부주의 때문인지 가끔 위층 벨소리가 인터폰으로 들려온 적이 있는데, 그날따라 벨소리는 그치지 않고 끊임없이 울렸다. 한 시간 넘게 그 소리를 듣고 있다가 그녀는 직접 관리실로 찾아갔다. 관리실 당직자인 늙은 남자는 잠시 뒤에 기사를 보내 조치를 취할 테니 연락처를 남겨놓으라고 했다. 연락처가 없다고 하자, 그러면 어떻게 미리 연락을 취하고 방문하겠느냐고 물었다. 그녀가 문제 되는 집이 우리 집이 아니라 윗집이니 윗집을 방문하면 될 거라고 얘기하자 당직자는 고개를 설레설레 저으며 연락이 안 되면 아무것도 안 되는데, 하는 소리만 반복했다. 그러면 집에 있을 테니 언제든 방문을 하라고 하자, 아무튼 알았다고, 가서 일단 기다리라고 했다. 관리실에서 돌아온 지 삼십 분이 넘어서야 중년과 노년의 기사 두 명이 그녀의 집을 방문했고, 그들은 원인규명을 하겠다며 다짜고짜 집 안으로 들어왔.

"그들이 내가 혼자 산 이후로 우리 집에 쳐들어온 첫 번째 방문객이었지."

　그녀가 우리 집 인터폰이 아니라 윗집 인터폰에 문제가 있다고 아무리 호소해도 그들은 댁의 인터폰에도 문제가 있을 수 있다며 막무가내로 인터폰이 매달린 곳으로 달려가서, 그렇게 하지 않아도 충분히 들리는 인터폰에 굳이 귀를 갖다 댔다. 음, 진짜 벨소리가 들리네, 들려. 윗집이 맞아요? 모르지, 아랫집일 수도 있어. 어디 내가 들어볼게요. 들어봐, 들어봐. 옆집일 수도 있겠는데요. 그럴까. 그들은 번갈아 인터폰에 귀를 갖다 대고 인터폰을 들었다 놓았다 하며 시간을 끌더니, 잘 알았다고, 윗집과 아랫집, 오른쪽 집과 왼쪽 집에 가서 직접 확인을 해보아야겠다며 위엄 있게 나갔다. 그리고 나서도 한참 동안 두 남자가 어느 집에서 인터폰을 수십 차례 반복하여 테스트하는지 알 수 없는 묘한 소리들이 인터폰으로 울리더니 결국은 원래 들리던 소리로 돌아왔다.

그들이 다시 찾아왔다. 노인이 아직도 벨소리가 들리느냐고 물었다. 그녀가 들린다고 하자, 그들은 서슴없이 집 안으로 들어와 직접 소리를 확인했다. 윗집이네요, 윗집. 맞아, 윗집이었어. 둘은 서로 마주 보고 고개를 끄덕였다. 그들은 아랫집과 좌우 옆집을 가보았으나 이상이 없다, 윗집에서 인터폰 수화기를 잘못 내려놓아 그런 게 틀림없다, 허나 지금 윗집에는 사람이 없어 부득이 아무 조치도 취할 수 없다는 말을 번갈아 늘어놓더니 붉게 상기된 얼굴로 만족하여 돌아갔다.

다섯 시간이 넘도록 벨소리는 계속 울렸다. 그녀는 자신의 일상을 교란하는 이 모든 사태를 증오하다가 어느 순간 인터폰을 뜯어내 바닥에 팽개치고 발로 밟아대는 자신의 모습을 보았다. 아니, 보았다기보다 그렇게 행동하는 자신의 근육과 분노를 실제처럼 생생히 체험했다. 그녀는 두려움에 사로잡혀 옷을 입고 가방을 들고 무작정 집을 나왔다가 다시 들어가 수도꼭지를 틀어 물이 조금씩 흘러나오도록 해놓고 나왔다. 귀에서는 여전히 벨소리가 울렸고, 그녀는 윗집에 올라가 불을 지르고 싶은 충동을 억누르기 위해 사력을 다했다.

문화센터 앞 벤치는 비어 있었다. 그녀는 늙은 노숙자가 앉아 있던 자리에 앉았다. 그러나 추워서 일 분도 버티지 못하고 문화센터 건물로 들어갔다. 일요일이라 문화센터는 문을 닫았지만 일층 도서관은 열려 있었다. 도서관이라기보다 작은 열람실에 가까운 그곳은 따뜻하고 조용했다. 열람석은 반 이상 비어 있었다. 그녀는 서가에서 실용적인 철학서를 골라 자리를 잡고 앉아 읽기 시작했다. 역자의 서문을 읽고 작가의 서문을 읽었다. 시간은 묽은 죽처럼 흘러갔다. 그녀는 책을 읽고 또 읽었다.

어느 순간 시간이 흐름을 멈추고 서서히 엉기기 시작했다. 3장의 중간 부분을 읽고 있을 때 그녀는 응고된 시간이 점도를 높이면서 온몸을 조여 오는 것을 느꼈다. 그런 느낌은 오래전의 일들을 생각나게 했는데 그것이 무엇인지는 알 수 없었다. 과거에서 불려 나온 투명한 유충 떼의 습격을 받고 있는 느낌이었다. 그녀가 가장 견디지 못하는 게 바로 이런 느낌이었다. "특히 파렴치한 주체에게서 잘 드러난다"라는 문장을 읽었을 때 그녀는 자리에서 벌떡 일어나 소리를 지를 뻔했다. 뭔가 행위를 해야 한다는, 이대로 가만히 있어서는 안 된다는 조급한 생각이 들었다. 그러나 무슨 행위를 해야 할지 알 수 없었다. 그녀는 꼼짝도 못하고 진땀을 흘리다가 간신히 입술을 달싹거려 소리 없이 중얼거렸다. 여보셔흐…… 여보셔흐…… 그것은 뭔가를 달래는 주문과도 같았고, 주문은 효과를 발휘했고, 어느새 시간이 다시 흐르기 시작했다. 여보셔흐…… 여보셔흐……

어디선가 작은 음악소리가 들려왔다. 그녀는 자신의 귀에서 울리는 환청인 줄 알았다. 그러나 음악소리는 끊어지지 않고 조금씩 커졌다. 몇몇 사람들이 의자에서 일어나 가방을 챙기는 걸 보고서야 그녀는 그것이 도서관 폐관 시간을 알리는 소리라는 것을 알았다.

그녀는 다 읽지 못한 책을 들고 사서에게 가서 대출 신청을 했다. 사서가 회원카드를 달라고 했고, 없다고 하자 회원카드가 없으면 대출을 할 수 없다고 했다. 사서는 이십대 후반의 청년으로 머리가 크고 몸이 여위었고 말할 때 혀가 짧다는 느낌을 주었다. 회원카드를 어떻게 만드느냐고 묻자, 오늘은 마감 시간이고 내일은 휴관일이니 모레 와서 만들라고 했다. 그는 젊은 나이와 혀 짧은 소리에 어울리지 않게 매우 사무적인 말투를 썼고 안경 낀 얼굴에는 뭔가 책임을 회피하려는 마음을 업무의 분주함 탓으로 돌리려는 초조한 표정을 짓고 있었다. 그것은 그녀가 너무나 잘 알고 있는, 사십대 내내 거울을 통해 보아왔던, 항상 목이 마른 듯 칼칼한 비정규직의 표정이었다.

그녀는 서둘러 술과 안주를 사가지고 집으로 돌아왔다. 다행히 벨소리는 멎어 있었고 수도꼭지에서는 물이 떨어지고 있었다. 그녀는 기진맥진하여 반찬가게에서 사온 돌게장을 꺼내놓고 술을 마셨다. 조금씩 술이 오르면서 그녀는 세운 무릎 위에 손을 엇갈려 얹고 그 위에 턱을 고인 웅크린 자세로 기억 속으로 빠져들었다.

어느 새벽에 만취해서 누군가의 차를 얻어 탔던 생각이 났다. 그 이전에도 이후에도 그런 일이 없었는데 어쩐 일인지 그날은 겁도 없이 남의 차를 얻어 탔다. 새벽이라 차들이 질주하는 도로 옆에서 그녀는 손을 흔들어 차를 세웠고, 은회색 차가 섰고, 운전자가 조수석 창문을 내렸다. 그녀가 태워달라고 하자 그는 잠시 망설이더니 고개를 끄덕여 동승을 허락했다. 그런 일은 얼마나 쉽지 않으면서도 얼마나 쉽게 일어나는가, 하고 그녀는 생각했다. 한번은 술에 취해 트럭 바퀴 밑에 누워 조만간 이 트럭이 부르릉 시동을 걸고 출발한다면, 하고 상상한 적도 있다. 그런 상상을 해도 두렵지 않고, 그런 일은 그저 상상일 뿐 자신에게 일어날 리가 없다고 생각했다. 그러면서도 혹시 정말 그런 일이 일어나서 트럭 바퀴가 자신을 타 넘고 간다 해도, 그래, 그건 그다지 엄청난 일은 아닐지도 모른다고 생각했다. 한때는 수첩이나 메모지에 '나는'이라는 글자를 쓸 때마다 자신이 앉은뱅이가 되어 다시는 일어설 수 없을 것 같은 공포 때문에 한동안 '나는'이라는 말을 쓰지 못하고 심지어 발음도 하지 못하던 때도 있었다. 이 모든 기억들은, 언제라고 말할 수는 없지만 아주 젊은 날의 일일 것이다.

술을 마시면서 그녀는 약간의 흥분상태에 빠져들었다. 혼자 산 이래 이렇게 많은 일이 일어나고 이렇게 많은 사람들과 얘기를 주고받은 날이 없었다. 그녀는 늙은 노숙자와, 물고기 눈의 여자와, 그 남편을 생각했다. 뭐, 할머니라고 부를 수도 있지. 그녀는 고개를 끄덕였다. 관리실의 늙은 당직자와, 카프카의 『성』에 나오는 조수들처럼 어리석고 죽이 잘 맞던 두 기사와, 혀 짧은 사서를 생각했다.

적당한 거리를 두고 바라본 그들은 나름대로 사랑스러운 데가 있는 이웃들이었다. 그녀는 갑자기 브래지어 끈 여자의 페북에도 다시 들어가 보고 싶었다. 노트북을 사서 인터넷을 연결해야겠다는 생각이 들었다. 따지고 보면 우리 모두가 개성 넘치는 이웃들이 아닌가.

그녀가 기대감에 가득 차서 돌게장의 껍데기 속에 모아놓은 노르스름한 알과 내장을 입에 넣었을 때였다. 누군가의 눈빛이 떠올랐다. 그녀는 입속의 것을 꿀꺽 삼켰고, 거대한 압착기에 얼굴이 끼인 것처럼 이를 딱 부딪쳤고, 그 엄청난 악력에 혀끝이 짓씹혔다. 눈앞이 번쩍 하더니 모든 기억이 반지 모양의 작고 까만 원형 속으로 빨려들었다. 지독한 통증이었다. 조심스레 손가락으로 혀끝을 만져보니 침과 함께 피가 묻어났다. 혀끝에 뜨겁고 얇은 쇳조각이 달라붙은 느낌이었다.

그녀는 통증이 사라지기를 기다리며 조금 전에 떠오른 눈빛을 기억하려고 애썼다. 늙은 노숙자도, 참외 씨 남자의 눈빛도 아니었다. 훨씬 더 오래전이었다. 전생처럼 오래전이었다. 혀끝의 예리한 쓰라림이 조금씩 둔해지면서 입안에 녹슨 맛이 퍼져갔다. 지하 주점이었다. 벗겨진 탁자와 곰팡내를 풍기는 자줏빛 천이 씌워진 의자들이 놓여 있었다. 그녀는 담배를 피우고 있었고 맞은편에는 한 남자가 앉아 있었다.

그는 간절하고 조금은 처량한 눈길로 그녀를 향해 두 손을 내밀었다. 손바닥을 위로 한 채 탁자에 놓여 있는 그의 두 손은 제의의 포즈처럼 보였다. 그녀는 탁자 앞으로 다가 앉았다. 그가 두 손을 그녀 쪽으로 좀 더 깊숙이 내밀었다. 그녀는 살짝 오므려진 그의 양 손바닥을 내려다보았다. 그리고 알 수 없는 충동에 사로잡혀 피우던 담배를 그의 왼손 손바닥 한가운데에 눌러 껐다. 그의 동공이 활짝 열리고 얼굴에 경련이 일었다. 그녀는 그를 빤히 응시했다. 미지근한 온도의 다리미로 옷을 다릴 때처럼 그의 표정이 서서히 펴지더니 마침내 묵묵히 고통을 견디는 자의 무표정이 나타났다. 하지만 이것만은 어쩔 수 없다는 듯, 한쪽 눈에서 찔끔 눈물이 흘러내렸다. 놀란 그녀가 그의 손바닥에 소주를 부었지만 이미 거기에는 반지 모양의 검게 탄 자국이 찍혀 있었다.

"아마 대학 1학년 겨울쯤이었을 거다. 그 애는 지방에서 올라온 학생으로 같은 과 동기였는데 어떤 이유에서인지 모르지만 내게 호감을 느꼈던 것 같아."

이모는 지금도 그의 얼굴은 전혀 기억나지 않는다고 했다. 눈과 코, 입술 같은 것의 모양은 고사하고, 평범했는지 못생겼는지 하는 전체적인 인상도 기억나지 않았다. 하지만 지하 주점에서의 그 순간에 이르면 그녀는 하나도 남김없이 기억할 수 있었다. 그가 맞은편 탁자에서 구부정하게 등을 구부려 두 손을 내밀던 자세, 둥글게 좁혀지던 어깨 모양, 그녀가 담뱃불로 손바닥을 지졌을 때 그의 얼굴에 나타난 놀람과 경련, 서서히 펴지던 표정과 한쪽 눈에서 흘러내리던 눈물, 재와 담뱃진으로 거칠게 탄 손바닥의 동그란 자국, 뒤늦게 코끝을 감돌던 종이 탄내 같은 냄새.

그녀는 불에 덴 것 같은 화들짝한 경악에 사로잡혀 베란다로 뛰어나갔고, 담배를 피우는 내내 자기가 왜 그런 짓을 했는지 생각해

보았다. 자신에 대한 호감 외에는 아무것도 가진 게 없는 그에게 왜? 잡아주기를 바라고 내민 무력한 손바닥에 왜? 그녀는 자신도 모르게 왼손 손바닥을 펼쳤다 오므렸고 담배를 다 피운 후에는 고개를 들어 하늘을 바라보았다. 밤하늘은 뚫고 들어올 그 무엇도 거부하는 눈동자처럼 까맣고 견고하게 얼어 있었다. 그녀는 눈을 감고 왼손을 깔때기처럼 오므리고 손바닥 가장 깊은 곳에 담뱃불을 눌러 껐다.

"그 애를 지진 이유는 단순했어. 성가시고 귀찮았던 거지. 단지 그뿐이었어."

이모가 죽은 후 나는 그녀가 매일 다녔다는 문화센터 일층에 있는 도서관에 가보았다. 창가에는 일자형 바처럼 컴퓨터 좌석이 여섯 석 놓여 있고, 그 뒤로 4인용 책상 네 개와 열여섯 개의 의자들이 있고, 벽을 따라 ㄷ자 형태의 개가식 서가가 있었다. 컴퓨터를 이용하는 사람이 셋, 열람석에 앉아 있는 사람이 일곱 정도 되었는데, 노인도 있고 컴퓨터 앞에서 놀고 있는 초등학생도 있어 마치 주민 쉼터 같았다.

나는 이모가 항상 앉곤 했다는 열람실 중앙의 사각기둥 옆자리에 앉고 싶었지만 거기에는 이미 머리가 길고 몸집이 비대한 이십대 중반의 아가씨가 앉아 있었다. 나는 아가씨와 한 자리 건너 창문이 바라보이는 곳에 앉았다. 실내가 좁고 좌석 사이에 칸막이도 없어 띄엄띄엄 떨어져 앉아도 다른 사람의 숨소리나 책장 넘기는 소리가 다 들렸다. 나는 노트북을 꺼내놓고 뭔가 써보려다 그만두고 멍하니 창밖을 바라보았다. 2월이라 밖은 황량했다. 이모는 황량한 2월을 이곳에서 두 번 보냈으리라.

　나는 이모에게 들은 이야기를 태우에게 해주어야 한다고 생각했지만 막상 어떻게 시작해야 할지 몰라 망설이고만 있었다. 이러다 영영 못할지도 모른다는 생각이 들었다. 이모 스스로도 그 겨울밤에 대해 몇 번이나 되풀이해 얘기했고, 얘기를 할 때마다 뭔가 조금 달라진 것 같지 않느냐고 물었고, 나도 그런 것 같다고 대답하곤 했다. 어쩌면 기억이란 매번 말과 시간을 통과할 때마다 살금살금 움직이고 자리를 바꾸도록 구성되어 있는 건지도 모르겠다.

　마지막으로 그녀를 방문했을 때 그녀는 몹시 쇠약해져 한 번에 몇 마디씩밖에 하지 못했다. 그때 그녀가 한 말들은 또 이전에 한 말들과도 조금 달랐다.

　"나도 애초에, 이렇게 생겨먹지는, 않았겠지. 불가촉천민처럼, 아무에게도, 가닿지 못하게. 내 탓도 아니고, 세상 탓도 아니다. 그래도 내가, 성가시고 귀찮다고, 누굴 죽이지 않은 게, 어디냐? 그냥 좀, 지진 거야. 손바닥이라, 금세 아물었지. 그게 나를, 살게 한 거고."

　그녀는 내게 입술에 물을 축여달라는 손짓을 했고 나는 거즈에 보리차를 묻혀 그녀의 입에 대주었다.

　"여긴, 책도 없는데, 목이 마르구나."

　그녀는 어린 강아지처럼 눈을 감은 채 물을 빨았다.

　"그런데 그게 뭘까…… 나를 살게 한…… 그 고약한 게……"

　그때 이모의 얼굴은, 예전에 시어머니가 그녀의 편지 얘기를 하면서 그 문체에서 느꼈던 무섭고 서러운 감정이 뭘까, 골똘히 생각하던 표정과 닮아 있었다. 그녀는 이내 잠인지 혼수인지 모를 상태에 빠졌고 시어머니가 병상을 지키던 다음 날 새벽에 숨을 거두었다.

그녀의 아파트 보증금과 통장에 남은 현금은 그녀가 유언장에 써놓은 대로 상속되었다. 원래는 가장 우선순위인 시외할머니에게 모두 상속되어야 했지만, 그녀는 시외할머니에게 1/3, 시어머니에게 1/3, 그리고 태우와 내게 1/3을 상속한다고 지정해놓았다. 시외할머니는 우리가 합의하여 맏딸의 유산 전부를 외아들 빚을 갚는 데 쓰기를 바랐지만 시어머니는 단호히 거절하고 우리가 그토록 사양하는데도 우리 부부의 통장에 이모의 유산을 입금했다.

통장에 입금된 숫자를 보고 나는 몹시 마음이 아팠다. 한 달에 35만 원씩만 쓰던 그녀가 9년 5개월을 살 수 있는 돈이었다. 오래 들여다보고 있자니 그 여덟 자리 숫자는 그녀와 세상 사이를, 세상과 나 사이를, 마침내는 이 모든 슬픔과 그리움에도 불구하고 그녀와 나 사이를 가르고 있는, 아득하고 불가촉한 거리처럼도 여겨졌다.

죽음이란, 살아남을 자들과의 이별이기 이전에 나 자신과의 이별이다. 죽음을 앞둔 사람에게 가장 두려운 것은 자기 존재가 타인에게 잊히는 일도, 비밀스런 삶의 영역들이 내 통제를 벗어나 노출되는 일도 아닐지 모른다. 평생을 관찰하고 느껴온 나 자신과 영원히 이별하는 일이야말로 가장 두려운 일 아닐까.

"이모의 삶이야말로 가장 간단히 요약될 수 있는 삶이 아닐까."라고 말하는 권여선의 「이모」는 암투병 중인 '윤경호'에 대해 말한다. 이십대부터 쉰 중반까지 가족을 부양하느라 결혼도 못한 채 신용불량자로, 비정규직으로 늙어온 그녀는 죽기 직전 2년간 온전히 자신만의 삶을 살 수 있었다. 외부와 절연된 채 책만 읽으며 보낸 시간들은, 비록 최저생활비로 유지되는 절제의 생활이었을지언정 생의 의지로 빛나는 시간들이었다. 그 시간 끝에 죽음을 앞둔 그녀는 조카며느리에게 지난 삶의 내밀한 장면들을 말해본다. 대체로 알 수 없이 화가 났던 순간들이다. 불행했던 삶에 대한 회환을 토로하는 것일까. 그렇게 단순히 말할 수는 없다. 스스로가 기억하는 자신의 한평생은 그리 '간단히 요약'될 것은 아니므로. 어쩌면 그녀는 기억에서 잊히지 않은 지난 삶의 불가해한 장면들을 복기하며 자신에게 이른 애도를 표하는 것인지도 모른다.

모든 삶은 죽음을 향한다. 우리는 모두 자신과의 영원한 이별을 준비하며 살고 있다. 때문에 삶과 죽음은 결국 "무섭고 서러운 감정"으로밖에는 설명될 수 없다. 그러니, 나 자신에게 온전히 집중해볼 시간도, 자신과의 이별을 서서히 준비할, 즉 스스로를 애도할 기회조차 얻지 못한 돌연한 죽음들은 얼마나 애통한가. 이런 생각마저 들게 하는 소설이다.

— 조연정 · 문학평론가

김솔

피커딜리 서커스 근처

2012년 한국일보 신춘문예에 「내기의 목적」이 당선되어 등단했다.
소설집 『암스테르담 가라지세일 두 번째』가 있다.

타이베이로 떠나기에 앞서 자신의 진짜 이름을 하마드 세와(Hamad Sewa)라고 밝힌 흑인 청년은 4월 어느 일요일 저녁 맥도날드의 지하 화장실 안에서 울고 있었다.

3주 만에 다시 성사된 아스널과 첼시의 런던 더비는 렉싱턴 펍을 가득 채운 첼시 응원단들의 열정적인 응원에도 불구하고 0대 0 무승부로 끝났다. 씁쓰레한 런던 프라이드(London Pride)를 각각 여섯 병씩 해치우고도 격정을 가라앉히지 못한 루 첸(Lu Chen)과 장 크리스토프 드니(Jean-Christophe Denis)는 피커딜리 서커스로 뛰쳐나와 마치 수년 만에 뭍에 내린 뱃사람들처럼 행인들 사이를 활개걸음으로 걷다가 바람살 같은 요의를 느끼고 맥도날드의 지하로 황급히 뛰어들었다.

한때 세상의 중심에서 살았던 런던 사람들은 10여 분 분량의 사생활을 보호받기 위해서라면 35펜스쯤은 기꺼이 지불해도 상관없다고 생각한다.

하지만 타이베이 출신의 루 첸은 손님이 햄버거를 사고 지불하는 돈에는 직원들의 임금과 부대시설 사용료, 세금, 음식쓰레기 처리 비용까지 포함되어 있다고 생각한다. 벨기에에서 온 장 크리스토프 드니는 영국처럼 임금과 세금이 높은 국가에서는 가난한 사람들에게 최소한의 인권을 보장해주기 위해서라도 무료 화장실의 보급이 필요하다는 논리를 펼칠 수 있었지만, 첼시의 무력한 경기 때문에 화가 나 있는 루 첸을 더 이상 자극하고 싶진 않았다.

맥도날드의 지하 화장실 입구에 서서 영수증을 확인하고 있는 인도 청년의 외곬을 확인하자, 루 첸은 하는 수 없이 지상의 계산대로 다가가 바닐라 아이스크림 두 개를 주문하였다.

영수증을 꺼내어 자신이 위대한 맥도날드의 정당한 고객이라는 사실을 증명한 루 첸은 제 몸 밖으로 런던 프라이드를 쏟아내다가 한 남자가 좌변기 칸막이 안쪽에서 우는 소리를 들었다. 그는 가방 속에서 무엇을 찾고 있는지 부스럭거리기도 하였다. 순간 취기에서 벗어난 루 첸은 겨우 1분 분량의 사생활조차 보호받지 못한 채 화장실을 빠져나왔다. 런던 올림픽의 성화라도 되는 듯 바닐라 아이스크림을 든 채 의기양양하게 지하 화장실로 내려간 장 크리스토프 드니는 20초도 못 되어서 공포에 질린 얼굴로 되돌아왔다. 그리고 그들은 바닐라 성화가 꺼진 줄도 모른 채 계단 옆에 서서 그 남자가 나타나길 기다렸다.

울음을 멈춘 흑인 청년은 한쪽 어깨에 커다란 가방을 메고 다른 한 손에는 검은 비닐 봉투를 든 채 화장실 밖으로 나왔다. 그는 계단 주위를 서성이면서 연신 흘러내리는 바지춤을 추켜올리더니 인도 청년이 한눈을 파는 사이, 고객들을 위해 비치해둔 소금과 설탕 봉지 들을 한 움큼 쥐어 바지 주머니 속에 쑤셔 넣었다. 고작 10여 분의 사생활을 보호받기 위해 바닐라 아이스크림이라도 사야 했던 그로선 손해를 만회할 행동이었다. 그 정도 분량의 설탕과 소금이라면 설령 이틀 동안 굶주려도 최소한의 바이탈 사인은 유지할 수 있을 것 같았다.

스무 살밖에 되지 않았을 흑인 청년이 바지 속에다 필사적으로 감추려고 했던 비밀을 루 첸과 장 크리스토프 드니가 궁금해하지 않을 리 없었다. 바닐라 성화가 녹아내린 손바닥을 한참 동안 들여다보던 장 크리스토프 드니는 마치 신탁을 해독한 것처럼, 그 청년이 고향을 떠나기에 앞서 코카인을 담은 콘돔 수십 개를 삼켰고 작은 고깃배와 냉동트럭에 숨어 런던 한복판까지 잠입한 뒤 요의와 허기를 동시에 느끼고 맥도날드로 뛰어들었다가 화장실 바닥에 코카인 콘돔들을 게워내는 바람에 그것들을 변기 물에 씻어 급히 삼키느라 고통스럽고 수치스러워 울었던 것이라고, 루 첸에게 이야기했다. 그런 인간 컨테이너를 마약 중개상들이 모비딕(Moby Dick)이라고 부른다는 사실쯤은 루 첸도 알고 있었다. 하지만 헛구역질을 참기 위해서라도 루 첸은 연신 고개를 끄덕이지 않을 수 없었다.

"저 남자를 납치하자. 코카인을 꺼내어 팔면 적어도 30만 파운드는 벌 수 있을 거야."

마약 중개상에게 매주 400파운드를 지불하고 고작 7그램의 코카인을 구입하는 장 크리스토프 드니에겐 결코 놓칠 수 없는 기회였다. 하지만 단 한 차례의 치기 어린 행동으로 매주 천 파운드의 주급을 받는 직장에서 해고된다면 고작 1그램의 저질 코카인을 얻기 위해 더욱더 잔혹한 범죄를 저지르게 될 것이라고, 루 첸은 장 크리스토프 드니에게 진심을 다해 말했다. 게다가 키가 족히 2미터는 넘어 보이는 그 흑인 청년을 단숨에 제압할 힘과 용기가 자신들에게 있을 리 없다는 게 루 첸의 거부 이유였다.

"저 녀석은 밀입국자이기 때문에 결코 우릴 경찰에 신고하진 못할 거야. 게다가 배 속에 가득한 코카인 콘돔들이 터지는 게 두려워서라도 제대로 저항할 수 없을 테니 안심해도 좋아."

장 크리스토프 드니가 앞장서고 루 첸이 마지못해 그의 뒤를 따르며 추적은 시작되었다. 피커딜리 서커스를 빠져나와 인적이 드문 곳으로 들어서자 그들은 흑인 청년에게 일제히 달려들어 바닥에 쓰러뜨렸다. 그리고 입에 재갈을 물리고 손발을 묶은 다음 수렵물을 빈 공터로 끌고 갔다. 장 크리스토프 드니가 흑인 청년의 바지와 속옷을 벗기는 사이 루 첸은 맥도날드에서 바닐라 아이스크림과 코카콜라를 사가지고 돌아와 그의 입속에 강제로 쑤셔 넣었다. 장 크리스토프 드니와 루 첸은 런던 프라이드를 한 병씩 비우면서, 초대형 허리케인이 흑인 청년의 위장 속을 반시계방향으로 회전하면서 코카인 콘돔들을 항문 밖으로 천천히 밀어내기를 기다렸다.

하지만 흑인 청년의 묽은 대변 속에서는 그의 지난한 밀항의 기록 이외에는 아무것도 발견되지 않았다. 냄새가 어찌나 고약하던지 장 크리스토프 드니와 루 첸은 그를 하이드 파크에 묻거나 템스 강 속에 던져버리고 싶은 충동에 사로잡혔다. 한때 세상의 중심에서 질서를 관장했던 대영제국의 경찰들이 고작 밀입국한 실종자를 찾는 일에 아까운 시간과 정력을 쏟을 리 없을 뿐만 아니라, 설령 경찰서 앞에서 흑인의 시체를 발견한다고 하더라도 블랙 앤드 탄 쿤하운드(Black and Tan Coonhound)의 그것으로 여기고 폐기물 쓰레기통에 던져 넣을 수도 있었다.

흑마술과도 같은 런던 프라이드의 최면에서 벗어나 간신히 인류애를 회복하게 된 장 크리스토프 드니와 루 첸은 흑인 청년에게 속옷과 바지를 입힌 다음 맥도날드로 데리고 가서 빅맥 세트 두 개와 코카콜라 두 잔을 먹였다. 흑인 청년은 식사 도중에 두 번이나 화장실로 달려갔지만 매번 돌아와서는 감자튀김 조각을 남김없이 모조리 삼켰다. 흑인 청년은 이유도 모른 채 폭행을 당했다는 사실을 이미 잊어버린 듯 그저 한 끼의 식사를 제공해준 자들의 선행에 연거푸 감사했다. 그리고 자신의 이름이 바이 부레(Bai Bureh)이며 시에라리온(Sierra Leone) 출신의 축구선수로서 프리미어리그 축구팀에 입단 테스트를 받기 위해 어렵사리 뱃삯을 마련하여 런던으로 왔으나, 에이전트에게 사기를 당한 데다가 설상가상으로 소매치기까지 만나는 바람에 숙박비는커녕 한 끼의 식사를 해결할 돈조차 지니지 못해서 네 시간째 피커딜리 서커스 주변을 떠돌고 있었다고 말했다. 그러자 장 크리스토프 드니와 루 첸은 그 자리에서 구두로 에이전트 계약을 하고 공식 매니저로서 바이 부레에게 임시 숙소와 음식을 지원해주겠노라고 약속했다. 이 계약은 현장에서 휴대전화로 녹음된 뒤 나중에 세 장의 종이에 옮겨져 서명되었다.

영국인들은 프리미어리그를 관람하면서 아프리카의 역사와 지리를 배운다.

첼시는 지난 시즌에 보츠와나(Botswana) 국가대표 출신의 중앙 수비수를 영입하여 시즌 우승을 준비하였다. 작년까지 3년 연속 주전 라이트 윙백을 도맡았던 잠비아(Zambia) 출신의 선수를 방출하는 대신 아스널은 토트넘으로부터 레소토(Lesotho) 출신의 수비수를 6개월 대여하였다. 올해 1부 리그에 합류한 노리치는 향후 주전으로 육성할 어린 선수들을 확보하기 위해 모리셔스(Mauritius)와 부르키나파소(Burkina Paso)의 축구협회와 양해각서를 체결하였다. 유독 상투메 프린시페(Sao Tome and Principe) 출신의 선수들을 많이 보유하고 있는 위건의 구단주는 그곳에 불법 다이아몬드 광산을 소유하고 있다는 소문에 시달렸다. 스완지는 울버햄튼과 경기에서 결승골을 넣은 세이셸(Seychelles) 출신의 미드필드 덕분에 2부 리그로 강등될 위험에서 가까스로 벗어났고, 블랙번 역사상 네 번째로 골든 슈의 주인공이 된 수비수는 매년 정규 시즌이 끝날 때마다 한 달씩 자신의 고국인 케이프베르데(Cape Verde)에 머물면서 유소년 축구교실을 열고 있다.

바이 부레의 고국 시에라리온은 엄청난 다이아몬드 매장량과 그것을 둘러싼 전쟁의 잔인함 때문에 서방에 알려졌다. 유려한 명분이나 최소한의 배려도 없이 습관적으로 벌어지는 살육과 파괴는 시에라리온 사람들에게 공포 대신 무력감을 심어주었다. 비가역적이고 일회적인 죽음으로부터 살아남기 위해선 규칙과 선의 따윈 전혀 필요하지 않았다. 십자가보다도 더 무거운 AK-47 소총을 등에 둘러멘 소년들에겐 적개심을 유지할 수 있을 만큼의 인육과 마약이 필요했을 따름이다. 바이 부레는 자신도 반군들에게 끌려가 막사에 갇혀 있었으나 정부군의 야간 급습을 틈타 간신히 도망칠 수 있었다고 말했다. 원형 경기장 안에서 정해진 규칙에 따라 90분 동안 치열하게 싸워서 결정한 승패일지라도 일단 원형 경기장을 나서는 순간 어느 누구의 목숨에도 해를 입히지 않는 축구 경기를 전쟁에 비교하는 건, 추악한 전쟁에서 죽거나 살아남은 자들에 대한 모독이라며 그는 울먹였다.

공식 매니저가 된 뒤에도 장 크리스토프 드니와 루 첸은 여전히 바이 부레의 몸속 어딘가에 다이아몬드 원석 하나쯤은 숨겨져 있을 것이라는 의심을 떨쳐버릴 수 없었다. 블러드 다이아몬드(Blood

Diamond)*라는 영화의 영향일 수도 있었다. 그래서 의식을 잃을 정도로 그에게 독주를 마시게 한 다음 벌거벗긴 채 침대 위에 던져놓고, 쓰레기 야적장 같은 가방은 물론이거니와 입과 항문, 심지어 땀구멍 속까지 샅샅이 뒤졌으나 다이아몬드는커녕 10파운드의 지폐조차 발견하지 못했다. 그래서 장 크리스토프 드니와 루 첸은 바이 부레를 축구선수로 팔아넘기는 편이 차선이며, 본격적인 체력 훈련에 앞서 기초 영양부터 보충시켜주는 게 급선무라고 결론지었다.

바이 부레는 매일 코끼리처럼 먹었다.—하지만 그는 코끼리를 런던의 동물원에서 처음으로 보았다고 고백했다. 시에라리온이라는 이름은 사자와 관련 있다.—그래서 줄지에 동물원 사육사까지 겸하게 된 장 크리스토프 드니와 루 첸은 매일 퇴근길에 번갈아 테스코(Tesco)에 들러 각종 음식들을 실어 날라야 했을 뿐만 아니라, 보육원에 맡겨야 할 아이처럼 매일 아침 번갈아 쓰레기봉투를 들고 출근해야 했다.

천국의 주방엔 프랑스 출신의 요리사가 있는 반면 지옥의 주방엔 잉글랜드 출신 주방장이 군림한다. 천국의 도로는 벨기에 경찰이 눈과 귀를 막은 채 지키고 있고 지옥의 도로는 독일 경찰이 최첨단 장치까지 동원하여 감시한다. 천국의 계단은 스위스 제품이지만

---

*2007년 제작. 에드워드 즈윅 감독. 레오나르도 디카프리오 주연. 이 영화의 또 다른 주인공은 시에라리온에서 채굴된 100캐럿짜리 핑크 다이아몬드이다.

지옥의 문은 메이드 인 이탈리아일 확률이 높다고, 영국 사람들은 가끔 자조 섞인 농담을 한다. 만약 이런 농담을 듣고 화를 내는 영국 사람이라면 아마도 스코틀랜드 출신일 것이라고, 바이 부레는 여섯 번째 닭 날개 튀김을 삼키면서 귀띔하였다.

장 크리스토프 드니와 루 첸은 바이 부레를 자신의 집으로 받아들인 뒤 두 달 만에 처음으로 박장대소하였지만 웃음소리가 멈추자 곧 시베리아의 추위처럼 살을 에는 듯한 침묵이 몰려왔다. 프랑스 사람들은 그 침묵의 순간에 천사가 지나간다고 생각하지만, 침묵만이 진실을 말한다는 속담을 영국 사람들은 더 즐겨 사용한다.

통장의 잔고가 바닥을 드러내면서 점점 한쪽으로 기울어져가는 삶을 추스르기 위해서라도 장 크리스토프 드니와 루 첸은 런던 북쪽으로 이사를 해야 했다. 그들의 헌신과 희생 덕분에 바이 부레는 제법 살이 찌고 근력도 늘었지만 집 근처의 운동장을 한 바퀴 도는 데 여전히 5분 남짓 걸렸다. 모든 인맥을 동원하여 가까스로 접촉하게 된 프리미어 구단의 스카우터들 중 대부분은 바이 부레의 실력을 공식적으로 증명할 자료가 없다는 이야기를 듣자마자 관심을 거둬들였고, 개인적 친분 때문에 마지못해 운동장을 찾아온 두어 명의 스카우터들마저 바이 부레의 실망스런 체력을 확인한 뒤로 두 번 다시 연락해오지 않았다. 하긴 장 크리스토프 드니와 루 첸의 눈에도, 런던에서 만날 수 있는 어떤 흑인도 프리미어리그 선수가 되는 데 바이 부레보다는 더 유리한 체력을 지닌 것처럼 보였다.

하지만 장 크리스토프 드니와 루 첸은 두 달간의 손해를 만회하기 위해서라도 공식 매니저의 역할을 포기할 수는 없었다. 유럽의 거의 모든 나라에서 프로축구 리그가 운영되고 있고, 재능 있는 아프리카 선수들의 보유 여부에 따라 팀의 성적이 결정되었으므로, 굳이 영국이 아니더라도 바이 부레를 환영할 팀이 유럽 어딘가에 하나쯤은 있을 것 같았다. 설령 유럽 밖으로 나가야 한다고 하더라도, 아프리카 축구선수들에 대한 메시아적 동경을 지니고 있으나 천문학적인 연봉과 까다로운 조건을 지레 걱정하여 신분조회조차 하지 못하던 아시아의 구단들에게는 필경 매력적인 상품이 될 수 있을 것이라고, 장 크리스토프 드니와 루 첸은 런던 프라이드를 마시면서 서로를 위로하였다. 그들 옆에 앉아 있던 바이 부레도 일말의 죄책감을 느꼈는지 더 이상 음식을 주문하지 않았다.

바이 부레도 자신의 매니저들을 실망시키지 않기 위해 나름대로 노력했다. 장 크리스토프 드니와 루 첸이 출근 준비를 끝내기도 전에 조깅을 마치고 돌아와 쓰레기봉투를 처리했고, 그들이 출근하고 나면 집안일로 근력운동을 대체하였으며, 오후엔 축구공을 들고 집 근처 운동장으로 나가 드리블과 슈팅을 연습했다. 하지만 그럴수록 바이 부레는, 축구 선수는 만들어지는 것이 아니라 태어난다는 사실만을 더욱 절실하게 확인하였을 따름이다. 그래서 석 달 전의 맥도날드로 돌아가서 자신의 거짓말을 모두 거둬들이고 싶었다. 그는 결코 프리미어리그에 입단 테스트를 받기 위해 런던에 온 게 아니었다. 그저 죽음이 두려웠다. 그것도 자신의 죽음이 아니라 자신으로 인해 누군가가 죽는 게 두려웠다. 훗날 역사의 승리자가 된다고 한들 결코 용서받지 못할 죄악 때문에 숨조차 제대로 쉴 수 없을 것 같았다. 악연의 굴레를 벗어나려면 다이아몬드가 나오지 않는 땅으로 도망쳐야 했다. 수십 일이 걸려 런던에 밀입국한 뒤에야 비로소 그는 축구라는 스포츠의 막대한 영향력을 감지하게 되었다. 시에라리온 국가대표 출신의 축구 선수들이 프리미어리그에서 뛰고 있다는 사실도 알게 되었지만, 그들은 시에라리온 국민에게 희망을 전파하기 위해 존재하는 것이 아니라 오히려 유럽의 도박사들이 시에라리온의 비극을 이용하여 돈을 따는 데 동원되고 있었다. 축구 경기의 규칙들을 이해하려고 할 때마다 웃음이 터졌다. 그리고 그의 육체는 작은 축구공 하나를 능숙하게 다루는 데 전혀 필요하지 않은 기억과 상처로 가득 차 있었다.

바이 부레는 자신의 무능함 때문에 장 크리스토프 드니가 7그램에 400파운드 하는 고급 가루코카인 대신 1그램에 겨우 25파운드에 불과한 터키산 저질 가루코카인을 흡입하게 되면서 더욱 기괴한 중독 증세에 시달리고 있다는 사실을 알게 되었다. 그래서 그는 자신과 함께 런던으로 숨어든 고향 친구로부터 양질의 가루코카인을 얻어 장 크리스토프 드니에게 수시로 건네주었다. 아프리카 흑인에게도 염치를 차릴 능력이 있다는 사실을 인정하기에 앞서 장 크리스토프 드니는 한참 동안 머뭇거렸다. 하지만 2그램의 가루가 단숨에 자신의 몸과 영혼을 아무런 고통도 없이 분리시키자 마치 노벨평화상을 수상한 명망가처럼 한없이 자애로운 표정을 지어 보이며 바이 부레에게 뜨거운 감사를 표현했다.

루 첸의 취미라곤 매주 두 번씩 첼시 유니폼을 입고 렉싱턴 펍에 달려가 축구 경기를 보는 것이 전부였으므로, 바이 부레는 비록 축구 규칙을 제대로 이해하지 못할 뿐만 아니라 술을 전혀 마시지 않는 무슬림이지만, 기꺼이 루 첸을 따라 렉싱턴 펍 안으로 들어가 첼시를 함께 응원해주었다. 하지만 첼시가 패배하는 날이면 마치 누군가 죽은 것처럼 렉싱턴 펍 안은 바다 속처럼 고요해졌고, 예상치 못한 재앙을 흑인 이교도의 침입 탓으로 몰아가는 취객들에 맞서 외롭게 싸우느라 루 첸은 기진맥진해졌다.

루 첸은 바이 부레가 장 크리스토프 드니에게 15그램의 양질 가루코카인을 주었다는 사실을 알게 된 뒤로 그를 데리고 더 이상 렉싱턴 펍에 가지 않았다. 대신 바이 부레의 몸속에 숨겨져 있는 코카인이나 돈, 다이아몬드 때문에 그가 일부러 운동장 한 바퀴를 천천히 돌고 있다는 의심에 다시 사로잡혔다. 그러다가 시에라리온의 토착 부족인 템네(Temne) 족들은 인간의 항문을 신의 곳간이라고 부른다는 바이 부레의 이야기를 듣고 나자 의심은 확신이 되었다. 그래서 그는 바이 부레를 은밀하게 감시하면서 그의 곳간을 뒤질 기회를 기다렸다.

루 첸의 은밀한 감시로부터 바이 부레가 1000달러를 안전하게 지켜낼 수 있었던 비결은 몸을 관통하고 있는 비단실 덕분이다. 달

팽이 점액을 칠해서 굳힌 비단실 한쪽 끝에 금속 단추를 매달아 삼키고 다른 한쪽 끝은 어금니에 단단히 묶는다. 사흘 만에 항문 밖으로 단추가 나타나면 그걸 잘라내고 대신 1000달러가 담긴 콘돔을 비단실에 묶은 뒤 항문 속으로 밀어 넣는다. 어금니 쪽의 실을 너무 급히 잡아당기면 식도부터 대장에 이르는 소화기관들에 크고 작은 상처를 입힐 수 있기 때문에 올리브유와 미지근한 홍차를 번갈아 마셔가면서 반 시간 동안 천천히 당겨야 한다. 그러고 나면 비로소 항문 근처가 아닌 대장 깊숙한 곳에 신의 곳간이 세워지는 것이고 웬만한 등급의 허리케인에도 결코 무너져 내리지 않는다. 다만 곳간에 이르는 실크로드가 위산(胃酸)에 끊기는 걸 방지하려면 번거롭지만 적어도 사흘에 한 번씩은 비단실을 갈아주어야 한다.

  이것은 괴물 미노타우로스를 처치한 뒤 발목에 묶인 실을 따라 미궁 속에서 빠져나왔다는 영웅 테세우스의 신화를 응용한 것에 지나지 않는다. 실마리를 제공한 자는 영웅의 약혼녀인 아리아드네이다.

  바이 부레는 목동 출신의 아버지가 어떻게 그런 거금을 모을 수 있었는지 어머니로부터 전혀 듣지 못했다. 물론 백인들의 악행과 연관시켜 몇 가지 추정은 가능했지만, 진실은 마치 뜨거운 물과 같아서 결코 오랫동안 쥐고 있을 수 없기 때문에 인과의 진실을 감당해낼 자신이 없다면 굳이 퍼즐을 완성할 필요는 없었다. 바이 부레의 항문 속에 가족들의 모든 희망이 씨앗처럼 담기는 과정을 처음부터 끝까지 지켜본 다음 아버지는 돌아올 수 없는 길을 떠났고,

3년 동안 집으로 돌아오지 않는 아버지의 재산과 가족은 모두 맏아들의 차지가 된다는 부족의 규율에 따라 바이 부레는 1000달러의 주인이 되었다. 하지만 반군들이 한밤중에 마을을 습격하여 소년 이외의 주민들을 무자비하게 학살한 뒤로 그에겐 더 이상 재산을 나누어야 할 가족은 남아 있지 않았다. 그래도 그는 죽은 가족을 평생 기억해야 할 임무가 있었으므로 목숨을 걸고 반군의 막사를 탈출했다.

루 첸은 회사에 병가를 내었다는 사실을 장 크리스토프 드니에게 알리지 않은 채 며칠 동안 집 근처에 숨어서 바이 부레를 감시하였다. 그리고 마침내 바이 부레가 동네 청소년들에게도 못 미치는 축구 실력과 체력을 지니고 있을 뿐만 아니라 축구 규칙조차 제대로 이해하지 못한다는 사실을 확인하였다. 게다가 렉싱턴 펍에서 자주 만나는 영국축구협회의 직원으로부터 시에라리온의 공식 자료 어디에서도 그런 이름과 경력을 지닌 축구 선수를 찾을 수 없다는 사실을 봉보빋았다. 그러니 평범한 밀입국자에 불과한 바이 부레가 자신들을 속였다는 결론에 이르지 않을 수 없었다. 루 첸은 바이 부레가 여전히 화장실에서 많은 시간을 보낼 뿐만 아니라 그곳에서 나올 때마다 표정은 상기되고 눈이 충혈되어 있다는 사실로부터 곳간의 위치를 확신하였다. 그리하여 그동안 자신들이 베푼 호의의 대가를 바이 부레로부터 돌려받는 방법을 두고 장 크리스토프 드니와 논쟁을 벌였는데, 더 이상 공짜로 가루코카인을 공급받지 못하게 될까 봐 장 크리스토프 드니가 마뜩잖게 생각하자, 루 첸은 혼자

서라도 공정한 거래를 성사시키기로 결심을 했다. 그는 어느 날 저녁 바이 부레를 수면제로 쓰러뜨렸다. 그러고는 자신의 친구가 근무하는 런던 외곽의 동물병원으로 데리고 가서 엑스레이를 찍었다. 마침내 어금니 사이에서 아리아드네의 실타래를 찾아낸 루 첸은 그것을 잘라낸 뒤 설사약을 식도로 흘려보냈다. 시에라리온의 근대사를 이해하는 데 중요한 유물은 다음 날 저녁이 되어서야 겨우 모습을 드러냈다.

루 첸은 1000달러 중에서 동물병원 사용료를 지불하고 남은 돈의 절반을 자신의 몫으로 챙긴 다음 100달러를 장 크리스토프 드니에게 건넸고, 밀입국 사실을 경찰에 신고하지 않는 대신 자신들의 삶에서 영원히 추방하는 것으로 바이 부레에게 마지막 호의를 대가 없이 베풀었다.

루 첸은 500달러로 스탬포드 브리지(Stamford Bridge) 경기장의 1등석 티켓과 런던 프라이드 1팩을 샀다. 그리고 마치 상품을 고르고 있는 스카우터처럼 의자 등받이에 거만하게 기댄 채 첼시가 맨체스터시티를 잔혹하게 파괴하는 과정을 여유롭게 지켜본 뒤 렉싱턴 펍으로 달려가 서포터들과 함께 승리의 찬가를 목청껏 불렀다. 영국 파운드보다 미국 달러를 더 숭배하는 마약 중개상으로부터 100달러에 무려 10그램의 가루코카인을 살 수 있었다고 장 크리스토프 드니는 자랑했지만, 수면제 가루가 많이 섞여 있었던 탓에 그의 몸과 영혼은 완전히 분리되지 않은 채 림보(Limbo) 속에 한참 동안 간혀 있어야 했다.

몽롱함에서 벗어난 바이 부레는 더 이상 몸속에서 희망이 자라는 통증을 느낄 수 없었다. 시에라리온 전사들의 용맹함을 각인시켜 주어야 한다며 흥분한 고향 친구들을 간신히 진정시킨 뒤, 그는 자신의 전직 매니저들을 찾아갔다. 가루코카인과 축구에 취해서 천국 주위를 기웃거리고 있는 그들을 발견하고는 잠시나마 완전범죄에 대한 망상에 빠졌지만, 누군가의 도움 없이 런던에 정착하는 것은 불가능하다고 생각했기 때문에 어떻게든지 그들을 수긍해야겠다고 마음을 고쳐 잡았다. 그래서 바이 부레는 취한 주인들 앞에 엎드리어 아프리카의 역사가 자신의 운명을 어떻게 파괴하였는지 설명하면서, 자신이 노예로서 얼마나 유용한 능력을 지녔는지 호소하였다. 졸지에 영국의 왕이라도 된 듯 우쭐해진 루 첸과 장 크리스토프 드니는 바이 부레와 새로운 계약을 체결하였는데, 고용주가 약속해야 할 의무 사항이라곤 숙식을 제공하는 것이 전부였고 나머지 의무 사항들은 모두 노예에게 부과되었다.

하지만 새로운 주인들은 자신의 동산(動産)에 적당한 이유를 붙여 팔아치울 궁리만 했다. 그래서 루 첸은 영국축구협회 직원을 매수하여 바이 부레가 케이프베르데의 국가대표 상비군 출신임을 확인해주는 서류를 작성하였다. 그리고 프리미어 2부 리그의 몇 개의 팀들로부터 공개 입단 테스트를 허락받았다. 그러나 여러 이유를 둘러대고 테스트에 참가하지 않았는데, 축구공을 마치 고슴도치처럼 다루는 바이 부레에게서 구단 관계자들이 범죄의 냄새를 맡게 되는 게 두려웠기 때문이다. 대신 공개 입단 테스트 일정과 참가자 명단이 실린 지역신문을 들고 유럽 변방의 프로 축구팀들과 수개월 접촉한 끝에 마침내 러시아 2부 리그 팀과 입단 계약을 체결하였다. 루 첸과 장 크리스토프 드니의 계획은, 데뷔전을 앞둔 바이 부레가 자동차 사고를 당해 부득이 병원에서 한 시즌을 보내며 계약금과 주급을 챙기다가 참을성 없는 구단주에 의해 일방적으로 해고되는 것이었다. 계약 파기에 따른 적정한 위약금까지도 루 첸과 장 크리스토프 드니는 미리 계산해두었다. 하지만 바이 부레는 마치 나폴레옹의 군대처럼 러시아의 혹독한 추위를 사흘도 채 견디지 못하고 합숙소를 무단이탈하여 런던으로 돌아오고야 말았다. 그래서 오히려 루 첸과 장 크리스토프 드니는 마피아 출신의 구단주와 위약금 없이 계약을 파기할 수 있었던 사실에 진심으로 감사하기 위해 한 병에 수백 파운드 하는 프랑스 와인을 두 병이나 보내야 했다.

 루 첸과 장 크리스토프 드니는 빚을 갚기 위해 닥치는 대로 일을 해야 했다. 바이 부레의 계약 때문에 소홀했던 직장의 업무를 처리하느라 매일 녹초가 되었지만, 집 대신 테스코의 창고로 퇴근하여서 자정까지 재고를 정리했으며 주말엔 택배회사의 창고에서 화물을 싣거나 부렸다. 나중엔 더 이상 런던에 해당되지 않는 곳으로 이사한 뒤, 한 달에 10파운드를 지불하면 매일 런던의 하이드파크까지 실어다 주는 승합차를 이용하여 불법 이민자들과 함께 출근하였다. 이웃들이 조금이라도 탐낼 만한 가재도구들은 벼룩시장에 내놓고 팔아치웠다. 루 첸은 렉싱턴 펍의 출입을 완전히 끊고 잠들기 전에 인터넷으로 첼시 경기의 하이라이트를 보는 일상에 만족해야 했고, 일주일 동안 단 1그램의 가루코카인도 소비할 수 없게 된 장 크리스토프 드니는 극도의 불안감과 무기력감을 극복하기 위해 밤마다 독주를 마시고 수음을 하였으나 끝내 평온과 식욕을 되찾을 수 없었다. 결국 그는 주변의 약품들을 활용하여 저질 헤로인을 만드는 방법을 찾아내었다. 자신의 성급함을 크게 자책한 바이 부레는 주인들의 손해를 조금이나마 만회해주려고 피커딜리 서커스 근처에서 관광객들을 상대로 기념품을 팔기 시작하였지만 이윤은 거의 남지 않았다.

어느 금요일 루 첸과 장 크리스토프 드니는 싸구려 위스키 한 병과 비스킷 두 봉지를 든 채 테스코의 창고에서 자정 무렵 퇴근하였다. 그러고는 조촐한 술상을 차린 뒤 바이 부레를 깨웠다. 바이 부레는 술을 전혀 마시지 않는 무슬림이었지만 부채감 때문에라도 주인들이 막무가내 건네는 술잔을 끝까지 거부할 수 없었다. 위스키가 혀에 닿는 순간 몸이 굳고 영혼이 휘발하기 시작한 바이 부레를 애써 의자에 앉히며 루 첸과 장 크리스토프 드니는 자신들의 비참한 일상과 사막과 비슷한 미래에 대한 푸념을 번갈아 늘어놓았다. 손톱보다도 작은 다이아몬드 하나만 있으면 이 모든 비극을 단숨에 깨뜨릴 수 있다고 설명하면서 때로는 윽박지르고 때로는 읍소하면서 바이 부레를 설득했다. 하지만 바이 부레는 위스키 반 잔을 비우기도 전에 바닥에 꼬꾸라지고 말았다. 루 첸과 장 크리스토프 드니는 엑스레이로 바이 부레의 몸을 다시 한 번 뒤지는 일을 두고 설전을 벌였다. 루 첸은 바이 부레와의 신뢰를 회복하기 위해선 반드시 필요하다고 말했고, 장 크리스토프 드니는 검사 비용이라도 아끼는 게 낫다고 맞섰다. 바이 부레는 위스키 덕분에 런던에 도착한 이후 그날 처음으로 꿈 없는 잠을 잘 수 있었다.

다이아몬드 왕국의 후예인 바이 부레는 벨기에의 앤트워프 외곽에 위치한 다이아몬드 세공소에 취직하였다. 이 계약은 또 다른 다이아몬드 왕국 출신인 장 크리스토프 드니가 사촌에게 부탁하여 성사되었다. 다이아몬드 세공소의 유태인 주인은 바이 부레의 잠재된 재능을 알아보았다기보다는, 다이아몬드 원석을 지니고 있는 시에라리온 사람들과의 거래를 위해 그를 채용했다. 다이아몬드의 천문학적인 가격을 고려하여 세공소 직원들은 신원보증금을 지불해야 했기 때문에 루 첸과 장 크리스토프 드니는 또다시 은행에서 돈을 빌려야 했다. 하지만 바이 부레는 다이아몬드를 직접 만져보기는커녕 들여다본 적조차 없었다. 로켈(Rokel) 강에서 다이아몬드가 발견되었다는 소문이 퍼지자마자 군인들 수백 명이 몰려와 강으로 통하는 모든 길을 막고 고기잡이를 금지시켰다. 이어 강가를 따라 목책이 세워지고 물을 퍼내는 기계 소리와 일꾼들의 고함 소리가 밤낮을 가리지 않고 들렸다. 물을 긷거나 멱을 감는 자들에게도 군인들이 무자비하게 총을 쏘아대었기 때문에 바이 부레의 아버지는 가족들을 이끌고 더 깊은 산으로 들어갔다. 그때 바이 부레의 나이는 여덟 살이었는데, 반군이 마을에 나타나기 직전까지 5년 남짓 그곳에서 보낸 시간이 그가 평생 기억해야 하는 인생의 전부였다.

　10캐럿짜리 다이아몬드를 처음 보았을 때 바이 부레는 황홀감 대신 허탈감을 느꼈다. 아프리카 사람들에겐 아무런 가치도 없는 돌덩이를 차지하기 위해 벌어지는 전쟁은 프리미어리그의 축구 경기만큼이나 이해되지 않았다. 비록 자신에게 실습용으로 주어진 건 석탄을 압축해서 만든 인조 다이아몬드였지만 마치 조상의 뼈와 살을 깎고 있다는 생각에 오금이 저리고 구토가 밀려와 작업대 앞에 채 10분을 앉아 있을 수가 없었다. 다시 런던으로 도망치고 싶었지만, 훗날 루 첸과 장 크리스토프 드니가 신원보증금을 갚기 위해 범죄자들에게 영혼을 팔게 될 걸 상상하니 차마 발이 떨어지지 않았다. 그저 유태인 주인이 정식으로 그를 해고해주길 묵묵히 기다렸으나, 시에라리온의 공급자들과 어떻게 해서든지 거래를 시작하려는 유태인 주인은 바이 부레의 나태와 실수를 모두 묵인했을 뿐만 아니라 오히려 훌륭한 식사와 넉넉한 주급으로 그를 감동시키는 바람에 영국인 주인들과의 재회는 번번이 연기되었다. 그때마다 바이 부레는 로켈 강에 절대 가깝게 다가가지 말라는 아버지의 충고를 떠올리며 이성이 잠들지 않을 만큼의 시공간을 확보하였다.

　결국 넉 달 뒤 바이 부레는 자신의 희망대로 해고되어 런던으로 돌아왔다. 하지만 더 이상 그에겐 밀입국자의 음울한 모습은 남아 있지 않았다. 신형 스포츠카를 타고 도버 터널을 통과하여 런던에 도착한 그의 몸 곳곳은 고급 브랜드의 로고들과 금 장신구들로 반짝였으며 뇌쇄적인 흑인 여자를 왼쪽 어깨에 매달고 있었다. 바이 부레는 루 첸과 장 크리스토프 드니 앞에서 흑인 여자에게 상스러운 욕지거리를 내뱉더니 1000파운드를 건네고 쫓아버렸다. 그러고는 미리 준비해 온 돈 봉투를 옛 주인들에게 하나씩 건네면서 내일 저녁 자신이 머물고 있는 호텔 식당에서 만나 식사를 함께하자고 제안한 뒤 돌아갔다. 피커딜리 서커스 근처의 맥도날드에서 바이 부레를 처음 만난 이후로 떠안게 된 금전적 손해와 정신적 고통을 모두 상계하고도 남을 만큼 큰 금액이었다. 루 첸과 장 크리스토프 드니는 바이 부레가 내민 돈에 반영되어 있을 죄악 따윈 괘념치 않고 다음 날 아침 출근길에 곧장 은행으로 달려가 빚을 모두 갚았다. 호텔 스위트룸 침대에서 콜걸과 함께 정오 무렵에 깨어난 바이 부레는 런던의 시에라리온 대사관에 들러 여권과 비자를 신청하였다.

피커딜리 서커스 근처의 맥도날드에서 빅맥 세트를 먹으면서 바이 부레에게 타이베이 행을 추천한 자는 당연히 타이베이 출신의 루 첸이었다. 독재자와 민족주의를 바탕으로 급격한 경제성장을 이어가고 있는 아시아 대부분의 국가들에선 개인과 현재의 희생이 다수와 미래를 위한 미덕으로 여겨지고 있고, 그곳의 기업들 역시 부도덕한 범죄를 저지르고도 고객들이나 정부로부터 별다른 저항을 받지 않고 여전히 막대한 이윤을 얻고 있으므로, 만약 다국적 법률 조직의 지원을 받아 제조물책임법(Product Liability)* 관련 소송을 조

---

*이 법은 제조물의 결함으로 발생한 손해에 대한 제조업자 등의 손해배상책임을 규정함으로써 피해자 보호를 도모하고 국민생활의 안전 향상과 국민경제의 건전한 발전에 이바지함을 목적으로 한다.(전문 인용)

직적으로 진행한다면, 법적 규제에 대한 내성을 갖추지 못한 다수의 기업들은 속수무책일 수밖에 없을 것이고, 명예를 실리보다도 더 중요시하는 습성에 따라 수치스러운 사실을 감추기 위해서라도 천문학적 보상금을 제시하며 막후교섭을 시도할 게 분명하다고 루 첸은 말했다. 그것은 일종의 투자 제안 같은 것이었고 바이 부레는 흔쾌히 승낙하면서 성공사례까지 약속했다. 그리고 그는 자신의 진짜 이름이 바이 부레가 아니라 하마드 세와라고 밝혔다. 바이 부레는 영국의 점령에 저항한 시에라리온의 왕으로서 시에라리온 지폐에 등장하는 영웅이라고 설명했다. 루 첸과 장 크리스토프 드니는 하마드 세와라는 청년이 아프리카 역사에 대한 자신들의 무지를 조롱했다는 생각 때문에 몹시 불쾌해졌다. 그래서 그를 끝까지 바이 부레라고 부르는 것으로 복수하겠다고 다짐했다. 그때가 5월의 마지막 날이었다.

바이 부레가 타이베이에서도 눈부시게 성공했는지는 아무도 모른다. 영국의 어떤 언론사도 바이 부레나 하마드 세와라고 불리는 흑인 청년에게 관심을 보이지 않았기 때문이다. 더욱이 바이 부레가 떠나고 얼마 되지 않아서 루 첸과 장 크리스토프 드니는 헤어졌는데, 장 크리스토프 드니가 금요일 저녁 피커딜리 서커스 근처에서 중국계 마약 중개상에게서 헤로인을 구입하다가 경찰에 붙들린 사건이 치명적이었다. 맥도날드에서 바닐라 아이스크림을 먹으면서 장 크리스토프 드니를 기다리던 루 첸도 공범으로 간주되어 유치장에 수감되었다가 런던 주재 타이베이 대사관의 도움으로 간신히 혐의를 벗을 수 있었다. 소식을 듣고 런던으로 급히 날아온 부모 앞에서 루 첸은 그동안의 악행과 방탕을 고백하며 반년 안에 부모가 선택해준 여자와 결혼하겠다고 서약한 뒤에야 간신히 런던에 남을 수 있었다. 장 크리스토프 드니는 유치장에서 런던 외곽의 재활병원으로 이미 이송된 뒤여서 그들은 작별인사를 나누지도 못했다.

다이아몬드 세공기술을 배우던 바이 부레는 어느 금요일 저녁 앤트워프 시내의 맥도날드에서 혼자 빅맥 세트를 먹었다. 그리고 50센트를 지불하고 화장실로 들어갔다. 그에게 여전히 항문은 신의 곳간이어서 주급으로 받은 돈의 대부분을 콘돔에 싸서 그곳에 숨기고 있었다. 그런데 어제 먹은 중국식 매밥 탓인지 마른 항문을 통해 거슬러 올라가던 콘돔은 어느 지점에 이르러 멈춰 서더니 눈물샘과 침샘을 동시에 헤집어놓았다. 그 순간 좌변기 위에 올려두고 있던 오른발이 미끄러지면서 바이 부레의 중심이 무너졌고 그의 턱이 변기에 부딪혀 찢어졌다. 피가 흘러내리는 턱을 왼손으로 황급히 감싸 쥐면서도 그는 항문 속으로 손가락을 더욱 깊이 쑤셔 넣어 저축을 마무리했다. 그리고 세면대 앞에서 찬물로 상처 부위를 닦아내고 있는데 화장실을 청소하는 노인이 나타났다. 노인은 바이 부레를 부랑인으로 확신했다. 그래서 결코 발설해서는 안 될 말을 내뱉고야 말았다.

"그건 내 잘못이 아니야. 난 최선을 다했고 네가 운이 나빴던 거지. 더 이상 여기에다 더러운 오물을 묻히지 말고 당장 꺼져, 이 검둥아."

비록 바이 부레는 플라망어를 거의 알아듣지 못했지만 표정과 뉘앙스만으로도 상대의 적의를 짐작할 수 있을 만큼의 지혜는 지니고 있었다. 하지만 밀입국자의 신분인 이상 소란에 휘말리는 걸 원하지 않았기 때문에 그저 못 들은 척하고 피가 멈추길 기다렸다. 그때 화장실에 함께 있던 신사가 노인에게 플라망어로 항의하였고 잘못을 뒤늦게 깨달은 노인은 바닥에 털썩 주저앉더니 신사에게 애원하기 시작했다. 정작 사과를 받아야 할 당사자인 바이 부레는 그 신사가 아주 쉬운 영어로 설명해주기 전까지 상황을 이해하지 못했다. 유럽의 법률은 소비자들의 권리 보호를 유일한 목적으로 삼고 있기 때문에 소비자를 모욕한 사업체나 개인을 상대로 손해배상을 청구할 수 있으며, 특히 맥도날드처럼 다국적 기업들은 다국적 언어로 메뉴판을 만들기에 앞서 다국적 직원들을 대상으로 윤리강령 교육부터 강화해야 한다고 열변을 토했다. 그러면서 자신이 소속되어 있는 법률회사에게 이번 소송을 맡겨주면 꼭 명예를 회복해주겠노라고 제안했다.

그래서 바이 부레는 유태인 보석상에게는 한 마디도 건네지 않고 짐을 챙겨 변호사가 마련해준 숙소로 옮겼다. 그리고 일주일 뒤 신문사 기자들 앞에서 맥도날드를 상대로 전쟁을 선포하였다. 변호사는 화장실 청소를 담당한 노인은 안전에 대한 교육을 받은 적이 없을 뿐만 아니라 규정에 부적합한 저가 세제를 사용하였고, 2개월 전에 이미 비슷한 사고가 일어났는데도 적절한 예방 조치가 취해지지 않았으며, 화장실 내 조명마저 어두워서 범죄나 사고가 일어날 위험이 높다는 주장을 펼쳤다. 화장실은 엄연히 사생활을 보호해주는 최소한의 공간이고 고객이 정당한 사용료를 지급한 이상, 설령 그가 그곳에서 배설 이외의 행동을 했다고 한들 당연히 보호받아야 한다고 여러 번 강조했다. 하지만 구태의연한 인종차별 논란으로까지 논지를 이어가진 않았는데, 2차 세계대전 이후에 사라진 유령들을 부활시켜 법정에 세우느라 소송 기간이 늘어나는 걸 방지하기 위해서였다. 그래서 변호사는 막후교섭을 원한다는 메시지를 맥도날드에 은밀하게 보냈고, 맥도날드의 유럽지역 영업책임자 이름으로 사과 성명서를 주요 신문들에 싣고 적절한 보상금을 지급하겠다는 회신을 받자마자 소송을 즉각 취하하였다. 바이 부레는 변호사의 충고에 따라, 자신은 가난한 노인이 불운 때문에 회사로부터 부당한 조치를 받게 되는 걸 결코 원하지 않으며 향후 소수의 인권 향상을 위해 이바지하겠다는 소견을 기자들 앞에서 짧게 발표하였다.

그 이후로 바이 부레는 다국적 기업의 탐욕과 횡포에 맞서서 소비자 권리를 보호하려는 유럽 각국의 시민단체로부터 강연 요청을 끊임없이 받았으나, 유럽 전체의 경기침체와 맞물려 각국에서 득세하기 시작한 외국인 혐오주의자들에게 희생되는 것을 걱정하여 완곡히 거절하였다. 그 대신 변호사가 강연에 참석하면서 명성을 높여갔다. 그리고 암스테르담의 스타벅스 매장에서 인도네시아 여대생이 손님들에게 집단 성폭행당한 사건을 수임하게 되면서 그는 다국적 기업들이 가장 두려워하는 윤리교사이자 공정무역의 아이콘으로서 급부상하였다. 그러니 항문에다 콘돔을 밀어 넣다가 바닥에 넘어진 시에라리온 청년의 미래 따위에 더 이상 신경을 쓸 수 없게 되었다. 바이 부레는 자신의 항문을 두 차례나 뒤졌던 전직 매니저들에게 복수하기 위해서라도 런던에 돌아가야겠다고 생각했다. 스포츠카와 고급 의류와 금장신구들을 구입한 뒤에도 통장의 잔고는 거의 줄어들지 않았다. 도버 해협을 건너기에 앞서 앤트워프의 유태인 보석상을 찾아가 그동안 자신이 끼친 금전적 손해를 배상하는 대신 정식 해고통지서를 받아내었다. 그리고 도버 해협을 건너자마자 피커딜리 서커스 근처의 맥도날드에 들러 빅맥 세트를 주문한 뒤 주위를 둘러보았을 때, 최근에 붙인 게 분명한 표지판을 발견하고 적이 놀랐다.

"화장실에서 허락되지 않은 행동을 했을 경우 사업주에겐 일체의 배상 책임이 없음을 알려드립니다."

다국적 기업들이 다국적 직원들을 교육하기 위해 새롭게 배포한 자료에서 바이 부레 사건을 대표적인 블랙 컨슈머(Black Consumer) 소송 사건으로 설명하고 있다는 사실을 변호사는 정작 당사자에게 알려주지 않았던 것이다.

바이 부레는 넉 달 동안 자신에게 일어난 사건들을 이야기하느라 제 앞의 진귀한 음식이 식어가는 줄도 몰랐다. 호텔의 식당에 도착하기 전까지만 해도 루 첸과 장 크리스토프 드니는 바이 부레의 성공이 신의 곳간 속에 숨겨져 있던 다이아몬드 덕분이라고 생각했다. 그래서 바이 부레를 앤트워프로 보내기 직전에 엑스레이 검사를 하지 않은 걸 뒤늦게 후회했다. 루 첸이 쏘아볼 때마다 장 크리스토프 드니는 쥐구멍에라도 숨고 싶었다. 하지만 바이 부레의 이야기를 듣고 나자 그들은 자신들이 흑인으로 태어나지 못한 사실을 몹시 안타까워했다. 그들은 그 식당에서 가장 비싼 음식들을 주문한 뒤 이런저런 트집을 잡아서 종업원들과 요리사에게 항의하였는데, 필경 바이 부레와 같은 횡재가 자신들에게도 일어나길 기대한 게 분명했다. 하지만 굴욕적 상황에 적절히 대처하는 방법을 교육받은 종업원들과 요리사는 결코 흥분하지 않은 채 몰이해와도 같은 친절로 손님들의 요구를 차분하게 처리했다. 결국 루 첸과 장 크리스토프 드니는 굴욕감에 떠밀리어 식당을 나와야 했고, 이틀 동안 바이 부레와 함께 호텔에 머물면서 와인과 창녀와 산해진미를 즐긴 뒤 패배자들처럼 어깨를 늘어뜨린 채 집으로 돌아왔다. 바이 부레는 시에라리온 정부로부터 정식 여권과 비자를 받고 밀입국자의 신분에서 완전히 해방되었다.

중견 증권사에서 일하는 장 크리스토프 드니는 어느 날 저녁 바이 부레를 자신의 회사 앞 카페로 불러내어 제조물책임법에 대해 가르쳤다. 현대 문명인들이 무의식적으로 사용하고 있는 생활필수품들 속에 얼마나 치명적인 위험들이 도사리고 있으며, 하찮은 주의사항 문구일지라도 그것을 누락한 결과로 얼마나 많은 제조업체가 사업의 존폐를 걸고 고객들과 소송을 진행했는지 설명해주었다. 가령 "전자레인지로 고양이의 털을 말릴 경우 고양이가 죽을 수도 있습니다."라는 문구가 설명서에 포함되어 있지 않다면, 전자레인지로 털을 말리다가 고양이를 죽인 주인으로부터 언젠가 피소될 수도 있다는 것이다. 가정용 전동공구를 만드는 기업의 고객서비스를 담당하고 있는 루 첸은 퇴근길에 테스코에 들러 막대 모양의 해충 퇴치제를 산 다음 바이 부레와 함께 피커딜리 서커스로 갔다. 그리고 아시아 관광객들의 걸음을 막고 "이 막대의 용도가 뭐라고 생각하세요?"라고 물어보았는데, 베트남 쌀국수로 잘못 이해하고 맛을 보려는 자들이 대부분이었다. 하지만 해충 퇴치제의 포장지 어디에도 "냄비에 삶아서 먹지 마시오."라는 설명이 적혀 있지 않았다. 장 크리스토프 드니와 루 첸의 적확한 교육 덕분에 바이 부레는 제조물책임법이 자신에게 명예와 부를 가져다 줄 수 있다고 확신했다. 제조업체들이 미처 상상하지 못한 위험들을 발견해내고 소비자들을 대표하여 개선을 요구하는 직업은, 시행착오를 통해서만 진화하는 인류에게는 더없이 유용하며 마약 중개상이나 다이아몬드 보석상보다도 훨씬 환영받아야 마땅했다.

형태가 쓸모를 발명하거나, 쓸모가 형태를 제한한다는 믿음은 더 이상 유효하지 않다. 형태와 쓸모 때문에 제품을 선택하는 소비자는 거의 사라졌다. 대신 소유의 욕망만이 제품의 가치를 결정하고 그 이후 습관이 소비를 추동할 따름이다.

그날 후 바이 부레는 매일 테스코에 들러 런던 사람들이 즐겨 사용하는 생활필수품들을 몇 개씩 사가지고 집으로 돌아와서는 이런 저런 쓸모를 실험하였다. 이미 문명에 길들여진 습관으로부터 상상을 방해받지 않기 위해 그는 포장지와 함께 설명서를 버린 다음 제품을 살폈다. 뒤쪽이나 아래쪽에 붙어 있는 스티커도 검은색 유성 펜으로 검게 칠해 해독할 수 없게 만들었다. 전기로 구동되는 모든 기계는 무조건 물속에 집어 넣어보았고 기계장치 속엔 모래와 윤활유를 번갈아 부었다. 모든 제품들은 마지막에 바닥에 던져 파편의 형상을 확인하였다. 몇 차례의 절체절명의 위험을 간신히 피한 뒤 바이 부레는 제조업체가 미처 인지하지 못하고 있을 쓸모와 위험을 많이 발견해냈다. 파우스트 박사의 실험실보다도 더 엉망이 되어 있는 거실은 장 크리스토프 드니와 루 첸에게 걱정과 짜증을 번갈아 주입하였지만, 실패비용이 클수록 막대한 이윤을 얻을 수 있다고 서로를 위로하면서 묵묵히 참아내었다. 단, 자신들이 소속되어 있거나 투자하고 있는 기업의 제품들만큼은 실험 대상에서 반드시 제외해야 한다고 그들은 바이 부레에게 강력히 요구하였다.

바이 부레는 자신의 실험결과로 해당 제조업체를 협박하려는 건 아니었다. 그는 자신의 제안이 사용설명서에 추가되는 대가로 정당한 사례금을 받게 되길 희망했다. 하지만 제조업체들의 반응은 하나같이 부정적이었고 심지어 바이 부레를 상표법 위반으로 고소하겠다는 회신까지 돌아왔다. 그래서 바이 부레는 더욱 공격적인 방법을 쓰지 않을 수 없었는데, 자신이 직접 찾아낸 사용법을 시연해 보이고 이 과정을 비디오로 찍어 해당 제조업체에 보내면서 납득할 만한 회신이 없을 경우 유튜브와 같은 인터넷 사이트에 게시하겠다고 덧붙였다. 실제로 바이 부레는 전기면도기로 삭발을 하다가 두피의 살점까지 잘라내는 바람에 구급차에 실려 응급실로 가는 장면을 유튜브에 올렸다. 그 즉시 그에게 연락해온 곳은 전기면도기 제조사가 아니라 전기면도기와 비슷한 형태의 전동헤어커터를 만드는 업체였다. 거의 한 달 만에 얻어낸 첫 성과 이후로 바이 부레의 성공 확률은 70퍼센트를 넘었고 그때마다 장 크리스토프 드니와 루 첸에게 배당금이 지급되었다.

바이 부레의 악명이 높아지자 유럽의 제조업체들은 분야별로 연합하여 제품 설명서에 넣어야 할 경고문들을 연구하기 시작하는 한편, 일명 반(反) 바이 부레법을 제정하기 위해 정치인들을 포섭하였다. 바이 부레의 성공 신화에 매료된 추종자들이 위험천만한 실험을 벌이다가 사고를 당하자 바이 부레에게 불리한 여론이 조성되었다. 하지만 바이 부레는 굴복하지 않고 더욱 정교하고 극단적인 실험을 통해 자신의 선의를 확인시켜주려고 노력하였는데, 자칫 자신마저 어느새 런던 시민들처럼 생각하고 행동하고 있을지도 모른다고 걱정하여 그는 시에라리온의 고향 마을을 수시로 찾아가 친지들과 친구들에게 테스코에서 구입한 제품들을 나누어주면서 그들의 사용법을 관찰하였다. 그렇게 해서 만들어낸 경고문 중에는 특정 제품에 한정되지 않고 문명의 이기 전체에 적용될 수 있는 것도 있었으나, 모두의 책임은 어느 누구의 책임도 아니라는 장 크리스토프 드니의 의견을 받아들여 삭제하였다. 마침내 유럽의 제조업체들은 바이 부레를 공격할 합법적인 방법을 찾아내었고, 바이 부레는 탈세 혐의를 인정하여 전 재산의 75퍼센트를 세금으로 지불해야 했다. 그리고 나니 바이 부레는 비로소 자신의 항문 속에다 숨길 수 있는 것만큼만 자신이 지닐 수 있는 재산이라는 사실을 인정하지 않을 수 없었다. 템네 족에게 신의 곳간이란 신이 허락한 분량만큼의 재산을 숨길 수 있는 곳으로 이해되지 않았을까.

축구 규칙을 여전히 이해하지 못한 바이 부레가 영국축구협회와 프리미어리그 구단, 그리고 다국적 스포츠용품 업체를 상대로 역대 최고의 손해배상청구 소송을 제기하면서 파국이 찾아왔다. 바이 부레는 축구 경기야말로 유럽의 소비자들에게 가장 큰 해악을 입히고 있는 상품이라고 판단했다. 그래서 축구의 종주국으로 알려진 영국을 피의자로 지목하였다. 영국축구협회는 프리미어리그 구단들이 아프리카에서 유괴하다시피 데리고 온 소년들을 정당한 계약서도 없이 유소년 클럽에 가입시킨 뒤 혹독한 훈련을 통해 상품을 만들어내고 있는데도 인권 문제를 제기한 적이 없다. 게다가 전쟁을 방불케 하는 훌리건들의 난동을 예방하기 위한 규칙들을 추가하고 경기장 안팎에 엄중한 경고문들을 내거는 일에 지극히 소극적이다. 프리미어리그 구단들은 살인적인 경기일정을 소화하느라 부상을 당하는 선수들의 재활 프로그램에 큰 관심이 없다. 다국적 스포츠용품 업체는 프리미어리그를 후원하고 스타들에게 막대한 광고료를 지불하지만 정작 축구공과 유니폼의 제작원가를 낮추기 위해 저개발국가의 아이들의 노동력을 동원한다. 축구공은 둥글지만 결코 평평한 바닥을 구르는 것은 아니다. 그래도 바이 부레는 루 첸을 실망시키고 싶지 않았기 때문에 이 소송을 끝까지 비밀로 감추었으나, 렉싱턴 펍에 들른 루 첸이 첼시 서포터들에게 집단으로 구타를 당하는 사건이 발생하면서 상황은 바이 부레의 의도와 다른 방향으로 흘러가고 말았다. 루 첸은 폭행에 가담했던 서포터 전원을 형사고발하는 한편, 자신이 마치 영국축구협회의 대변인이라도 되는 듯 바이 부레에게 소송을 취소하라고 명령하였다. 하지만 더 이상 루 첸에게 빚을 지고 있지 않았던 바이 부레는 물러나지 않았다. 결국 루 첸은 절교를 선언하였고, 헤로인을 탐닉한 뒤부터 판단력이 눈에 띄게 흐려진 장 크리스토프 드니는 루 첸과 함께 남는 편을 선택하였다. 짐을 챙겨 호텔로 돌아온 바이 부레는 200년 전 영국의 침략에 맞서 싸운 시에라리온의 영웅처럼 배수진을 친 채 격렬하게 저항하였으나 중과부적의 싸움에서 패배하고 말았다. 그리고 유명한 변호사들에게 수임료가 정상적으로 지불되는 순간 바이 부레는 완전히 파산하였다.

다시 항문 속에 돈을 숨겨야 할 만큼 가난해진 바이 부레는 루 첸을 다시 찾아왔고 장 크리스토프 드니는 그간의 다툼조차 기억하지 못한 채 그를 환대하였다. 5월의 마지막 날 저녁 피커딜리 서커스 근처의 맥도날드에서 초라한 식사를 하면서 루 첸은 자신의 고국인 타이베이에서 새로운 인생을 시작하라고 바이 부레에게 제안했다. 다른 선택의 여지는 없었다. 그래서 바이 부레는 식사 도중에 지하 화장실로 내려가 항문 속의 돈을 세어보았는데 다행히 타이베이 행 항공권을 살 수 있을 만큼의 금액이었다. 처음 만났던 곳에서 마지막 작별을 하고 있을 때 장 크리스토프 드니가 "4월 소나기는 5월 꽃을 부른다."는 영국 속담을 중얼거리자, 갑자기 바이 부레는 바람살 같은 요의를 느꼈다.

영국 런던은 자본주의의 메트로폴리스 중 하나인 덕에 근대 초창기부터 한국 소설에 자주 등장하던 공간이다. 「추월색」(1912)의 '영창'이 근대의 신사로 교육받은 곳은 영국의 옥스퍼드 대학이며, 이상의 「실화」(1939)에서 주인공이 가고자 하던 곳이 '英京 倫敦(영경 윤돈·영국 수도 런던)'이다. 황석영의 『바리데기』(2007)에서 탈북자 '바리'가 천신만고 끝에 정착한 곳 역시 런던이다.

하지만 기존의 작품들과는 달리 김솔의 「피커딜리 서커스 근처」에는 단 한 명의 한국인도 등장하지 않는다. 서사는 아프리카의 시에라리온에서 밀입국한 '하마드 세와'와 타이베이 출신의 '루 첸', 벨기에에서 온 '장 크리스토프 드니'를 중심으로 펼쳐진다. '한국 문학'의 공감을 민족적 공간과 인물의 혈통에 상당 부분 의존하는 쓰기와 읽기의 관습에서 보자면 김솔의 단편은 낯선 독서의 감각을 독자들에게 제공하고 있다고 할 수 있다.

'루 첸'과 '장 크리스토프 드니'는 피커딜리 서커스 근처의 맥도날드 지하 화장실에서 울고 있는 '바이 부레(하마드 세와)'를 만나게 되고, 그를 아프리카 출신 축구 선수로 오해해 21세기적 주종 관계인 에이전트 계약을 맺는다. 서사는 상품으로 치면 하자 있는 상품인 '바이 부레'를 유럽 곳곳의 구매자에게 판매하고, 그가 다시 반품되는 과정을 담고 있다. '바이 부레'는 이 유통의 여정 속에서 블랙 컨슈머가 되어 잠시 일확천금에 성공하지만 곧 모든 것을 잃고 결국에는 타이베이로 떠나간다. '인간의 항문을 신의 곳간'이라고 부르며 그곳에 귀중품이 담긴 콘돔을 숨기고 살아갈 수밖에 없는 '바이 부레'의 모습은 세계 어느 곳에나 맥도날드의 화장실이 있는 것처럼 만연된 이 시대의 비극이다. 김솔은 돈을 좇아 런던으로 모여든 인터내셔널 장삼이사들의 블랙코미디를 통해 우리가 살고 있는 이곳이 '피커딜리 서커스'에서 그리 멀리 떨어지지 않은 '근처'임을 알려주고 있다.

—서희원·문학평론가

김애란

입동

2002년 제1회 대산대학문학상에 「노크하지 않는 집」이 당선되어 등단했다.
소설집 『달려라, 아비』 『침이 고인다』 『비행운』,
장편소설 『두근두근 내 인생』이 있다.

자정 넘어 아내가 도배를 하자 했다.
―지금?
―응.
소파에서 주춤대다 '그래' 하고 일어났다. 아내가 뭔가 먼저 '하자' 하는 건 오랜만의 일이었다. 베란다로 가 수납장서 벽지를 꺼냈다. 얼마 전 동네 대형마트에서 산 '셀프 도배지'였다. 한 롤에 이만 몇천 원. 폭은 내 어깨너비만 한데 길이가 10미터를 넘어 손안에 전해지는 무게가 제법 묵직했다. 발바닥을 더럽히기 싫어 까치발을 든 채 설명서를 읽다. 왠지 께름칙한 기분이 들어 곁눈질로 거실 불빛을 봤다. 그러곤 도배지에서 눈을 떼지 않은 채 큰 소리로 외쳤다.
―정말 지금 할 거지?

지난달 어머니가 잠시 집에 다녀가셨다. 두 사람 다 정신이 없을 테니 당분간 살림을 맡아주겠다는 명분이었다. 짐을 푼 첫날부터 어머니는 집 안 곳곳을 의욕적으로 쓸고 닦았다. 우편물을 정리하고, 먼지 낀 선풍기를 분해해 일일이 날개를 닦고, 시든 고무나무에

물을 줬다. 돼지고기와 메추리알을 섞어 간장에 졸이고, 멸치와 꽈리고추를 볶아 집 안에 매운 내를 풍기고, 김을 굽고, 깻잎을 재우고, 냉동실을 정리했다. 아내는 그런 어머니의 모습을 종종 무기력한 눈빛으로 쳐다봤다. 나이 드신 양반의 악의 없는 참견과 잔소리도 묵묵 감내하는 듯했다. 아니 감내했다기보다 의식하지 못했다 할까 안 했다 할까. 적당한 말을 몰라, 그냥 그게 말이니 싫어 저쪽에서 열심히 구사하는 몸짓을 아내는 수신하지 못했다. 그러기에 좀 바빴다.

어머니가 우리 집에 오시고 열흘쯤 지나서였다. 한밤중, 부엌에서 '펑!' 소리가 나 뛰어나가 보니 어머니가 검붉은 액체를 뒤집어쓴 채 바닥에 주저앉아 계셨다. 우연히 테러범 옆에 있다 살점과 핏물을 세례 받은 양 얼빠진 모습이었다. 손에는 눈에 익은 원통형 병 하나가 들려 있었다. 며칠 전 집 앞 어린이집에서 보내온 복분자액이었다. 도로 돌려보낼 생각에 손도 안 대고 방치해둔 걸, 갑자기 뚜껑을 연 바람에 내용물이 폭발하듯 솟구친 모양이었다. 검붉은 액체는 어머니의 흰색 티셔츠뿐 아니라 식탁과 장판, 밥통과 전기 주전자에도 어지럽게 튀어 있었다. 특히 식탁과 마주한 벽 상태가 심각했는데, 산뜻한 올리브색 벽지 위로 시뻘건 얼룩이 낭자한 게 마치 누군가 이웃을 모욕하기 위해 갈겨놓은 낙서 같았다.

—아이고, 이거 다 아까워서 어쩐다니.

어머니가 당혹스러운 얼굴로 주위를 둘러봤다.

—아니, 나는 그냥 목이 말라서…… 니들이 통 안 먹길래……

나는 서둘러 어머니를 부축해 일으켜 세웠다.

―괜찮아? 엄마, 어디 안 다쳤어?

어머니는 '내가 늙어서 주책이다' '이 사람들도 참 사람이 먹을 수 있는 걸 팔아야지 이런 걸 만들면 어쩐다니' '병에 가스가 찼나 보다'는 말을 반복했다. 그러곤 곧장 욕실로 가지 않고 키친타월을 둘둘 풀어 바닥부터 닦았다. 평소 같으면 걸레를 빨아 쓰면 되지 뭐 하러 종이를 낭비하느냐 나무랐을 터였다.

―놔둬, 엄마. 내가 할게.

엉거주춤 허리를 숙이며 슬쩍 아내를 봤다. '그렇지, 여보? 우리가 하면 되지?' 넌지시 동의를 구한 거였다. 그런데 그때까지 내 옆에서 꼼짝 않던 아내가 몹시 나직하고 상스러운 투로 뜻밖의 말을 했다.

―아이 씨……

어머니가 바닥을 훔치다 말고 고개 들어 아내를 봤다. 잠시 정적이 흘렀다. 벽면에선 여전히 붉고 끈끈한 액체가 세로로 긴 자국을 남기며 조용히 뚝뚝 흘러내리고 있었다. 아내는 어색해진 분위기 따위 아랑곳 않고 말을 이었다.

―이게 뭐야.

―미진아.

그만하라는 뜻으로 지그시 아내의 팔뚝을 잡았다. 그러자 아내는 화를 내는 건지 이해를 구하는 건지 알 수 없는 얼굴로 서글픈 비명을 질렀다.

―다 엉망이 돼버렸잖아.

우리가 이곳으로 이사 온 건 작년 봄이다. 분양면적 24평, 실면적 17평에 지은 지 20년 된 아파트였다. 요즘 같은 때 빚을 내서 집을 사는 건 다들 미친 짓이라 했지만 경매로 싸게 나온 물건이 있어 포기하기 쉽지 않았다. 많은 경우 매매가와 전세 보증금 차가 크지 않았고, 원하는 조건의 전셋집을 구하기 어려웠을뿐더러 이사라면 지긋지긋하던 차였다. 오랜 고민 끝에 아내와 나는 결국 이 집을 사기로 했다. 집값의 반 이상을 대출로 끼고서였다. 몇십 년간 매달 갚아야 할 원금과 이자를 떠올리면 마음이 자주 무거워졌다. 그래도 남의 주머니가 아닌 내 공간에 붓는 돈이라 생각하면 억울함이 덜했다. 누군가 그 아파트 역시 당신 집이 아닌 커다란 남의 주머니일 따름이라 일러준다 해도 할 수 없었다. 아내는 앞으로 영우가 어린이집을 옮겨 다니지 않아도 되겠다며 기뻐했다. 자긴 그게 제일 좋다고. 근처에 편의시설도 꽤 있는 데다 서울보다 공기가 맑아 마음에 든다 했다.

—영우도 여기 좋아.

혼자 블록 쌓거나 그림책을 보다 곧잘 어른들 대화에 끼어들던 영우가 그날도 말참견을 했다.

—왜? 영우는 여기가 왜 좋은데?

그즈음 한창 놀랍고 엉뚱한 말을 쏟아내던 영우에게 아내가 기대 어린 투로 물었다. 부모로서 뭔가 해줬다 싶은지 답도 듣기 전에 뿌듯한 표정이었다. 영우는 여느 때처럼 입에 맑은 침을 문 채 선홍색 혀를 놀려 천진하게 대꾸했다.

—응. 부릉부릉이 엄청 많아서. 엄청 멋있어.

베란다 밖 8차선 도로 위로 길게 늘어선 출퇴근 차량을 보고 하는 말이었다.

한동안 집이 생겼다는 사실에 꽤 얼떨떨했다. 명의만 내 것일 뿐 여전히 내 집이 아니면서 그랬다. 20여 년간 셋방을 부유하다 이제 막 어딘가 얇고 연한 뿌리를 내린 기분. 씨앗서 갓 돋은 뿌리 한 올이 땅속 어둠을 뚫고 나갈 때 주위에 퍼지는 미열과 탄식이 내 몸에도 고스란히 전해지는 느낌이었다. 퇴근 후 뜨거운 물로 샤워를 하고 침대에 누우면 이상한 자부와 불안이 한꺼번에 밀려왔다. 어딘가 어렵게 도착한 기분. 중심은 아니나 그렇다고 원 바깥으로 밀려난 건 아니라는 안도가 한숨처럼 피로인 양 몰려왔다. 그 피로 속에는 앞으로 닥칠 피로를 예상하는 피로, 피곤이 뭔지 아는 피곤도 겹쳐 있었다. 그래도 나쁜 생각은 되도록 안 하려 했다. 세상 모든 가장이 겪는 불안 중 나는 좀 더 나은 불안을 택한 거라 믿으려고 애썼다. 그리고 그건 얼마간 사실이었다. 적어도 내겐 뭔가 선택할 자유라도 있었으니까. 아파트 매매계약서에 도장을 찍고, 집에 와 티브이를 보는데 예능프로그램에서 개그맨들이 '신문지 게임'을 하고 있었다. 발 디딜 면이 점점 줄어드는 공간에서 최대한 많은 인원이 오래 버텨야 하는 게임이었다. 개그맨들은 서로의 몸에 엉긴 채 용을 쓰며 우스꽝스러운 표정을 지었다. 그러다 결국 몇 팀은 상대의 무게를 못 이겨 신문지 밖으로 넘어지며 탈락했다. 그땐 그냥 티브이 앞에 앉아 캔맥주를 마시며 낄낄댔는데. 요즘은 내가 그 게임의 참가자가 된 기분이었다. '반의반' 또 '반의반의 반' 크기로 접힌 종이 위에 외발로 선 채 가족을 안고 부들부들 떠는. 그렇지만 결국 살았다고 카메라를 보고 웃는. 대학 동기 몇은 내게 벌써 집 장만을 했냐며 부러움 섞인 축하를 건넸다. 그때마다 나는 '그래봤자 하우스푸어'라고 겸연쩍게 변명했다. 한 녀석은 '나는 그냥 푸어인데 그래도 너는 하우스푸어니 얼마나 좋냐'고 받아쳤다. 입주 후 양가 부모님과 친구들, 직장 동료를 초대해 몇 차례 집들이를 했다. 가까운 이들과 떠들썩하게 음식을 나누고 술잔을 기울이며 무언가를 자꾸 '사실'로 만들려 애썼다. 그럴 땐 우리가 채무자란 사실이 비현실적으로 여겨졌다. 아파트 매매계약서와 은행 대출서류에 쓴 내 이름이 가명처럼 느껴졌다. 새벽 요의에 잠에서 깨 화장실에 갈 때면 욕실 문 앞에서 불 꺼진 거실을 오랫동안 바라봤다. 그러곤 있어야 할 것은 모두 제자리에 있는지, 지켜야 할 것은 또 그대로 있는지 확인한 뒤 자리에 들었다.

아내는 집 꾸미는 데 반년 이상 공을 들였다. 이사 후 틈나는 대로 '좁은 집 셀프 인테리어'나 '가구 리폼' 'DIY' 정보를 살피며 실행에 옮겼다. 전부터 '정착'에 대한 욕구는 나보다 아내가 더 강했다. 아내는 대학 시절 내내 기숙사에 살았고, 졸업 후 한창 학습지 교사로 일할 땐 두꺼운 요 대신 은박 돗자리를 갖고 다니며 독서실을 전전했다. 남들은 고기를 굽거나 소풍갈 때나 펴는 걸, 휴대하기 좋고 버리기 쉽다는 이유로 매일 깔고 잔 거였다. 아내는 9급 공무원 시험에 세 번 응시해 세 번 떨어졌고, 공무원이 되는 대신 노량진 공무원 입시 학원에서 사무를 봤다. 결혼 후 난임 치료를 받다 두 번의 유산

끝에 영우를 가졌고, 다섯 번의 이사 끝에 빚을 내 집을 샀다. 모두 지난 10년간 정신없이 벌어진 일이었다. 아파트를 얻은 뒤 아내는 휴일마다 베란다에서 계속 무언가를 자르고, 칠하고, 조립했다. 우리가 10년 가까이 쓴 침대와 의자, 식탁과 수납장을 '리폼'했다. 갈색 의자에 크림색 페인트를 입힌다든가 낡은 탁자에 감귤 빛 페인트를 발라 분위기를 화사하게 바꿨다. 아내는 영우가 톱이나 못, 망치 근처로 다가오지 못하게 베란다 문을 꼭 잠그고 일했다. 영우는 제 엄마가 하는 일이 궁금해 유리벽에 코를 박고 매번 울거나 떼를 썼다. 그럴 땐 내가 영우를 번쩍 안아 놀이터에 데려가곤 했다. 이사 후 몇 달 동안 우리 집에서는 페인트와 접착제, 광택제 냄새가 끊이지 않았다. '북유럽 스타일 가구' 또는 '스칸디나비아 패브릭'을 알아보다 가격을 보고 낙심한 아내가 나름 택한 자구책이었다. 아내에게는 정착의 사실뿐 아니라 실감이 필요한 듯했다. 쓸모와 필요로만 이뤄진 공간은 이제 물렸다는 듯, 못생긴 물건들과 사는 건 지쳤다는 듯. 아내는 물건에서 기능을 뺀 나머지를, 삶에서 생활을 뺀 나머지를 갖고 싶어 했다.

아내가 인테리어에 가장 정성을 쏟은 공간은 단연 거실과 부엌이었다. 아내는 인터넷 쇼핑몰에서 산 패브릭 소재의 2인용 소파를 거실에 들여놨다. 충전재로 건설폐목재와 마블스펀지를 쓴 저가 소파였다. 하지만 나는 아내의 선택에 토를 달지 않았다. 어쩌다 아내가 의견을 물어오면 '나쁘지 않네' '괜찮네' 덤덤하게 대꾸할 뿐이었다. 나 역시 허름한 아파트가 아늑하게 바뀌는 게 싫지 않았고, 돌아가신 우리 아버지 말마따나 남자는 집에서 망가진 물건을 잘 고치고 고장난 데만 손볼 줄 알면 된다 싶었다. 아내는 소파 옆에 잘생긴 고무나무 한그루도 들여놨다. 영우가 더 이상 화분 위 돌을 빨거나 잎을 뜯어먹지 않아 가능한 일이었다. 아내는 자신이 직접 만든 나무 선반에 'LOVE' 'HAPPINESS' 같은 영어단어가 적힌, 정확한 용도를 알 수 없는 파스텔톤 깡통을 올려놨다. 한쪽 벽면에는 철사와 앙증맞은 나무집게를 이용해 빨래 널 듯 가족사진을 전시했고, 그러고도 뭐가 허전했는지 나무 위에 새 세 마리가 앉은 '월 스티커'를 붙였다.

부엌과 마주한 작은방은 영우를 위해 꾸며졌다. 영우도 처음 가져보는 자기 방이었다. 아내는 평소 구석에 숨는 걸 좋아하는 영우를 위해 직접 천을 끊어다 인디언 천막을 만들었다. 영우는 아기 때부터 어디든 잘 기어들어가 먼지를 집어 먹고, 바닥에 떨어진 머리카락을 뚫어지게 쳐다보곤 했다. 아내는 영우 방 창문에 '로보카 폴리'가 그려진 스크린 롤을 달고, 방문에 'ㄱㄴㄷ 한글 차트'를 붙였다. '기역' 란에는 '강아지'가 '니은' 칸에는 '나비'가 나오는 식의 브로마이드였다. 그즈음 영우는 막 글자를 익히고 익었다. 하지만 공부에 도통 소질이 없는지 아직 어려서 그런지 글씨를 쓰라고 손에 연필이나 크레파스를 쥐여주면 아내가 애써 청소해놓은 바닥을 더럽혀놓곤 했다. 평소 언성을 높이는 법이 없는 아내는 자신이 힘들게 가꿔놓은 공간을 아이가 어지럽힐 때마다 소리를 질렀다. 어느 때는 좀 과하다 싶을 정도로 그랬다. 그래도 영우는 날마다 온갖 사물에 침을 묻히고, 그림책을 찢고, 음악이 나오면 상체를 좌우로 흔들고, 의자 밑 좁은 공간에 들어가 놀곤 했다. 그리고 가끔은 세모난 천막에 들어가 종알종알 싱그러운 헛소리를 하다 낮잠을 잤다. 누구와 싸워도 이길 수 없을 것 같은 얼굴로. 가만 들여다보고 있으면 가슴이 저릴 정도로 무고한 얼굴로 잤다. 신기한 건 그렇게 짧은 잠을 청하고도 눈 뜨면 그 사이 살이 오르고 인상이 변한다는 거였다. 아이들은 정말 크는 게 아까울 정도로 빨리 자랐다. 그리고 그런 걸 마주한 때라야 비로소 나는 계절이 하는 일과 시간이 맡은 몫을 알 수 있었다. 3월이 꾸린 것과 7월이 해낸 일을 알 수 있었다. 5월 혹은 9월도 마찬가지였다.

 처음 이 집을 보러 왔을 때 가장 인상적인 건 부엌 벽면이었다. 남루하고 어지러운 세간 사이로 유일하게 '아름다움'을 주장하고 있어, 그렇지만 안간힘 쓰듯 화사해 눈에 띄었다. 그곳에는 이미 한참 전 유행한 꽃무늬 벽지가 붙어 있었다. 탐스럽다 못해 징그러운 튤립이 송이송이 무더기로 박힌 포인트 벽지였다. 흰색 바탕 위론 누런 얼룩과 파리똥인지 뭔지 정체를 알 수 없는 까만 짐들이 튀어 있었다. 아내는 까다롭고 엄정한 얼굴로 부엌 벽면을 천천히 뜯어봤다. 그러곤 '내가 이 집 주인이라면 여기 단순하고 산뜻한 벽지를 발랐을 거'라 속삭였다. 중요한 건 수납과 배치, 배색이라고. 인테리어에 대한 잘못된 이해가 바로 이런 거라며 사뭇 전문가 행세를 했다. 육아며 직장 일로 자기는 미용실도 못 가면서 그랬다.

 —우리 집도 정신없잖아.

아내가 눈을 둥그렇게 뜨고 항변했다.

―우린 애가 있으니까 그렇지.

살림과 양육에 대해 내가 조금이라도 비난하는 투를 보이면 아내는 무척 예민하게 굴었다.

―이 집도 애가 있었나 본데?

부엌 형광등 스위치에 붙은 라바 스티커를 가리키자 아내가 볼멘소리를 했다.

―우리 집은 여기보다 작잖아. 좁은 집은 아무리 정리해도 표가 안 난다고.

입주 전, 아내는 제일 먼저 그 벽부터 손봤다. 동네 인테리어 가게에 들러, 부엌과 거실 벽면을 모두 흰색으로 하되 개수대와 마주한 면만은 올리브색 종이를 발라달라 주문했다. 흰색으로 통일된 공간에서 올리브 벽면은 단연 '포인트'가 됐다. 아내 말대로 눈 맛도 시원하고 집이 넓어 보였다. 아내는 그 벽 아래 4인용 식탁을 놨다. 아이보리색 다리에 얇은 감빛 상판을 얹은 따뜻한 느낌의 식탁이었다. 우리는 그걸 밥상 겸 찻상 그리고 책상으로 썼다. 아내는 식탁 한쪽에 전기주전자를 비롯해 녹차와 허브티, 종합비타민, 견과류를 올려놨다. 투명 용기에 담긴 원두 옆에 보는 것만으로도 왠지 으쓱한 기분이 드는 커피그라인더를 두는 일도 잊지 않았다. 우리는 그 식탁에 둘러앉아 매일 밥을 먹었다. 드물게 손님이 오면 거실에 상을 폈지만 우리끼린 대개 식탁을 이용했다. 아내와 나는 등받이가 없는 벤치형 의자에, 영우는 유아용 접이식 식탁의자에 앉아 숟가락을 들었다. 그리고 그렇게 사소하고 시시한 하루가 쌓여 계절이 되고, 계절이 쌓여 인생이 된다는 걸 배웠다. 욕실 유리컵에 꽂힌 세 개의 칫솔과 빨래건조대에 널린 각기 다른 크기의 양말, 앙증맞은 유아용 변기커버를 보며 그렇게 평범한 사물과 풍경이 기적이고 사건임을 알았다. 아내와 나는 식탁에서 영우를 먹이고, 혼내고, 어이없는 말대꾸에 그만 허탈하게 웃어버리고, 그 와중에 권위를 잃지 않으려 재빨리 엄한 표정을 짓곤 했다. 영우는 거기서 젓가락질을 배우고, 음식을 흘리고, 떼쓰고, 의자 아래로 기어 들어가고, 울고, 종알종알 분홍 혀를 놀려 어여쁜 헛소리를 했다. 그러니까 거기 4인용 식탁에서. 식탁과 맞닿은 올리브 벽 아래서. 두 달 전, 집 앞 어린이집에서 보내온 복분자액은 바로 거기 튄 거였다.

아내와 나는 복분자액이 터진 날의 일을 따로 입에 올리지 않았다. 어머니는 다음 날 바로 본가로 내려가셨고 우리는 평소와 다름없는 나날을 보내려 애썼다. 그러니까 어제와 같은 하루, 아주 긴 하루, 아내 말대로라면 '다 엉망이 돼버린' 하루를. 가끔은 사람들이 시간이라 부르는 뭔가가 빨리감기 한 필름마냥 스쳐가는 기분이 들었다. 풍경이, 계절이, 세상이 우리만 빼고 자전하는. 점점 그 폭을 좁혀 소용돌이를 만든 뒤 우리 가족을 삼키려는 것처럼 보였다. 꽃이 피고 바람이 부는 이유도, 눈이 녹고 새순이 돋는 까닭도 모두 그 때문이지 않을까 싶었다. 시간이 누군가를 일방적으로 편드는 듯했다.

지난봄, 우리는 영우를 잃었다. 영우는 후진하는 어린이집 차에

치여 그 자리서 숨졌다. 52개월. 봄이랄까 여름이란 걸, 가을 또는 겨울이란 걸 채 다섯 번도 보지 못하고였다. 가끔은 부모 속에 열불을 낼 만큼 말을 안 듣고 말썽을 피웠지만 딱 그 또래 아이들만큼 그랬던, 어디서 배웠는지 제 부모를 안을 때 고사리 같은 손으로 토닥토닥 등을 두드려줬던, 이제 다시는 안아볼 수도, 만져볼 수도 없는 아이였다. 어떤 수를 쓴들 두 번 다시는 야단칠 수도, 먹일 수도, 재울 수도, 달랠 수도, 입 맞출 수도 없는 아이였다. 화장터에서 아내는 영우를 보내며 '잘 가'라 않고 '잘 자'라 했다. 다시 만날 수 있는 양 손으로 사진을 매만지며 그랬다.

어린이집 원장은 영업배상보험에 가입돼 있었다. 가해 차량 역시 자동차종합보험에 들어 우리는 보험회사를 통해 민사상 손해배상을 받았다. 많다거나 적다거나 하는 세상의 어떤 잣대나 단위로 잴 수 없는 대가가 지급됐고, 어린이집에서는 그걸로 일단 일이 마무리됐다 여기는 듯했다. 운전사를 바꾸고 당시 현장에 있던 보육교사까지 잘랐는데 무얼 더 바라느냐 묻는 듯했다. 직접 그렇게 말하진 않았지만 우리를 대하는 표정이나 태도가 그랬다. 내가 보험회사 직원이란 근거로 동네에 차마 입에 담지 못할 소문이 돈 것도 그즈음이었다. 처음에는 듣고도 믿을 수 없어 온몸이 떨렸다. 놀라운 건 어떤 사람들은 정말로 그 말을 믿는다는 거였다. 아내는 직장을 관두고 집 안에 틀어박혀 아무것도 하지 않았다. 나 역시 할 수만 있다면 모든 걸 그만두고 싶었다. 통장에선 매달 아파트대출금과 이자가 빠져나갔다. 아파트관리비와 각종 공과금, 의료보험비와 휴대전화요금도 만만치 않았다. 내 월급만으로 감당하기 어려운 액수였다. 그즈음 어린이집 차량 보험회사 직원으로부터 연락이 왔다. 그 사람은 차분한 말투로 나를 위로하고 공적인 어휘로 보험료 지급 과정을 설명했다. 그러곤 내게 서류 하나를 내밀었다. 거기 내 이름을 적는 칸과 계좌번호를 쓰는 난이 비어 있었다. 그가 설명해주지 않아도 이미 잘 알고 있는 양식이었다. 그리고 언젠가 나도 그와 같이 사무적인 얼굴로 누군가의 슬픔을 대면했을 터였다. 서류를 앞에 두고 한동안 아무 말도 못하다 담배를 연달아 세 대 피웠다. 잘못된 걸 바로잡고 고장 난 데를 손보는 건 가장의 일이었다. 나는 그렇게 배우고 자랐다. 하지만 내가 거기 계좌번호를 적는 순간 이상하게 어린이집 원장을 용서하는 결과를 낳을 것 같은 기분이 들었다. 그 뒤 시간이 어떻게 흘렀는지 모르겠다. 그저 떠오르는 건 어둠. 퇴근 후 딸각— 스위치를 켰을 때 부엌 한편에서 울고 있던 아내의 얼굴과 다시 딸각— 스위치를 켰을 때 거실 구석에서 어깨를 들썩였던 아내의 윤곽뿐이다. 냉장실 안에서 하얗게 삭은 김치와 라면에 풀자마자 역한 냄새를 풍기며 흐트러지던 계란, 거실 바닥에 떨어진 갈색 고무나무 이파리뿐이다. 이따금 아내는 베란다 창문을 바라보며 동어반복적인 말을 했다.

—여보. 영우가 있는 곳 말이야, 여기보다 좋을 것 같아. 왜냐하면 거기에는 영우가 있으니까.

한번은 아내가 바퀴 달린 장바구니를 들고 나갔다 십 분 만에 돌아왔다. 무슨 일이냐고 묻자 아내는 사람들이 자길 본다고, 당신은 안 그러냐고 했다. 그게 무슨 말이냐고 묻자 아내는 사람들이 자꾸 쳐다본다고, 아이 잃은 사람은 옷을 어떻게 입나, 자식 잃은 사람도 시식코너에서 음식을 먹나, 무슨 반찬을 사고 어떤 흥정을 하나 훔쳐본다고 했다. 나는 그럴 리 없다고 당신이 과민한 거라 타일렀다. 그 뒤 아내는 인터넷 몰에서 장을 봤다. 집밖을 나서는 일은 점차 줄고 베란다를 바라보는 시간이 늘었다. 나는 영우뿐 아니라 아내까지 잃게 될까 두려웠다.

—여보, 우리 이사 갈까?

딸깍— 다시 스위치를 켰을 때 영우 방 인디언 천막 안에서 무릎에 고개를 묻고 있던 아내에게 물었다. 아내는 젖은 얼굴로 말없이 고개를 끄덕였다. 다음 날, 퇴근길에 동네 부동산에 들렀다. 아파트 시세는 지난해 우리가 집을 산 가격보다 이천만 원 이상 떨어져 있었다. 나는 말없이 부동산을 나와 담배를 연달아 두 대 피웠다. 결국 아파트 파는 걸 포기하고 아내에게 '집이 계속 안 나가는 모양'이라 둘러댔다. 물론 우리에게는 1원도 건드리지 않은 보험금 통장이 있었다. 하지만 그건 한 푼도 써서는 안 되는 돈이었다. 한 번도 상의한 적 없지만 아내도 나도 암묵적으로 그렇게 동의하고 있었다.

어린이집에서 소포가 왔을 때 아내와 나는 불길하고 신기한 물건 대하듯 상자를 살펴봤다. 대체 이게 무슨 뜻인가 감이 오지 않아서였다. 소포 겉면에 '장수식품'이라는 상호와 더불어 '국산 복분자원액 100퍼센트'라는 문구가 박혀 있었다. 상자 위 유리테이프를 뜯어내자 안에서 작은 카드가 나왔다. 카드 안에는 '보내주신 성원에 감사드립니다. 풍성한 한가위 맞으세요. 햇님어린이집'이라는 상투적인 문구가 적혀 있었다. 추석이라고 아이들이 조물조물 만든 송편을 예쁘게 포장해 들려보낸 적은 있어도, 이런 경우는 처음이었다. 게다가 여기가 어디라고. 우리는 직감적으로 그게 우리 집에 잘못 배달된 물건임을 알았다. 영우 일로 나빠진 평판을 그런 식으로나마 바꾸려 한 모양이었다. 신입교사가 실수한 건지, 주소록을 갱신하지 않은 탓인지 알 수 없었다. 아내는 이 사람들 어쩌면 이렇게 무감할 수 있느냐며 화를 냈다. 알고 보냈으면 나쁜 거고 모르고 보냈으면 더 나쁜 거라고. 나는 참담한 심정으로 상자를 물끄러미 바라봤다. 그러곤 소포를 돌려보낼 때까지 눈에 띄지 않는 곳에 치워둬야겠다고 생각했다. 그게 두 달 전 일이었다.

부엌 벽면에 밴 물은 웬만해서 잘 빠지지 않았다. 젖은 행주로 닦고, 매직 블록으로 문지르고, 화장솜에 아세톤을 묻혀 조심스레 두드려도 소용없었다. 행주질을 여러 번 한 곳은 비교적 흐릿해졌지만, 얼룩이 완전히 사라지는 일은 없었다. 오히려 흔적을 지우려 하면 할수록 우둘투둘 종이만 더 해졌다. 우리는 결국 도배를 새로 하는 수밖에 없었다.

어머니가 댁으로 내려가고 얼마 뒤 아내와 동네 대형마트에 갔다. 아내와 함께 장을 보러 나선 건 오랜만의 일이었다. 형광등과 건전지, 공구를 파는 구역을 돌다 여러 벽지가 쌓인 진열대 앞에 섰다. 선반 위에 일반 도배지와 셀프 도배지, 시트지와 한지가 단정하게 놓여 있었다. 우리는 그중 '풀 먹인 셀프 도배지'를 집어 들었다. 제품설명서에 '물에 5초만 담그면 끝' '도배가 쉽고 즐겁다' '도구가 필요 없다' '기존 벽지를 뜯을 필요가 없다'는 문구가 적혀 있었다. 왠지 읽기만 해도 자신감이 드는 게 벌써 도배를 마친 기분이었다.

—이걸로 할까?

아내가 미간을 찌푸렸다.

—무늬 없는 거면 좋겠는데.

—이 정도면 깔끔하지 않나?

—다른 건 없어?

—이런 스타일은 싫잖아, 그렇지?

—어.

—그나마 이게 제일 단순한데. 무늬도 잘아 별로 티 안 나고.

—……

—나중에 올까?

아내는 갑자기 내 시선을 피하며 안절부절못하다 '그냥 당신 마음에 드는 걸로 해'라고 했다. 나는 한 손에 벽지를 든 채 아내를 빤히 바라봤다. 지금껏 인테리어에 관해서라면 혼자 거의 모든 걸 결정해온 아내가 판단을 떠넘기는 게 불안해서였다. 게다가 아내는 어서 자리를 뜨고 싶어 하는 것처럼 보였다. 문득 이상한 기분이 들어 고개 돌리니 한 오십 개월쯤 돼 보이는 아이가 카트에 앉아 있는 모습이 보였다. 축축하고 끈적끈적할 게 분명한 조그마한 손에는 평소 영우가 즐겨 먹던 젤리가 들려 있었다.

그리고 그뿐이었다. 벽지를 고르는 동안 잠시 생기를 찾은 아내는 우리가 언제 마트에 간 적이 있냐는 듯 도배일을 싹 잊었다. 관심이 사라진 건지 의욕이 준 건지 알 수 없었다. 내가 일찍 퇴근한 날이나 주말에 '오늘 도배나 할까?' 물으면 매번 '다음에' '나중에'라 답했다. 평소 개수대에 설거지 거리를 절대 쌓아두는 법이 없는 여자의 태도치곤 이상했다. 아내는 설거지를 다 마친 뒤라도 그릇의 물기가 완전히 마른 상태를 선호했다. 어떤 일이든 그렇게 '바로 시작할 수 있는 상태'가 좋다고, 그래야 뭐든 할 마음이 난다고 했다. 아내는 포도 한 송이를 씻을 때도 포도를 베이킹 소다에 담갔다 수돗물로 여러 차례 헹궈냈다. 행주나 수건도 꼭 과산화수소인지 과탄산소다인지 모를 분말을 풀어 하얗게 삶아냈다. 그런데 그런 아내가 붉은 액체로 사납게 얼룩진 벽지를, 마른 핏자국마냥 가뭇하게 변해가는 공간을 계속 방치해두고 있었다. '웬만한 건 나 혼자 할 수 있는데 도배는 당신이 도와줘야 한다' 설득해도 소용없었다. 어느 땐 나 역시 귀찮고 피곤해 더 묻지 않았다. 그렇게 미룬 게 벌써 두 달이었다. 그런데 오늘, 그러니까 토요일이라 자정까지 거실에서 티브이를 본 내게, 까무룩 눈꺼풀이 감겨 이제 그만 잠자리에 들까 고민하던 내게 아내가 도배를 하자 한 거였다.

―여보, 거기 좀 잡아봐.
―여기?
―응.

아내가 손으로 줄자 끝을 붙잡았다. 줄자 끝이 기역자로 구부러져 바닥에 딱 붙지 않아 잘못하면 중간에 튕겨나갈 수 있었다. 도배지 위에 무릎을 꿇고 앉아 2.3미터 부근에 연필로 작은 표시를 했다. 실제 치수보다 3센티미터 정도 여유를 두고서였다.

―이런 게 몇 개 필요해?

―세 장.

―그거면 돼?

―응. 충분해.

삼등분한 벽지를 거실 바닥에 쫙 펼쳤다. 빳빳하고 깨끗했다. 미색 바탕 위론 흰 꽃이 자잘하게 돋아 있었다. 아내는 내가 고른 도배지가 썩 맘에 들지 않는 눈치였다. 하지만 한편으론 아무래도 상관없다는 표정이었다. 올리브색 벽면에 바짝 붙여놓은 식탁을 들어 거실로 옮겼다. 그러곤 아내와 도배지 양 끝을 잡고 화장실로 향했다. 욕조에 미리 미지근한 물을 받아둔 터였다. 종이를 욕조에 담그고 풀이 불길 잠시 기다리다 물먹은 종이를 들고 부엌으로 이동했다. 젖은 종이가 찢어지지 않게 유리 나르듯 힘 조절을 잘해야 했다. 말 그대로 '협동'이었다. 벽지를 세로로 길게 세운 뒤 가로면 모서리를 잡고 까치발을 들자 종이 끝이 천장 몰딩 부분에 닿았다. 내 품 아래서 종이 중간 부분을 잡고 있던 아내가 나를 올려다보며 말했다.

―우리 신랑 키 크네.

오랜만에 보는 미소였다. 하지만 조금 쓸쓸해 보이는 웃음이기도 했다. 도배지를 벽면에 반쯤 붙였을 즈음 아내가 재빨리 뒤로 빠지며 내가 움직일 수 있는 공간을 마련해줬다. 벽지 아랫단을 시멘트 벽면에 밀착시킬 수 있게 도와줬다. 그런 뒤 싱크대 물기를 정리할 때 쓰는 조그마한 유리닦이로 벽면을 쭉쭉 문질렀다. 도배용 솔이 없어 적당한 기구를 찾다 생각해낸 방법이었다. 유리닦이가 위에서 아래로 왼쪽에서 오른쪽으로 왕복 운동을 할 때마다 물에 불은 풀이 밑으로 후드득 떨어졌다. 바닥엔 이미 신문지를 깔아둔 상태였다. 주위에 풀냄새가 진동했다. 내가 꼼꼼하게 솔질을 하는 동안 아내는 벽지 위를 비롯해 바닥에 튄 풀을 물걸레로 닦아냈다. 일련의 과정을 마친 후 뒤로 물러서 잠시 정면을 바라봤다. 복분자액 얼룩이 지저분하게 남은 옆 벽면에 비해 티 없이 깨끗한 공간을 보니 가장으로서 '뭔가 한' 것 같은 자긍심이 들었다. 형광등을 갈거나 하수구를 뚫었을 때 감정과 비슷한 거였다.

─간단하네. 금방 끝나겠는데?

개수대에서 손을 대충 헹구고 아내와 두 번째 벽지를 들었다. 그러곤 첫 번째 도배 과정을 똑같이 반복했다. 욕조에 종이를 넣고 풀이 물에 붇기를 기다렸다. 그러자 자연스레 벌거벗은 영우의 작은 몸과 엉덩이의 푸르스름한 자국, 불룩 나온 배, 부드럽고 따뜻한 피부와 기분 좋은 냄새가 떠올랐다. 아내도 나와 같은 생각을 하고 있을 게 분명했다. 우리는 아무 말도 하지 않았다.

─부엌 창문 좀 열까?

─응.

아내가 개수대 앞 작은 창문을 열었다. 조그맣고 네모난 틀 안으로 힘센 바람이 회오리쳐 들어왔다. 아내가 몸을 바싹 웅크렸다.

─바람이 차네.

―문 닫을까?

―아냐, 잠깐 열어두지 뭐. 냄새도 좀 빼고.

벽지에서 손을 떼지 않은 채 아내를 바라봤다.

―그럼 여기 아래 좀 잡아줘.

그새 순서와 요령을 익힌 아내가 자연스럽게 도배지 아랫단을 잡았다. 서고 앉는 것만 다를 뿐 나와 같은 자세였다.

―11월이네.

무덤덤한 아내의 말이 새삼 저리고 시렸다.

―그러네.

―곧 겨울이불 꺼내야겠다.

―어. 새벽에 좀 춥더라.

―있지.

―어.

―사계절이 있는 나라에 사는 건 돈이 많이 드는 일 같아.

―그렇지.

―여보.

―어.

―혼자 일하느라 고되지?

―뭐 늘 하는 일인데.

―내가 밥도 잘 못 챙겨주고.

―자기나 잘 먹어.

―여보.

―왜?

―우리 오늘 도배 끝나면 다음 주에……

―……

―그 돈 헐자. 빚 갚아야지.

―……

하마터면 눈물을 쏟을 뻔했지만 겨우 참았다. 도무지 방법이 없어 잠을 설치다, 그 돈을 깨자 하면 나를 괴물로 보지 않을까 뒤척이던 날들이 떠올라서였다.

―응? 그렇게 하자, 오빠.

애써 호흡을 가다듬고 담담하게 답했다.

―그래.

유리닦이로 벽면을 꼼꼼히 문지르며 울룩불룩 뜬 자리를 반듯이 폈다. 그러곤 속으로 '오늘은 아내가 일어나는 날이구나, 이제 막 일어서려는 참이구나……' 생각했다. 그러니 오늘은 내게도 영우에게도 중요한 날이라고. 벽지를 들고 선 두 팔에 힘이 실렸다. 유리닦이로 도배지를 훑으며 벽면 중간쯤 내려오자 아내가 다시 내 등 뒤로 빠지며 움직일 공간을 만들어줬다. 도배지가 전체적으로 얼추 자리를 잡자 아내가 물걸레와 마른걸레를 이용해 종이 위 풀을 닦아냈다.

―여기 이사 오고 참 좋았는데. 당신도 그랬어?

―어.

―우리가 살아본 데 중에 제일 좋았잖아. 그렇지?

그랬다. 잠이 안 올 정도로 좋았다. 어딘가 가까스로 도착한 느낌. 중심은 아니지만 그렇다고 원 바깥으로 튕겨진 것도 아니라는 거대한 안도가 밀려왔었다. 우리 분수에 이 정도면 멀리 온 거라고. 욕심 부리지 말고 감사하며 살자고 다짐한 게 엊그제 같은데. 영우가 떠난 뒤 갑자기 어마어마하게 고요해진 이 집에서 아내와 금방이라도 찢어질 것 같은 도배지를 들고 있자니 결국 그렇게 도착한 곳이 '여기였나?' 하는 의문이 들었다. 절벽처럼 가파른 이 시멘트 벽 아래였나 하는. 우리가 20년 간 셋방을 부유하다 힘들게 뿌리내린 곳이, 비로소 정착했다고 안심한 곳이 허공이었구나 싶었다.

―여보, 저기 종이 운 거 같은데. 다시 해야 하는 거 아니야?

―어디?

―저기.

―괜찮아. 며칠 지나면 흡착될 거야.

―저기는? 삐뚤어진 거 같은데?

―어디?

벽면에서 몇 걸음 떨어져 도배지 무늬와 세로선을 살폈다.

―난 잘 모르겠는데?

―아니야. 이쪽으로 살짝 기울어졌어.

―어. 그러네.

두 번째 벽지 일부를 천천히 떼어낸 뒤 균형을 맞춰 같은 자리에 다시 붙였다. 다행히 풀이 금방 마르지 않아 교정이 가능했다.

아내와 마지막 남은 벽지를 들고 욕실로 이동했다. 이제 세 번째 벽지만 바르면 다 끝날 터였다.

―한꺼번에 불린 뒤 한쪽에 개어놓을 걸 그랬다.

―풀 마를까 봐 그랬지.

―잠깐 이것 좀 치우고.

아내가 벽면 아래 수납함을 뒤로 빼냈다. 한쪽 면이 뻥 뚫린 사각함이었다. 우리는 그걸 영우 식탁의자 옆에 두고 보조의자 겸 수납함으로 썼다. 식탁을 거실로 옮길 때 같이 치울까 하다, 도배 중 손이 닿지 않는 데가 있으면 밟고 올라서려 둔 거였다. 수납함을 들어올리자 바닥에 뽀얀 먼지가 네모나게 드러났다. 아내가 키친타월에 물을 적시는 동안 나는 두 번째 벽지 바로 옆에 세 번째 종이를 포갰다. 물걸레질을 하느라 들썩이는 아내의 작은 등이 보였다. 나는 아내가 얼른 먼지를 훔쳐내고 내 안으로 들어와 도배지 밑단을 잡아주길 바랐다. 그런데 부지런히 걸레질을 하던 아내가 갑자기 꼼짝하지 않았다.

―여보.

―……

―영우 엄마?

―……

―미진아, 왜 그래? 무슨 일 있어?

양손을 벽에서 떼지 못한 채 아내를 내려다봤다.

―오빠……

―응?

―여기…… 영우가 뭐 써놨어……

―……뭐라고?

―영우가 자기 이름…… 써놨어.

아내가 떨리는 손으로 벽 한 곳을 가리켰다.

—근데 다…… 못 썼어……

아내의 어깨가 희미하게 떨렸다.

—아직 성하고……

아내의 몸이 희미하게 떨렸다.

—이응하고……

—……

—이응하고, 아니 이응밖에 못 썼어……

아내는 눈물을 참으려는 듯 끅끅대다 결국 울음을 터트리고 말았다. 나는 영우가 제 이름을 쓰는 걸 한 번도 보지 못했다. 이따금 방바닥이나 스케치북에 그림도 글씨도 아닌 무언가를 구불구불 끄적거린다는 것만 알았다. 그런데 제대로 앉거나 기지도 못했던 아이가 어느 순간 훌쩍 자라 '김' 자랑 '이응'을 썼다니 너무 대견해 머리통이라도 쓰다듬어주고 싶었다. 영우의 머릿결은 또 얼마나 차지고 부드러웠는지. 단 한 번만이라도, 어떤 대가를 치르고서라도 영우를 다시 안아보고 싶었다. 그럴 수만 있다면 뭐든지 할 수 있을 것 같았다. 자리에 얼어붙은 우리 두 사람 사이로 11월 바람이 사납게 파고들었다.

—기억나.

—뭐가.

—영우 눈.

—……

—불을 보던 우리 아이 눈.

—……

—내 생일에 당신이 케이크 사왔잖아. 여기 식탁에서 같이 초에 불붙이고. 그때 영우는 태어나서 촛불을 처음 보는 거였는데. 불을 무슨 엄청 신기한 거 보듯 응시했잖아? 그날 내가 두 돌도 안 된 영우한테 '영우야, 오늘 엄마 생일인데 뭐 해줄 거야?' 하고 물었더니 영우가 어떻게 했는지 알아? 그 말도 못하던 애가 뭔가 고민하더니 갑자기 나한테 박수를 쳐주더라고. 영우가 나한테 손뼉을 쳐줬어. 태어났다고…….

아내는 연주를 끝낸 뒤 수천 명의 기립박수를 받은 피아니스트마냥 울었다. 사람들이 던진 꽃에 싸인 채. 꽃에 파묻힌 채. 처마 밑에서 비를 피하는 사람마냥 내가 받치고 선 벽지 아래서 흐느꼈다. 미색 바탕에 이름을 알 수 없는 흰 꽃이 촘촘하게 박힌 종이를 이고서였다. 그러자 그 꽃이 마치 누군가 아내 머리 위에 함부로 던져놓은 조화(弔花)처럼 보였다. 살아 있는 사람에게 악의로 던져놓은 국화 같았다. 우리는 알고 있었다. 처음에는 탄식과 안타까움을 표하던 이웃이 우리를 어떻게 대하기 시작했는지. 그들은 마치 거대한 불행에 감염되기라도 할까 우리를 피하고 수군댔다. 끔찍한 말을 퍼트리고, 의심하고, 구경했다. 그래서 흰 꽃이 무더기로 그려진 벽지 아래 쪼그려 앉은 아내를 보고 있자니, 아내가 동네 사람들로부터 '꽃매'를 맞고 있는 것처럼 느껴졌다. 많은 이들이 '내가 이만큼 울어줬으니 너는 이제 그만 울라'며 줄기 긴 꽃으로 아내를 채찍질하는 것처럼 보였다.

—다른 사람들은 몰라.

멍하니 아내 말을 따라 했다.
—다른 사람들은 몰라.

그러곤 내가 아내 말을 완벽하게 이해하고 있다는 걸 알았다. 아내가 물끄러미 나를 올려다봤다. 텅 빈 눈동자가 불 꺼진 형광등 같았다. 아내가 한 손으로 영우가 직접 쓴, 아니 쓰다 만 이름을 어루만졌다. 순간 어디선가 영우가 다다다다 뛰어와 두 팔로 내 다리를 감싸 안을 것 같았다. 토닥토닥 그런 건 어디서 배웠는지 제 엄마의 등을 두드려줄 것도 같았다. 하지만 그런 일은 일어나지 않았다. 앞으로도 절대 일어나지 않을 터였다. 그 단순한 사실이 가슴을 후벼 팠다. 나는 결국 고개를 숙이고 말았다. 부엌 바닥 위로 눈물이 뚝뚝 흘러내렸다. 하지만 그 순간조차 손에서 벽지를 놓을 수 없어, 그렇다고 놓지 않을 수도 없어 두 팔을 든 채 벌서듯 서 있었다. 물먹은 풀이 내 몸에서 나오는 고름처럼 아래로 후드득 떨어졌다. 겨울이 오려면 아직 멀었는데 온몸이 후들후들 떨렸다. 두 팔이 바들바들 떨렸다.

김애란은 작가와 함께 나이 들어가는 한 세대의 삶과 질곡을 정확하게 짚어내는 작가다. 이전 소설에서 그는 힘겹게 성장의 문턱을 넘어가던 청년들의 삶을 생생하게 그려내곤 했다. 편의점·공무원 시험·셋방·고시원 같은 단어들을 아픈 기억 없이 떠올릴 수 없는 세대는 지금 어디에 있을까.

「입동」에는 꿈 꿔왔던 안정된 삶의 언저리에 도달할 때쯤, 한순간의 사고로 모든 것을 잃어버린 부부가 등장한다. 각기 힘겨운 청년기를 보낸 이들은 함께 힘을 모아 '중산층'의 삶에 도달하려는 꿈에 젖어 있다. 이 부부는 가까스로 도시 외곽에 아파트 한 칸을 얻는 데 성공하지만, 이사한 직후 어린 외아들을 불의의 사고로 잃는 참담한 일을 겪는다. 그의 소설은 우리 모두 막연히 감지하고 있지만 모르는 척 눈감고 있는 진실을 잔인하게 들춰낸다. 대출금, 빠듯한 수입, 도시에 산재한 위험, 만성적인 피로와 질병 등등 우리의 일상을 위협하는 요소는 주변에 얼마든지 도사리고 있다. 이 가운데 하나라도 삐끗 어긋나면 언제든지 무너지고 말만큼 허약하기 짝이 없는 것, 그것이 바로 '일상'이라는 환상이다.

"한동안 '집'이 생겼다는 사실에 꽤 얼떨떨했다. 명의만 내 것일 뿐 여진히 내 집이 아니면서 그랬다. 20여 년간 셋방을 부유하다 이제 막 어딘가 얇고 연한 뿌리를 내린 기분. 갓 돋은 뿌리 하나가 땅속 어둠을 뚫고 나갈 때 주위에 퍼지는 미열과 탄식이 내 몸에도 고스란히 전해지는 느낌이 왔다."

이제 이들은, 그리고 나는 또 비슷한 순간 안도하고 좌절하면서 동시를 살아갈 것이다. 하지만 '나와 우리의 불행'을 보고 듣고 이야기하는 작가를 지닌 세대라면, 외로움과 슬픔을 조금은 달랠 수 있지 않을까. 김애란의 다음 소설이 기다려지는 이유다.

—이소연·문학평론가

손보미

임시교사

2009년 《21세기문학》 신인상,
2011년 동아일보 신춘문예에 「담요」가 당선되어 등단했다.
소설집 『그들에게 린디합을』이 있다.

날씨가 좋은 오후에 P부인은 낮잠에서 깬 아이의 손을 잡고 밖으로 나오곤 했다. 그곳은 고급아파트가 모여 있는 동네였고, 아파트 단지의 한가운데에는 공들여 만든 놀이터가 있었지만, P부인은 항상 아파트 단지 바깥으로 나와 근처에 있는 공원까지 걸어갔다. 공원으로 향하면서 P부인은 이 아이, 동그랗게 자른 머리와 쌍꺼풀이 없는 큰 눈을 가진 이 다섯 살짜리 사내아이의 손을 잡고 함께 거리를 거닌다는 것이 자신에게 얼마나 순수한 기쁨을 주는 행위인지 새삼스럽게 깨닫곤 했다. 공원의 한가운데에는 아이들이 뛰어놀 수 있도록 잘 손질된 잔디가 깔려 있는 공터가 있었다. P부인은 공터의 가장자리에 가지고 온 돗자리를 펴고 아이와 함께 앉았다. 근처에는 P부인처럼 아이들을 데리고 나온 젊은 여자들이 삼삼오오 모여서 이야기를 나누거나, 아이들이 뛰어노는 것을 지켜보고 있었다. P부인은 그 여자들과 가볍게 눈인사를 나누었지만 한 번도 이야기를 나눈 적은 없었다. 아이가 "가서 **놀아도** 돼요?"라고 물었고 P부인은 웃으며 고개를 끄덕였다. 아이가 달려가고 나면 P부인은 조그마한 천가방에서 책을 꺼내 읽기 시작하곤 했다. 책을 읽는 것을 멈추고 눈으로 아이를 좇을 때도 있었다. 거기에 모인 아이들은 저희들끼리 잘 어울려 놀았다. 가끔 아이가 다른 아이의 장난감을 빼앗으려고 하거나, 자기보다 어린 아이를 힘으로 제압하려고 하는 모습이 보이면 P부인은 읽던 책 페이지의 귀퉁이를 접어두고 아이에게 다가갔다. 그리고 아이의 어깨를 가볍게 잡고 작지만 힘이 들어간 목소리로 말했다. "착한 아이가 아니구나." 저 멀리서 젊은 여자들이 P부인이 아이에게 경고하는 것을 지켜보았다.

　이쯤에서 잠깐 아이 엄마에 대해 언급하고 넘어가는 것이 좋을 것 같다. 아이 엄마의 말을 빌리자면 그녀는 "남편에게 속아서 결혼한 케이스"였다. 하지만 그건 그저 귀여운 하소연에 불과했다. 그녀는 자신이 예술작품에 대한 감식안을 가지고 있다는 것을 깨달은 순간부터 프랑스에서 일할 수 있게 되기를 바랐고, 실제로 고등학교 때 파리로 날아가, 파리의 대학에서 예술사를 전공했다. 하지만 오랜 타국생활에 지친 그녀는 대학원을 졸업한 후 곧바로 한국으로 돌아오게 된다. 계속 한국에 머물 생각이었던 것은 아니었다. 반년 정도만 부모님 곁에 머물면서 심신을 치유한 후 다시 떠날 생각이었다. 하지만 어찌된 일인지 그녀는 불과 구 개월 후에 버진로드를 걷고 있었다. "함께 공부하던 친구들은 뉴욕이나 암스테르담이나 런던에 자리를 잡았어요. 막연하게나마 나 역시 언젠가는 파리로 돌아갈 수도 있다는 정신 나간 생각을 했더랬죠. 결혼한 후에도 말이에요." 그녀는 직장 동료들에게 자신의 결혼 이야기를 들려준 적이 있었다. "그이는 얼마나 내게 잘해주는지 몰라요. 그이는 정말로 저를 사랑한답니다." 하지만 그 이야기의 클라이맥스는 바로 이것이었다. "임신테스트기에 글쎄 줄이 두 개 나타난 거예요. 그때 얼마나 당황했는지!" 그녀는 이 부분을 이야기할 때마다 금방이라도 울 것 같은 기분이 들었다. "그 애를 정말 사랑해요. 지금 제게는 무엇과도 바꿀 수 없는 보물이에요. 아이를 키우는 게 힘들었냐고요? 아니요, 아니요, 정말 행복했어요." 정말로, 그녀는 꼬박 삼 년 동안 집에 머물면서 아이를 키웠다. 그녀의 어머니는 그녀가 결혼을 한다고 했을 때, 일종의 배신감을 느꼈고, 아이를 낳아도 육아에 도움을 주지 않겠다는 선언을 했으며, 실제로도 그렇게 했다. 그녀의 이야기를 들으면 사람들은 그녀의 겉모습에 깊은 인상을 받게 된다. 왜냐하면 그녀에게서는 아이를 낳고 키운 여자의 흔적을 전혀 찾을 수 없기 때문이다. 단백질이 충분히 공급된 머릿결은 보기 좋게 컬이 들어간 채, 어깨를 살짝 덮고 있었고 피부는 생기가 넘쳤으며 팔다리는 길고 날씬했다. 어쨌든 그녀는 그해 봄이 시작될 즈음 미술관에 취직—비록 인턴직이었지만—했고, 그녀 대신 보모—그러니까, P부인—가 아이를 돌보고 있었다. 가끔 그 이야기를 듣던 사람들이 그녀에게 보모에 대해 물어보는 경우가 있었다. 그럴 때마다 그녀는 잠시 생각해 잠겼다가, 이렇게 대답하곤 했다. "그분요? 음……좋은 분이세요."

만약에 누군가가 자신에 대한 질문을 아이 엄마에게 던진다는 사실을 알았다면 P부인은 이런 식으로 대답하길 원했을 것이다. "그분요? 그분은 임시교사셨대요." 물론 '임시'라는 단어를 빼고 말해도 되겠지만, 그건 어쩐지 올바르지 못한 일처럼 여겨졌다. P부인은 무려 이십 년 동안 학교에서 아이들에게 역사—때로는 사회를, 때로는 지리—과목을 가르쳤다. 그리고 그 일을 무척 좋아했다. 모르긴 몰라도, 젊었던 시절엔 '정식'교사가 되기를 간절하게 바랐을 때도 있었을 것이다. 어쨌거나 **다행스럽게도** 임시교사가 필요한 학교는 생각보다 많이 있었고, P부인은 작년까지 여러 학교를 전전하며 중학생이나 고등학생들에게 역사—때로는 사회, 때로는 지리—과목을 가르칠 수 있었다. 하지만 작년 봄에 출산휴가를 얻은 여선생 대신 일한 후로는 어떤 학교도 그녀를 써주려고 하지 않았다. 그 사실—이제 영원히 임시교사로서 교단에 설 일이 없을 거라는—을 결국 인정해야 했을 때도 P부인은 별로 절망하거나 속상해하지 않았다. P부인은 천성적으로 남을 비난할 줄 모르는 사람이었다. 지하철에서 누군가 메모를 돌리며 적선을 부탁하면 절대로 거절하는 법이 없는 여자였다.

보모가 되기 위한 면접을 보러 그 집에 처음 갔을 때 아이 아빠가 말했다. 아이의 아빠는 몇 년 전 사법고시에 합격했고, 지금은 이름을 대면 알 만한 기업의 법무팀에 있었다. "교직에 계셨다고 들었습니다만." 왜인지 알 수 없지만 그는 P부인이 아이의 보모가 되겠다고 자신의 집 거실에 앉아 있는 상황에 약간의 동정심이나 측은함, 심지어는 미안한 감정까지도 느끼고 있었다. 그러나 P부인은 간단하게 이렇게 대답했다. "나보다 훨씬 더 젊고 유능한 임시교사들이 있는데 내가 어떻게 거기에 더 머물 생각을 하겠어요. 그건 양심도 없는 생각이죠." P부인은 자신이 가르친 아이들을 떠올렸다. 자신의 말을 경청하고 고개를 끄덕거리며 눈을 마주치던 아이들. 그런 생각을 하며 P부인은 티테이블 위 화병에 꽂혀 있는 백합을, 베란다 유리창을 덮고 있는 커튼의 기하학적 무늬를, 거실과 바로 통하는 부엌의 목재 장식장과 그 안에 순전히 장식용으로 넣어둔 티세트를 둘러보았다. 그리고 이 가족—잘생기고 예의 바른 젊은 아버지와 아름답고 우아한 젊은 엄마와 그리고 귀엽고 똑똑해 보이는 아이. 어쩌면 그 순간, P부인은 자신의 집을 떠올렸을지도 모른다. 소박한 벽지와 합성섬유로 만들어진 커튼, 작은 침대 같은 것. 그리고 그곳에서 혼자 밥을 먹거나, 혼자 옷을 갈아입거나, 혼자 잠을 청하는 자기 자신을. 하지만 그런 생각을 한 것은 짧은 순간—심지어 그런 것을 떠올렸다는 것을 알아차릴 수 없을 정도로—에 불과했고, P부인의 머릿속은 금방 자신의 책상으로 가득 찼다. 거대한 마호가니 책상. 아니, 사실 그건 식탁이었지만, P부인은 그걸 책상으로 사용했다. 아무려면 어땠을까. 그건, P부인이 가진 것 중 가장 비싸고, 그리고 가장 아름다운 것이었다. **아름다운** 것. P부인은 그 문장을 마음속으로 반복해보았다. 그런 후 허리를 꼿꼿하게 세우고 이렇게 덧붙였다. "그러니까, 그게 바로 세상의 이치랍니다." 그렇게 말한 후 P부인은 입고 온—자신이 가지고 있는 것 중 가장 좋은 옷인—트위드 재킷의 금속 단추를 만지작거렸다.

P부인의 일은 비교적 단순했다. 오후 두시쯤, 이를테면 출근하는 길에 어린이집에서 들러서 아이를 집으로 데리고 온 후에, 아이의 부모 중 누군가가 귀가할 때까지 함께 있어주면 되었다. 아이의 부모는 해가 진 후까지 아이를 남의 손에 맡겨두는 것에 대해 막연한

거부감을 가지고 있었고, 둘 중 한 명이라도 아이와 함께 저녁식사 하는 것을 일종의 원칙으로 삼아두고 있었다. 냉정하게 말해서, 그 식탁에 P부인이 공헌한 바는 하나도 없었다. 그건 주말에 들러서 온갖 반찬을 만들어놓는 도우미 아주머니와 퇴근한 후의 아이 엄마(때로는 아빠)의 합작품이었다. 그러므로 P부인은 아이 아빠(때로는 엄마)가 저녁 식탁을 다 완성할 때까지 아이를 돌보아주었지만, 그 식탁에 함께 앉아본 적이 없었고, 거기에 대해 어떤 감상을 가진 적이 없었다.

첫날, P부인이 아이를 데리러 어린이집에 갔을 때, 아이는 제 엄마가 올 때까지 집에 가지 않겠다고 고집을 부렸고 결국은 울었다. 그런 일은 초반에 여러 번이나 반복되었다. 그럴 때마다 P부인은 아무 일도 아니라는 듯이 능청스럽게 한숨을 쉬고, "그럼, 그러자꾸나"라고 대답했다. 그녀에게는 여하튼, 이십 년간의 노하우가 있었다. 시간이 지나면 아이는 결국 P부인의 손을 잡고 집으로 돌아오게 되어 있었다. 아이가 낮잠에 들면, P부인은 자신의 조그마한 천 가방에서 책과 집에서 싸온 음식을 꺼냈다. P부인은 그 집에 있는 사과 한 알도 먹은 적이 없었다. P부인이 그 집에서 일하는 것이 결정되었을 때, 아이의 엄마가 제일 먼저 한 일은 각종 티백이 정리된 티박스와 온갖 약이 들어 있는 진열장, 그리고 과일을 보관하는 냉장고를 알려주는 것이었다. "남의 집이라고 **생각하지 마세요**." 하지만 P부인은 그 집의 티브이나 라디오를 켜본 적이 없었고, 전화기를 사용한 적도, 심지어는 약통을 건드린 적도 없었다. 아이의 방과 거실, 부엌을 제외하면 다른 곳은 구경한 적조차 없었고, 서재 책장에 꽂혀 있는 책, 그 수많은 책에도 손을 대지 않았다.

공원 산책을 마치고 돌아오면 아이는 대부분 시간 동안 장난감을 가지고 놀았고 때때로 P부인에게 책을 읽어달라고 요청할 때가 있었다. P부인이 소리 내어서 책을 읽으면 아이는 조그만 목소리로 P부인의 목소리를 따라 했다. P부인은 그런 아이를 보면서 언젠가 들었던 노래의 가사를 떠올렸다.

갈매기의 울음이 마음을 흔드네. 그건 죄인들이 죄를 짓는 동안, 아이들이 뛰어놀기 때문이지. 아이들이 뛰어놀기 때문이지.

어째서 이런 노래가 떠오른 걸까? 그녀는 무심코 고개를 돌려 유리창 밖을 바라보았다. 그 집에선 한강을 가로지르는 다리, 그리고 그 너머 일렬로 늘어선 아파트 단지, 그리고 그 단지와 조금 떨어진 곳에서 하루 종일 돌아가는 거대한 관람차를 볼 수 있었다. 햇빛이 반사된 강의 표면은 반짝거렸고 완연한 봄의 바람에 수면이 마치 몇백 장이나 되는 종이를 차르르 넘긴 것처럼 넘실거렸다. P부인은 문득 자신의 마음속에서 무엇인가 뚝 떨어져나간 느낌이 들었고, 덜컥 겁이 났다.

그녀는 다시 고개를 돌려 자신의 말을 따라 하는 그 귀엽고 영특하고 조그마한 아이를 잠시 바라보다가, 애정을 담아 아이의 머리를 한번 쓰다듬어주었다.

어느 날, 아이는 커다란 스케치북과 크레용을 양손에 들고 말했다. "그림 그릴 줄 알아요?" "당연하지." P부인은 부드럽게 미소 지으며 아이에게서 크레용과 스케치북을 받아 들었다. "공, 그려주세요." "공?" 그녀는 까만색 크레용으로 커다란 원을 그렸다. "이건 공이 **아닌데**." 아이가 말했다. P부인은 약간 혼란스러움을 느꼈다. "이건 공이란다." 아이가 고개를 흔들었다. "축구공은 이렇게 안 생겼단 말이에요." 축구공이 어떻게 생겼더라……? 농구공은 어떻게 **그리지**? 야구공은 대체 어떤 모양이지? 채근하는 아이에게 떠밀려 스케치북을 한 장 더 넘기고 까만색 크레용으로 크게 원을 그렸지만, 그다음, 원의 어떤 부분에 어떤 식으로 선을 그어야 할지 판단할 수 없었다. P부인은 자신의 머릿속을 둥둥 떠다니는 세상의 온갖 공들에 집중하려고 애썼다. 그날 밤 P부인은 집으로 돌아가는 길에 문구점에 들러서 축구공과 농구공, 야구공과 골프공, 럭비공과 색색의 공을 오랫동안 구경했다. 그리고 집으로 돌아와 작은 수첩에 종류별로 공의 모양을 정리해두고 그걸 여러 번 따라 그렸다. P부인은 그다음 날엔 꽃의 종류를, 또 그다음 날엔 색깔의 종류를, 또 다른 날엔 자동차의 종류……를 공부했다. 그리고 어느 날엔 그 나이 또래 아이들을 양육하는 데 필요한 지식이 담긴 책을 구입해서 읽기 시작했다. 자신의 그 작은 방 한 구석에 놓인 커다란 책상—사실은 식탁이었지만—앞에 앉아 그런 것들을 정리하고 있을 때면 견딜 수 없는 행복을 느꼈다. 이런 감정을 마지막으로 느껴본 게 언제였을까? 하지만 곧바로 그녀는 그런 생각 자체가 아주 불경하다는 것을 깨달았다. 어쨌든 하루하루에 감사하며 살아가야 한다고, 그녀는 생각했다. 하지만 잠시 후 P부인은 조금 타협하기로 하고 이렇게 생각했다. "지금은 그 어느 때보다도 **더** 행복하구나."

봄이 끝나고 여름이 시작될 무렵은 엉망진창이었다. 거의 매일 비가 내렸고, 뜨거운 습기가 대기를 감싸고 돌았다. P부인은 이제 더 이상 트위드 재킷을 입지 않았다. 대신 소매가 손목 위로 조금 올라오는 얇은 면 블라우스를 입었다. 어느 날, 비가 억수같이 쏟아지던 날 아이는 어린이집 현관에 앉아서 장화를 신으려고 애쓰면서 말했다. "오늘 우리 엄마는 집에 있어요." 정말로 그랬다. 전날 아이의 부모는 큰소리로 다퉜다. 처음엔 그저 여름휴가에 대한 이야기였을 뿐이었다. 그들 부부는 몇 달 전부터 아이를 데리고 **로마**에 가는 계획을 세워놨었는데, 이제 와서 남편이 일 때문에 갈 수 없다고 한 것이다. 게다가 그는 화를 내며 그렇게 어린 아이를 데리고 로마에 가는 것이 무슨 소용이 있는지 알 수 없다는 말을 했다. 아이 엄마는 그게 아주 부당한 판단이며 자신에 대한 모욕이라고 생각했고, 결국 아이의 방에 가서 잠든 아이를 끌어안고 울음을 터뜨렸다.

P부인은 그들의 싸움이 본질적으로는 자신과 상관이 없는 일이라는 걸 알고 있었고 아무런 참견도 해서는 안 된다는 것을 잘 알고 있었다. 하지만 아이는? 이 어린아이는 어쩐단 말인가? 그들의 다툼이 아이에게 어떤 나쁜 영향을 끼친다면? 자신을 안고 울음을 터뜨리던 엄마를 이 아이가 **잊어버릴** 수 있을까? 그 기억이 이 아이의 가슴속 깊은 곳에 숨어 있다가 나중에 예상치 못한 방식으로 나타나지 않을 것이라는 보장이 있는가? P부인은 자신이 가르쳤던 **문제아**들을 떠올렸다. 그 아이들은 대체 어떤 모습으로 이 세상을 살아가고 있을까? 담배를 피우고, 상스러운 말을 하고, 소리를 지르던 그 아이들, 그 애들의 탁한 목소리. 그런 생각을 하자, P부인은 가

슴이 철렁 내려앉는 것 같았고, 그 젊은 부부의 경솔함 때문에 화가 났다. 하지만 집에 도착해서 탐스러운 머리칼이 헝클어진 채 잠옷을 걸치고 침대 위에 누워 있는 아이의 엄마를 보자, P부인의 마음은 조금 누그러졌다. P부인은 그녀에게 다가가서 도울 일이 없냐고 물었다. 그녀는 고개를 가로저었고 잠긴 목소리로 말했다. "부끄러운 모습을 보였어요." P부인은 고개를 흔들었다. "제가 일을 시작한 이후로 우리는 제대로 된 시간을 가져본 적이 없었어요. 알아요. 그이도 힘들겠죠. 그렇지만……." P부인은 아이 엄마의 어깨를 토닥여주었고 부엌으로 가서 따뜻하게 데운 우유를 가져다주었다. "이걸 마시고 한숨 자고 일어나면 기분이 괜찮아질 거예요." 마치 아이처럼 뜨거운 우유를 후후 불며 마시는 아이 엄마를 보며 P부인은 설명하기 어려운 감정을 느꼈고 그 감정을 억누르느라 혼이 났다. P부인은 아이 엄마에게 이렇게 말했다. "하지만 이 이야기는 꼭 하고 싶어요. 아이 앞에서 싸우는 건 좋은 행동이 아니에요." 아이 엄마는 나중에 P부인의 말을 되새기게 되는데, 그렇게 되기까지 아주 긴 시간이 필요한 것도 아니었다. 당장 그날 밤에, 그러니까 그녀의 남편이 그녀의 기분을 풀어주려고 장미꽃 한 다발을 건넨 그 밤에, 그녀는 남편의 품에 안겨서 이렇게 말한 것이다.

 "나한테 충고를 다 하더라니깐."

 "뭐라고 했는데?"

 "아이 앞에서 싸우는 건 좋지 않은 행동이라고."

 "아이를 키워본 적이 **없어서** 그럴 거야. 모든 게 **이론**처럼 되지 않는다고."

그녀는 잠시 생각에 잠겼다. 왜 어떤 여자들은 결혼도 하지 않고 애도 낳지 않은 채 그런 식으로 늙어가는 걸까? 하지만 그녀는 곧 그런 생각을 하는 것을 멈췄다. 왜냐하면 자신의 삶은 그런 삶과는 너무나 거리가 멀었기에 그녀의 상상력은 그곳 근처에도 도달하지 못했다.

"가족이 있다고 했나?"

"동생 부부가 지방에서 자동차 정비소를 한다고 첫 번째 만난 날 이야기한 거 기억 안 나?"

"아, 기억나. 기억났어."

"동생을 공부시켜 대학에 보내고 결혼까지 시켰다고 했는데."

그건 사실이었다. P부인은 동생이 전문대학을 졸업할 때까지 학비를 대주었고, 결혼할 때와 정비소를 차릴 때에도 자신이 모은 돈의 많은 부분을 떼어주었다. 하지만 지난 몇 년간 P부인은 동생 부부와 만나거나 연락을 해본 적이 없었다. 그녀는 그런 사실을 몰랐으면서도 이렇게 말했다.

"생각해보면 참 불쌍한 여자야."

하지만 한 달쯤 후에, 그녀가 P부인에게 아쉬운 소리를 하게 되었을 때는 남편과 이런 이야기를 나누었다는 것조차 잊어버리고 말았다.

아이 엄마가 일하는 미술관에서는 가을에 '동유럽의 현대'라는 전시회를 개최하기 위해 애쓰고 있었다. 그 전시회에 관여된 거의 모든 일이 살얼음판을 걷는 것처럼 조심스럽고 더디게 진행되었고 이제 막 단단한 땅을 밟으려고 하는 찰나에 문제가 생겨버렸다.

갑자기 루마니아의 작가가 그 전시회에 작품을 보내고 싶지 않다고 한 것이다. 더 안 좋았던 건, 그 소식을 들은 동유럽 쪽 작가들 모두 줄줄이 그 전시회를 취소하고 싶다는 의견을 전달했다는 점이었다. 아이 엄마를 비롯한 미술관 직원들은 루마니아나 폴란드, 혹은 체코에 해가 지는 시간까지 미술관에 머무르면서 그들과 대화를 시도해야만 했다. 그녀는 어쩔 수 없이 P부인에게 전화를 걸어 사정을 설명했다. P부인은 전화를 끊을 때쯤 아무 생각도 없이 이런 농담을 덧붙였다. "동유럽은 까다롭죠." 전화를 끊은 후 P부인은 몇 년 전, 자신이 임시교사였던 시절, 포르투갈이 동유럽인지 아닌지 항상 헷갈려 했던 여학생이 문득 떠올라서 웃음이 났고, 어쨌든 동유럽에 대해서만큼은 아이 엄마보다 자신이 더 잘 알고 있으리라는 생각을 했다.

 그날 밤, 냉장고를 뒤져서 콩나물과 계란을 꺼낸 P부인은 아이에게 콩나물 다듬는 법을 알려주었다. 식물을 손으로 직접 만지는 것이 아이 정서 발달에 좋다는 걸 얼마 전에 읽은 참이었다. 아이는 콩나물의 꼬리를 제멋대로 잘라내며 노래를 불렀고, 그녀는 계란을 풀어 파와 당근을 썰어 넣고 계란말이를 만들었다. 그런 후에는 아이가 어질러놓은 콩나물을 정리하고 콩나물국을 끓였다. 다른 밑반찬은 이미 준비되어 있었다. 잠시 후, P부인과 아이는 단둘이 식탁에 앉아서 식사를 했다. P부인이 그곳에서 식사를 하는 것은 처음이었다. 그녀는 아이가 스스로 식사를 끝낼 때까지 참을성 있게 기다렸다. 식사가 끝난 후 P부인은 설거지를 했고, 아이를 씻겨주었다. 아이가 잠들 때에는 침대 옆에 앉아서 동화책을 읽어주었다.

"내일 눈을 뜨면 엄마랑 아빠가 짠 하고 나타나실 거야." 아이는 고개를 끄덕이며 알고 있어요, 라고 말했다. P부인은 아이의 목까지 이불을 끌어 올려주며 말했다. "착한 아이구나."

아이가 잠든 지 한참이 지난 후에도 아이의 부모는 돌아오지 않았다. P부인은 거실 한가운데에 있는 소파에 앉았다. 아이가 낮잠에 들었을 때 언제나 그녀가 앉아 있곤 했던 자리였다. 하지만 어쩐 일인지 P부인은 마음의 갈피를 못 잡고 있었다. 그녀는 아이를 깨우고 싶은 충동을 느꼈고, 마치 자신이 빈집에 침입해 있고, 뭔가 대단히 부도덕한 일을 하고 있다는 느낌을 받았다. 결국 P부인은 집의 불을 모두 다―거실, 부엌, 그리고 빈방까지―켜둔 후에야 소파 한 귀퉁이에 오도카니 앉을 수 있었다. P부인은 너무나 두려워졌다. 도대체 왜?

그날 밤, 집으로 돌아간 P부인은 자신의 방, 작은 침대에 누워 있다가 문득 상체를 일으켰다. 그리고 창문을 향해 꿇어앉아 기도를 했다.

그 후로도 그들 부부의 원칙―해가 지기 전에 돌아가 아이가 가족과 함께 집에 있도록 하는 것―은 지켜지지 않기 일쑤였다. P부인은 부부가 늦게 들어오는 날 밤이면 아이와 함께 저녁식사를 하고, 아이에게 양치질을 시킨 후 입안을 검사했다. 잠옷으로 갈아입히고, 잠자리에서 이불을 덮어주고 동화책을 읽어주었다. 그녀는 그 어느 때보다 아이에게 정성을 들였다. 그들 부부는 P부인이 더 오래 머문 시간을 계산해서 급여를 더 주겠다 했지만, 거절했다. "그럴 필요 없어요." 빈말이 아니라 P부인은 정말로 그렇게 생각했다. "이게 내 일인걸요." 이렇게 말하기도 했다. "아무 걱정 말아요."

며칠 후, P부인은 아이를 재운 후 부엌으로 향했다. 그리고 잠시 망설였지만, 결국 찬장을 열었다. P부인은 자신이 이 집에 처음 온 날, 아이의 엄마가 했던 말을 떠올렸다. "남의 집이라고 생각하지 마세요. **제발요.**" P부인은 작은 새가 앙증맞게 그려진 찻잔—그것이 P부인의 마음에 가장 들었다—을 꺼냈다가 집어넣었다가 다시 꺼냈다. 그리고 뜨거운 물을 찻잔에 부은 후, 티박스에서 보라색 티백을 하나 꺼내 포장을 벗기고 찻잔에 담갔다. 차가 충분히 우려졌을 때 그녀는 티백을 꺼내 쓰레기통에 버렸고, 찻잔받침대 위에 찻잔을 받쳐서 거실로 나왔다. P부인은 조심스럽게 티테이블 위에 찻잔을 올려둔 후, 이번에는 집 안의 모든 불—거실, 부엌, 빈방—을 꺼두고 거실의 장식용 스탠드만 밝혀두었다. 그리고 소파에 몸을 기대고 앉아 자신이 가지고 온 책을 꺼내 읽기 시작했다. **남의 집이라고 생각하지 마세요, 제발요.** P부인은 그제서야 아이 엄마의 그 말뜻을 완전하게 이해할 수 있을 것 같았다. 며칠 후에 P부인은 그들의 서재의 문을 열고, 그 안으로 들어갔다. 그리고 약간 망설이다 책을 한 권 꺼냈다. 더 이상 그녀는 자신의 작은 가방에 읽을 책을 넣어오시 않아도 되었다. 그 집에는 읽을 책이 너무도 많았기에.

그해 가을을 어떻게 설명해야 할까? 육 년 후 가을에, 한 무리의 잘 차려입은 여자들이 작은 포치가 딸린 레스토랑에서 점심을 먹으면서 수다를 떨고 있었다. 그녀들은 이제 막 자신들의 고민을 털어놓으며 유대감을 확인하는 데까지 나아간 참이다. 그들은 다소 떨어진 아이의 성적, 손실이 큰 주식 투자, 남편의 진급 실패, 잘못된 부동산 투자 같은 것을 이야기했다. 물론 그들은 아이가 다니는 학원의 수를 늘릴 것이고, 손해를 메꾸기 위한 다른 투자를 하거나, 남편의 기를 살려주기 위해 새 커프스 단추를 준비할 것이다. 아이 엄마는 이제 조금 나이를 먹은 티가 나긴 했지만, 오히려 그 때문에 훨씬 더 품위 있고 아름다워 보였다. 그녀는 적당하게 따스한 햇볕이 거리를 비추고 색색으로 물든 나뭇잎이 바스락거리는 이런 날에 모여서 왜 저런 이야기를 나눠야 하는 것인지 알 수 없다고 생각했지만, 다른 사람들의 이야기를 듣는 동안 문득 그해 가을이 떠올랐다. 사실은 문득 떠올린 것이 아니었다. 그해 가을을 처음으로 떠올린 건, 삼 년 전 여름이었다. 그후로 그녀는 종종 그해 가을을 떠올렸다. 원하지 않아도 저절로 그렇게 되었다. 그해 가을엔 여러 가지 일이 일어났다. 마치 그렇게 되라고 짜기라도 한 것처럼. 그녀는 '동유럽의 현대'를 위해 이리 뛰고 저리 뛰었고, 주말마다 살림을 도와주던 도우미 아주머니는 아들 부부의 아이를 돌봐줘야 한다면서 갑자기 일을 그만뒀으며, 남편이 속한 회사 법무팀은 차례로 죽은 공장 노동자들 때문에 몇 주째 비상이었다. 무엇보다 갑작스러웠던 건 시어머니가 알츠하이머 진단을 받은 일이었다. 남편의 하나뿐인 누나는 외국에 거주하고 있어서 그들 부부가 시어머니를 모셔와야만 했다. 그녀의 남편은 그들이 손쓸 기회를 "놓쳐버렸다"고 표현했다. 그리고 그것 때문에 그들 부부는 통속적이고 전형적인 싸움을 여러 번 해야 했다. 하지만 손쓸 기회라는 게 과연 있었을까? 그녀는 한 번도 그 누군가에게도 시어머니의 병명을 이야기한 적이 없었다. 그녀는 막연하게나마 알츠하이머가 유전이 된다는 사실을 알고 있었고, 그렇기 때문에 그 일은 단순히 시어머니의 발병에 그치는 것이 아니라 자신의 남편—그는 나이에 비해 꽤 높은 직급에 있었다—과 아들—그 아이는 이제 열한 살이 되었고 혼자 있는 걸 좋아하게 되었다—의 유전자에 새겨진 불길한 결함을 의미한다는 생각 때문에 누구에게도 이 이야기를 하는 것을 꺼렸다.

그녀의 기억은 자연스럽게 시어머니와 자신의 가족을 돌보았던 P부인으로 미치게 된다. 아니, 그건 어쩌면 잘못된 판단인지도 모른다. 그녀는 어쩌면 처음부터 그저 P부인을 떠올리고 싶었던 것일지도 모른다. 그녀의 생각은 꼬리에 꼬리를 물고 어느 날 밤 남편의 품에 안겨서 '그런' 여자들의 삶에 대해 궁금해했던 자기 자신에게로 향했다. 여하튼 그해 가을, 그녀는 그때가 자신의 인생 중 가장 힘든 시기가 될 거라고 생각했었다. 하지만 그건 정말로 순진한 생각이었다. 상상도 못한 일들이 그녀의 인생에 침입할 때마다 그녀는 자신이 저주받았다고 생각했다. 하지만 누가 누구에게 저주를 건단 말인가?

이제 그녀가 말할 차례였다. 그녀는 정말로 아무런 이야기도 하고 싶지 않았지만, 다른 사람들에게 유별나거나 으스대는 것처럼 보이는 것도 싫었다.

"몇 년 전에 어머니가 편찮으셔서 모셔왔던 적이 있어요. 알츠하이머셨죠."

그녀는 자기 자신이 '알츠하이머'라는 단어를 입 밖에 낸 것 때문에 깜짝 놀랐다. 처음이었다. 하지만 곧바로 다른 여자들이 훨씬 더 크게 충격받았다는 사실을 깨달았다. 그들은 누군가의 입에서 '그런' 이야기가 나오는 걸 한 번도 원한 적이 없었다. 하지만 그들은 언제나 금방 회복한다.

"아픈 시어머니를 모셔오다니 대단하시네요."

"그때 전 미술관에서 큐레이터로 일했어요."

여기까지 말하자, 그녀와 친분이 있던 다른 여자가 대신 이야기했다.

"이이는 프랑스에서 예술사를 전공했거든요"

누군가 감탄어린 탄식을 내뱉었다.

"프랑스어 잘해요?"

그녀는 장난스럽게 케스크 쎄, 사 바, 메르시 보쿠라고 말했다. 거기에 있는 여자들이 유쾌하게 웃었고, 다른 테이블의 사람들이 그녀들을 쳐다보았다.

"내 일에, 가족들 뒷바라지에, 시어머니까지 그런 상태셔서 정말 힘들더라고요."

"세상에 상상도 못하겠네요. 정말 대단하세요."

그녀는 겸손한 말투로 대답했다.

"우리 아들을 돌보던 보모가 많이 도와주셨어요. 그분이 안 계셨으면 어떻게 되었을지 모르겠어요." 그렇게 말한 후 그녀는 재빨리 덧붙였다. "하지만 아무리 누군가 도와준다고 해도, 아시잖아요. 그게 얼마나 힘든 일인지."

아무도 시어머니가 지금 어떤 상태인지 물어보지는 않았다. 그녀는 다행이라고 생각했다. 시어머니는 작년에 돌아가셨다.

그녀는 헛기침을 한 번 한 후 말했다.

"하지만 이제 모두 **끝난** 일이에요."

만약 P부인이 그 시절에 대해 누군가에게 이야기할 기회가 있다면 어떻게 말했을까? 아마도 그녀는 이렇게 말할 것이다. "그 가족에겐 저밖에 없었죠. 얼마나 저에게 고마워했는지 몰라요. 그 젊은 부부는 교양이 몸에 배어 있고, 품위가 있어서 누군가에게 받은 호의는 절대 잊지 않은 사람들이었어요." 하지만 P부인은 아마 이런 이야기를 아무에게도 하지 못할 것이다. 왜냐하면 이 세상에는 P부인의 그 시절을 궁금해하는 사람은 아무도 없을 것이기에.

P부인은 아주 오랜 시간이 흐른 후까지, 알츠하이머에 걸린 노부인을 처음 만났던 날을 떠올릴 수 있었다. 남색 캐시미어 카디건을 입고 진주 목걸이와 진주 반지를 끼고 있던 알츠하이머 환자. P부인은 자신이 그 노부인의 나이쯤이 되었던 어느 날 아침 세수를 하다가 문득 욕실 거울을 보며 상념에 빠졌고, 결국 노부인에 대한 기억을 모두 잊기로 결심했다. 하지만 그건 너무나 오랜 후에 일어날 일이었고, 그 당시 P부인은 알츠하이머에 걸린 일흔에 가까운 노인이 그토록 정갈하고 멋스러울 수 있다는 사실이 놀라울 뿐이었다.

P부인은 아침 일찍 그 집에 가서 그들 부부가 출근을 할 수 있도록 도와주었다. 장을 보고 음식을 만들고 청소와 빨래를 하고 아이와 노부인을 돌봤다. 그들을 데리고 산책을 나갈 때도 있었고, 또는 병원에 갈 때도 있었다. 부부가 출근을 하고 나면 P부인은 노부인의 장롱에서 매일 아침 다른 옷을 꺼내 주었고, 그런 후에는 목걸이와 폴립형 귀걸이, 그리고 반지까지 챙겨주었다—하지만 나중에

노부인이 반지를 낀 채로 P부인의 얼굴을 때리는 사고가 발생한 후로 반지는 결국 보석함에서 영영 나오지 못하게 되어버렸다—때때로 P부인이 전혀 어울리지 않은 옷과 액세서리를 고른다고 화를 낼 때도 있었지만, 결국 노부인은 자신이 화를 냈다는 사실조차 잊어버리고 말았다. "저희 어머니가 정말 복이 많으세요. 아주머니가 안 계셨다면 어쩔 뻔했어요. 정말 감사드려요. 정말 어떻게 해야 할지 알 수가 없었어요……." 아이 아빠는 자주 이런 말을 했다. 두려움과 슬픔에 빠져 허둥거리던 그들 부부는 P부인의 도움을 받으며 조금씩 평정심을 되찾았다.

주말이 되면 P부인은 그야말로 녹초가 되었다. 허리에 통증이 생겼고, 팔을 들어 올릴 때마다 어깨가 욱신거려서 파스를 붙여야만 했다. 다행인 건 아이가 파스 냄새를 좋아했다는 점이었다. 월요일마다 엉망진창이 되어 있는 그 집을 보면 P부인은 그들 가족이 어떤 주말을 보내는지는 대충 짐작할 수 있었고, 자신이 없는 시간 동안 고군분투할 젊은 부부, 아무것도 알지 못하는 그 **어린** 부부가 걱정이 되어 견딜 수가 없어졌다. 그래서 어느 토요일 오후에 아이 아빠가 자괴감과 고통에 빠진 목소리로 전화를 걸었을 때, P부인은 오히려 깊은 안도감을 느꼈다.

그 집에 도착했을 때, 아이 아빠는 거의 반쯤 정신이 나간 모습이었고, 아이 엄마는—P부인은 그 모습에 너무 큰 충격을 받았다—통통 부은 얼굴로, 여전히 나이트가운을 입은 채 헝클어진 머리에 헤어밴드를 아무렇게나 착용하고 있었다. 아이는 내복 차림이었는데 아직 세수도 하기 전인 것 같았고, 백과사전을 꼭 안은 채로 소파에 앉아 있었다. 노부인은 방에 갇혀 있었다.

"어쩔 수 없었어요."

아이 아빠는 부끄러움과 죄책감과 슬픔에 가득 차서 말했다. 노부인은 P부인을 보자마자 엉엉 울며 집으로 돌아가고 싶다고 말했다. "여기가 집이에요. 여기가 어머니의 집이라고요." 아이 아빠가 절망에 찬 목소리로 말했다.

P부인은 자신이 노부인과 아이를 씻길 테니 아이 아빠에게 그 동안 거실 청소를 좀 하라고 말했다. 그리고 아이 엄마에게는 세수를 하고 머리를 빗고 옷을 갈아입으라고 말했다. 잠시 후 니트 티셔츠와 슬랙스를 입은 아이 엄마가 나타나서 이제 뭘 하면 좋겠느냐고 물었다. P부인은 그녀에게 노부인 방을 환기시키고 침대 커버를 벗겨서 세탁기에 집어넣으라고 말했다. 그녀는 고분고분하게 P부인의 말을 따랐다. P부인은 아이를 씻긴 후 옷을 입혀 제 엄마에게 보냈다. 그리고 노부인이 목욕을 할 수 있도록 도와주고, 목욕이 다 끝난 후 노부인의 장롱에서 초록색 스웨터와 스커트를 꺼내서 입혀주었다—나중에 아이 아빠는 그날을 떠올리면서 자신의 어머니가 마치 '크리스마스트리' 같았다고 말했다—. 그리고 진주 목걸이와 귀걸이를 걸어주는 것도 잊지 않았다. 하루 종일 엄청난 감정의 소용돌이를 겪은 노부인은 P부인이 차려준 밥을 많이 먹고 일찌감치 잠에 들었다.

그날 밤, P부인과 아이의 부모, 그리고 아이는 저녁식사를 함께 하게 되었다. 그런 식으로 함께 저녁식사를 하는 건 처음이었다. 그들 부부는 마치 자신들이 방금 재난에서 구조된 것 같다고 느꼈고 P부인은 그들, 그 곤경에 처한 아이들, 아니 그러니까 그 젊은 부부가 아까와는 전혀 다르게 정돈되고 깔끔하고 우아한 모습으로 식사하는 걸 바라보며 문득, 다시 한 번 그 노래 가사를 떠올렸다. 갈매기의 울음이 마음을 흔드네. 그건 죄인들이 죄를 짓는 동안, 아이들이 뛰어놀기 때문이지. 아이들이 뛰어놀기 때문이지. 아이들이 뛰어놀기 때문이지. 아이들이 뛰어놀기 때문이지……

"정말 죄송해요. 의사를 부를 생각도 못했어요. 그냥 아주머니 생각이 났어요."

아이 아빠가 P부인을 바라보며 벌써 다섯 번 정도 똑같은 말을 반복했다.

"아니, 아니에요. 괜찮아요. 왜 그런 말을 해요."

P부인은 아이가 밥을 먹는 걸 도와주면서 말했다. 아이는 P부인의 어깨에 거의 매달리다시피 붙어 있었다. 원래라면 시간이 아주 오래 걸리더라도 아이가 스스로 밥을 먹게 하자는 주의였지만, 그 날만은 아이의 입에 밥과 반찬을 직접 넣어주고 있었다.

"어머니는 저를 못 알아보세요. 며느리도, 심지어 손자도 못 알아보세요."

"곧 괜찮아지실 거예요."

P부인이 그를 위로했다.

"만약 괜찮아지지 않으시면 어떻게 해요? 이젠 우린 어떻게 하죠?"

아이의 엄마가 P부인에게 물었다. P부인은 그런 건 알지 못했다.

그런 걸 알 리가 없었다. 그래도 P부인은 자신이 그녀에게 무언가 답을 해줘야 한다고 느꼈다.

"그분은 병에 걸리신 거예요."

"그분은 병에 걸렸어."

아이가 P부인의 말을 따라 했다.

"정말 끔찍했어요. 어떻게 해야 할지 알 수가 없었어요. 어머니 상태는 괜찮았어요. 아시잖아요. 어제까지만 해도 멀쩡하셨다고요."

아이 아빠가 약간 횡설수설했다.

"저희 부부는 요즘 눈코 뜰 새 없이 바쁘죠. 우리 애 좀 봐요. 물론 아주머니가 잘 돌봐주시지만……제가 하고 싶은 말은……모르겠어요……그냥 모든 게 엉망진창이에요. 아주머니, 그거 아세요? 저희 회사 공장에서 일하던 사람들이 죽었어요. 그런데 저희는 너무 많은 서류를 검토하고 작성해야 해서, 그러니까 제 말은……."

"여보, 이제 그만 말해도 돼."

아이 엄마가 남편을 위로하듯 말했다. 하지만 아이 아빠는 계속 이야기했다.

"모르겠어요, 제가 지금 무슨 이야기를 하고 있는 건지, 그냥 너무 무서워요. 어머니가 어떻게 되신 거죠? 아니, 제 말은 어머니가 병에 걸리신 건 아는데, 그러니까 저희가 뭘 어떻게 해야 하는 건지……정말 아무것도 생각이 안 나고 그냥 아주머니 생각만 났어요. 저는, 저희는……."

그 말을 하던 아이 아빠가 갑자기 울기 시작했다. 그러자, 아이가 제 아빠를 따라 울기 시작했고, 결국 아이 엄마까지 울기 시작했다.

P부인은 하나도 난감해하지 않았고, 마치 그런 상황이 올 거라는 걸 이미 예상하고 있었던 것처럼, 혹은 지금 이 상황을 해결하는 것이 자기의 의무인 양, 그들을 차례로 달래주었다.

"죄송해요. 우린 아무 생각도 못했어요……. 모든 게 엉망이 되어버렸어요……."

아이의 엄마가 울먹이며 말했다.

"세상에, 가엾어라, 더 이상 아무 말도 하지 말아요. 나쁜 일은 아무것도 생기지 않아요."

P부인은 울음을 멈출 때까지 그들을 돌보아주었다. 그들이 식사를 겨우 끝낸 후에는 식탁을 깨끗이 치우고 설거지를 했다. 그리고 작은 새가 그려진 찻잔을 꺼낸 후 따뜻한 우유 세 잔과 자기가 마실 차를 한 잔 만들었다. 그들은 티테이블에 모여 앉아 그걸 함께 마셨다. P부인은 그들 가족이 모두 잠들 때까지 그 집에 머물렀다.

그 후로 두 달여 동안 P부인은 매일매일, 하루도 거르지 않고 그들의 집에 들렀다. 그들 부부는 전문 요양사를 구하려고 했지만, P부인은 그러지 말라고 했다. "나 하나로 충분하다우."

가을이 거의 끝나갈 무렵의 어느 금요일 밤, 아이 엄마가 퇴근하는 P부인에게 말했다.

"이번 주말은 안 오셔도 돼요. 집에서 푹 쉬세요. 그동안 너무 고생 많이 하셨어요."

"아니에요. 괜찮아요. 내가 없으면 할머니를 누가 돌봐요?"

"걱정하지 마세요. 아주머니도 쉬셔야죠."

아이 엄마는 P부인의 손을 잡았다가 놓았다.

나중에 P부인은 노부인이 요양소로 떠났다는 걸 알게 되었다. 아이의 외할머니가 알아본 곳으로, 국내에서 가장 비싸고 좋은 의료진이 모여 있는 곳이었다. "저흰 주말마다 시어머니를 보러 갈 거예요." 아이의 엄마가 변명하듯 말했다. 그리고 실제로 그들 가족은 특별한 일이 없는 한 노부인이 죽을 때까지 일요일마다 거기에 들렀다. P부인은 노부인을 요양소로 보내는 것에 대해 자신에게 아무런 의견도 묻지 않은 것 때문에 조금 상처를 받았고, 그들 부부에게 무언가를 물어보고 싶었지만, 결국 아무것도 물어보지 못했다. 나중에, 그러니까 아주 많은 시간이 흐른 후에 P부인은 자신이 아무것도 물어보지 않은 것에 대해 스스로에게 감사했다. 여하튼 노부인이 떠난 이후로 P부인은 주말에 자신만의 시간을 가질 수 있었다. 나쁘지 않아. 좋아, 모든 게 좋아. 괜찮을 거야. 아무런 일도 일어나지 않을 거야. P부인은 자신의 어깨와 등에 파스를 붙이면서, 마치 기도하듯이 중얼거렸다.

여전히 P부인이 그 집, 그 가족을 위해 할 일은 많았다. 그들 부부 대신 장을 보고, 음식을 만들고, 아이와 함께 저녁을 먹고, 아이가 잠에 들면 작은 스탠드만 켜놓고 책을 읽으며 차를 마셨다. 날씨가 추워졌기 때문에 공원 산책은 그만둬야 했지만, 집 안에서 아이와 함께 책을 읽거나 노는 것도 나쁘지 않았다. 얼마 안 있어, 아이 엄마가 일하는 미술관에서는 '동유럽의 현대' 전시회를 무사히 마쳤다. 무사히, 라는 표현은 좀 불공평한 것 같고, 사실 그 전시회는 대성공이었다. 그들의 전시회에 대한 기사가 여기저기 지역 신문이나 여성지에 실렸다. 그들을 찍은 사진도 있다. 사진 속의 아이 엄마는 누구보다 여유로운 미소를 짓고 자연스럽게 카메라를 응시하고 있다. 아이 아빠의 회사일도 잘 **해결**되었다. 그들 회사는 아무런 조치를 취하지 않아도 되었다. P부인이 말했던 것처럼 나쁜 일은 **아무것도** 일어나지 않았다. 그전만큼은 아니었지만, 이제 부부는 자신들의 원칙—아이와 함께 저녁을 먹는 일—을 지키는 날이 지키지 못하는 날보다 훨씬 더 많아졌다.

    성탄절이 다가올 때, 부부는 여름에 쓰지 못한 휴가를 떠나기로 마음먹었고 아이를 데리고 동남아시아의 작은 섬으로 날아가서 며칠을 머물렀다. P부인에게도 오랜만에 찾아온 장시간의 휴가였다. P부인 역시 여행을 떠나려고 마음먹었지만, 결국 아무 곳에도 가지 못했다. 휴가의 마지막 날에 P부인은 서점에 들러 아이가 읽을 만한 책을 잔뜩 산 후, 시내 카페에 혼자 앉아서 창밖으로 흩날리는 눈을 바라보며 차를 마셨다. 그해 겨울에는 눈이 많이 내렸다. 카페 안은 성탄절이 끝난 직후 흔하게 느낄 수 있는 피로함과 공허함, 미미하게 남아 있는 흥분감과 새로운 해를 맞이한다는 막연한 기대감이 뒤섞여 있었다. P부인의 맞은편에는 사십대 초반쯤으로 보이는 부부가 딸처럼 보이는 여자애와 함께 과일타르트를 앞에 두고 차를 마시고 있었다. 여자애는 간간이 핸드폰을 살펴보기도 했지만 대부분은 웃거나 불평을 터트리거나 뭔가에 대해 자신의 부모에게 끝도 없이 이야기하기도 했다. P부인은 잠시 동안 그 가족을 물끄러미 쳐다보았다. 얼마나 시간이 흘렀을까? 갑자기 여자애가 고개를 돌렸고 그들은 눈이 마주쳤다. P부인은 황급히 짐을 챙겨 카페에서 나왔다. 엿보고 있다는 것을 여자애에게 들켜서가 아니라, 어쩐지 당장 남동생에게 전화를 걸고 싶어졌기 때문이었다. 휴대폰을 집에 두고 나왔기 때문에 그녀는 공중전화를 찾아 헤매야만 했다. 그녀는 다섯 블록을 넘게 걸었다. 눈 때문에 양말이 젖었고, 머리끝이 얼어서 딱딱해졌지만, 그녀는 결국 공중전화기를 찾아냈다.

드디어, 겨울이 끝났을 때, P부인은 다시 산책을 시작했다. 그녀는 아이에게 기분이 좋으냐고 물었고, 아이는 그렇다고 대답했다. 아이는 P부인의 손을 꽉 잡았다. 공원에서, P부인은 여전히 다른 젊은 여자들과는 한 마디도 섞지 않았다. 그녀는 그전에 늘 그랬던 것처럼 책을 읽고, 아이를 눈으로 좇고, 하지 말아야 할 일과 해야 할 일을 구분해주었다. 주말에 집안일을 대신해줄 도우미 아주머니가 새로 고용되기도 했고, 아이 엄마에게 시간적 여유가 조금 생겼기 때문에 더 이상 P부인이 음식을 만들거나 집안일을 할 필요가 없어졌다. 그래도 가끔 아이 부모가 돌아올 때쯤 간단한 음식을 만들기도 했다. 겨울에는 몇 번쯤 함께 식사를 했지만, 봄이 시작되고는 한 번도 그런 기회가 생기지 않았다. 가끔 그들 부부가 둘 다 늦을 때, 그 집에 늦게까지 머물렀지만, 이제 그건 아주 매때로만 일어나는 일이었다. 하지만 P부인은 실망하기는커녕, 자신의 인생이 새로운 형태의 안정기에 접어들었다고 믿었다.

인생이 새로운 시기에 접어들었다는 생각을 한 건, 그들 부부도 마찬가지였다. 아이 아빠는 토요일에 직장 상사들과 함께 골프를 치러 나갈 때가 있었다. 아무나 거기에 참여할 수 있는 게 아니었다. 아이의 엄마는 '동유럽의 현대'를 준비하는 동안 보여주었던 애정

어린 헌신이 좋은 평가를 받고 있었다. 그들 가족은 자주 외식을 했고 일요일에는 요양소에 갔다. 아이 아빠는 어머니의 상태가 점점 좋아진다고 생각했고, 실제로도 그랬다.

어느 날 도어록의 비밀번호를 누르고 집으로 들어선 아이 엄마는 이상한 기분에 사로잡혔다. P부인은 왜 항상 티테이블 위의 작은 전등불만 켜놓는 거지? 왜 이렇게 집 안을 어둡게 해놓는 거야? 그녀는 P부인이 자신에게 인사를 한 후 읽고 있던 책 페이지의 귀퉁이를 접어서 책장에 집어넣는 걸 바라보았다. 대체 왜 P부인은 책갈피를 사용하지 않는 거지? 그녀는 그런 광경을 이제껏 몇 번이나 봤었다는 사실을 믿기 어려웠다. P부인이 집으로 돌아간 후 그녀는 P부인이 설거지통에 덩그러니 넣어둔 찻잔을 바라보았다. 작은 새가 앙증맞게 그려진 찻잔. 그건 영국제로 그녀가 가장 아끼는 것이었다. 그걸 사고 싶어서 그녀는 백화점 직원에게 몇 번이나 부탁했고, 두 달이나 기다려야 했다. 그럴 만한 가치가 있는 물건이었다.

그날 밤 그녀는 남편에게 이제 아이를 어린이집의 종일반에 맡기는 게 좋겠다고 말했다.

P부인은 보모일을 그만두게 되었다.

몇 달 후 아이 아빠는 승진을 했고, 아이 엄마는 정직원이 되었다. 모든 것이 너무나 완벽했고 잘못된 건 아무것도 없었다. 정말이지 나쁜 일은 하나도 일어나지 않았다.

해고 통보를 받은 날 밤, 잠들기 위해 침대에 누웠을 때 P부인은 언젠가 그 집에서 바라봤던 밤의 풍경을 떠올렸다. 가을밤의 기분

좋은 바람을 느끼며, P부인은 까만 강을 가로지르는 다리와 조명, 자동차 불빛의 행렬, 그리고 저 건너의 커다란 관람차의 움직임을 보고 있었다. 그때 P부인은 그런 생각을 했었다. 저 불이 모두 꺼지면 이 세상에 무슨 일이 일어날까 하는. 만약 그런 일이 생긴다면, P부인은 자신이 달려가야 하는 곳은 너무도 명백하다고 믿었었다.

그건 착각이었을까?

그녀는 자신의 삶에서 반복되었던 잘못된 선택, 착각, 부질없는 기대, 굴복이나 패배 따위에 대해 생각했다. 언제나 그런 식이지. 그녀는 항상 그게 용기라고 생각했었다. 그리고 나중에서야 그녀는 그게 용기가 아니라는 걸 깨닫곤 했다. 그렇다면 그건 무엇이었을까? 때때로 무엇인가를 붙잡고 싶어질 때가 있었다. 삶이, 그녀 앞에 놓인 삶이 버둥거림의 연속이고, 또한 기도의 연속이라는 생각이 들 때도 있었다. 더 이상 기도를 하지 않기를 바라는 기도. 제발 내가 또다시 어리석은 결정을 내리지 않게 도와주세요. 그녀는 얼마나 자기 자신이 기도를 하지 않게 되기를 바랐던가.

그때, 아직 그녀가 젊었던 시절에 그녀는 '정식'교사가 되기 위한 시험을 계속 준비했어야 했다. 그녀는 자신의 부모, 그 무능했고 자신에게 기대기만 했던, 그렇지만 자신이 너무나 사랑했던 부모를 떠올렸다. 그리고 동생 부부. 그들에게도 자식이 있었지만 P부인은 그 애를 본 적이 없었다. 그녀에게도 좋았던 시절이 있었다. 그녀가 사랑하고 그녀를 사랑했던 남자들이 있던 시절. 끝나지 않을 거라고 믿었던 시절, 결국 그녀의 곁에 아무도 남지 않게 되었지만 그건—누구라도 그러하듯이—그녀가 선택한 삶이 아니었다. 하지만 그녀는 잘못된 일들이 언젠가 아주 조그마한 사건을 통해 한순간에 해결될 것이라고 믿었다.

그 젊은 부부는 자신들이 갑자기 외국으로 떠나게 되었다고, 그러니까 이제 오지 않아도 된다고 말했다. P부인은 그게 거짓말이라는 걸 알고 있었다. 하지만 그게 거짓말인들 어떠랴? 그들 부부에게야말로 잘못된 일은 아무것도 일어나지 않을 것이었다. 그 귀여운 아이는 부족함 없이 부모의 사랑을 받으며 잘 자랄 것이다. 얼마나 똑똑하고 멋진 아이로 자라날까? 어쩌면 그 아이는 나중에 멋진 청년으로 자라나서 자신에 대한 이야기를 할지도 모른다. 그 젊은 부부, 그 품위 있고 교양이 넘치는 부부는 어쩌면 나에게 역사—지리 혹은 사회—과목을 배운 적이 있는 아이들일지도 몰라. 하지만 P부인은 그게 너무나 과장된 생각이라는 점을 인정했다. 하지만, 적어도 자신이 가르친 아이들이 어디에선가 그 젊은 부부처럼 건강하고 우아하게 성장해서 넓고 깨끗한 건물의 꼭대기에 살며, 좋은 차를 몰고, 교양 있는 말투를 구사하며, 사회의 중요한 한 부분을 차지하고 있으리라는 생각을 했다.

사는 건 그런 거지. 그녀는 생각했다. 아, 괜찮을 거야. 언젠가, 마치 끈 하나를 잡아당기면 엉킨 끈이 풀어지듯이 잘못된 일들이 고쳐질 거야. P부인은 그렇게 생각하면서 잠들기 위해 눈을 감았다.

잠들기 위해 눈을 감는 건, 생각보다는 언제나 쉬운 일이었다.

*P부인이 떠올리는 가사는 1970년에 출시된 캣스티븐스의 〈Tea For The Tillerman〉 앨범에 실린 동명의 곡이다.

손보미는 한국 사회의 구체적 현실을 현장감 있게 재현하기보다는 주로 넓은 시야에서 인간 삶의 미세한 균열과 관계 속의 내밀한 어긋남을 묘사하는 소설을 쓴다. 외국 작가로부터의 영향을 숨김없이 드러내며 번역투스러운 낯선 대화체를 즐겨 구사하기도 하는 그녀의 소설은 다소간의 인공미가 매력이다. 로컬한 문화보다 다국적 문화의 다양한 매체에 익숙한 세대를 대변하는 작가이기도 하다. 인간관계의 다양한 심리를 예리하게 포착해내며 주제의식은 다소 철학적이기까지 한 그녀의 소설은 보편적 공감을 이끌어낼 소설로도 손색이 없다. 등단 이후 빠른 시간 안에 자신만의 스타일을 성공적으로 만들어냈고, 당연히 상도 많이 받았다.

「임시교사」는 중산층 가정의 보모로 고용된 P 부인의 이야기이다. 그녀는 임시직 교사로 교사 생활을 접은 이력을 갖고 있다. 선한 성정과 오랫동안의 교사 생활에서 얻은 노하우를 바탕으로 P 부인은 젊은 부부의 조력자 노릇을 훌륭히 해낸다. 이 작품이 내내 공들여 묘사하는 것은 젊은 부부의 삶에 대해 필요 이상의 감정적 개입을 경계하려는 P 부인의 태도다. 내 것이 아닌 것을 욕망하게 될까 봐 강박적 불안을 느끼면서도 타인을 위해 최선을 다하려는 그녀의 태도는 제목에 놓인 '임시'라는 단어와 공명하며 우리 시대에 만연한 불행한 삶의 조건들을 환기시킨다.

「임시교사」는 손보미의 소설이 구체적 현실과 만나는 방법을 고민했다는 점에서도 반갑게 읽힌 소설이다. 그런데 작가는 어디선가 "아주 착한 여자에 대해서 쓰고 싶었다"고 말한 바 있다. 착함과 나쁨이 단지 구조적 모순으로 인식될 것만이 아님을, 오히려 거기에는 운명적인 것이 개입될 수 있음을, 나아가 문학은 선악의 모순을 해결하기보다 그것 자체를 사유하는 일을 해야 한다는 사실까지도 이 소설은 말해주는 듯하다.

— 조연정 · 문학평론가

이기호

권순찬과 착한 사람들

1999년 《현대문학》 신인추천공모에 「버니」가 당선되어 등단했다.
소설집 『최순덕 성령충만기』 『갈팡질팡하다가 내 이럴 줄 알았지』 『김 박사는 누구인가?』,
장편소설 『사과는 잘해요』 『차남들의 세계사』가 있다.

내가 그 이상한 남자를 처음 만난 것은 지난해 여름, 그러니까 마른장마가 이 주 이상 계속되고 있던 7월 초순의 목요일 자정 무렵이었다.

장마 따위는 다 죽어버리라지.
나는 그날 밤도 살고 있던 아파트 단지 정문 옆 작은 호프집에 앉아 괜스레 혼잣말을 내뱉었다가 또 버릇처럼 머리카락을 쓸어 올렸다가 하면서 소주 탄 생맥주를 야금야금 마셔대고 있었다. 호프집 창문 밖으론 사우나 불빛을 닮은 가로등이 하나 서 있었고, 비어 있는 공중전화 부스와 어둠에 잠겨 있는 도로 건너편 야산도 한눈에 들어왔다. 거리엔 지나다니는 사람 한 명 보이질 않았고, 테이블 네 개가 전부인 호프집엔 사십대 중반의 여주인과 나, 그렇게 단둘뿐이었다. 벽에 매달린 선풍기가 파닥거리며 내 쪽으로 고개를 돌릴 때마다 머리는 점점 더 아래쪽으로 수그러졌고, 얼굴은 불콰하게 변해갔다.
그즈음 나는 알 수 없는 무력증에 빠져 일 년 넘게 소설 한 편, 에

세이 한 편 쓰지 못하고 있는 처지였다. 그건 나로서는 생경한 경험이었는데, 이상하게도 화난 사람처럼 자꾸 주먹을 움켜쥐었고, 혼자 있을 땐 책상 귀퉁이나 의자 손잡이를 주먹으로 툭툭 내리쳤으며, 그러다 보면 실제로 화가 났다. 나는 내가 왜 화가 나는지도 알 수 없었고, 그래서 화가 난 것을 주위 사람들에게 들키지 않으려고 자주 숨을 길게 들이마신 후 그대로 멈춰 있는 일을 반복했다. 그렇게 하루를 지내다가 집으로 돌아오면 온몸에서 열이 오르고 팔꿈치와 종아리가 아팠다. 그 상태에서 또 무언가 써보겠다고 한글 파일을 열면 깜빡이는 커서가 화면 아래로, 모니터 밖 방바닥으로 뚝뚝, 떨어지는 것만 같은 착시가 일었다. 나는 관절이 꺾인 나무인형처럼 의자에 널브러져 있다가 그대로 잠이 들곤 했다.

딱 한 번 화를 내는 것을 남에게 들켜버린 적이 있긴 있었다. 나는 팔 년째 G시에 있는 한 대학교에서 선생으로 일하고 있었다. 칠 년째 되는 해엔 동기 교수들과 함께 부교수로 승진을 했고, 학과 강의 말고도 학교 내 이런저런 위원회와 TF팀, 교수협의회와 학생상담센터 운영위원 같은 일도 함께 하고 있었다. 그건 뭐 내 또래 교수들이라면 대다수가 엇비슷하게 맡고 있는 일들이어서 별다른 불만은 없었다. 내가 지금 뭘 하고 있는 거지, 생각하면서도 엑셀 파일에 최근 삼 년간 도서 구입비 증감 현황이나 전임교원 강의 담당비율 같은 것들을 표로 작성했다. 그렇게 한참 동안 엑셀에 숫자를 기입하다 보면 내가 지금 뭘 하고 있는 거지, 따위의 생각들은 잊을 수 있었다. 온전히 숫자에 몰입할 수 있었다.

회의가 많다 보니 그만큼 회식도 잦았는데, 그날이 그랬다. 교육부에서 시행하는 무슨무슨 사업에 신청서를 내기 위해서 회의와 서류 검토가 방학 내내 이어지던 시기였다. 도시락을 먹으면서 밤 열시까지 회의를 하고 나서려던 순간, 교무부처장이 내 팔을 슬쩍 잡았다. 이 선생, 한잔하고 가야지? 집에 가면 누가 있다고? 나는 순순히 교무부처장에게 고개를 끄덕여주었다. 나 말고도 젊은 교수 두 명이 더 교무부처장의 일행이 되었는데, 학교 근처 꼬치어묵집 앞에서 문제가 생겼다. 여기로 가지. 교무부처장이 다시 내 오른팔을 슬쩍 잡아당기며 말했다. 그 순간 내가 왜 그랬을까? 나는 그 자리에 우뚝 멈춰 선 채 교무부처장에게 잡힌 내 팔꿈치를 내려다보았다. 이렇게 잡아당기지 좀 마요. 내 목소리는 낮았고, 날이 서 있었다. 교무부처장과 다른 교수들이 어리둥절한 얼굴로 나를 바라보았다. 나는 멈추고 싶었으나, 그게 잘 되지 않았다. 이렇게 사람 좀 잡아당기지 말라고! 말로 하면 되지 왜 이렇게 잡아당겨! 나는 교무부처장의 팔을 뿌리치고 성큼성큼 도로에 정차해 있던 택시를 잡아탔다. 택시 룸미러를 통해 굳은 듯 그대로 서 있는 교무부처장과 다른 교수들의 모습이 보였으나, 나는 택시를 멈추지 않았다. 주먹을 쥔 채, 택시 시트를 반복적으로 툭툭 내리쳤을 뿐이었다. 그리고 집으로 돌아와 또다시 관절 꺾인 인형처럼 의자에 앉아 있다가…… 나는 교무부처장에게 미안하다고, 몸이 좋지 않아서 신경이 날카로워진 거 같다고, 죄송하다고, 문자를 보냈다. 교무부처장은 바로 답 문자를 보내왔다. 이 선생, 글 쓰는 사람이라는 걸 내가 잠깐 잊었네요. 난, 다 이해합니다. 그럴 수도 있지요. 신경 쓰지 마세요.

G시에서 내가 살고 있는 곳은 학교에서 차로 이십 분 정도 떨어진, 지은 지 이십오 년이 넘은 국도변 아파트였다. 큰방과 작은방이 있고 거실은 없는, 전 세대 동일하게 십삼 평형으로 지어진 복도식 아파트였다. 시 경계 지역에 있고, 버스도 한 시간에 한 대꼴로 다니고, 변변한 교육 시설이나 상업 시설이 없어 아파트 시세는 다른 곳에 비해 놀랄 만큼 쌌지만, 전체 백오십 세대 중 비어 있는 곳이 삼십 세대가 넘는다는 말을 듣기도 했다. 실제로 아파트 정문 옆 단층짜리 작은 상가를 제외하곤 주변에 다른 건물은 없었다. 작은 상가 건너편은 야산이었고, 야산을 지나면 비닐하우스 단지와 공장단지가 나왔다. 아파트에 사는 사람들 가운데 노인 수가 압도적으로 많았으며, 주차장에는 주로 낡은 트럭이나 택시, 오토바이 등이 세워져 있었다.

나는 그 아파트에 혼자 세 들어 살았다. 아내와 아이들은 서울에 살았다. 처음 G시로 내려올 때부터 그랬으니 어느새 팔 년이 흐른 것이었다. 이 주나 삼 주에 한 번꼴로 서울로 올라가 아내와 아이들을 만나고 프랜차이즈 뷔페 음식점이나 대게 전문점에서 외식을 하는 것, 그러다가 다시 일요일 오후에 아내가 싸준 밑반찬이나 속옷, 비타민 등을 챙겨 G시의 낡고 가난한 아파트로 돌아오는 것, 알 수 없는 무력증에 빠진 이후에도 나는 꼬박꼬박 그 일을 거르지 않았다. G시에서 서울로 올라가는 고속버스 안에서는 애꿎은 가족에게 화를 내지 말자고 계속 혼잣말을 했고, 다시 G시로 돌아오는 고속버스 안에서는 애꿎은 가족을 향해 속엣말로 마구 화를 냈다. 주먹으로 버스 좌석 손잡이를 툭툭 내리치면서까지 화를 냈다.

나는 왜 자꾸 애꿎은 사람들에게 화를 내는가? 나는 왜 자꾸 애꿎은 사람들에게 화를 내려 하는가? G시의 작은 아파트 책상 앞에 앉아 나는 자주 그런 생각을 했고, 그러다가 아파트 정문 옆 작은 상가에 있는 호프집으로 나가 술을 마시는 날들이 늘어갔다. 호프집 여주인은 내가 갈 때마다 말하지 않아도 오백 시시 생맥주 한 잔과 소주 한 병을 내왔고, 거기에 다시 천 시시짜리 빈 맥주잔을 내주었다. 나는 천 시시짜리 빈 맥주잔에 맥주와 소주를 섞어 마셨다. 혼자 그걸 다 마시고 나면 적당한 취기가 올랐고, 그러면 아무에게도 화를 내지 않은 상태에서, 한글 파일을 열지 않은 상태로, 잠이 들 수 있었다. 그러니까 내가 그 이상한 남자를 만난 것은 바로 그런 나날 중 하루였던 것이다.

몸을 조금 비틀거리면서 화장실을 다녀오니 호프집 창가 바로 앞 테이블에 못 보던 남자 한 명이 앉아 있었다. 팔 년째 살고 있는 덕분인지 몰라도 나는 아파트에 거주하고 있는 대부분의 사람을 알고 있었다. 이름이나 직업까진 몰라도 얼굴은 모두 눈에 익었다. 나는 그 호프집에서 전직 구청 공무원인 육십대 중반의 입주민 대표와도 술을 마신 적이 있었고, 관리소장과 경비 용역업체 사장과도 눈인사를 나눈 적이 있었다. 호프집 오른편 '참좋은 마트' 사장과는 비치파라솔 아래에 앉아 담배를 나눠 피운 적이 있었고, 딸기 비닐하우스 단지에서 일하는 402호 남자와는 호프집 왼편 '란 헤어센스'에서 함께 머리를 자른 적이 있었다. 그들은 하나같이 내게 친절했고, 무리한 부탁을 한 적이 없었으며, 모두 나를 '교수님'이라고 불러주었다.

그러니까 그 남자는 아파트 입주민이 아닌 것이 확실했다. 나는 자리에 앉으면서 호프집 여주인을 향해 입 모양만으로 '누구?'라고 물었지만, 그녀는 어깨를 짧게 한 번 으쓱하고 말았을 뿐이다. 나는 다시 맥주잔에 담긴 술을 마시면서 남자의 뒷모습과, 창가에 비친 남자의 얼굴을 간간이 훔쳐보았다. 파마를 한 것인지 원래 곱슬머리인지 알 수 없는 부스스한 머리칼과 툭 불거져 나온 광대뼈, 거기에 계절에 맞지 않는 검은색 양복까지. 머리가 유달리 커 보인다고 생각했지만, 자세히 보니 그건 어깨가 지나치게 좁고 굽은 탓이었다. 호프집 조명 때문인지 취기 때문인지 몰라도, 내게 등을 보인 채 조용히 생맥주를 마시고 있는 남자는 그냥 좀 흐릿해 보였다. 이런 표현을 쓰긴 뭐하지만…… 남자를 보며 당시 내 머릿속에 떠오른 이미지는 '먼지 뭉치'였다. 오랫동안 청소를 하지 않아 방구석에 머리카락과 함께 둥글게 부풀어 오른 '먼지 뭉치'. 실이라도 뽑아낼 수 있을 것만 같은 '먼지 뭉치'. 나는 그게 좀 이상했다. 왜 사람이 사람으로 보이지 않고 유리창에 덧댄 패널처럼, 힘없이 흩날리는 눈송이처럼 보이는 걸까? 저 남자의 무엇이 그런 것들을 떠올리게 만드는 것일까?

그러거나 말거나 나는 다시 고개를 숙인 채 남은 술을 다 마셨고, 얼마 지나지 않아 계산을 마치고 호프집 밖으로 빠져나왔다. 잠깐, 호프집 여주인이 걱정되었지만, 별 위험은 없어 보였다. 카드 전표에 사인을 하면서 또 한번 슬쩍 바라본 남자의 얼굴은 왠지 겁을 잔뜩 집어먹은 듯한 표정이었다. 무언가, 어떤 대상을 겁내는 것이 아닌, 아예 그 상태 자체가 표정이 되어버린 듯한 얼굴. 그래서였는지 몰라도 나는 호프집 밖으로 나오는 순간 쉽게 그 남자를 잊었고, 그 남자 발치에 놓여 있던 커다란 여행용 배낭 또한 미처 보지 못했다. 그리고 후에 내가 그 남자의 멱살을 잡고 흔들면서 화를 내게 될 것이라는 사실 또한 전혀 예상하지 못했다. 하긴, 내가 그걸 어찌 예상할 수 있단 말인가. 흩날리는 눈송이를 손아귀에 움켜쥔 채 화를 내게 될지, 그 누가 예상할 수 있단 말인가.

그것이 나와 권순찬 씨의 첫 만남이었다.

*

다음 날 오전, 나는 차를 몰고 출근을 하다가 다시 그 남자를 만났다. 단지 정문 출입구 옆 버스 정류장에 나와 있는 사람들이 일제히 도로 건너편 야산이 시작되는 철조망 부근 쪽으로 몸을 돌린 채 서 있는 것이 보였다. 정문 경비도 밖으로 나와 팔짱을 낀 채 그쪽을 향해 돌아서 있었다. 뭐지? 나는 차 속도를 천천히 줄이면서 유리창을 내렸다. 후끈한 7월의 공기가 차 안으로 훅 밀려들어왔다. 공장단지에서 나는 비릿한 사료 냄새도 함께 섞여 들어왔다.

거기, 야산이 시작되는 버려진 땅 앞에는 소나무가 두 그루 있었는데, 그 나무들을 기둥 삼아 파란 천막이 지붕처럼 펼쳐져 있었다. 그리고 그 아래 한 남자가 돗자리를 편 채 가만히 앉아 있었다. 남자는 대자보 두 장을 합판에 붙여 들고 있었는데, 한 장은 글씨가 너무 작아 잘 보이지 않았지만, 나머지 한 장은 똑똑히 읽을 수가 있었다.

103동 502호 김석만씨는 내가 입금한 돈 칠백만 원을 돌려주시오!

붉은색 매직펜으로 큼지막하게 쓴 그 글씨들을 읽고 나는 남자의 얼굴을 다시 한 번 바라보았다. 분명, 어젯밤 호프집에서 만난 그 남자가 맞았다. 부스스한 머리칼도, 검은색 양복도 그대로였다. 남자는 사람들을 향해 대자보를 높이 쳐들지도 않았고, 아파트 쪽도 쳐다보지 않은 채, 그저 가만히 고개를 숙인 채 앉아만 있었다. 돗자리가 끝나는 부분엔 남자의 것으로 보이는 감색 운동화 한 켤레가 가지런히 놓여 있었다.

나는 창문을 올리고 다시 차를 움직였다. 정문 경비가 내 차를 보자 인사를 했고, 나도 꾸벅 고개를 숙였다. 망신을 주려고 온 사람이었구나. 나는 핸들을 돌리면서 그렇게 생각했다. 뭐야, 그럼 어젯밤부터 저기에 저러고 있었다는 건가? 502호? 502호에 누가 살지? 저런다고 소용이 있을까? 직접 찾아가서 담판을 내야지. 나는 속도를 높이면서 그런 생각들을 하다가 이내 다시 그날 작성해야 할 서류들과 학과 취업률 따위들을 떠올렸다. 칠백만 원이든 천칠백만 원이든 남과 남 사이에 벌어진 일이었다. 내가 참견할 만한 일도, 참견할 수도 없는 일이었다. 그저 누군지 모를 사람의 망신을 한 번 보았을 뿐. 저러다가 금세 말겠지. 나는 그렇게 생각했다. 나는 학교에 도착한 후 인터넷으로, 죽은 아이의 아빠가 단식을 시작했다는 기사와, 교육부에서 대학의 구조조정 로드맵을 발표했다는 기사를 차례로 읽었고, 교무처와 인재개발원 팀장들과 길게 통화를 했다. 그러다 보니 어느 순간 점심시간이 되었고, 자연스레 아침에 보았던 남자를 잊을 수 있었다.

그러나 저러다가 말겠지, 했던 남자는 내 예상과는 다르게 몇 날 며칠 그 자리에 계속 앉아 있었다. 그사이 파란 천막 모서리에는 커튼처럼 얇은 비닐이 사면으로 매달렸고, 돗자리 위에는 새로 스티로폼 두 장이 깔렸다. 밤이 되면 비닐을 내리고, 스티로폼 위에 침낭을 깔고 자는 모양이었다. 그리고 다시 아침이 되면 비닐을 둘둘 말아올린 후, 합판에 붙인 대자보를 자신의 무릎 앞에 세웠다. 남자는 여전히 말이 없었고, 아파트 단지 안으로 들어오는 일도 없었으며, 아파트로 들어가는 사람들을 붙잡고 말을 거는 일도 없었다. 그는 그저 고요하게 거기에 앉아 있을 뿐이었다.

그 며칠 사이 나는 '참좋은 마트' 사장에게서 남자에 대한 사정을 좀 더 자세히 듣게 되었다. 그게요, 사정이 좀 딱하게 됐더라구요. '참좋은 마트' 사장은 나를 비치파라솔 의자에 앉힌 후 음료수 한 병을 따주면서 말을 이었다. 저 사람이 어린 시절부터 부모 떠나서 어렵게 지낸 모양인데, 아, 얼마 전까지는 인천에 있는 무슨 세차장에서 일을 했다고 하더라구요. 한데, 저 사람 어머니라는 분이 몇 달 전에 갑자기 찾아와서는 자기가 빚을 졌으니 조금 도와달라고 하면서 계좌번호를 놓고 간 모양이에요. 알고 봤더니 이 사람 어머니라는 분이 사채를 쓴 모양인데…… 추어탕집 주방에서 일했다나 어쨌다나. 뭐 아무튼 거기에서 일하다가 관절염 때문에 그만두고 철없이 사채를 썼나 봐요. 처음에 이백만 원을 빌린 게 금세 사백만 원이 되고 육백만 원이 되고 칠백만 원이 된 모양이에요. 그러니 덜컥 겁이 났겠죠. 그래서 할 수 없이 오래전부터 왕래가 없던 아들을 찾아간 모양인데…… 남자도 선뜻 돈을 보내진 못한 모양이에요. 당장 그만한 돈을 마련하기도 어려웠겠지만, 뭐 안 봐도 뻔한 거 아니겠어요. 거 왜 섭섭하고 원망 같은 게 없었겠어요. 딱 봐도 해준 것도 없는 어머니 같은데, 갑자기 찾아와서 도와달라고 하니…… 아무튼 그래도 이 사람이 몇 달 뒤에 그 계좌로 돈을 넣은 모양이에요. 군소리 없이 칠백만 원 전부.

'참좋은 마트' 사장은 그 대목에서 잠시 말을 끊었다. 언제부터인가 '란 헤어센스' 여사장도 우리 옆에 와서 자리를 잡고 앉아 있었다. 매미가 울고, 날파리가 많은 여름 저녁이었다.

한데, 여기서부터가 더 안타까운 얘기인데…… 그사이에 저 사람 어머니도 그 돈을 갚았다는 거예요. 살고 있던 방 보증금도 빼고 여기저기 아는 사람들한테 조금씩 융통도 하고…… 그리고 그 돈을 갚고 얼마 뒤에 바로 돌아가셨대요. 저 사람이 말은 안 하는데 아마도 스스로 목숨을 놓은 모양인데…… 그러니까 결과적으로 사채업자에게 돈이 두 번 들어간 거죠. 저 사람, 얼마 전 어머니 장례를 뒤늦게 치르고 곧장 여기로 내려온 모양이에요.

그걸 저 남자가 다 얘기했어요?

나는 도로 건너편 남자를 슬쩍 바라보며 '참좋은 마트' 사장에게 물었다.

뭐 대충 그랬다나 봐요. 여기 사는 어르신들이 한 분 두 분 지나다니면서 말을 걸고 말을 들어보니 대강 그런 사연이더래요.

그런데 김석만이 누구지? 502호? 502호에 그런 사람이 살았나?
'란 헤어센스' 여사장이 물었다.

있긴 누가 있어? 우리 아파트에 사채업 하는 사람이 어디 있다고. 왜 거 유모차 할머니 있잖아…… 그 할머니 아들이래. 그 아들이 주소지를 여기로 올려놨나 봐.

유모차 할머니라면 나도 얼굴을 알고 있는 할머니였다. 새벽, 신문이 올 시간이면 어김없이 유모차에 의지해 공장단지로 폐지를 주우러 가는 할머니. 눈썹 끝에서부터 귓불까지 검버섯이 피어 있는 할머니. 유모차 없이는 제대로 걷지도 못하는 뚱뚱한 할머니.

아니, 그러면 그 할머니 통해서 연락하면 되잖아? 아무리 사채업 자라도 돈이 두 번 들어간 거까지 나 몰라라 하진 않을 거 아니야?

'란 헤어센스' 여사장의 말에 '참좋은 마트' 사장이 담배를 꺼내 물면서 대답했다.

관리소장 말이 할머니도 아들 연락처를 모른대요. 한 사 년 전인가, 설날에 잠깐 얼굴을 비친 이후론 코빼기도 안 보였대요. 뭐, 교도소에 갔다는 말도 있고, 경찰에 쫓기는 중이라는 말도 있고…… 아이고, 그러니까 더 안타깝다는 거 아니에요. 저 남자도 안됐고, 유모차 할머니도 불쌍하고…… 이 할머니가 저 남자 저러고 있는 뒤부터는 밖으로 나오지도 않아요. 폐지 안 주우면 제대로 살 수도 없는 할머니가……

나는 '참좋은 마트' 사장 말을 다 들은 후에도 별다른 반응을 보이지 않았다. 담배 필터를 몇 번 툭툭 비치파라솔 탁자 위에 두들기다가 슬그머니 비닐봉지에 담긴 생수와 치약을 들고 집으로 돌아왔다. 집으로 돌아와서는 라면을 끓여 먹었고, 신문을 펼쳐놓고 발톱을 깎았으며, 서울에 있는 아이들과 짧게 통화를 하기도 했다. 날이 너무 무더워 에어컨을 켤까 하다가 그냥 샤워를 했다. 샤워를 하면서 나는 남자 생각을 했다. 양복 재킷이라도 좀 벗고 있지. 이제 다 아니까 그라도 좀 벗고 있지. 나는 머리에 샴푸 거품을 내면서 그렇게 중얼거렸다. 남자는 어머니 대신 칠백만 원을 보내기까지 어떤 시간을 보냈을까? 돈을 보낸 뒤에는 왜 바로 어머니한테 연락을 하지 않았던 것일까? 나는 남자가 돈보다도 자신에게 찾아온 죄책감을 어쩌지 못해 저러고 있는 것이라고, 어쩔 수 없는 것이라고, 저러고 있는 시간을 보낼 수밖에 없는 것이라고 생각했다.

샤워를 마친 후, 나는 다시 한글 파일을 열어놓고 컴퓨터 책상 앞에 앉아 있다가 채 삼십 분도 지나지 않아 슬리퍼를 끌고 느적느적 호프집으로 걸어 나갔다. 남자는 계속 거기에 앉아 있었지만, 나는 가급적 그쪽을 바라보지 않으려고 노력했다. 타닥타닥. '참좋은 마트' 차양 아래 설치해놓은 형광색 해충 퇴치기에서 요란한 소리가 들려왔다. 장마 없는 여름밤은 무덥기만 했다.

*

7월이 다 가고 8월 중순에 이를 때까지도 남자는 계속 그 자리를 지키고 앉아 있었다. 그사이 양복을 벗고 흰 면티와 베이지색 칠부 바지로 갈아입었다는 것이 그나마 남자의 달라진 점이라면 달라진 점이었다. 남자는 중간중간 딸기 비닐하우스 단지 근처에 있는 약수터까지 물을 길으러 가기도 했으며, 때가 되면 아파트 단지를 등지고 앉아 휴대용 가스버너로 밥이나 라면을 끓여 먹기도 했다. 그러고 나선 다시 아파트 단지를 향해 대자보 판을 들고 앉아 있었다. 남자의 얼굴은 조금 까무잡잡하게 변했고, 그래서 그런지 광대뼈는 더 도드라져 보였다.

광복절 다음 날이었던가. 아침에 나가 보니 남자도, 천막도 사라지고 없었다. 그래서 나는 아, 이제 다 끝났구나, 남자도 지쳤구나, 생각했다. 하지만 오후에 담배를 사러 나가다 보니 다시 천막이 쳐져 있고 남자가 앉아 있는 것이 눈에 들어왔다. 저 양반 취직도 했대요. '참좋은 마트' 사장이 턱으로 남자를 가리키며 말했다. 우리 단지에 사는 경비 용역업체 사장이 저쪽 봉선동 아파트 지하 주차장 청소일을 소개시켜주었다나 봐요. 월수금 오전에만 일하고 한 달에 오십만 원씩 받는 조건으로. 나는 그래요? 잘됐네요, 라고 짧게 대답했다. 한데, 저 양반 웃긴 게, 출근할 때마다 저 천막 다 걷고 나갔다가 돌아와서 다시 치고 그러는 거 있죠. 이사 갔다가 들어오고, 다시 이사 갔다가 들어오는 사람처럼. 나는 말없이 고개를 끄덕거려주었다. 스티로폼은요? 그건 갖고 나가기가 힘들 텐데. 그건 저기 경비 아저씨한테 맡기는 모양이에요. 저 아저씨가 김치도 몇 번 갖다주더라구요.

한번은 호프집에 나갔다가 아파트 입주민 대표와 경비 용역업체 사장, 관리소장과 함께 앉아 있는 그를 보기도 했다. 사람들은 내가 호프집에 들어서는 것을 보자 인사를 건넸고, 교수님도 이쪽에 같이 앉으시죠, 라고 권하기도 했다. 나는 그들에게 꾸벅 고개를 숙이고 그냥 그들 뒤 테이블에 앉았다. 호프집 여주인은 바로 생맥주와 소주를 내왔다.

권순찬 씨, 우리가 다른 뜻 때문에 그러는 건 절대 아니에요. 그러니까 오해하지 말아주었으면 좋겠어요. 여기 있는 사람들 다 같은 마음입니다.

입주민 대표의 굵고 낮은 목소리는 얇은 나무판으로 만든 테이블 칸막이 너머로 선명하게 들려왔다. 그래서 나는 남자의 이름이 권순찬이라는 것을 비로소 알게 되었다.

권순찬 씨 사정 딱한 것도 잘 알고요, 뜻도 잘 알겠어요. 한데 여기서 이런다고 해결되는 건 없잖아요?

이미 알고 있겠지만 502호엔 그 사람이 안 살아요. 불쌍한 할머니 한 분만 사시지.

입주민 대표와 경비 용역업체 사장, 관리소장이 돌아가면서 말을 했지만, 남자는 묵묵부답이었다. 호프집 여주인이 무언극 배우처럼 남자 쪽을 가리키며 가슴을 팡팡 치는 시늉을 해서 나는 씨익, 한 번 웃어주었다.

그쪽 관리소장이 권순찬 씨 칭찬을 많이 하더라구요. 성실하고 청소도 아주 잘한다고.

권순찬 씨 때문에 우리가 불편한 건 전혀 없어요. 권순찬 씨가 우리에게 피해를 입히는 건 아무것도 없으니까요. 이건 진짜 순수하게 권순찬 씨 개인을 위해서 드리는 말이에요.

입주민 대표는 그러면서 남자에게 자신이 책임지고 김석만이라는 사람이 나타나면 꼭 연락을 주겠다고, 그것도 안심이 안 되면 자신의 연락처를 적어가도 좋다고, 그러니 거기에서 그러지 말고 거처를 구하거나 인천으로 돌아가는 게 어떻겠냐고 말했다.

여기 사는 사람들이 다 형편이 뻔하고 어려운데…… 그래도 다 착한 사람들이에요. 저쪽 102동 203호에 혼자 사는 할아버지가 한 분 계신데, 정 그러면 당분간 당신 작은방을 내줄 테니 거기에서 지내도 좋다고, 젊은 사람이라도 한데에서 자면 큰일 난다고 꼭 전해달래요. 여기 사는 사람들 다 같은 마음이라니깐요.

나는 더 이상 술을 마시면서 그 자리에 앉아 있으면 안 될 것 같은 기분이 들었다. 그 남자 때문이 아니고 입주민 대표나 관리소장, 경비 용역업체 사장 때문에 그랬다. 지갑을 챙겨 일어서는데 관리소장이 나를 보고 말을 걸었다.

교수님도 한 말씀 해주시죠.

나는 어정쩡하게 테이블 앞에 선 채 제가 무슨…… 하면서 괜스레 뒤통수를 긁적거렸다. 그 순간 짧게 그 남자, 권순찬이라는 사람과 눈이 마주쳤다. 그는 마치 죄를 지은 사람처럼, 그러나 자신이 지은 죄가 무엇인지 모르는 사람처럼, 두 눈을 끔벅거리면서 관리소장 옆에 앉아 있었다. 나는 정말 할 말이 없었다. 내 말보다 입주민 대표나 관리소장, 경비 용역업체 사장의 말이 그에게 더 도움이 될 것 같았다. 나 또한 그를 안타깝게 생각하긴 했지만, 그렇다고 아파트의 작은방을 내주거나 일자리를 알아봐줄 만큼 성의를 갖고 있지는 않았다. 안타깝지만 성가신 것. 그것이 그때 내 솔직한 마음이었다. 나는 그들에게 다시 한 번 고개를 숙이곤 호프집을 빠져나왔다.

안 써도 좋고 써도 그만인 그와의 일화 하나를 여기에 적어놓자면…… 이 학기가 시작되고 얼마 지나지 않아서인가 권순찬 씨와 나, 단둘이서 호프집에 앉아 술을 마신 적이 딱 한 번 있었다.

학생들과 술을 마신 후 택시를 타고 집으로 돌아왔는데, 아파트 단지 정문을 막 들어서려던 나를 그가 불러 세웠다.

저기…… 교수님이시죠?

그는 맨발에 운동화를 신은 채 도로를 뛰어 건너왔다. 평상시 앉아 있는 것만 봐서 잘 몰랐는데, 그는 오른쪽 다리를 조금 절었다. 손에는 A4용지 두 장이 들려 있었다.

죄송한데…… 이것 좀 봐주시면 안 될까요……

남자는 내게 종이를 내밀면서 말했다. 남자의 목소리는 얇은 철사 줄이 울리는 것처럼 여렸고, 몸에선 쉰내가 났다. 종이엔 남자가 대자보에 옮겨 쓸 내용이 적혀 있었다. 2014년 6월 3일 하나은행 권순찬 계좌로부터 일금 칠백만 원을 국민은행 김석만 명의 계좌로 이체하였고, 다시 6월 25일 권순찬의 모친 김복순의 농협 계좌로부터 일금 칠백만원이 국민은행 김석만 계좌로 또 한 번 입금……

나는 종이에 적힌 문장들을 가로등 불빛에 의지해 읽어나가다가 말고 남자에게 물었다.

한데, 이걸 왜 저에게……?

저기…… 맞춤법 좀 봐주셨으면 해서요…… 이게 틀린 게 없이 정확해야 하거든요……

나는 말없이 남자의 얼굴을 바라보다가 그를 데리고 호프집으로 들어갔다. 그리고 가방에서 빨간색 플러스펜을 꺼내 남자의 문장을 하나하나 고쳐 주었다. 취기가 조금 올랐지만 나는 정신을 집중하려고 노력했다.

문장을 다 고친 뒤엔 남자와 소주를 탄 생맥주를 한 잔씩 나눠 마셨다. 나는 남자에게 입주민 대표나 다른 사람들이 했던 말들을 또한 번 건네진 않았다. 우리는 말없이 그저 술만 마셨을 뿐이었다. 전작이 있었던 나는 어느 순간부터 그만 정신을 놓아버렸는데, 그래서 남자와는 더더욱 다른 말을 할 수가 없었다. 다만 남자와 함께 호프집을 나선 후, 아파트 단지 정문 입구에 서서 이런 말을 나누었던 기억만은 어렴풋이 남았다.

저려요?

나는 몸을 제대로 가누지 못하면서 남자에게 물었다.

네?

그 다리, 계속 앉아 있어서 저리냐고요?

아, 이거요. 아니에요…… 원래부터 좀 절었어요. 어렸을 때 다쳐서.

어쩌다가 그랬는데요?

그냥…… 어릴 때 뒷산에서 놀다가 떨어지는 바람에…… 그때 뼈에 이상이 생겼는데 아버지가 믿어주질 않더라구요. 아무리 아프다고 해도…… 그렇게 두 달 정도 지났더니 이렇게 되더라구요.

어머니는요? 어머니한테라도 말해보시지……

그땐 어머니가 돌아가셨을 때라……

네? 뭐라고요? 지금 어머니 돈 찾으려고 이러는 거 아니었어요?

맞아요…… 새어머니……

*

추석 연휴가 지나고 10월에 접어들 때까지도 남자는 계속 그 자리를 지키고 앉아 있었다.

늦더위가 남아 있다고는 하나 아침저녁으론 한기가 느껴져 보일러를 실온으로 가동시키고 따뜻한 커피를 손에 쥐고 있는 날들이 늘어가는, 그런 계절이 돌아온 것이었다. 오후엔 황사 섞인 바람이 불어올 때가 잦았는데, 그런 날이면 남자의 천막 비닐 끄트머리에 묵직한 돌덩이가 정면 후면 가지런히 놓여 있기도 했다. 바람은 비닐이, 한기는 스티로폼이 막아준다고 하지만, 가로수가 헐거워지고 하늘이 높아갈수록 그의 천막을 바라보는 마음은 상대적으로 점점 더 무거워져갔다. 더운 국을 먹을 때나 따뜻한 물로 샤워를 할 때, 그러지 않으려고 하는데도 저절로 남자 생각이 났다. 어렸을 때 키우던 고양이가 가출했던 기억이 새삼 떠오르기도 했고, 군 시절 혹한기 훈련을 하면서 보았던 은하수와 언 강물 같은 것들이 뒤죽박죽 계통 없이 떠오르기도 했다. 늑골에 자잘한 돌무더기가 우르르 굴러다니는 기분도 들었다.

그런 기분은 비단 나뿐만은 아니었는지, 10월 첫째 주엔 아파트 엘리베이터 옆 게시판에 특별 모금을 한다는 안내문이 나붙었다. 딱한 사정에 처한 502호 할머니와 단지 정문 건너편 남자를 위해 작은 정성을 모으자는 취지의 안내문이었다. 입주자 대표 명의로 작성된 그 안내문엔, 해마다 연말에 실시했던 불우이웃돕기 성금을 올해는 이것으로 갈음한다는 내용도 적혀 있었다. 안내문이 나붙은 지 사흘 뒤엔 반장 회의를 한다는 공고문이 그 옆에 내걸렸고, 그로부터 다시 이틀이 지난 후엔 반장이 집집마다 돌아다니면서 성금을 걷었다. 만 원씩 내는 것으로 했는데, 나는 십만 원을 냈다. 반장은 내 돈을 건네받으면서 실은 자기도 오만 원을 냈다고 콧잔등을 찡긋거리면서 말했다.

금세 모을 것 같았던 칠백만 원은 그러나 쉬이 모이지 않는 모양이었다. '참좋은 마트'에 들를 때마다 나는 사장에게서 지금 얼마가 모였고, 얼마가 모자라다, 약수터에 드나들던 사거리 약국 약사가 백만 원을 선뜻 내놨다, 구의원하고 구청 직원들도 얼마를 내놨다고 하더라, 입주민 대표가 이곳저곳 뛰어다니면서 애를 쓰는 모양이다, 라는 말을 들을 수 있었는데…… 그래서인지는 몰라도 전처럼 호프집에 거리낌 없이 드나들기가 어려웠다. 혼자 술을 마시고 있노라면 어쩐지 무슨 잘못을 저지르고 있는 듯한 기분이 들었고, 비정한 사람이 된 것만 같은 찜찜함이 계속 머릿속을 맴돌았다. 나는 몇 번이고 호프집으로 내려가려던 마음을 다잡고 집에서 그냥 캔맥주를 마시거나 그도 아니면 그냥 아무것도 마시지 않았다. 마시지 않을 수 있었다.

그 덕분인지 몰라도 나는 한글 파일에 무언가 조금씩 적어나갈 수 있게 되었다. 무력증은 여전했고, 나도 모르게 주먹을 움켜쥐는 일들 또한 비일비재했지만 그래도 그때마다 숨을 길게 내쉬면서 문장을 써보려고 노력했다. 떠오르는 이야기마다, 그것이 말이 되든 되지 않든 포스트잇에 휘갈겨 일단 컴퓨터 책상 뒷벽면에 물고기 비늘 모양으로 길게 붙여놓기도 했다. 학교에서의 생활도, 가족에게 보여주는 모습도, 별 이상은 없지 않은가. 소설만 쓴다면, 문장과 문장을 이을 수만 있다면 이 모든 것들을 무사히 유지할 수 있을 것만 같았다. 기꺼이 그렇게 돌파할 수 있을 것만 같았다.

무엇이 잘못됐는지도 모른 채, 나는 그렇게 계속 자리를 지키려 꾸역꾸역 애를 썼던 것이다.

*

칠백만 원이 다 모인 것은 11월 초순의 일이었다.

성금을 전달하기 하루 전, 나는 '참좋은 마트'에 라면을 사러 갔다가 그곳에 모여 있던 입주민 대표와 여러 사람들을 만날 수 있었다.

막판에 502호 할머니가 사십칠만 원을 냈대요. 그래서 칠백십만 원이 조금 넘게 모였대요.

'참좋은 마트' 사장은 내게 귓속말로 그렇게 전해주었다.

자, 그럼 이 돈을 어떻게 전달해줄까요?

입주민 대표가 사람들을 쭉 한 번 둘러보면서 말했다. 나는 라면을 고르는 척하면서 창문 너머 권순찬 씨를 슬쩍 바라보았다. 처음 이곳에 왔을 때 보았던 검은색 양복 위에 초록색 패딩 점퍼를 새로 걸쳐 입은 그는, 자신의 옆구리를 주먹으로 통통 쳐대면서 그 자리에 그대로 앉아 있었다. 길게 하품을 하기도 했고, 대자보 판을 다시 바르게 고쳐 세워놓기도 했다.

제가 아는 지방신문 기자가 한 명 있는데요, 내일 부를까요?

누군가 그렇게 말하자 입주민 대표가 손사래를 쳤다.

정중하게 합시다, 정중하게. 이건 정확하게 말하자면 저 남자를 돕는 게 아니고 502호 할머니를 우리가 도와드리는 거예요. 저 남자는 받을 돈을 받는 거구요.

입주민 대표가 말하자 아무도 이의를 제기하지 않았다. 나 또한 그의 말이 맞다고 생각했다.

아, 그래도 저 남자하고 정이 참 많이 들었는데…… 뭘 한 것도 없지만 몇 달 동안 매일매일 얼굴 보고 인사했는데……

그나마 첫서리 내리기 전에 일이 이렇게 돼서 얼마나 다행이에요. 저러다가 겨울 맞으면 큰일 나죠.

502호 할머니는 나서지 않을 거 같으니까 우리가 직접 전하는 거로 하죠, 뭐. 절차가 따로 필요 있나요?

나는 거기까지만 듣고 '참좋은 마트'를 나섰다. 바로 집으로 들어가려다가 말고 나는 걸음을 멈춘 채 뒤돌아 남자를 한 번 바라보았다. 남자는 대자보 판을 아예 양팔로 끌어안은 채 꾸벅꾸벅 졸고 있었다. 남자는 이제 어디로 가게 될까? 인천으로 돌아가겠지. 나는 남자의 인천 거처가 그때까지도 무사히 남아 있기를 바라보았다. 거기까지가 내가 남자를 위해 할 수 있는 전부라고 생각했다.

후에, 호프집 여주인으로부터 전해 들은 이야기에 따르면, 다음 날 그 남자는, 권순찬 씨의 행동은, 편지봉투에 정성껏 오만 원권 지폐로 칠백만 원을 마련해간 아파트 입주민들을 충분히 당혹스럽게 만들었다고 한다.

입주민 대표는 여비조로 따로 이십만 원이 든 편지봉투도 들고 갔고, 신문기자를 부르진 않았지만 '참좋은 마트' 사장이 스마트폰으로 그 모든 과정을 동영상으로 남기기로 했고, 사람들은 남자와 일일이 악수를 하며 박수를 칠 생각이었으며, 기꺼이 남자의 천막 철거 작업을 도울 작정이었지만……

하지만, 남자는 사람들의 그 모든 선의를 거부했다.

저는 이 돈을 받을 수가 없습니다.

남자는 그렇게 말하고 다시 대자보 판을 잡고 제자리에 앉았다.

아니, 권순찬 씨. 이게 우리가 다른 뜻이 있는 게 아니고요. 502호 할머니 대신해서 전해드리는 겁니다. 여기 502호 할머니 돈도 포함되어 있어요.

입주민 대표가 그렇게 말했지만, 남자는 요지부동이었다.

저는 원래 그 할머니한테 돈을 받을 생각이 없었습니다. 저는 김석만 씨를 만나러 온 거예요. 그 사람을 직접 만나서 일을 해결하려고요……

모여 있던 사람들의 탄식이 흐르고, 몇 번의 실랑이가 더 오갔지만, 남자는 뜻을 굽히지 않았다. 그는 아무 일 아니라는 듯 천연스럽게 스티로폼 위로 올라온 모래를 손바닥으로 쓸어내리기도 했다.

그만 갑시다! 사람들의 성의를 원 저렇게 무시해서야……

누군가 그렇게 외쳤고, 사람들은 하나둘 다시 단지 정문 쪽으로 되돌아왔다. 그것이 내가 전해 들은 그날 일의 전부였다.

아파트엔 그가 칠백만 원에 대한 이자를 받으려 한다는 소문이 돌기 시작했다.

*

그날 이후, 입주민 대표는 나를 따로 두 번 찾아왔다. 구청 계장으로 정년퇴직한 이 사내는, 재작년 암으로 아내를 잃은 사람이었다. 아들이 두 명 있는데 지금은 모두 서울에서 직장생활을 하고 있다고 들었다.

입주민 대표는 내가 서재로 쓰고 있는 방 한가운데 책상다리를 하고 앉아 한참 동안 엄지와 검지로 자신의 미간을 누른 채 말이 없었다. 나는 그가 입을 열 때까지 아무 말 없이 기다려주었다.

우리가 뭘 잘못한 걸까요?

그가 중저음의 목소리로 내게 물었다. 나는 아니라고, 대표님이 애 많이 쓰신 거 잘 알고 있다고 말해주었다. 실제로 나는 그렇게 생각하고 있었다. 나는 그의 선의를 의심하지 않았고, 그래서 그가 느꼈을 쓸쓸함이나 허탈함도 이해할 수 있었다. 아무리 따져봐도 입주민 대표가 잘못한 일은 없는 것 같았다. 그게 맞았다.

사람들 인식이 점점 안 좋아지고 있어요. 원래 안 그러던 사람들인데……

나는 입주민 대표의 말에 가만히 고개만 끄덕거려주었다.

이 교수님은 혹시 다른 생각이 있으신지……?

입주민 대표는 나에게 그렇게 물었다.

제가 무슨…… 저도 똑같죠, 뭐……

날도 더 추워지는데…… 저러다가 사고나 나지 않을까, 걱정입니다.

네, 그러게요……

입주민 대표는 잠시 뜸을 들였다. 나는 그 대목에서 그가 나를 찾아온 진짜 이유를 짐작할 수 있었다. 입주민 대표는 그 짐작 그대로 내게 말을 꺼냈다.

저기, 이 교수님이 권순찬 씨를 한번 만나보시는 게 어떨까요? 아직 돈도 저한테 있는데……

제가요? 제가 만난다고 뭐 딱히……

그래도 해볼 때까진 해봐야죠. 이 교수님도 설득하고, 저도 설득하고, 관리소장님도 찾아가보고, 뭐 그러는 수밖에 없지 않겠어요?

나는 잠깐 말없이 손가락으로 방바닥에 의미 없는 그림을 그렸다. 나는 입주민 대표도 종류는 다르지만 나와 같은 무력증을 겪고 있는 게 아닐까, 잠시 그런 생각을 하기도 했다.

나는 그에게 노력해보겠다고 말하고 대화를 끝냈다.

입주민 대표의 말 때문인지 몰라도 나는 퇴근을 할 때마다 그를 만나러 가야 한다는 부담감에 시달렸다. 차를 주차하고 바로 집으로 들어가선 안 된다고, 어디선가 사람들이 내가 권순찬 씨를 만나기를, 내 걸음이 어디로 향할지 지켜보고 있을 거라고, 그런 생각들이 나를 계속 따라다녔다. 실제로 나는 차를 주차하고 곧장 집으로 들어가지 않고 몇 번 다시 아파트 정문 앞까지 걸어나오기도 했다. 하지만 그 이상 더 나아가지는 못했다. 그를 설득할 자신도 없었지만, 왜 내가 그를 설득하려고 노력해야 하는지 그 이유를 알 수가 없었다. 이유를 알 수 없는 일에 시달리고 신경을 쓰자니, 다시 무력감이 찾아오고 다시 화가 나는 기분이었다. 나는 아파트 정문에 한참 동안 주먹을 움켜쥔 채 서 있다가, 이유 없이 상체를 앞뒤로 까딱까딱거리며 앉아 있는 그를 바라보다가, 말없이 집으로 돌아오는 일을 반복했다.

그리고…… 나는 다시 또 호프집에 나가기 시작했다. 아무 거리낌 없이.

*

12월에 접어든 이후, 그의 천막은 구청 공무원들에 의해 세 번 철거를 당했다. 누군가 신고를 한 모양이라고, '참좋은 마트' 사장이 말해주었다.

그냥 가만히 보고만 있던데요.

구청 공무원들이 가위로 소나무에 연결된 끈을 자르고 바닥에 깔려 있던 스티로폼을 반으로 꺾어 트럭에 실을 때도 그는 얌전히 한쪽에 서 있기만 했다고 한다. 구청 공무원들이 떠난 후에도 한동안 대자보 판을 들고 가만히 인도 턱에 앉아 있던 그는 이틀씩, 사흘씩 자리를 뜨기도 했다. 그러곤 다시 나타나 천막을 치고 스티로폼을 깔고 대자보 판을 들고 앉았다. '참좋은 마트' 사장 말에 따르면 월

수금 오전에만 나가던 지하 주차장 청소일도 이미 보름 전에 그만 둔 모양이라고 했다.

세 번째 철거를 당한 이후 그는 다시 천막을 치지 않았다. 대신 어디선가 휴대용 낚시 의자를 구해와 조용히 그곳에 앉아 있기만 했다. 대자보 판은 언제나처럼 그의 무릎 앞에 세워져 있었다. 그리고 밤에는…… 박스를 얼기설기 연결해 직사각형으로 만든 후, 그곳에 들어가 잠을 잤다. 바닥엔 무엇을 깔았는지 알 수 없었지만, 분명 그는 그 안에 들어가 잠을 잤다. 관처럼 생긴 박스 안에서…… 바닥엔 마찬가지로 박스가 깔려 있었겠지…… 그 위에 침낭을 깔고 잠을 잤겠지…… 아파트 주민 모두가 숨죽인 채 그의 행동을 하나하나 훔쳐보고 있는 눈치였지만, 다들 서로 그런 말은 하지 않았다. 그런 내색도 비치지 않았다.

G시에 첫눈이 내리던 날, 나는 호프집에서 술을 마시다가 충동적으로 문을 열고 나가 도로를 건넜다. 눈 때문이었는지 주위는 환했고, 가로등 불빛은 더 흐려 보였다. 눈 쌓인 야산의 경계는 선명했고, 야산 너머 멀리 공장단지의 굴뚝에서 하얀 연기가 피어오르는 것이 눈에 들어왔다. 힘없이 흩날리는 눈송이들, 바닥에 쌓이는 눈송이들. 나는 그것들을 밟고 그의 앞으로 다가갔다. 초록색 패딩 점퍼에 달린 모자를 둘러쓰고, 면장갑 낀 두 손으로 대자보 판을 들고 있는 남자. 휴대용 낚시 의자에 앉아 있는 그의 뒤편에는 크기가 서로 다른 박스들이 차곡차곡 개켜져 있었다. 그리고 바로 그 옆에는 속이 빈 커다란 업소용 식용유 깡통이 놓여 있었는데, 무언가를 태

운 듯 잔뜩 그을려 있었다.

남자는 어깨를 잔뜩 옹송그리고 있다가 힐끔 나를 쳐다보았다.

어머니 때문에 그래요?

나는 점퍼 주머니에 손을 넣은 채 말했다.

어머니가 당신 때문에 죽은 거 같아서 그러냐고요?

남자는 나를 쳐다보던 눈길을 거두고 다시 고개를 숙였다.

아닌데요…… 어머니가 왜 나 때문에 죽어……

남자가 거기까지 말했을 때, 나는 점퍼 주머니에서 손을 빼 그의 멱살을 잡았다.

아니긴 뭐가 아니야! 그런 거잖아! 당신이 늦어서 어머니가 그렇게 됐다고 생각하는 거잖아!

멱살을 잡힌 남자는 엉거주춤 자리에서 일어났고, 그 바람에 휴대용 낚시 의자는 뒤로 나뒹굴었다.

아닌데요…… 돈이 육백만 원밖에 없어서…… 두 달을 더 일해야 돼서…… 그렇게 된 건데요……

남자가 거기까지 말했을 때, 나는 그의 멱살을 잡았던 손을 풀었다. 나는 남자의 말을 제대로 듣지도 않았다.

애꿎은 사람들 좀 괴롭히지 마요! 애꿎은 사람들 좀 괴롭히지 말라고!

나는 뒤로 주춤 물러선 그를 향해 그렇게 말하곤 다시 도로를 건너 아파트 정문 쪽으로 걸어왔다. 호프집 여주인이 문을 열고 서서 가만히 나와 권순찬 씨를 바라보고 있었다.

*

거기까지였다.

그는 그날 이후 사흘을 더 그 자리를 지키고 앉아 있었다.

나흘째 되는 날 오전, 'G시 노숙인 쉼터'라는 글자가 박힌 승합차가 아파트 정문 건너편에 서더니, 건장한 청년 두 명이 내렸다. 그들은 아무 말 없이 권순찬 씨의 팔을 양쪽에서 잡아 일으켜 세웠다. 그것이 끝이었다.

이를 덜덜덜 떨면서 끌려가더라구요. 아무 저항 없이.

나는 '참좋은 마트' 사장이 하는 말을 잠자코 듣기만 했다. 나는 그들을 누가 불렀는지 대강 짐작이 갔다. 그러나 그런 짐작에 대해선 한마디도 하지 않았다. 그저 '참좋은 마트' 유리창을 통해 도로 건너편, 그가 다섯 달 가까이 앉아 있던 자리만 멀거니 바라보았다. 거기엔 휴대용 낚시 의자와 대자보 판, 차곡차곡 쌓여 있던 박스들은 온데간데없고, 불에 그슬린 업소용 식용유 깡통만 쓸쓸하게 모로 누워 있었다.

*

나는 원래 그의 이야기를 문장으로 쓸 마음은 갖고 있질 않았다. 아니, 처음엔 쓸 생각이었지만 중간에 그만, 쓰지 않기로 마음을 고쳐먹었다. 도무지 그에 대해서 쓸 자신이 없었기 때문이다. 하지만 나는 지금 여기에, 그의 이야기를 썼다. 그건 지지난주 금요일, 아파트 단지 주차장에서 내가 만난 한 사람 때문이었다.

　학교에서 돌아와 차를 주차하고, 102동 출입구 쪽으로 걸어가는데 못 보던 검은색 승용차 한 대가 내 옆을 스쳐 지나갔다. 내가 살던 아파트에서 못 보던 쿠페형 외제차였다. 나는 잠깐 멈춰 서서 그 차가 주차하는 것을 지켜보았다. 차에서 나온 사람은 내 또래의 남자였는데, 꽉 끼는 청바지에 검은색 가죽재킷을 입고 있었다. 가죽재킷의 칼라 부분엔 흰색 털이 달려 있었다. 가죽재킷 안에는 빨간색 줄무늬 티셔츠를 입고 있었는데, 복부 비만인 듯 배가 고스란히 드러나 보였다. 손에는 쇼핑백을 들고 있었다. 남자는 가만히 서 있는 나를 힐끔 한 번 바라보더니 그대로 103동 출입구 쪽으로 걸어갔다. 나는 그의 뒷모습을 보며 누굴 찾아왔구나, 우리 아파트에 저런 차를 모는 사람도 찾아오는구나, 생각하며 102동 쪽으로 걸어갔다. 그렇게 몇 걸음 걸어가다가 말고 나는 다시 몸을 돌려 그가 들어간 103동 쪽을 바라보았다. 그였구나! 그 사람이었구나! 나는 숨을 멈춘 채 103동 5층 복도를 노려보았다. 때마침 5층에 엘리베이터가 멈춰 섰는지 복도에 하나둘 불이 들어오기 시작했다. 나는 그 불빛들을 노려보며 한참 동안 그 자리에 서 있었다.

　그리고 지금 여기에, 그 이야기를 쓰기 시작했다. 우리는 왜 애꿎은 사람들에게 화를 내는지에 대해서.

억울한 일을 당한 사람이, 내가 사는 동네에서 매일같이 시위를 시작하면 어떤 마음이 될까. 내 삶의 영역에 갑자기 들이닥친 광경은 '안타깝지만 성가신 것'으로 다가오지는 않을까. 이기호의 「권순찬과 착한 사람들」은 그러한 사회 심리의 한 저변을, 세 번의 '칠백만 원'을 변곡점 삼아 탐사한다.

어머니가 죽기 전 변제한 빚 칠백만 원, 그 사실을 모른 채 아들(권순찬)이 사채업자에게 송금한 칠백만 원, 그리고 서민 아파트 주민들이 십시일반 마련한 성금 칠백만 원. 원금 이백만 원이 도합 이천백만 원으로 부푸는 과정을 통해 소설은 유무형의 부채(감)와 사회적인 것의 함수를 흥미롭게 재구성한다. 부채가 정확히 청산되지 않으니, 관계는 종료되거나 완성될 수 없고, 그 여백에서 소설가인 화자는 '이야기'를 발견한다.

특히 주목되는 대목은 권순찬이 아파트 주민들의 호의를 거절하는 장면이다. 사정을 딱하게 여긴 주민들은, 그들로서는 거액인 칠백만 원을 가까스로 모았다. 하지만 작가는 아름다운 동화의 정점에서, 동정(sympathy)이 좌초하는 지점을 예리하게 포착한다. "저는 이 돈을 받을 수가 없습니다." 무엇이 문제인가? 돈이 문제가 아니었던가? 권순찬의 요구 앞에서 '착한 사람들'이 보고도 읽지 못했던 것은 무엇일까?

결국 권순찬이 주민들의 신고에 의해 추방된 것을 보면, 이 커뮤니케이션의 실패는 뼈아프다. 무조건적 증여 뒤에 숨은 교환의 진짜 조건은 우리 앞에서 그만 사라지라는 비정한 명령이 아니던가. 그 실패를 되짚으며, 이기호는 박탈당한 자의 자기-재현에 개입할 여지가 있었던 지식인(소설가)과, 요구가 목살된 후에야 분명해진 이해타산의 시장(사채업자)에 주목한다. 너나없이 공감을 말할 때, 사람의 선의가 아니라 구조적 적대를 성찰한다는 점에서 각별한 작품이다.

— 차미령 · 문학평론가

정소현

어제의 일들

2008년 문화일보 신춘문예에 「양장 제본서 전기」가 당선되어 등단했다.
소설집 『실수하는 인간』이 있다.

1

어제는 경찰이 주차장으로 찾아왔다. 아침 식사 전, 티타임을 가지려던 차였다.

주차장은 대로를 향해 정문이 난 빌딩들의 뒤편에 딱 붙어 있는데다 곧 부서질 건물들이 둘러싸고 있어 좀처럼 해가 들지 않았다. 주차장이 그늘에서 벗어나는 시간은 이른 아침 잠깐과 해가 머리 위에 있을 때뿐이었다. 주차장은 내가 직접 심거나 어디선가 날아와 뿌리를 내린 식물들로 둘러져 있다. 이른 아침 햇빛이 빌딩 사이를 비집고 들어오는 짧은 순간, 주차장은 햇빛 가득한 정원이 되었다. 나는 그 시간을 사랑했다. 나는 커피 한 잔을 타 들고 부스 밖으로 의자를 들고 나와 앉아 햇빛을 쬤다. 떠돌이 고양이와 비둘기 두 마리가 햇빛을 찾아 들어와 한적한 풍경을 완성시켜주었다. 모든 게 제자리에 있었고, 아무도 찾아오지 않았으므로 행복했다.

경찰차가 주차장 안으로 들어섰다. 고양이와 비둘기는 재빨리 달아나버렸고 조용한 풍경은 무참히도 깨어져버렸다. 경찰은 영업을 하는지 물었다. 내가 그렇다고 하며 요금을 받아야 할지 고민하고 있는데 그가 신분증을 보여달라고 했다. 내가 여기에 없다고 하자 장애인 등록증도 괜찮다고 했다. 장애인이라는 말을 들으니 정신이 번쩍 들었다. 도무지 말을 듣지 않는 내 몸뚱아리를 보면 그 말도 맞는 것 같은데, 장애인이라는 말에 대해서 생각해본 적도 없고 등록을 해야 하는지도 몰랐기에 등록증 같은 건 없었다. 내가 빨리 대답을 하지 않자, 경찰은 귀가 먹먹하도록 소리를 질렀다.

"장, 애, 인, 등, 록, 증, 이, 요. 알, 아, 듣, 겠, 어, 요?"

'없어요' 하고 쌀쌀맞게 대답하고 싶었지만, 내 입에서는 '업, 떠, 요.' 하고 혀짜래기소리가 나올 뿐이었다. 경찰은 한숨을 푹 쉬더니 사장이 언제 오는지 물었다.

"안 오세요. 일은 다 내가 알아서 해요."

그는 내게 몇 시부터 몇 시까지 일하는지, 시간당 얼마를 받는지 물었다. 나는 부끄러울 게 없는 사람이므로 있는 그대로 말해주었다. 그는 고개를 절레절레 흔들며 사장의 연락처를 물었다. 내가 대답을 하지 않자 그는 답답하다는 듯 말했다.

"아줌마. 신고가 들어와서 그래요. 신, 고, 가. 알아들어요? 도와드릴 테니까 대답해요."

"괜찮아요. 아무 문제 없어요."

나는 신고라는 말에 가슴이 철렁했다. 경찰은 미심쩍은 눈으로 내 주민번호를 물었다. 그것쯤은 외우고 있었지만 모른다고 해버렸다. 경찰은 부스 안을 흘끔거리더니 말했다.

"여기서 사는 거예요?"

"여기는 사무실이에요. 나도 집 있어요."

일어나자마자 간이침대를 접어놓기를 잘 했다 싶었다. 내가 부스에서 거의 살다시피 하지만 거짓말을 한 건 아니었다. 자주 가지는 않아도 살림살이가 있는 집이 있었다. 그는 내 집주소를 물었는데 난 그것도 못 외운다고 했다. 왠지 이야기하면 안 될 것 같기도 했고 사실 못 외우고 있기도 했다. 외우는 일은 정말 어려운데, 쓸데없이 짐만 갖다 놓고 잘 들어가지도 않는 집의 주소까지 외울 필요는 없었다.

"아줌마, 어차피 결국 다 알게 돼요. 그냥 얘기하면 편하겠구만 꼭 일을 두 번 시키네. 그 돈 받고 그렇게 오래 일 안 해도 돼요. 도와준다니까요."

"내가 하고 싶어서 하는 일이에요. 안 도와줘도 돼요."

경찰은 어슬렁거리며 주변을 살피더니 주차장 입구에 쌓여 있는 쓰레기를 가리키며 짜증스러운 말투로 말했다.

"아줌마가 하고 싶어서 하는 거라도 사장이 벌 받아요. 그리고, 저기 쌓인 쓰레기 치우세요. 이렇게 쌓여 있으면 자꾸 버리고 간다고요. 아줌마가 여기 와서 좀 봐요. 여기가 어디 주차장 같아요? 쓰레기장이지. 냄새난다고 민원이 자꾸 들어온다고요. 아 진짜. 영업을 안 하면 문을 닫든지 해야지. 이게 무슨 민폡니까?"

그가 떠난 뒤에도 주차장을 가득 채우고 있던 햇빛은 한참 그 자리를 비추고 있었지만, 나는 식어버린 커피를 하수구에 흘려버렸다. 조금 전까지도 그토록 아름다웠던 풍경이 황량하고 더럽게 느껴졌다. 주차장은 자동차 여섯 대가 겨우 들어갈 정도로 작은 데다

시멘트로 포장만 해놓았을 뿐 주차선도 그려져 있지 않아 유료 주차장이 아닌 공터 같았다. 양심 없는 인간들이 밤사이 입구에 쌓아놓은 쓰레기봉투들이 주차장 안쪽으로 밀려들어오고 있었고, 주차장 구석에는 바람이 몰고 들어온 나뭇잎과 종이 뭉치들이 굴러다녔다. 그것들은 내가 매일 아침마다 치워왔던 것들이지만 유난히 더러운 오물처럼 느껴졌고, 주차장 바닥에 덕지덕지 말라붙은 허연 비둘기 똥자국들을 보니 구역질까지 났다. 나도 그것들처럼 주차장으로 굴러 들어온 쓰레기들과 다를 바 없다는 생각이 들었고, 부스 역시 누군가 버리고 간 폐가구와 다를 바 없어 보였다. 나아지려고 발버둥 쳤지만 결국 제자리로 돌아온 것 같아 나는 서글펐다.

어머니가 이 자리에 주차장을 만든 후 칠팔 년 정도는 호황이었다. 뒷골목이라 접근성이 좋지 않음에도 길 건너에 의류도매상가와 재래시장이 있어 주차장에는 손님이 끊이지 않았다. 주차장이 부족했던 시절이라 차를 댈 자리를 못 찾은 손님들이 급하게 찾아들어오곤 해 공영주차장의 두 배까지 올려 받아도 항상 만차였다. 재래시장이 재건축되고 의류도매상가가 리모델링되면서 상가 주차장이 늘어났을 때만 해도 조금 귀찮더라도 돈을 아끼려는 사람들이 찾아오곤 해 큰 타격은 없었는데, 지난해 큰길에 고층 주차타워가 생긴 뒤부터는 손님이 완전히 끊겨버렸다. 주차장 문을 닫는다고 생각하면 입맛이 뚝 떨어졌다. 안 그래도 어머니가 자꾸만 주차장을 그만두고 싶다면서 내 갈 길을 가라고 하기에, 아직은 손님이 든다고 거짓말을 하며 내 돈으로 매상을 채우고 있던 차였다. 그런데 도대체 어떤 인간이 신고를 했을까 궁금했다. 혹시 내가 기억하지 못하는 일이 있었던가 싶어 노트를 뒤적여보았지만 오랫동안 아무 일도 없었다. 심지어 거의 매일 찾아오던 율희도 발을 끊은 지 오래되었다.

2

어제도 율희가 찾아왔다. 또 자신에게 필요 없는 물건이라고 하며 선물을 들고 왔다. 차에서 내린 그녀의 손에 백화점 쇼핑백이 들려 있는 것을 본 순간, 나는 머리가 터질 것처럼 화가 났다. 그렇게 화가 난 것은 성인이 된 이후 처음이었던 것 같았는데, 도저히 그것을 가라앉힐 수가 없어 책상에 이마를 꽝꽝 내리쳤다. 머리가 깨질 듯 아파오고서야 비로소 그 통증 때문에 화를 삭일 수가 있었다. 율희는 부스 밖에서 나를 들여다보고 있다가 내가 행동을 멈추자 쇼핑백을 건넸다. 영문을 모르겠다는 표정의 얼굴을 보자 사그라들었던 화가 다시 솟구쳤다.

그녀를 다시 만난 것은 여름이 시작될 무렵이었다. 두 달 만에 처음 든 손님이었던 그녀는 일방통행로로 잘못 들어섰다가 온 동네를 뱅글뱅글 돌아 겨우 주차장을 찾았다며 투덜거렸다. 자동차 키를 맡기고 나갔을 때까지만 해도 우리는 서로를 알아보지 못했다. 나는 어두운 부스 안에 앉아 있었고, 그녀의 얼굴은 반 이상이 선글라스로 덮여 있었다. 그녀는 요금을 정산할 때 내 목소리가 귀에 익어서 유심히 살펴보았다고 했다. 그때 난 내가 무슨 실수를 해 그녀가 노려보는 줄 알고 가슴이 두근거렸다. 주차된 차가 한 대뿐이었으니 차 넘버를 착각한 것도 아니었고, 계산기를 다시 두드려봐도 틀리지 않았다. 혹시 자동차 키를 빨리 안 내줘서 그런 건가 싶어 슬그머니 그녀 앞에 내놓았다. 그녀는 내 이름과 내가 나온 중고등학교 이름을 말하더니 맞냐고 물었다. 내가 고개를 끄덕이자 자기가 누구인지 밝히지도 않고 호들갑스럽게 소리를 질러대며 내 두 손을 잡고 위아래로 흔들며 말했다.

"어머, 상현아, 상현아. 그래 상현이었어. 내가 못 알아볼 리가 없지. 목소리만 들어도 알지. 정말 상현이가 맞구나. 그동안 어떻게 지냈고? 잘 지냈어?"

그녀가 선글라스를 벗어 얼굴을 보여주었는데, 내가 전혀 모르는 사람이었다. 알은체하지 않고 멀뚱히 바라보자 그녀는 이름을 말하면 내가 기억할 거라는 듯 말했다.

"나야, 나. 율희잖아. 정말 못 알아보겠어?"

난 그녀의 이름을 제대로 알아듣지 못하고 유리, 하고 따라 해보았다. 그녀는 유리가 아니고 율희라고 몇 번 고쳐 말했는데, 유리건 율희건 간에 처음 듣는 이름인 건 마찬가지였다.

"유, 디, 가 아니고 율히, 윤, 히."

입속에서 덜그럭거리는 이름을 몇 번 따라 불러보다가 입술 밖으로 침이 흘러내릴 것 같아 그만두었다. 입속을 한가득 채운 뻣뻣한 혀가 내 것 같지 않았다. 내 것 같지 않은 건 혀뿐이 아니라 머리 또한 마찬가지였다. 아무리 머리를 쥐어짜봐도 누구인지 도통 기억해낼 수가 없었다. 율희는 우리가 중고등학교 시절 같은 학교를 다녔던 단짝 친구였다고 알려주었다. 내게 친구가 있었다니 당황스러웠다. 친구가 있었다면 이십 년 가까운 세월 동안 한 번도 나를 찾지 않았을 리가 없었다. 내가 기억을 전혀 하지 못하자 그녀는 내가 몇 반이었고 내 담임의 이름이 무엇이었는지, 내가 반장 혹은 부반장을 언제 했는지, 그때 우리가 얼마나 가까운 사이였는지 이야기했다. 그녀가 이야기하는 사실들은 틀리지 않았지만 나의 친구였다는 말은 믿을 수가 없었다. 그 마음이 전해졌는지 그녀는 내가 조부모, 고모와 함께 살았다는 것과 할머니가 콩가루를 섞어 반죽한 칼국수를 맛있게 끓이곤 했다고 이야기했다. 또, 할아버지가 근처 남자 고등학교의 교장으로 일하다가 정년퇴직을 한 사실과 할아버지의 서재를 한가득 채우고 있던 서가와 커다랗고 묵직해 보였던 마호가니 책상도 기억했다. 할아버지가 코끝에 걸친 금테 돋보기 너머로 확대된 커다란 눈을 굴리며 '넌 누구냐. 어른을 봤으면 자동으로 인사를 해야지.' 했을 때 호랑이 앞에 선 것처럼 숨이 막혔다고 이야기했다. 그리고 그 시절이 끝나갈 무렵 내게 있었던 추락 사고에 대해 이야기하다가 말끝을 흐렸다. 그녀가 할아버지의 표정과 카랑카랑한 목소리와 고압적이지만 유머러스한 말투를 그대로 흉내 내었을 때, 비로소 내 기억에서 그녀가 누락되어 있다는 것을 알았다. 새로운 것을 잘 기억 못하지만 사고 이전의 일들만큼은 확실히 기억하고 있다고 생각했는데 그것도 아니었던 거다. 그동안 옛날 일을 온전히 기억하고 있는지 확인할 방법이 없었을 뿐이었다.

"미안해, 기억을 잘 못해. 내가, 그렇게 됐어."

나는 그녀를 세워둔 것이 미안해져 부스 밖으로 나가 접이의자를 펼쳐주었다. 내 왼쪽 다리는 평소보다 더 말을 듣지 않고 심하게 절룩거렸고 왼쪽 팔은 부들부들 떨렸다. 율희는 내가 펴놓은 의자에 나를 앉히며 말했다.

"에휴, 어떻게 이 지경이 됐니."

이런 몸으로 오래 살다 보니 내 몸이 남에게 어떻게 보이는지 신경 쓰지 않게 되었다. 그런데 그녀의 말을 듣자, 오래된 부끄러움들이 한꺼번에 몰려오는 것 같았다.

율희는 그날 이후부터 아침 일찍 남편과 딸을 배웅하자마자 나를 찾아왔다. 너무 덥거나 비가 많이 오는 날을 제외하고 거의 매일 찾아온 것 같다. 나는 매번 그녀를 알아보지 못했다. 헤어지는 순간부터 그녀의 얼굴과 이름은 서서히 흐려지기 시작했고, 다음 날 아침이 되면 머릿속에서 거의 지워져 있었다. 처음 며칠은 그녀의 차가 주차장으로 들어오면 오랜만에 들어온 손님인 줄 알고 인사를 했다. 그녀는 기억하지도 알아보지도 못하는 나에게 섭섭하다고 했지만 나로서는 어쩔 수 없었다. 그녀를 만날 때마다 노트에 그녀의 이름을 쓰고, 얼굴을 그렸다. 그녀가 했던 이야기를 받아 적고 그녀가 돌아간 뒤 다시 그것을 소리 내어 읽었다. 이것은 주차장에서 일을 시작하고 생긴 습관이었다. 주차장에서 할 일은 자동차 키를 받고, 장부에 자동차 넘버와 입, 출차 시간을 적고, 간단한 계산을 하는 정도였다. 가장 큰 걱정은 계산할 때 실수를 하지 않을까 하는 것이었는데, 시간이 조금 걸리는 것 말고는 괜찮았다. 그런데 차주의 얼굴을 기억하지 못해 엉뚱한 사람에게 자동차 키를 내어주는 실수를 저질렀다. 자동차를 도둑맞게 될 것 같은 불안감 때문에 노트를 한

권 사서 메모를 시작했다. 자동차 넘버를 적고, 자동차 심벌을 그리고, 차주의 얼굴을 그렸다. 메모를 통해 기억력을 되찾을 수 있을 거라 생각했는데 큰 효과는 없었고, 그림 실력만 조금 늘었을 뿐이었다. 기억력을 되찾는 것은 실패했지만 노트가 기억을 보완해주기도 하고 그렇게 계속 쓰고 그리다 보면 결국에 가서는 단골손님 한둘쯤은 기억할 수 있게 되었다. 나는 일주일 정도 지나자 노트를 뒤적이지 않고도 그녀의 얼굴과 이름, 그녀의 자동차의 차종과 넘버를 기억할 수 있게 되었다. 그렇게 빨리 기억하게 된 데는 그녀의 선물이 한몫했다.

그녀의 선물은 캔커피나 빵 같은 간식거리 정도에서 시작해 자신에게 더는 필요 없는 물건이라고는 하지만 새것으로 보이는 액세서리, 내게 맞는 구두나 옷 같은 물건들로 점점 커졌다. 나는 매번 사양했으나 그녀는 우리 사이에 자존심 같은 건 필요 없다며 받아두라고 했다. 나는 그 물건들을 받는 것도 거절하는 것도 견딜 수가 없었다. 예의상 사양하는 것도 아니었고 율희에게 빚지는 게 싫다거나 자존심이 상해서 그러는 것도 아니었다. 그것들이 필요 없었고, 필요도 없는 물건을 억지로 가져야만 하는 상황이 견딜 수 없이 싫었다. 내게 필요한 물건은 계절마다 입을 옷 서너 벌, 신발 두 켤레, 로션 정도였다. 어쩌다가 가지고 있는 물건과 같은 품목이 생기면 어머니나 동네 할머니에게 선물하거나 동사무소 재활용센터에 기부했다. 다 쓰고 나면 내 돈을 들여 새로 사야 할지언정 한꺼번에 여러 개를 쌓아 놓는 것은 정말 싫었다. 나는 억지로 받은 선물을 버리거나 남에게 줄 수 없어서 쇼핑백에 담긴 그대로 책상 밑에 쌓아두었다. 그런 일이 몇 번 반복되고 나니 책상 밑은 쇼핑백으로 가득 차 발을 넣기가 힘들어졌다. 책상 밑에 가득한 쇼핑백을 보면 불편한 마음이 들었는데, 그로 인해 율희의 얼굴과 이름을 빨리 기억할 수 있었다.

나는 불편한 마음을 숨긴 채 반갑게 그녀를 맞아 의자를 꺼내놓고 커피를 타 주곤 했다. 그녀는 마치 내 기억을 되돌려야 할 사명을 가진 사람처럼 옛이야기를 했고 나는 그 이야기들을 받아 적었다. 그녀는 나도 모르는 나를 아주 잘 알고 있었다. 나는 국사 선생님이 시험지 채점을 맡기고 밥을 먹으러 갈 정도로 정직한 아이였고, 도시락을 싸오지 못하는 아이에게 자신의 도시락을 내주었던 상냥한 아이였다. 그녀는 아이들과 선생님들이 나를 매우 좋아했다고 했는데, 나는 사춘기 내내 나를 괴롭혔던 소외감과 고립감을 분명히 기억하고 있었기에 그녀가 잘못 기억하거나 나를 위해 거짓말을 하고 있다고 생각했다. 그것을 제외하면 그녀의 이야기들은 사고 직후 완전히 잊었다가 서서히 돌아와 제자리를 찾은 기억들과 거의 비슷했다. 그런데 이상하게도 내 기억 속에는 그녀가 없었다. 다른 것들은 기억하면서 그녀만 잊어버렸다는 사실을 들키게 되면 그녀가 섭섭해할 것 같아 옛일들이 거의 기억나지 않는다고 했다.

그녀는 엄청나게 기억력이 좋은 것인지 거짓말을 잘하는 것인지 아주 사소한 것까지 기억하고 있었다. 그녀는 내가 그렸던 게을러빠진 풍경화에 대해 이야기했다. 붓을 빠는 것이 귀찮아서 울트라마린과 비리디언, 번트 엄버를 붓마다 묻혀놓고 그 세 가지의 조합으로만 그렸던 탓에 채도가 낮아져 매우 음울해 보였던 수채화를 기억했다. 제대로 된 기억이 그렇게 구체적인 것이라면 나는 구멍이 숭숭 뚫린 기억만을 가지고 있을 뿐이라는 생각이 들었다. 어느 부분에 구멍이 뚫려 있는 것인지는 알 수 없는 노릇이었다. 처음에는 그녀와 나의 기억을 비교하면서 내가 잊고 있는 부분이 무엇인지 가늠해보았다. 계속 옛이야기를 듣다 보니 어떤 깨달음에 도달했다. 내가 기억하지 못하는, 그녀를 포함한 구멍들은 중요한 일들이 아니었기에 잊혔다는 생각이 들었다. 그것들은 이미 지나갔고, 나는 그것 없이도 잘 살아왔다. 아마 내가 머리를 다치지 않았다 하더라도 이십 년 이상 지난 지금쯤이면 잊혔을 것들이었다. 그렇게 생각하니 더는 아무것도 궁금하지 않았다. 난 그녀가 이야기를 그만두었으면 좋겠다고 생각했으나 너무 열심이어서 말하지 못했다. 다만 더 이상은 그녀의 이야기를 받아 적지 않았고 귀 기울이지도 않았다.

내 마음이 어떻게 변했건 간에 그녀는 종일 떠들다가 딸이 학교에서 돌아오는 저녁이 다 되어서야 집으로 돌아가곤 했다. 그녀는 주차장에 너무 오래 머물렀고, 그로 인해 내 조용한 일상은 망가져버렸다. 그녀는 내가 자꾸 거절해야 하는 상황을 만들었다. 이야깃거리가 떨어질 때면 그녀는 나와 함께 맛집 순례를 하거나, 수영이나 아쿠아로빅을 하거나, 문화센터를 다니며 이것저것 배워보자고 했다. 문화센터의 미술치료나 글쓰기, 노래나 악기를 배우는 일이 나의 마음을 치료하는 데 많은 도움이 될 거라고 권유했다. 내 몸은 나으려야 나을 수가 없고, 마음은 이미 괜찮아졌다는 것을 율희는 모르는 것 같았다. 구구절절 말하기 힘들어서 아주 짧게, 주차장을 비울 수 없다고 거절했다. 그녀는 자기가 와 있는 동안 차가 들어오는 것을 전혀 본 적이 없는데 왜 주차장 영업을 계속 하는 건지 이해가 안 간다고 했다. 그녀는 내가 주차장의 좁은 부스에 매어 있어서 상태가 더 나빠지는 것 같다며 다른 직장으로 옮겨보라고 했다. 나는 내 인생의 반가량을 보낸 이곳에서 벗어날 생각은 없었다. 이제 일흔을 훌쩍 넘긴 어머니가 자꾸 주차장을 그만두고 싶어 해 말리고 있는 참인데, 내가 자리를 자꾸만 비우게 되면 정말 주차장은 텃밭으로 갈아엎어질지도 모르는 일이다. 번번이 여러 가지 거절을 해야 하는 나는 늘 불편하고 화가 났다.

그래서 어제 나는 기어이 율희의 쇼핑백을 받아들지 않았다. 그녀는 쇼핑백을 계속 나를 향해 내민 채로 서 있었다. 이제 자리가 없으니 그만두라고, 반쯤은 소리를 질렀다. 그녀는 개의치 않는다는 듯 쇼핑백 안에 든 선물을 직접 꺼내 포장을 뜯었다. 그 안에는 내가 읽지 못하는 외국어가 쓰인 화장품 세트가 들어 있었는데, 처음 본 것이지만 한눈에도 고가의 물건으로 보였다.

"마흔 살쯤 되면 좋은 걸 써야 돼. 얼굴 쭈글쭈글한 거 봐라. 아무리 니가 이런 처지라도 그렇게 살지 마."

"아니야. 정말 괜찮다니까. 나갈 일도 없어."

"괜찮긴 뭐가 괜찮아. 자존심 세우지 말고 그냥 받아둬. 결혼은 해보고 죽어야지. 계속 이 꼴이면 아무도 너 안 데려가. 혼자 살다 시체로 발견될걸?"

율희는 신발이나 옷 같은 다른 선물을 주면서도 그런 식으로 말을 했는데 어제는 나의 확고한 거절 때문이었는지 한층 더 심한 말을 내뱉었다. 그러자 오래전에 그녀가 뱉어낸 말들이 부옇게 덮여 있던 안개를 갑작스럽게 헤치고 우르르 뒤따라 나와 내 가슴팍을 툭툭 치고 지나갔다. 중학교 시절 나는 점심을 늘 혼자 먹곤 했는데, 다른 반이었던 그녀가 찾아와 말했다. '어머, 불쌍하게 밥을 혼자 먹네. 어떻게 아무도 너랑 안 먹어주니? 걱정 마. 이제 내가 같이 먹어줄게.' 나는 밥을 혼자 먹는 것이 불편하거나 부끄럽다고 생각하지 않았는데, 그 말을 듣는 순간 비참해져 울고 싶어졌다. 나는 그때의 기억이 나 기분이 나빠졌다. 어떻게 이야기하면 이렇게 필요 없는 호의를 그만둘지 알 수 없었다.

"나는 지금이 딱 좋아. 가족도 있고, 친구도 있고, 이웃도 있어. 내 몫의 일도 있으니까 난 여기서 늙어 죽을 거야. 그리고 정말 필요 없어서 그러는 거야. 둘 데도 없어."

나는 그녀가 기분 나빠할 거라 생각했는데, 그녀는 아무 이야기 듣지 않은 사람처럼 입가에 미소를 띤 그대로였다. 그녀의 표정은 쇼핑백으로 가득 찬 책상 밑에 들어가지 않는 발을 억지로 집어넣을 때처럼 답답하고 불편한 마음이 들게 했다.

"으이구. 알았다 알았어. 그래도 이건 넣어둬. 얼마나 쥐구멍만 하기에 둘 데가 없다고 해?"

그녀는 부스 문을 열고 안으로 쑥 들어왔다. 그녀는 부스 안이 생각보다 넓고 없는 게 없다고 감탄하며 둘 곳도 많은데 엄살 부린다고 등을 쿡 찔렀다. 쇼핑백들이 그대로 책상 밑에 처박혀 있는 것을 본 그녀가 한숨을 쉬었으나 표정은 그대로였다. 그녀는 책상 앞쪽 벽에 붙여 놓은 내 그림들을 보았다. 건조시키기 위해 붙여놓은 세

장의 그림은 바싹 말라 있었다. 다음 장을 그려야 했지만, 그녀를 다시 만난 후 그릴 시간이 나지 않았다.

"네가 그린 거야?"

난 고개를 끄덕이며 책을 꺼내 건넸다. 그것은 내가 구 년 전 그림책 공모전에 당선되어 처음 낸 그림책이었다. 그녀는 그것을 들춰보더니 다시 제자리에 꽂았다. 그 옆에 꽂힌 두 권의 책에 내 이름이 써 있는 것을 못 보았는지 꺼내보지는 않았다.

"이 꼴로 살면서 뭘 믿고 그렇게 자존심을 세우나 했더니 믿는 구석이 있었구나. 나 같은 사람이랑은 뭣도 같이하기 싫다는 거구나. 넌 어렸을 때부터 그랬어. 남의 호의를 쉽게 거절하고, 밀어내고, 사람을 참 비참하게 만들었어. 그러니까 친구가 없었던 거야. 너는 기억 못하겠지만, 상처받을까 봐 말 안 하려고 했는데, 너 따돌림 좀 당했어."

"나도 알아. 안 그랬으면 내가 왜 이렇게 됐겠니?"

그녀는 어이없다는 듯, 나를 한번 쳐다보더니 책상 밑의 쇼핑백을 모두 꺼내 차에 실었다. 그러고는 뒤도 돌아보지 않고 돌아갔다. 주차장은 예전의 평온함을 되찾았다. 내가 나쁜 사람이 된 것 같은 기분이 들었지만, 모처럼 혼자인 시간을 즐기며 그녀가 다시 오지 않기를 바랐다.

3

어제는 의진 부부가 찾아왔다. 의진은 치킨을, 상혁은 맥주를 사 들고 주차장으로 각자 퇴근했다. 모처럼 주차장에 두 대의 차가 서 있어서 마음이 흡족했다. 의진은 내가 태어나서 처음 사귄 친구다. 적어도 율희를 다시 만나기 전까지는 그녀가 유일하다고 생각했다.

그녀와 나를 엮어준 것은 나의 불운이었다. 내가 사고를 당하는 불운이 없었다면 머리를 다치는 일도 없었을 것이고, 이 정도로 머리가 나빠지지는 않았을 것이다. 그랬다면 주차장 같은 곳에서 일하지 않았을 거고, 노트에 메모를 그렇게 열심히 하지도 않았을 것이다. 아마 노트에 메모를 하지 않았다면 결코 그림을 그릴 수 없었을 것이다. 내가 그린 그림이 그녀를 이곳으로 데려왔고, 그녀와 친구가 된 것은 내 인생에서 얼마 되지 않는 행운이었다. 처음에 불운이라고 생각했던 것이 훗날 행운으로 변한 것이 꽤 있는 걸 보면, 살아 있는 게 다행이라는 생각이 들었다.

멀쩡하게 장사가 잘 되던 주차장의 손님이 눈에 띄게 줄어들어 갈 때, 어머니는 맑은 날도 흐린 날도 있는 거라며 괜찮다고 했지만 나는 내가 불운을 몰고 다녀 그렇게 된 것 같아 급여를 받는 것도 미안해졌다. 그때부터 늦은 시간 들어오는 손님까지 놓치지 않으려고 퇴근하지 않고 주차장에서 지냈다. 딱히 할 일도 없고 멍하게 있는 것이 싫어서 주로 외울 것들을 메모하던 노트에 다른 것들을 쓰고 그렸다. 내가 기억하는 옛일들, 가족들과의 추억, 내가 잘못한 일이나 잘한 일, 나를 이렇게 몰고 온 것들, 가족들에게 하고 싶은 말

같은 것들을 적어두고 옆에 그림을 그렸다. 새벽시장의 손님이 완전히 끊기고 밤 시간이 온전히 내 것이 된 뒤에는 물감과 종이를 사서 본격적으로 그림을 그렸다. 날마다 그린 작은 그림들이 빠른 속도로 쌓였는데, 어머니는 그것을 그냥 버리기 아까워해 아버지의 세탁소 벽에 붙여놓고 자랑하곤 했다. 그것을 본 이웃들은 그냥 썩히기 아까운 솜씨라며 내가 뭐를 어떻게 해서든 무엇이라도 되기를 바랐지만 그 '뭐'나 '어떻게'나 '무엇'이 무엇인지 알 수 없었다. 한 젊은 여자 손님이 그림책 공모전이 있다는 것을 알려주기 전까지 나도 내가 무엇을 할 수 있을지 전혀 감을 잡지 못했다. 나는 처치 곤란한 그림들을 모아서 공모전에 응모하기 시작했는데 번번이 떨어졌다. 당선될 거라고 생각했던 것도 아니고 딱히 다른 할 일이 있는 것도 아니어서 포기하지 않고 연례행사처럼 응모하곤 했다.

  의진은 내가 응모했던 원고를 들고 나를 찾아왔다. 연락처가 없어 주소를 보고 찾아왔다고 하기에 당선이 되면 으레 그러는 줄 알고 혼자 좋아했다. 의진은 공모전을 개최한 출판사의 담당 직원이었던 상혁의 여자친구일 뿐이었고 사적인 방문이었다. 그녀는 내 원고를 우연히 보았는데 그림이 마음에 들어 나를 꼭 만나고 싶었다고 하며 명함을 건넸다. 그녀는 대안 공간의 큐레이터로 서양화를 전공했다가 적성에 맞지 않아 미술이론으로 석사학위를 받은 지 얼마 안 되었다고 자신을 소개했다. 큐레이터, 전공, 대학원, 석사 이런 말들은 입에 올려본 적조차 없었던 것들이었기에 그녀가 나와는 다른 부류라고 생각하고 위축되었다. 의진이 훗날 말하길 상혁이 내 그림을 보여주며, 매년 조금 이상한 원고를 몇 편씩 내는 사람이 있는데 왠지 무섭다고 했다고 한다. 그도 그럴 것이 그때는 어떻게 이야기를 만들고 어떻게 글을 써야 하는지 전혀 몰랐다. 이미 그려놓은 그림들을 붙여 이야기를 만들기도 했고, 이야기를 만들어 그림을 그리기도 했는데, 끝도 시작도 없는 이야기들이었다. 게다가 그때는 나를 이렇게 만든 것들과 나 자신을 원망하는 마음이 엄청나게 컸으니 무서울 만도 했다. 그녀가 본 원고는 자신이 물고기라고 생각하는 소녀가 원래 자신이 무엇이었고 왜 그런 이상한 생각을 하게 되었는지 알아가다가 결국 강으로 뛰어들어 물고기가 되는 이야기였다. 아동용 그림책에 맞지 않는 기괴한 내용이었음에도 에메랄드빛 강을 배경으로 한 몽환적인 수채화가 인상적이어서 나를 찾아왔다고 했다. 그녀는 다른 그림을 볼 수 있는지 물었다. 그림은 넘치도록 많았으므로, 책상 밑에 쌓인 그림들을 꺼내 보여주었다. 그녀는 자리를 잡고 앉아 그림들을 찬찬히 들여다보더니 다른 방식으로 글을 써보면 좋은 결과를 얻을 수 있을 것 같다고 말했다. 의진은 퇴근 후 가끔 나를 찾아와 그림과 이야기의 방향에 대해 이야기를 나누었다. 처음에 그녀는 내가 자기와 대화하기 싫어 딴짓을 하는 줄 알았는데, 그녀의 이야기를 잊지 않기 위해 받아 적고 있었다는 것을 알고 놀랐다. 자기를 매번 기억하지 못할 만큼 내 기억력이 좋지 않다는 사실에 놀랐고, 누군가가 자신의 이름과 얼굴을, 자신이 한 이야기를 잊지 않기 위해 노력하는 건 처음이라며 감동하기까지 했다.

결국 난 이듬해, 늘 응모하던 공모전에 당선되었다. 당선작이 출간되고, 의진이 다른 일러스트레이터들과 나를 묶어 그림책 원화

전을 기획해 전시를 하기도 했다. 어머니는 내가 정말 한 사람 몫을 제대로 하게 되었다며 앞으로 완전히 다른 인생을 살 수 있을 거라고 기뻐했다. 그러나 나는 부스에 앉아 그림을 그리기 시작한 그 밤에 이미 이전과는 다른 세계로 진입했기에 더 달라질 것이 없었다. 나는 계속 주차장에서 일을 하고 그림을 그렸다. 어차피 사는 데 돈이 많이 드는 것도 아니었고 성공하고 싶은 생각도 없었기에 다른 것은 바라지도 않았다. 그동안 나는 상혁이 독립해 만든 출판사에서 두 권의 책을 더 냈다. 의진은 자기가 한 일이 없다고 했지만, 내가 쓰는 이야기가 써도 되는 이야기인지, 말이 되기는 하는 건지 봐주었고 팬블로그도 운영했다. 블로그에 내 책에 관한 이야기, 일러스트와 짧은 글, 책의 리뷰 같은 것들을 간간이 올렸고, 가끔은 작업 근황에 대해 올리곤 했는데, 아주 많지는 않지만 고정적인 독자나 책 검색을 통해 들르는 사람들이 있다고 했다.

의진이 찾아온 이유는 얼마 전부터 블로그에 올라오기 시작한 악의적인 익명의 댓글 때문이었다. 나는 블로그가 무엇인지 잘 모르므로 그것이 어떤 상황인지 이해되지 않았지만 그녀가 신경 쓰는 것 같아 대수롭지 않게 말했다.

"지웠으면 되지 뭐."

그러나 지운 다음 날 그 자리에 똑같은 댓글이 달렸고, 다른 글에도 하나씩 같은 댓글이 붙기 시작했다. 지워도 자꾸만 올라오는 것을 보면 누군가 악의적으로 하고 있는 일 같아 내가 알아두어야 할 것 같다고 하며 댓글을 보여주었다

'거짓 이야기 만들지 말고 네가 저지른 나쁜 짓에 대한 반성문이

나 써라. 너에 대한 더러운 소문을 알고 있다.'

　상혁도 그 비슷한 시기에 출판사 건의 게시판에 며칠에 걸쳐 반복적으로 나를 모함하는 글이 올라왔다고 했다. 블로그 댓글처럼 짧은 글이 아니라 조금 긴 글이었다. 나와 중고등학교 동창임을 밝힌 독자가, 내가 중학교 시절부터 고등학교 때까지 유부남 미술 교사와 부적절한 관계를 지속했다고 했다. 그 소문이 퍼지게 되자 나는 따돌림을 당했고, 그로 인해 자살기도를 했던 것이라고 써놓았다. 그 일로 교사는 구속되었다가 풀려나긴 했지만 해직되었고, 부인과도 이혼했다고 했다. 그리고 어린 나이에 한 가정을 파괴한 파렴치한 작가가 아이들을 대상으로 책을 쓰는 것도 역겹다며, 사실을 밝히고 조처하지 않으면 불매운동을 벌일 거라고 했다.

　"그렇게 자세히 읽어줄 필요는 없잖아? 기분 나쁘게."

　의진은 상혁이 무신경하다며 화를 냈다. 그들이 자꾸 툭탁거리는 것이 내 탓인 것 같아 나는 아무렇지도 않다고 했다. 사실 나는 그들의 말을 듣고도 그게 무슨 뜻인지 도통 이해가 가지 않았다. 더러운 소문, 부적절한 관계가 구체적으로 무엇이겠냐고 물으니 의진은 좀 난감해하면서 조심스럽게 말했다.

　"뉘앙스로 봐선 섹스 스캔들을 말하는 것 같아. 말이 돼야 말이지. 중학생이면 애잖아."

　나는 갑자기 웃음이 터져 나와 멈출 수가 없었다. 그 순간에는 사십 년 동안 남자 손도 한 번 못 잡아본 나에게 건네는 더러운 농담이라고 생각했다.

　"내가? 정말? 내가 그랬다고?"

나의 웃음에 안심이 되었는지 의진 부부도 따라 웃었다. 웃다 보니 어디선가 맡아본 냄새가 훅 끼쳐오는 것 같았다. 그것은 밖에서 오는 것이 아니라 내 몸속에 저장되어 있다가 피어오르면서 그 시절의 기억을 불러오는 냄새였다. 그 냄새는 따뜻하고 비릿한 체취였는데 부드럽고 포근한 느낌이었다. 그것은 선생님의 하얗고 갸름한 얼굴을 가까이 불러왔다. 그리고 그의 목덜미에 송골송골 맺힌 땀과 단단한 어깨, 넓은 등을 하나하나 되살렸다. 뺨에 와 닿던 그의 부드러운 손이 떠올랐을 때, 나는 더 이상 웃을 수가 없었다. 그의 다정했던 목소리와 그의 차 안에서 듣던 '들국화'의 노래가 귀에 들려오는 것 같았다. 마치 헤어진 옛 사랑을 떠올릴 때처럼 마음이 설레고 아팠다. 차라리 기억에서 완전히 사라져버렸다면 마음이라도 편했을 텐데, 어설프게 떠오른 기억들 때문에 절대 그런 일을 한 적이 없다고 장담할 수 없었다. 나와 율희가 기억하는 것이 그렇게 다른데, 진짜 나는 또 얼마나 다른 사람이었는지 알 수가 없었다.

"같은 시기에 올라온 걸 보면 같은 사람인 것 같은데, 왜 그러는 걸까 싶어. 원한이 있는 사람처럼 그러는 게 영 마음에 걸려서 이야기 해두는 거야. 내용이야 뭐 말할 것도 없지. 마음에 담아두지 말아."

떠오른 기억을 의진에게 차마 이야기하지 못했지만, 그런 일을 한 적이 없다고도 말하지 못했다.

"사실 나도 잘 모르겠어. 기억 못하는 건지도 모르고. 나를 믿을 수가 있어야지."

의진은 어이없다는 듯이 대답했다.

"내가 너를 십 년 가까이 봤잖니? 너는 그런 사람이 아니야. 네가 살아온 세월 자체가 그걸 증명하고 있는데 뭔 소리? 너도 널 믿어. 이건 단순한 악플이야. 골치 아프니까 일단은 계속 지울 거야. 당신도 조처고 뭐고 간에 그냥 지워버려. 더 골치 아프게 하면 신고하자고."

의진은 내 노트를 펼치고 연필꽂이에서 마카펜을 꺼냈다.

"너는 걱정 말고 그림이나 그리셔. 얼른 그리셔. 찝찝할 때마다 이거 펼쳐서 따라 읽어. 기억이 안 나면 외워."

'나는 그런 사람이 아니다.'

커다랗고 굵은 글씨로 노트 한가득 써놓았다. 그녀의 글씨는 동글동글하고 끝이 날렵해 경쾌한 느낌을 주었다. 그 문장을 경쾌하게 따라 읽어보려 했지만 입이 떨어지지 않았다. 나는 그 말을 믿을 수가 없었다.

4

어제는 옛집에 다녀왔다. 다녀온 것은 아니고 그냥 지나쳤다고 하는 게 맞겠다. 나는 율희의 차에 타고 있었고, 어딘가로 가는 길이었다. 율희가 오랜만에 찾아와 다짜고짜 차에 타라고 했다. 무엇 때문이냐고 묻자 그녀는 보조석 문을 열고 선 채로 나를 쳐다보며 말했다.

"오늘 일당은 내가 줄 테니 그냥 타. 선생님 소식이 궁금하다면서?"

그녀는 내가 전화를 해 물어봐놓고 또 잊었다며 타박을 했다. 나는 부스의 창을 내리고 문을 잠근 뒤, 그녀의 차에 올랐다. 나는 다급한 마음에 물었다.

"저기, 나, 미술 선생님이랑 이상한 소문이 있었다는데, 진짜야?"

"이상한 소문이 있었다는 게 진짜냐는 거야? 아님 그 이상한 내용이 진짜냐는 거야?"

"둘 다. 그때 나한테 이야기해준 적 없었지? 난 처음 알았어."

"아, 언제 적 이야길 하는 거야. 기억도 안 나. 소문이 한두 개 돌아다니는 것도 아니고, 그러다가 사라지는 거지, 그런 걸 아직까지 누가 기억하겠어."

"그 소문이 믿어져? 말이 된다고 생각해?"

"나야 뭐 둘 사이에 뭔 일이 있었는지 모르지. 소문이 어떻든 너만 아니면 되는 거 아니야? 그리고 그 변태 선생한테 한두 명 당한 게 아니야. 우리가 다 응징했으니까 신경 꺼."

나는 그녀의 말에 적잖이 당황했다. 그 선생님은 그런 사람이 아니었어, 라고 말하고 싶은 것을 간신히 참았다. 그녀가 말하는 우리가 누구인지 알 수 없어 물었지만 '있어'라는 말로 일관했다. 율희의 자동차는 큰길로 나갔다. 50미터만 나가면 큰길이었지만 오랫동안 그리 나갈 일이 없었다. 율희는 내가 묻는 말에 대답하지 않고 말을 돌렸다.

"저기 길 건너 시장에도 못 가봤지? 주차장 밖으로 나가본 적은 있니?"

율희는 친절한 말투로 말했지만 나는 조금 기분이 나빴다. 나도 시장 정도는 가보았다. 가족도 찾아오지 않는 나를 10개월간 보살펴준, 지금 내가 어머니라고 부르는 간병인을 따라서 동네에 들어왔던 날 그곳에 갔다. 병원에서 오는 길에 이불과 간단한 가재도구를 사기 위해 들렀던 시장은 헐겁게 들어선 나지막한 상가 건물들과 길바닥의 난전들로 뒤엉켜 복잡하고 더러웠다. 지나가는 오토바이와 짐꾼들이 다리를 절며 굼뜨게 걷는 내게 빨리 비키라고 소리를 질러댔고, 상인들은 가격만 묻고 지나가는 어머니의 뒤통수를 향해 재수 없다고 악다구니를 썼다. 나는 아비규환의 세상에 맨몸뚱이로 내던져진 것 같아 슬프고 두려웠다. 어머니는 앞으로 이런 곳에 오지 말자고, 좋은 말만 듣고, 좋은 사람만 만나자고 하며 내 손을 꼭 쥐고 얼른 길을 건넜다. 그 뒤로 다시는 그곳에 가지 않았다. 길 건너편에는 멀리서도 한눈에 보이는 높은 빌딩과 아케이드가 서 있었고, 의류쇼핑센터 옆에는 말로만 듣던 거대한 주차타워가 서 있었다. 줄을 서서 타워로 진입하는 자동차들의 꼬리물기 때문에 그 일대의 교통이 매우 혼잡했다. 그 광경을 직접 보고 나니 이제 우리 주차장은 정말 끝난 게 맞다는 생각이 들었다. 복잡한 도심을 빠져나와 터널로 들어선 자동차는 한참을 달려 반대편의 출구에 도달했다. 율희는 내 옆쪽 창밖을 가리키며 말했다.

"저기가 너 살던 아파트야. 기억나?"

아파트는 지나간 세월만큼 허름해진 채로 그 자리에 있었는데, 그동안 울창해진 나무들이 주변을 둘러싸고 있어 마치 뒷산의 일부가 된 것처럼 보였다. 나는 그 아파트에서 조부모님과 고모와 함께 살았다. 내가 그곳에 간 것은 세 살 무렵, 교통사고로 부모님을 한꺼번에 잃은 뒤였다. 조부모님과의 생활은 늘 조용했지만 소소한 즐거움이 있었다. 할아버지는 나를 도서관이나 서점에 데려가는 것을 좋아했다. 할아버지와 나란히 앉아 책을 읽다가 내가 모르는 것을 물으면 대답해주지 않고 도리어 내게 이상한 질문을 던졌다. 할아버지의 질문에 계속 답하다 보면 결국 내 질문의 답까지 도달하긴 했지만, 놀림을 당한 것 같아 뾰로통해지곤 했다. 달달한 간식을 사주면 금세 풀어져 헤헤거리는 나를 데리고 할아버지는 도심을 산책하며 옛이야기를 해주었다. 할머니는 계절이 바뀔 때면 나를 백화점으로 데려가 새로 나온 원피스와 속옷을 사주었다. 쇼핑이 끝나고 우리를 데리러 온 할아버지와 함께 백화점 식당가에서 일식 돈가스와 메밀국수를 먹고 새로 개봉한 가족 영화를 보거나 공원을 산책했다. 조부모님은 나와 함께 걷는 것을 좋아했다. 매일 이른 새벽마다 뒷산에 오를 때도 나를 데리고 가고 싶어 했지만 난 잠에 취해 일어나지 못했다. 아파트의 뒤편은 뒷산을 향해 있어 내 방이나 뒷베란다 창 앞에 서면 산책로로 이어지는 길이 보였다. 뒤늦게 잠에서 깨어 창밖을 내다보면 산책로를 걷던 할머니와 할아버지가 어느새 나를 향해 손을 흔들어주었던 것을 기억한다. 나는 어디에 있건 늘 할머니, 할아버지와 연결되어 있는 듯한 기분이 들었다. 그곳에서 보낸 시절은 내 인생에 다시없을 완벽한 시간이었으므로 잊을 리가 없었다. 결국 함께 뒷산을 한번 못 갔네, 하고 혼잣말을 삼키다가 결국이라는 말이 참 싫은 단어였구나, 하고 깨달았다.

"너희 집이 제일 바깥 동 5층이었잖아. 그런데 이제 와서 하는 이야기지만, 계속 궁금했어. 그때 5층이란 거 생각 못 했어?"

"그때?"

"너 사고 쳤을 때 말이야. 이것도 기억 못 하려나? 이렇게 되는 걸

원한 건 아니었을 텐데. 정말 안됐어."

나는 그녀가 무엇을 묻고 있는지 이해했으나 나를 위로하려는 건지 조롱하는 건지는 알 수 없었다. 고등학교 3학년이었던 나는 5월의 첫날 이른 아침, 속치마와 스타킹을 걷으러 뒷베란다에 나갔다가 학교를 안 갈 수 있을 뿐 아니라 고통을 근본적으로 끝낼 수 있는 간단한 방법을 떠올렸다. 방충망을 열고 속치마를 머리에 쓴 뒤 안전망 밖으로 허리를 숙이는 것까지 순식간의 일이었다. 창밖은 아주 화창한 봄날이었고, 아파트 뒷마당에는 아무도 없었다. 언제고 죽을 거라면 그날이 딱 좋을 것 같았다. 깊은 생각 따위는 필요도 없었다. 내가 조금만 느렸더라면, 조금 덜 힘들었더라면 그곳이 5층이라 실패할지도 모른다는 생각을 했을 것이고, 아마도 그 길로 엘리베이터를 타고 아파트 옥상으로 올라갔을 것이다. 옥상으로 올라가는 동안 마음이 바뀌어 다시 내려왔을 수도 있었을 테고, 올라갔다면 어쨌든 지금처럼 불편한 몸으로 살아 있지는 않았을 것이다. 한때 이런 몸으로 살아 있는 것이 저주스러웠던 적도 있었지만, 지금은 그렇지 않다. 어쨌건 살아 있으니 이곳에 다시 와보는 날도 있는 거 아닌가 하는 생각이 들었다. 나는 뭐라고 대답해야 할지 몰라, 응, 하고 대충 대답했는데 그녀가 딱히 대답을 원해서 묻는 것 같지는 않았다.

"나는 이 동네에 진짜 오랜만에 와봐. 우리 부모님은 오래전에 이사하셨거든. 너희 가족들은 아직 여기 사시니?"

율희에게 사고 뒤 내가 집으로 다시 돌아가지 못했다는 말을 했는지 기억나지 않았지만 입에 다시 올리기 싫어 대답하지 않았다.

"이런, 미안. 의절당했다고 했지."

율희는 뒤늦게 생각났다는 듯 말했다. 그 말을 듣고 나니 콘센트에서 플러그가 빠져 있는 것을 뒤늦게 발견한 듯한 기분이 들었다. 10개월 넘게 병원에 입원해 있는 동안 할머니는 한 번도 찾아오지 않았고, 할아버지는 단 한 번 찾아왔다. 일주일이 넘도록 의식이 없다가 정신을 차렸을 때 할아버지가 침대 옆에 앉아 있었다. 나는 그곳이 어디인지, 무슨 일로 누워 있는 건지 알 수가 없었다. 할아버지가 나를 향해 '죽을 용기로 살았어야지' 하고 울부짖는 것을 듣고서야 내가 큰일을 저질렀다는 것을 알았다. 기억이 돌아오지 않았던 데다가 아무 생각도 할 수 없었던 상태였지만 그 말이 틀림없이 틀렸다고 생각했다. 그것은 생각이 아니라 반사에 가까웠다. 분 단위, 초 단위로 용기를 쥐어짜며 삶을 버티는 것과 한 번의 용기로 모든 것을 끝내버리는 것을 등가로 놓는 건 말이 안 된다고 생각했다. 내가 왜 그런 슬픈 생각을 하게 되었는지는 전혀 기억나지 않았다. 멍청하게 바라보는 나를 보며 울던 할아버지는 병실을 나갔고 다시는 찾아오지 않았다. 퇴원할 때 찾아온 사람은 고모뿐이었다. 고모는 내 옷가지 등속을 담아온 이민가방을 건넸고, 내 이름으로 된 통장을 주며 이제 네 갈 길로 가라고 했다. 통장에는 허름한 원룸 전세를 얻을 정도의 돈이 들어 있었다. 자기는 할 만큼 한 거라고, 엄청난 액수의 병원비 영수증을 보여주었다. 고모는 나 때문에 집안이 풍비박산이 났으며, 장애까지 얻은 나를 부양할 수 없으니 집을 나가라고 했다. 내가 내쳐져야 할 만큼 잘못한 것인지 이해가 되지 않았고, 왜 그런 일을 했는지 한 마디 물어보지 않는 가족들이 원망스럽긴 했지만 내가 큰 잘못을 저지른 것 같아서 고모의 말대로 해야겠다고 생각했다. 아무리 그래도 할머니와 할아버지에게 용서라도 빌고 마지막 인사라도 하겠다고 하자 고모는 내가 이렇게 망가진 꼴을 아무도 보고 싶어 하지 않는다고 했다. 나는 집으로 돌아가지 않았고, 가족들을 다시 만나지 못했다. 그들과의 약속을 지키는 것이 사죄하는 것이라 생각했는데, 과연 잘 한 건지 잘 모르겠다. 나는 잠시 내려 집에 다녀오고 싶었지만, 그런 식으로 찾아가는 건 아닌 것 같아 다음에 찾아가기로 했다.

내 노트에는 내가 살던 아파트와 뒷산의 풍경이 그려져 있을 뿐, 우리의 대화 내용은 여기까지만 쓰여 있었다. 고통스러운 기억을 떠올리는 것만으로도 힘들어 메모를 계속할 수가 없었던 것일까. 우리가 어디로 가고 있었는지도 써두지 않아서 잊었다. 선생님을 만난 것이 아닌가 생각해보았는데, 그것도 아닌 듯했다. 선생님을 잊을 리가 없는 데다 아무것도 쓰지 않을 수 없었을 것이다. 머리가 더 나빠지는 것 같은 기분이 들었다.

5

어제는 중학교 동창들이 찾아왔다. 점심에 부친 김치전을 들고 왔던 어머니가 돌아가는 중이었는데, 주차장으로 자동차 세 대가 줄지어 들어왔다. 어머니는 손님이 계속 들어오긴 하는 구나, 하며 얼른 돌아갔고 나는 무슨 일인가 하는 생각이 들었다. 여자 넷이 차에서 내려 내게 알은체를 할 때도 난 그들이 그냥 손님인 줄 알았다. 그들은 내가 자신들을 못 알아보는 것이 거짓말이라 생각하는 건지 아니면 신기해서 그러는 건지, 정말 모르는 거냐고 되물었다. 그들은 내가 율희와 함께 그들이 모여 있던 곳에 간 적이 있다고 했다. 노트를 뒤적여봐도 그런 기록은 없었는데, 곰곰이 생각해보니 그런 것 같기도 했다. 그의 얼굴은 처음 보는 것처럼 낯설었다. 그들 중 몇은 완전히 푹 퍼진 아줌마가 되어 있었고 몇은 젊은 차림새를 하고 있었지만 나이를 속일 수 없는 얼굴이었는데, 모두 나보다는 젊어 보였다. 이십 년 넘게 너만 뺀 나머지 아이들이 모두 만나고 있었다는 율희의 말이 떠올랐다. 나를 뺀 나머지라는 말은 언젠가 내가 거기 들어 있었다는 이야기처럼 들렸는데, 나는 그런 친구들이 있었는지조차 기억나지 않았다. 그들은 우리가 만났던 날, 나를 갑작스럽게 만났던 거라 당황해서 이야기를 많이 나누지 못해 찾아온 거라고 했다. 나는 그들에게 다시 자기소개를 좀 해달라고 했고, 노트에 그들의 얼굴을 그리고 이름을 써두었다. 미영, 지영, 선미, 예숙. 나는 그들 중 몇 명의 이름을 알고 있었다. 사실 내가 알고 있는 이름이 그들의 이름인지는 잘 모른다. 여자들의 이름은 거의 비슷비슷했다.

내가 입원해 있는 동안 비슷한 이름들을 가진 수많은 여자아이들이 병실을 다녀갔다. 반 아이들은 내가 혼수상태였을 때 모두 다녀갔다고 했다. 그들은 메모장에 짧게 글을 남기고 갔다. 모두 미안하다, 얼른 일어나서 함께 학교 다니자는 이야기들이었다. 의식이 돌아온 뒤에도 아이들의 방문은 끊이지 않았다. 입원해 있는 동안 나를 알고 있는 아이들이 대부분 찾아온 것 같았다. 같은 재단 중학교에서 고등학교로 진학을 했으므로 거의 전교생에 가까운 아이들이었다. 아이들은 내 손을 잡고 대성통곡을 하거나, 무릎을 꿇고 빌었다. 나는 그들이 내게 무슨 짓을 해 미안하다고 징징대는 건지 알 수 없었고 기억도 나지 않았다. 그들은 내가 자기들 때문에 투신을 했다고 생각하는 것 같았다. 사실 나는 왜 그런 무서운 짓을 결심했는지 도통 이해가 가지 않았고 기억도 나지 않았다. 자기들이 따돌리고 괴롭혀 내가 그런 거라고 울고불고하니 그런가 보다 했다. 아무것도 기억나지 않았으므로 그들의 사죄도 와닿지 않았다. 나는 그저 자꾸 찾아와 우는 것이 귀찮아서, 그래, 다 용서한다, 괜찮다, 라는 말을 기계적으로 해주었을 뿐이다. 울며 들어온 그들은 웃는 얼굴로 돌아가곤 했는데, 나는 그들의 예쁜 다리와 건강한 걸음걸이를 견디기 힘들었다. 그들이 용서받고 행복하게 사는 동안, 나는 병실 커튼 뒤 사람들이 웅성거리며 했던 말처럼 '반병신'이 되어 고통스러운 인생을 살아가게 될 거라는 생각을 하면 괴로웠다.

    그들이 왜 나를 찾아왔는지 잘 모르겠지만, 선생님에 대해 물을 수 있을 것 같아 일단 앉을 수 있는 모든 것들을 꺼내 자리를 만들어주었다. 그들과 나는 주차된 차로 비좁아진 주차장에 둘러앉아 이야기를 나누었다. 오랜만에 만난 친구들과 할 수 있는 이야기는 옛날이야기뿐이었다. 기억하거나 못하거나 별 상관없는 이야기, 하나마나한 이야기들이었다. 그들은 이야기를 아름답게 윤색했지만 그 일들은 내 머릿속에서 사실 그대로 재생되었다.

    나와 함께 미술반이었다는 지영은 학교 대표로 사생 대회에 나갔던 이야기를 해주었다. 그녀는 내 완성된 그림과 옷에 붓을 빤 물을 엎었고, 옷을 닦아준다며 그림을 옷에 문질렀다. 물에 흠뻑 젖은 그림은 찢어져버리고, 내 옷은 물감 범벅이 되었다. 나와 같은 아파트에 살았던 미영과 예숙은 나와 함께 하교를 했던 사이라고 했다. 그들은 내가 쌀집 앞에 놓아둔 콩 다라이 위로 넘어지는 바람에 콩과 팥이 뒤섞여버린 이야기를 하며 웃었다. 나는 내 등을 떠밀던 작은 예숙이의 손을, 둘은 학원에 가야 한다며 집으로 가버리고 나 혼자 해가 질 때까지 그것을 나눠 담았던 일을 기억하고 있다. 입을 다문 채 아무 말 하지 않고 있던 선미는, 물론 범인으로 밝혀지지는 않았지만, 체육시간이 끝난 뒤 내 교복을 가위로 다 잘라버렸고, 구두를 쓰레기장에서 불태웠다. 지영과 예숙은 함께 쓰레기통을 비우고 오다가 수돗가에서 걸레를 빨고 있는 나를 지나쳐가며 이상한 소리를 지껄였다. '걸레가 걸레를 빨고 있네.' '서 있는 뒷모습만 봐도 처녀인지 아닌지 딱 알 수 있대.' 나는 곧잘 '더러운 년'이라는 말을 듣곤 했는데, 사고 이후 들은 '병신 같은 년'이라는 말보다 훨씬 더 많이 들었다. 교복 블라우스가 네 개에 치마가 세 개였고, 날마다 빨아 빳빳하게 다려 입었는데도 그런 소리를 듣는 것이 이해가 안 됐다. 그때는 무슨 말인지 몰랐는데, 소문을 알고 보니 그런 소리가 나올 법도 했던 것이었다. 다른 아이들이 내게 침을 뱉은 일, 다리에 걸려 계단을 구른 일, 책상 서랍에 우유가 한가득 부어져 있던 일이 쭈뼛거리며 뒤따라 나와 내 앞에 널브러졌다. 그때 힘들고 비참했던 마음이 퍼렇게 살아 올라 내 가슴을 깊게 찔렀고 그 마음이 재생시킨 수많은 기억들이 한꺼번에 내 머리를 치고 지나갔다.

나는 그 시절 늘 죽고 싶은 마음이 들곤 했지만, 내 얼굴과 머리에 침을 뱉은 아이를 죽이기 전에는 절대 혼자 죽지는 않겠다고 다짐했다. 꼭 잘돼서 그들이 어떻게 할 수 없는 사람이 되겠다고 결심했다. 책상 앞에 그 아이들의 이름을 써 붙여놓았던 것 같은데 이름은 기억나지 않는다. 나는 이를 악물고 육 년을 견뎠다. 같은 재단의 고등학교로 진학하니 새로운 아이들이 유입되어 괴롭힘은 조금 덜해졌다. 중학교 시절에 비하면 살 만했고 졸업도 얼마 안 남았던 그때, 뒤늦게 왜 그런 일을 했던 건지 정말 이해가 되지 않았다. 나는 그들에게 미술 선생님에 대해 물었다. 그들은 지난 번 만났을 때 율희 앞에서 모든 것을 이야기해주지 못해 찾아온 거라고 했다. 계속 침묵을 지키고 있던 선미는 어렵게 입을 뗐다.

"우리가 선생님 인생을 망쳤어. 율희는 선생님이 죗값을 덜 치렀다고 하지만, 우리는 그 애랑 달라. 난 죄책감 때문에 종교까지 가졌어."

선미는 눈물을 그렁거렸다. 나는 그녀가 무슨 말을 하는지 알아듣지 못했다. 그들은 내가 병원에 누워 있을 때 일어났던 일들을 이야기해주었다.

사고가 터진 다음 날, 할아버지가 중학교로 선생님을 찾아가 주먹을 휘둘렀다는 이야기가 고등학교까지 퍼져나갔다. 선생님이 구속되어 재판정에 서게 되었을 때, 증언을 한 것이 이 네 명과 율희였다. 그들은 선생님이 자신의 몸을 만졌고, 옷 속을 더듬었고, 더러운 짓을 시켰다고 거짓으로 증언했다. 율희는 그와 내가 모텔에서 나오는 것, 선생님의 차 안에서 키스하는 것을 보았다고 진술했고, 그가 자신도 성추행했다고 했다. 그러나 선생님의 알리바이가 증명되고, 지영이 진술을 번복하는 바람에 무죄로 풀려나게 되었다.

"율희는 정말 당했다고 했는데, 걔가 여럿이 증언을 해야 감옥으로 보낼 수 있다고 해서 우리가 입을 맞춰주었던 거야. 그래도 지영이가 우리를 살렸지, 안 그랬다면 더 큰 잘못을 저질렀을 뻔했어. 선생님은 학교 그만두고 이혼도 했어. 뭐라고 변명도 할 법 했는데, 아무 말 안 해서 더 의심을 산 것 같아. 그때는 정말 너랑 그런 사이가 아니었나 하고 의심도 했는데 오랜 세월 선생님을 지켜보니까 그럴 사람이 아니더라고. 우리가 너무 어리고 무지해서 악했던 것 같아."

선미는 곧 울 것 같은 얼굴이었다. 옆에서 조용히 있던 지영이 조그만 목소리로 말했다.

"난, 중학교 때 소문을 믿었어. 율희가 정말로 봤다고 했고, 다른 애들도 학교 밖에서 같이 있는 걸 봤다고 해서 믿었어. 그래서 너를 괴롭혔던 거야. 애들도 그랬고, 다른 애들도 그랬을 거야. 그 소문이 엄청났었거든. 너 그렇게 되고 나서 할아버지가 학교까지 찾아와 도저히 용서할 수 없다고 하시기에 맞는 거구나, 고등학교 가서도 만났구나 했지. 나도 선생님 좋아했잖아. 그래서 더 배신감이 들었던 것 같아. 그래도 없었던 일을 거짓으로 말하는 게 두려웠어."

아줌마가 되었지만 소녀처럼 수줍은 인상의 지영은 얼굴을 붉혔다.

"너희 할머니 돌아가시고, 할아버지가 많이 힘드셨던 것 같아. 소문만으로 고소가 안 되지, 너도 누워 있지, 선생님은 묵묵부답이지……. 선생님이 죗값을 치르지 않으면 할아버지도 돌아가실 것 같았어. 매일 학교로 찾아오셨는데, 곧 쓰러질 지경이셨어. 우리는 거짓말을 해서라도 도와드리고 싶었어. 사실 네가 죽으려고 한 게 우리 때문이 아니라는 걸 증명하고 싶었어."

"할머니가 돌아가셨다니? 무슨 말이야? 언제?"

나는 할머니가 돌아가셨다는 말에 놀라, 다른 말이 귀에 들어오지 않았다. 너희들 때문에 죽으려고 한 게 아니라고 말하려 했는데, 입을 열 수가 없었다. 그들은 갑자기 입을 다물고 당황한 얼굴로 나를 쳐다보았다.

"몰랐구나. 이렇게 알게 해서 어쩌면 좋니. 정말 미안해. 네가 그렇게 되고 한 달도 안 돼서였을 거야. 우리 엄마가 너희 옆집 아줌마랑 같이 수영을 다녀서 그날 알았어. 심장마비로 돌아가셨대."

예숙이 안타까워하며 말했다. 나는 어이가 없어 눈물조차 흘릴 수 없었다. 그동안 할머니는 더 늙고 병들었을지 몰라도 여전히 살아 계실 줄 알았는데, 이십 년 전에 돌아가셨다니 어떻게 해야 할지 알 수가 없었다. 병원에 한번 오지 않는다고 원망했던 것을 생각하니 마음이 산산이 부서지는 것 같았다. 미영이 나를 토닥거리며 손을 잡았다.

"상현아 정말 미안해. 우리가 너를 진작에 찾아서 미안하다고 했어야 했는데. 우리노 먹고사느라 세월이 이렇게 지나버렸어. 우리는 인간도 아니야."

"아니야. 괜찮아."

붉게 충혈된 눈을 이리저리 굴리며 애써 눈물을 참는 그들에게 해줄 말이 없어서, 이십 년 전 병원에서 아이들에게 대답했듯 그렇게 말했다. 그리고 그들에게 내가 그린 그림책을 나눠 주었다. 그들은 내가 작가가 되었다는 사실을 모르고 있는 것 같았다. 나의 이야기가 그들과 그들의 아이들에게 들려지길 바라며, 내가 그들이 오해했던 그런 사람이 아니었다는 것을 기억하기를 바랐다.

6

어제는 아무도 찾아오지 않았다. 오랫동안 작업을 하지 못해 맨 윗장의 와트만지에 먼지가 부옇게 앉아 있었고 벽에 붙여놓은 그림은 쭈글쭈글하게 말라비틀어져 있었다. 나는 그것들을 떼어내 휴지통에 버리고 새 종이를 펼쳤다. 노트를 뒤적여 무엇을 그릴까 궁리하는데 중학교 동창들이 남겨준 선생님의 전화번호와 가게 이름이 보였다.

선생님은 학교를 그만두고 몇 년을 학원 강사로 전전하다가 도시 외곽에 작은 인테리어숍을 열었다고 했다. 이름이 좋아 인테리어숍이지 도배, 장판, 칠을 전문으로 하는 동네 가게였다. 선생님은 인부 없이 혼자 일을 했고, 가족도 없이 고독하게 살고 있다고 했다. 동창들은 이제 그에게 선생님이라는 직업을 가졌던 흔적은 전혀 남아 있지 않다며 그 모든 것이 다 자기들 탓이라고 징징거렸다. 그들은 선생님의 인생이 망가졌다는 의미로 말한 것 같았는데, 난 내 인생이 망가지지 않았다고 생각하는 것과 마찬가지로, 그의 인생도 망가지지 않았다고 생각했다. 나는 인생이란 것이 누군가에 의해 그렇게 쉽게 망쳐지도록 생겨먹지 않았다는 것을 알고 있었는데, 그것을 그들에게 이야기해줘 봐야 이해하지 못할 것 같아 그만두었다. 그들은 선생님과 가끔 식사를 하는데, 다음에는 나도 함께 가자고 했다. 나는 싫다고 했다.

나는 새 종이와 만년필을 꺼내 페인트를 칠하는 한 남자의 뒷모습을 검지손가락만 하게 그렸다. 아무것도 없는 공간에, 버려진 것들을 모아 새집을 짓고 정원을 만드는 남자의 이야기를 그리려고 했다. 지금은 누구에게도 아무것도 아닌 사람이지만 한때 누군가를 살게 했던 남자를 떠올렸다. 그의 삶을 어떻게 그려야 할지 생각해보았으나 한 사람이 보낸 기나긴 세월을 상상하는 것은 불가능에 가까웠다. 누군가 나의 지금을 보고 그간 내가 보낸 세월과 나의 행불행을 상상할 수 없듯 그의 삶 역시 그럴 터였다. 선생님에게 그동안 어떤 마음으로 살았는지, 지금은 괜찮은 건지 직접 묻지 않고서는 어떤 것도 짐작할 수 없다는 생각이 들었다.

나는 가게 번호인지 집 번호인지 알 수 없는 숫자들을 무작정 눌렀다. 한 번 걸어 받지 않으면 다시는 걸지 않을 생각이었다. 벨이 네 번째 울리자, 가우디 인테리어입니다, 하는 소리가 들렸다. 남자는 맞는데, 선생님인지 확실치가 않았다. 다른 할 말을 찾지 못해, 상현이에요, 하고 말하자 그쪽에서는 아무 대답이 없었다. 한참 듣고 있다가 아닌가 싶어 끊으려고 하는데, 잠기고 기력이 없는 목소리로, 잘 지냈니, 건강하니, 하고 물었다. 나는 네, 잘 지내요, 하고 대답했다. 발음이 시원치 않아 잘 못 알아들었을 것 같아 다시, 건강해요, 라고 말했다. 그는 한참 아무 말 하지 않고 있더니 내게 말했다.

"미안하다. 언젠가는 꼭 이 말을 하고 싶었어. 소문이 무서워 너를 외면하지만 않았어도, 네가 그렇게 되지는 않았을 텐데. 모든 게 내 탓인 것 같아서 무슨 벌이든 받으려고 했는데 그렇게도 안 됐다. 평생 사죄하는 마음으로 살게."

나는 그가 무엇을 미안하다고 하는 건지 알 수 없었다. 오랜만에 만나면 미안하다고 하는 것이 유행인지 약속인지, 보는 사람마다 미안하다고, 다 자기 때문에 내가 이 지경이 되었다고 하는데, 그 흔하디흔한 말이 별로 감동적이지 않았다.

"언제 적 이야기를 하시는 건가요. 그 시간은 이미 오래전에 지나갔고 나는 여기에 이렇게 잘 살고 있는데 무슨 말씀이세요. 선생님과는 아무 관계없는 일이었어요. 그런 마음은 버리고 행복하게 지내세요."

나는 전화를 끊었다. 그와 함께 듣던 음악은 여전히 귓전에 들리고, 둘이 함께 까먹던 오렌지의 향기는 코를 간지럽히는데, 그는 이제 없구나 싶었다. 외면이라는 단어는 과거 많은 사람들이 내게 보여주었던 차가운 얼굴과 표정 없는 뒷모습을 하나하나 불러왔고, 나는 그때의 기분이 기억나 숨을 쉴 수 없을 정도로 심장이 빨리 뛰기 시작했다.

아무도 말을 건네지 않고, 누구도 웃어주지 않았던 중학교 시절, 내게 말을 걸어주는 사람은 율희와 선생님뿐이었다. '너한테 말을 걸면 다른 아이들이 싫어해, 이제 학교에서는 아는 척하지 말아 줄래?'라고 율희가 말했던 것과 그 이야기를 들은 선생님이 그녀를 눈물이 쏙 빠지게 혼냈던 일이 기억났다. '둘이 잤지? 안 그러면 너 같은 애한테 굳이 그럴 필요 없잖아.'라고 막말했던 것이 떠올랐다. 그때는 그 말이 무슨 의미인지 몰라 대답도 못했다. 그는 세월이 지나면 외로움이나 고통들이 결국 자산이 될 거고 곧 나아질 거라고 말해주었다. 그와 이야기를 나누다 보면 내가 겪는 고통이 빠른 속도로 지나가고 있는 것처럼 느껴졌기에 그나마 살아갈 수 있었다. 그런데 중3 여름이 시작되기 전, 그가 갑자기 나를 외면하기 시작했다. 눈도 마주치지 않고 말도 걸지 않았으며 멀리서 돌아가는 것을 내게 몇 번 들켰다. 남은 중학교 시절은 그가 주는 고통이 너무 커서 아이들의 괴롭힘쯤은 아무것도 아닌 것처럼 느껴졌다. 고등학교 시절 나는 모르는 곳까지 무작정 버스를 타고 가 배회하곤 했는데, 뜻하지 않은 장소에서 그와 우연히 마주친 적이 있었다. 고개를 숙이고 종종걸음을 걷는 나를 향해 클랙슨이 울렸다. 자동차 창 너머에서 선생님이 나를 보고 웃고 있었다. 오랜만에 보는 웃음이라 마음이 놓였다. 그는 나를 차에 태우고 예전처럼 따뜻하게 말을 건네며 요즘은 잘 지내냐고 물었다. 다시 들을 수 없을 것 같았던 다정한 목소리를 들으니 눈물이 핑 돌았다. 나는 더 나빠졌다고, 앞으로도 좋은 날은 없을 것 같다고 말하다가 소리를 내 울어버렸다. 그는 나를 말없이 가만히 안아주었다. 그러다가 누가 먼저인지 모르게 입을 맞추었다. 그는 나를 밀어내려 했으나 나는 그의 품으로 맹렬히 파고들며 떨어지지 않으려고 안간힘을 썼다. 나는 그에게 빨려들어가 세상에서 사라져버렸으면 좋겠다고 생각했다. 그는 나를 간신히 떠밀더니 뺨을 때렸다. 나는 키스를 하고 싶었던 것이 아니라 따뜻함 속에서 죽고 싶었던 것인데, 그 방법을 알지 못했을 뿐이었다. 나는 문을 열고 뛰어나와 거리를 달렸다. 울지 않으려고 눈을 부릅떴지만 자꾸만 눈물이 났다. 너와 다시 엮이기 싫으니 자기의 이름을 입에 올리지도 말고, 서로 모르는 척하자는 그의 마지막 말이 자꾸 등을 떠밀었다. 우는 얼굴로 집으로 돌아가 할머니와 할아버지에게 걱정을 끼칠까 봐 눈물이 마를 때까지 집을 향해 달렸다. 온몸이 땀범벅이 되고, 머리카락에서 땀이 뚝뚝 떨어질 때까지도 눈물이 마르지 않아 뒷산 산책로를 해가 진 뒤로도 한참 달렸다. 그날이었나? 밤늦게 집에 돌아가니 할머니와 할아버지는 주무시고, 고모만 공부하느라 깨어 있었다. 고모는 땀에 젖고 상기된 얼굴로 돌아온 나를 욕실로 밀어 넣었다.

"율희한테 들어서 다 알고 있어. 노인네들 실망시키지 마. 그게 그렇게 좋으면 커서 해. 당분간 말 안 하겠지만, 계속 그러면 내쫓을 거야."

'그게'가 무엇인지 묻기도 전에 고모는 방문을 닫았다. 따돌림 당한다는 것을 고모가 알아버렸구나 생각하니 비참한 기분이 들었을 뿐, 그녀가 들었다는 이야기가 무엇일지 짐작하지 못했다.

시간을 훌쩍 뛰어넘어온 부정적인 감정들은 내 머리를 쉴 새 없이 내리쳤다. 끝없이 몰아치는 감정과 기억의 파편을 맞은 머릿속이 팽팽하게 부어올라 곧 터질 것처럼 아팠다. 그대로 있다가 죽을 수도 있겠다 싶어 부스 밖으로 나가 주차장을 빙빙 돌았다. 입구에 쌓인 쓰레기 더미가 악취를 풍기며 안으로 밀려 들어올지라도, 햇빛을 받을 수 없는 그늘 속이라도 이 주차장이 있다는 사실이 나를 안심시켰다. 한참을 돌고 나자 부어오른 머릿속이 가라앉는 것 같았다. 나는 누구라도 만나서 그때의 이야기를 하고 싶었다. 율희라도 찾아와준다면 좋을 텐데, 오지 않은 지가 너무 오래 됐고 전화조차 받지 않았다. 의진은 필요하면 언제든 전화하라고 했지만, 그녀는 옛날의 나를 전혀 알지 못하기에 이야기를 해도 아마 잘 모를 것이었다.

옛날 사람이 필요했다. 무엇보다 가족들을 만나고 싶었다. 죄책감 때문에 고모의 마지막 부탁이라도 들으려 했던 게 잘못이었다. 맞고 쫓겨나게 될지라도 그곳에 가보았어야 했다. 그랬다면 뒤늦게 할머니의 부고를 듣는 일은 없었을 것이다. 할머니가 돌아가셨다는 사실을 믿을 수가 없었다. 지난 이십 년간 나에게 할머니는 살아 계신 분이었다. 아파트에서 할아버지와 함께 책을 읽고, 텔레비전을 보고, 산책로를 걷고 계실 거라고 생각했다. 할머니가 나를 쫓아낸 것이 아니라는 것을 알게 되었지만, 차라리, 손녀를 한번 찾지 않은 매정한 할머니로라도 살아 계시면 좋을 것 같았다. 할머니가 보고 싶었다. 할머니보다 세 살이 많은 할아버지는 건강히 지내실지 궁금했다. 그리고 여전히 그곳에 살고 계실까. 가족을 만나 하고 싶은 말들을 적어둔 노트를 찾아 들고 큰길로 나가 택시를 탔다.

아파트 안으로 들어가려 하자 경비가 나를 유심히 바라보았다. 503호요, 하자 경비가 고개를 갸웃했지만 들어가는 것을 막지 않았다. 우편물 함이 비어 있어 가족이 그곳에 살고 있는지 확인할 수 없었다. 나는 엘리베이터를 타고 5층에 내렸다. 철제 현관문은 아무 표정도 온도도 없어 그것만을 보고는 누가 살고 있을지 전혀 추측할 수 없었다. 나는 벨을 누르려다 그만두기를 여러 번 반복한 끝에 계단에 앉았다. 그러고 있다가 식구가 나오면 어떻게 인사를 해야 할까 고민했다. 우연히 지나다 들렀어요, 지나가는 길이었어요,

둘러댈 말을 고민했는데 생각하는 것마다 말도 안 되는 말이어서 조금 웃겼다.

옆집 현관 앞에는 어린이용 자전거가 놓여 있었다. 어쩌면 우리 집 현관 앞에 놓인 것인데 밀려갔을지도 모르겠다 싶었다. 할아버지도 나처럼 몸이 불편하지 않을까, 할아버지와 고모는 함께 살고 있을까, 고모는 결혼을 했을까, 결혼을 했다면 아이들이 있겠지. 나와는 사촌인데 얼굴도 모르고 자랐겠구나. 나는 계단에 앉아 잠깐 졸기도 하고 위아래를 오르내리기도 했다. 오랫동안 노트에 조금씩 써둔 가족들에게 하고 싶은 말들을 읽기도 했다. 그것은 엄청난 양이었는데 그것을 다 읽을 때까지도 양쪽 현관은 한 번도 열리지 않았다. 생각해보니 노트에 적어두었던 이야기는 엄청난 오해를 바탕에 둔 이야기들이어서 쓸모가 없었다. 나는 노트에 새로운 문장을 썼다. 그간의 자초지종을 모두 담으려니 한 장이 넘어가버렸는데, 다시 읽어보니 부질없는 이야기들이었다. 무어라 한들 그것이 세월을 돌릴 수 있겠나 싶었다. 다시 노트 한 장을 찢어 큰 글씨로 몇 글자 써서 현관 문 틈에 끼웠다.

"저는 그런 사람이 아니었어요. 그렇지만 정말 죄송합니다. 모두가 그립습니다. 내내 건강하세요. 상현."

주차장으로 돌아왔을 때 해가 뉘엿뉘엿 져가고 있었다. 컴컴해지는 주차장 바닥에 어머니가 폐신문을 깔고 앉아 있다가 돌아오는 나를 보고 와락 끌어안았다. 어디 갔었냐고, 한참을 기다렸다며 유난스럽게 반가워했다. 어머니는 어제 경찰이 찾아와 나에 대해 물으며 장애인을 약취하고 있다는 신고가 들어갔다고 했고, 주차장에서 나는 악취 때문에 잦은 민원이 들어온다며 큰소리를 쳤다고 했다. 돈을 찔러주면 조용해진다는 아버지의 말에 어머니는 일단 봉투에 돈을 담아 돌려보내긴 했지만 시간이 지나면 또 찾아올 것을 생각하니 넌더리가 났다고 했다.

"사실, 너한테 주차장 그만하자고 하려고 점심 먹기 전에 왔거든. 그런데 니가 없는 거라. 이상하게 가슴이 덜컹 해, 기다려도, 기다려도 안 오대. 그래도 여기가 있으니까 오겠지 해도 또 안 오고, 또 안 오고. 여기가 없어지면 너를 어디서 기다려야 하나 싶고. 그렇게 생각을 한참 하고 나니까, 이걸 그냥 두자. 또 그런 생각이 드네."

"어머니, 사실 손님이 하나도 안 든 지 오래됐어요. 제가 거짓말을 한 거예요. 죄송해요. 이제 어머니 마음 편하신 대로 하세요."

어머니는 한숨을 쉬며 내 손을 꼭 잡았다. 어머니는 부스로 들어가 점심 식사로 들고 온 보따리를 풀어 밥상을 차려주었다. 다 식어버렸다며 안타까워하면서 밥 위에 반찬을 놓아주며 주절주절 이야기를 시작했다. 이 손바닥만 한 땅의 역사였다.

이 자리에는 성냥갑 같은 하꼬방이 있었는데, 어머니 부부가 서울살이 십 년 만에 장만한 집이었다. 터가 어찌나 좋았는지 큰아들이 대기업 직원으로 취직하고, 작은아들이 세무사가 되고, 막내딸이 여대에 수석으로 입학을 하고, 집을 하나 더 장만할 정도로 가족들이 술술 풀려나갔다. 삼십 년 전 호시절에 동네 사람들은 다 쓰러져가는 집들을 헐고 몇 집을 합쳐 빌딩을 올리거나 건축업자에게 팔고 이사를 가 큰돈을 손에 넣었다. 아버지는 우리도 팔아버리자는 어머니의 닦달에도 꿈쩍하지 않고 그냥 가만히 있었다. 불과 50미터 떨어진 곳에 세탁소가 딸린 번듯한 이층집 한 채도 가지고 있었고 세탁소 일로 늘 바빴기에 골치 아프게 생각하고 싶지 않았다. 대학 신입생 막내가 공사장에서 변사체로 발견되었을 때, 어머니 부부는 온 동네를 공사판으로 만든 이웃들을 원망했다. 결국 빌딩 사이에 홀로 끼어 쓸모없게 돼버린 손바닥만 한 집은 월세 20만 원 받는 잠만 자는 방이 되었다가 창고로 전락했다. 어머니는 딸의 죽음에서 시작된 우울증을 이겨보려 간병인으로 일하기 시작했고, 그로 인해 나를 만났다. 폐인이 되어가는 나를 제 몫 하는 사람 만들겠다고, 다 쓰러져가는 창고를 부수고 주차장을 만들었다. 어머니는 간병인으로 출근하던 병원 옆의 손바닥만 한 주차장을 보고 생각해낸 것이 나를 살렸던 것도 그렇지만, 많은 돈을 벌어들일 줄은 몰랐다고 했다.

나는 여러 번 듣고 받아 적어 이 기나긴 이야기를 외우고 있었다. 어머니는 어떤 지점에서 시작을 하더라도 결국 모든 이야기를 다 풀어낸 뒤 원망과 후회, 슬픔이 뒤섞인 눈물을 조금 흘리고서야 이야기를 끝냈다. 세월이 지난 뒤 노트에 적어놓은 이야기를 읽어보니 어머니의 태도는 아주 미묘하게 변해 조금씩 덤덤해지고, 대범해졌다. 일흔이 넘은 지금은 남 얘기처럼 하고 있었다.

"모든 게 화무십일홍인 거라. 후회하고 원망하고 애끓이면 뭐해. 좋은 날도 더러운 날도 다 지나가. 어차피 관 뚜껑 닫고 들어가면 다 똑같아. 그게 얼마나 다행이냐."

어머니는 밥을 먹고 있는 내 등을 쓰다듬었다. 밥이 가득한 입속으로 어머니의 말을 따라 중얼거렸다. 그리고 이해할 수 없이 복잡했던 날들을 생각했다. 차마 다 기억할 수도, 돌이킬 수도 없는 그것들은 명백히 지나가버렸고, 기세등등한 위력을 잃은 지 오래다. 살아 있어 다행이다. 다행이라 말할 수 있어 정말 다행이다.

화무십일홍(花無十日紅). 열흘 붉은 꽃은 없다. 작가 정소현 씨가 「어제의 일들」 말미에서 전하려는 메시지는 뜻밖에 단순하다. 그러나 단순함에 이르는 과정은 길고 처절하다. 어린 소녀들의 있을 법한 오해와 악의들이 또 다른 한 소녀의 삶을 송두리째 유린하는 비수가 되고 말았다. 루머로 고통받다 자살을 기도했던 상현은 방금 있었던 일조차 기억하지 못하는 장애를 짊어진 채 별도 들지 않는 주차장에서 나날의 삶을 버틴다. 시시각각으로 소멸 중인 '현재'야말로 그녀의 전 생애인 것처럼.

작품은 과거가 없는 삶이 저주인지 축복인지를 가리는 일에 매달리지 않는다. 대신 죄책감을 숨긴 옛 친구들의 등장을 계기로 과거의 사건을 복기하면서 마침내 이렇게 말한다. "차마 다 기억할 수도, 돌이킬 수도 없는 그것들은 명백히 지나가버렸고, 기세등등한 위력을 잃은 지 오래다. 살아 있어 다행이다. 다행이라 말할 수 있어 정말 다행이다."

모욕당한 과거에 저항하고 싶었던 것일까. 그럴 리 없다. 활은 있되 과녁이 보이지 않는다. 그렇다면 투항이나 순응일까. 그 또한 아닐 것이다. 고개 숙인 자들은 있지만 아무도 군림하지 않는다. 작품은 오히려 저항과 순응의 양쪽 손을 동시에 놓음으로써 모종의 운명애(amor pati)에 이른다. 기억과 망각, 그리고 미궁의 현실이 야기하는 불안의 능란한 수집가였던 이 작가에게 새로운 고비가 찾아온 것인지도 모른다. 아무런 성숙의 계기 없이 여기에 이르는 길은 없을 테니까. 이런 작가가 있어 다행이다.

— 강경석 · 문학평론가

조해진

사물과의 작별

2004년 《문예중앙》 신인문학상에 「여자에게 길을 묻다」가 당선되어 등단했다.
소설집 『천사들의 도시』 『목요일에 만나요』,
장편소설 『한없이 멋진 꿈에』 『로기완을 만났다』 『아무도 보지 못한 숲』 『여름을 지나가다』가 있다.

내가 일하고 있는 지하철 역사 귀퉁이의 유실물센터가 세계를 구성하는 하나의 표준적인 조각 같다는 생각이 들 때가 있다. 세계는 유실물센터와 유사한 조각들로 끝없이 이어져 있는, 무한히 크지만 시시한 퀼트 같은 것에 지나지 않는다고 여겨지는 것이다. 엄청난 오지가 아닌 이상 세계의 어디를 가도 그곳엔 지갑과 안경과 책이 있을 것이다. 휴대전화와 디지털카메라, 노트북 같은 전자제품도 없는 곳보다는 있는 곳이 더 많을 터다. 내가 여행을 싫어하고 가능하면 생활권 안에서만 움직이려 하는 것도 세계란 사물들의 총합에 지나지 않다는 오래된 믿음 때문인지 모르겠다. 낯선 도시의 호텔 욕실에도 알루미늄 재질의 휴지걸이와 플라스틱 비누대가 있을 테니 말이다. 내가 고모에게 이런 생각을 밝혔을 때, 고모는 심드렁한 목소리로 대꾸했다.

―게으른 성격이란 걸 참 복잡하게도 설명하는구나.

고모가 요양원 생활을 시작하고 두 달 정도가 지났을 무렵이었다. 그날 고모와 나는 요양원 휴게실에 나란히 앉아 저녁까지 긴 이야기를 나눴다. 대부분 서 군에 관한 것이었는데, 내게는 고모가 아프고 나서야 알게 된 서 군의 존재보다 예전과 똑같이 말하고 웃고 반응하는 고모의 모습이 더 인상적이었다. 아무리 봐도 고모는 환자 같지 않았다. 하나같이 어눌한 말투에 혼자서는 제대로 걷지도 못하던 요양원의 노인 환자들과는 전혀 다른 종류의 사람 같기만 했다.

　가벼운 두통일 거라 생각하고 병원을 찾아갔다가 알츠하이머 초기 진단을 받은 고모는 바로 그다음 날부터 주변을 정리하기 시작했다. 30년 넘게 교사로 근속한 학교에 사직서를 냈고 아파트를 정리했으며 예금과 각종 연금으로 죽을 때까지 요양원 비용이 해결되도록 조치를 취해놓았다. 가구와 가전제품, 옷과 책은 대부분 기증하거나 처분했고 애지중지 키우던 고양이 두 마리는 동네 동물병원에 맡겼다. 부족함 없이 먹이되 두 놈 중 한 놈이라도 병이 들거나 먼저 가게 되면 안락사를 시켜달라며 거금을 내놓자, 동물병원 측은 흔쾌히 고모의 제안을 받아들였다고 한다. 이미 고양이의 평균 수명에 근접한 늙은 고양이들이었다.

　고모는 요양원으로 떠나기 바로 전날에야 시내의 고급 레스토랑에 형제들과 형제들의 가족들을 불러놓고 그 사실을 밝혔다. 왁자지껄한 식사를 마친 뒤 후식으로 나온 과일전병을 먹고 있을 때였다. 레스토랑엔 일순간 정적이 흘렀다. 알츠하이머는 진행만 될 뿐 근본적인 치료가 불가능한 퇴행성 질환이라고 고모는 덤덤히 설명했지만, 요양원을 남은 삶의 거주지로 삼겠다는 고모의 선택은 그 병명만큼이나 모두에게 충격을 주었다. 고모는 그때 고작 예순 살이었던 것이다. 마침내 작은고모가 울먹이기 시작했고, 나의 아버지는 충혈된 눈으로 고모를 노려보다가 그렇게 왜 시집을 안 가서 가족 하나 없이 요양원에서 말년을 보내느냐며 언성 높여 윽박지른 뒤 레스토랑을 뛰쳐나갔다. 고모를 보살펴주겠다고 나서는 이는 없었다. 작은고모의 흐느낌만 깃든 어색한 침묵 속에서 고모는 입을 꾹 다문 채 두 손으로 보듬고 있던 찻잔만 하염없이 내려다봤다. 찻잔에 투영된 조명이 고모의 얼굴을 투명하게 음각하고 있었다. 그날 저녁, 레스토랑엔 손님이 들지 않았다. 나중에야 나는 고모가 그 레스토랑을 통째로 빌렸다는 걸 알게 됐다. 고모는 그 저녁식사를 기억이 유효하고 의식이 선명한 시절의 마지막 만찬이라 생각하고 생에서 가장 큰 사치를 부렸던 것이다.

그게 벌써 5년 전의 일이다.

5년 동안, 고모는 급속도로 늙고 병들었다. 고모의 몸을 장악한 병은 인색한 신전(神殿)에서 보내온 신탁 같기만 해서 관용 따위는 베풀지 않았다. 저기, 간호사의 부축을 받으며 휴게실로 들어오는 고모는 이제 내가 이곳 요양원에서 처음 마주쳤던 그 수많은 노인들과 구분되지 않는 모습이었다. 온몸은 깡마르면서 미묘하게 안으로 말렸고 움직임은 둔해졌으며 표정은 없었다. 의자에서 일어나 간호사가 건네는 접이식 휠체어와 하루분의 약과 기저귀 등이 담긴 천가방을 받고 있는데, 어느새 곁으로 다가온 고모가 내 어깨를 쓸어주며 반갑다는 표현을 해왔다. 단박에 나를 알아보지 못하고 한동안 초점 없는 시선으로 주위를 두리번거렸던 지난번과는 달랐다. 그러고 보니 고모는 연하게 화장도 한 상태였다. 그제야 나는 고모가 6개월 전 나와의 약속을 기억하고 있었다는 걸 깨달았다. 낡은 전등이 아주 가끔씩만 켜지는, 어딘가에서 끊임없이 삐걱거리는 소음이 나고 기억의 상자들이 얹힌 선반들이 대부분 붕괴된 고모의 폐허 같은 머릿속에서 내 약속의 말은 기적적으로 온전했다.

*

6개월 전 고모에게 나는, 다음번엔 외출 허가를 받아 청계천을 둘러본 뒤 서 군을 만나러 가자고 말했었다. 유난히 우울해 보이는 얼굴이 마음에 걸려 얼결에 나온 말이었는데, 고모는 순간적으로 환하게 웃으며 나를 향해 크게 고개를 끄덕였다. 고모가 오랜만에 웃었으므로 나는 내가 내뱉은 말을 고아처럼 버려둘 수가 없었다.

청계천은 고모가 중학교 시절부터 대학을 졸업할 때까지 가족과 함께 산 곳이다. 그 무렵의 청계천은 더러운 하천과 판잣집, 헌책방과 고물상, 수많은 영세 공장들과 간판도 따로 없는 남루한 상점들로 채워져 있었다. 나의 친할아버지, 그러니까 고모의 아버지가 고향의 땅을 팔아 상경하여 청계천 근처 평화시장 골목에 레코드 상점을 연 건 1960년대 중반이었다. 정식 레코드는 진열대에만 있을 뿐, 상점 안에는 미군 부대에서 밀반출된 레코드를 불법으로 복제한 일명 빽판들이 쌓여 있었지만, 그래도 외관만큼은 보기 드물게 번듯했다고 들었다. 할머니는 하고많은 장사 중에서 먹고사는 것과 아무런 관련이 없어 보이는 레코드 장사를 하겠다는 할아버지를 이해하지 못해서 몇 달을 앓아누웠다. 땀 흘려 일하는 것을 병적으로 싫어하던 할아버지를 믿지 못했던 것이다. 하지만 그 레코드 상점—맏딸의 이름을 딴 태영음반사는 할머니의 우려와 달리 성공적으로 운영됐고 다섯 가족의 생계를 넉넉하게 책임져주었다. 레코드가 음악을 들을 수 있는 거의 유일한 수단이던 시절이었고, 전축이 부의 상징으로 부각되던 때였다. 내가 태어나기 직전까지, 그러니까 할아버지가 청계천 8가의 아파트로 이사 간 첫날 술에 취해 난간에서 실족사하기 전까지, 태영음반사는 서울의 돈 많은 한량들을 끌어 모으는 유명 상점이었다.

고모가 서 군을 만난 곳도 태영음반사였다.

서 군, 고모는 그를 그렇게 불렀다. 자신보다 여섯 살이나 연상인 사람에게 군(君)이라는 호칭을 쓴 건 애정의 표현이었을 것이다. '서 군'은 누구누구 씨나 선배님 같은 호칭보다는 확실히 애틋한 데가 있었다. 그렇다고 고모가 주변 사람들에게 서 군과 관련된 이야기를 아무렇지도 않게 하고 다닌 것 같진 않다. 나의 아버지나 작은고모도 서 군을 전혀 모르는 눈치였다. 내가 그에 대해 좀 더 알게 된 건, 10여 년 전에 국내에서 출간된 그의 에세이를 통해서였다.

서 군이 한국에 온 건 1971년이었다. 그때 서 군은 지쳐 있었다. 재일조선인이었던 그에게 국적은 무력하게 당하기만 해야 하는 폭력이자 치유가 불가능한 상처였다. 폭력도 상처도 없는 고국을 막연히 동경해오던 서 군은 대학을 졸업하자마자 서울의 K대학에서 석사과정을 밟기 위해 유학을 왔다. 그러나 고국에는 또 다른 고통이 그를 기다리고 있었다. 학자가 되고 싶었던 서 군은 그 어떤 학생 조직에도 몸담지 않은 채 깨어 있는 시간의 대부분을 강의실과 도서관에서만 보냈지만, 시위와 휴교가 반복되던 고국의 교정에서는 책을 읽는 것 자체가 거대한 부채감으로 연결됐다. 자고 일어나면 알고 지내던 학생 중 누군가가 잡혀갔다는 소식이 들려왔고 교수들은 반 이상 비어 있는 강의실을 침울한 얼굴로 둘러보곤 했다.

늦은 봄이었다. 서 군은 전공과목이 휴강되면서 무작정 학교를 나와 걷다가 자연스럽게 청계천으로 발길을 돌리게 됐다. 한 노동자의 분신자살 이후, 청계천은 그 당시 학생들 사이에선 언제나 화제의 중심에 있던 공간이었다. 청계천에서 그의 시선을 가장 처음으로 잡아 끈 것은 다리 밑 오물 위로 등을 보인 채 떠 있는 젊은 남자의 시체였다. 시체는 모든 살아 있는 인간에게 불안과 공포를 안길 수밖에 없다. 인간의 몸이란 체온이 없으면 냄새를 풍기며 썩어가는 고깃덩어리에 불과하다는 걸 일깨워주는 물리적인 슬픔의 증표, 시체는 그런 것이다. 서 군은 천변에 앉아 끊임없이 자신의 죽음으로 환원되는 그 시체를 깨진 거울 보듯 들여다봤다. 몇몇 사람들이 몰려와 다리 밑을 가리키며 쑤군대긴 했지만 비명을 내지르거나 울음을 터뜨리는 이는 없었다. 얼마나 시간이 흘렀던가. 공무원으로 보이는 두 명의 사내가 긴 막대기로 시체를 개천에서 끄집어내더니 리어카에 실었다. 그제야 서 군은 정신을 차리고 사내들에게 다가가 시체를 어디로 가져가느냐고 물었다. 사내들은 그걸 왜 알려 하느냐며 적대적으로 되물었고, 서 군은 지갑에서 현금을 몽땅 꺼내 그들의 손에 쥐어주며 화장이라도 제대로 해달라고 부탁했다. 사내들은 서 군에게서 받은 돈을 뒷주머니에 구겨 넣고는 무성의하게 고개를 끄덕인 뒤 리어카를 끌고 어딘가로 떠나갔다. 훗날 서 군은 에세이에 썼다. 고문받고 투옥되고 수감 생활을 하던 중에도 세계 한복판에 내던져져 있던 그 시체를 생각하면 두려움이 사라졌다고, 언젠가 나 역시 그 어떤 가면이나 장식 없이 누군가에게 시체로 발견될 테니, 설계된 기능에 문제가 생기면 쓰레기통에 버려진 뒤 매립되거나 소각되는 하나의 사물처럼……

　서 군이 다시 청계천 거리를 걷기 시작한 건 거리에 어둠이 내릴 무렵이었다. 목적지가 없던 서 군의 걸음이 멈춘 곳이 태영음반사 앞이었다. 그때껏 서 군은 음악이 그토록 절대적인 힘을 발휘할 수 있다는 걸 한 번도 체감한 적이 없었다. 넋이 나간 채 닐 세다카에서 사이먼 앤드 가펑클로 이어지는 선율을 듣고 있는데 상점 안에서 거즈로 레코드를 닦고 있던 교복 차림의 여고생이 고개를 들어 서 군 쪽을 바라봤다. 한순간이었어. 5년 전에 고모는 그렇게 말했다. 첫사랑이라는 화제는 장난처럼 시작됐지만, 그날 고모는 내내 진지했고 조금은 절박해 보이기까지 했다. 서 군을 처음 만난 날부터 그의 원고와 관련된 사건들, 대전교도소 앞까지 갔다가 되돌아온 일과 오랜 시간 후에 거짓말처럼 걸려왔던 한 통의 전화까지, 고모는 마치 훼손되어가는 기억을 안전한 시험관에 담아 보관하고 싶다는 듯 서 군과 있었던 모든 일들을 쉬지 않고 내게 쏟아냈다. 믿어지니? 긴 이야기의 끝에서 고모가 나른한 목소리로 물었다. 이렇게나 늙고 병들었는데도, 아침에 눈을 뜨면 내가 있는 곳은 여전히 그 봄밤의 태영음반사야.

　늦은 점심을 먹고 휴대전화의 구글 지도를 따라 태영음반사가 있던 자리를 찾아가니 프랜차이즈 커피숍이 나왔다. 야외 테라스까지 손님들로 꽉 찬 3층짜리 커피숍은 다른 세계로 떠나기 위해 탑승

수속을 모두 마친 거대한 유람선 같았다. 근데…… 고모가 휠체어에서 일어나 내 소매를 슬쩍 잡아끌며 아주 작은 목소리로 물었다.

─근데, 여기가 어디예요, 오빠?

고모의 머릿속 전등이 꺼졌다. 난데없이 나의 누이가 되어버린 고모는 거의 울 것 같은 얼굴로 나를 건너다봤고, 나는 이곳이 태영음반사가 있던 자리란 걸 밝혀야 할지 말아야 할지 알 수 없어 머뭇거렸다. 사라졌으므로 부재하지만 기억하기에 현전하는 그 투명한 테두리의 공간 바깥으로는 바람이 일었다. 조각과 조각으로 잇대어진 세계의 표면을 훑으며 부지런히 가을의 끝에 도달한 바람은 건조했다. 어느 순간부터 불결한 냄새가 그 건조한 바람을 타고 내 쪽으로 실려 왔다. 요양원 간호사에게서 이런 일이 분명 일어날 거라고 여러 번 경고를 들었는데도 나는 당황했다. 일단 화장실로 가야 했다. 나는 고모를 다시 휠체어에 태운 뒤 지하철역을 향해 있는 힘껏 밀기 시작했다. 휠체어에 속도가 붙자 고모는 불안하다는 듯 쉼 없이 주위를 두리번거렸지만 걸음을 늦출 수는 없었다. 고모는 지금 벌거벗겨진 상태와 다를 바 없었다.

지하철역의 여자화장실 앞에서, 그러나 나는 더 이상 어디로도 가지 못하고 갈팡질팡했다. 여자들만 오가는 화장실 입구와 고모를 번갈아보며 어머니라도 불러야 하는 걸까, 고민하고 있는데 고모가 내 쪽을 돌아보며 태평한 목소리로 물었다.

─너, 환이 아니니?

전등이 켜졌다. 나는 그 전등이 꺼질세라 재빨리 고개를 끄덕였다.

─어머, 이런……

금세 상황을 파악했는지 고모가 그렇게 말하며 얼굴을 붉혔다. 조심스럽게 휠체어에서 일어난 고모는 내 손에 들려 있던 천가방을 낚아채듯 가져가더니 화장실 쪽으로 뒤뚱거리며 걸어갔다. 나는 고모의 뒷모습을 건너다보며 주머니 안의 담뱃갑만 손끝으로 매만졌다. 끊임없이 서 군을 이야기하던 5년 전의 고모에게 간절하게 묻고 싶은 심정이었다. 미래의 태영이 서 군을 만나는 것을 허락하겠느냐고, 내가 지금 상상하는 것, 배설물의 냄새가 밴 병든 자신을 서 군 앞으로 데려간 조카에게 절대로 용서하지 않겠다고 울부짖는 모습은 과도한 걱정에서 빚어진 허상인 게 맞느냐고…… 그러나 허락과 용서의 여부를 판단할 수 있는 고모는 폐쇄된 과거 속에만 있을 뿐, 지금 이 지하철역 화장실 앞엔 존재하지 않았다.

*

특별한 사람과 관련된 일련의 기억은 연극과도 같아서 기억 속 장면들은 실제와는 다소 차이가 나는 인위적인 무대에서 연출될 때가 많다. 기억의 주체는 감정적으로 과잉되어 있기 마련이고, 때로는 사소해 보이는 소품 하나가 되돌릴 수 없는 비극을 불러오기도 한다. 서 군에게 할당된 고모의 기억 속에선 일본어로 씌어진 원고뭉치가 그 문제의 소품일지도 모르겠다. 막이 내릴 때까지 무대 한가운데서 스포트라이트를 받는, 서 군을 향한 고모의 모든 회한과 정념이 수렴되는 단 하나의 사물……

그 늦은 봄날 이후, 서 군은 종종 청계천을 찾았고 산책을 끝내고 나면 태영음반사에 들러 음악을 들으며 레코드를 구경했다. 서 군이 태영음반사에 갈 때마다 고모가 있었던 건 아닐 것이다. 그러나 그들은 제법 자주 마주쳤고 대화를 나누게 되었으며 조금이나마 서로에 대해 알아갈 수 있었다. 밖에서 따로 만나 청계천을 걷다가 황학동 노천 식당에 마주 앉아 국수를 먹은 일요일 오후도 있었다. 단 한 번의 데이트였다.

 서 군의 에세이에는 그 시절 자신의 발길을 청계천으로 이끈 건 풍경이었다고 적혀 있었다. 빨랫줄에 걸린 한 가족의 남루한 옷들, 수치감 따위 모른다는 듯 가판대에 아무렇게나 펼쳐진 포르노 잡지, 약장수의 빤한 거짓말을 주의 깊게 듣고 있는 행인들과 성인 남자의 머리통보다 몇 배나 큰 짐 꾸러미를 불가해한 힘으로 이고 가는 여인들, 여공들의 핏기 없는 새파란 입술과 품 안에 법전과 휘발유를 숨기고 있을 것만 같은 젊은 노동자의 잿빛 눈동자…… 커다란 주크박스인 듯 끊임없이 미국 팝송이 흘러나오던 태영음반사는 젊은 남자의 시체를 발견한 날을 기록한 페이지 외에는 더 이상 등장하지 않았다. 그럴 만했다. 서 군이 증언하고 싶었던 풍경은 가난과 피로의 청계천이었을 테니까, 고국을 떠난 뒤 한국 정부를 비판하는 기고문을 일본의 언론 매체에 지속적으로 발표한 건 훗날의 투옥과 상관없이 청계천을 산책하며 이미 결심했던 일이라고 그는 썼으므로……

 화장실을 나온 고모는 다시 휠체어에 올라탄 뒤에도 주눅 든 얼굴로 흘끗흘끗 내 쪽을 돌아봤다. 부끄러워하는 것도 같았고, 자신에게서 아직도 냄새가 나는지 알고 싶어 하는 것도 같았다. 나는 고모가 좋아하는 유실물센터 이야기를 꺼냈다. 유실물센터에서 일한다는 건 시간을 견딘다는 의미라고, 사람들이 규칙적으로 소지품을 잃어버리는 건 아니니 어느 날은 한 건의 접수도 받지 않고 지나가기도 한다고, 그래서 종종 선반에 놓인 유실물을 가져와 꼼꼼히 살펴보곤 한다고, 재미있다고, 나는 고모 뒤편에서 휠체어를 밀며 짐짓 경쾌한 목소리로 떠들어댔다.

   실제로 유실물에는 저마다 흔적이 있고, 그 흔적은 어떤 이야기로 들어가는 통로처럼 나를 유혹할 때가 많다. 다이어리나 카메라는 비교적 세밀하게 그 이야기가 기록된 경우이고 녹슨 반지, 굽이 닳은 구두 한 짝, 세탁소 라벨이 붙어 있는 비닐 안의 와이셔츠 같은 것은 어느 정도 상상력을 동원해야 완성되는 이야기를 갖고 있다. 엄밀히 말하면 그 이야기는 유실물을 사용한 누군가의 손때로 만들어진 것에 지나지 않지만, 그 누군가를 잃어버린 유실물은 선반의 고정된 자리에서 과거의 왕국을 홀로 지켜가는 것이다. 간혹 유실물에서 빛이 날 때가 있다. 1년 6개월이라는 보관 기간을 채우고도 찾아오는 이가 없어 처리되기 직전, 홀연히 나타났다가 한순간에 사라지는 빛이었다. 그때마다 나는, 한 개인에게 귀속되지 못하고 망각 속으로 침몰해야 하는 유실물이 세상에 보내오는 마지막 조난 신호를 본 것 같은 상념에 빠져들곤 했다. 일종의 상실감이었다.

   거기까지 말했을 때 고모의 뒷목이 가볍게 툭, 꺾였다. 잠이 든 모양이었다. 차를 주차해놓은 교보빌딩 지하에 도착하여 잠든 고모를 안아 조수석에 앉히는데, 등허리로 땀이 흘러내렸다. 고모는 잠결에 입술을 오물거리며 어깨를 안으로 옴츠렸고 그 모습이 내 눈에

최종후보작

는 잠투정을 하는 아이처럼 보였다. 고모의 변해가는 모습이 내게 고통이었던가, 스스로에게 물어보았다. 최근 1, 2년 사이 요양원을 찾아가는 빈도가 뜸해진 진짜 이유는 연민이 아니라 공포였다는 걸 끝까지 모른 척할 수는 없었다. 고모의 현재에 나의 미래를 투영하는 것이 괴로웠고, 나 역시 언젠가는 노인들의 보편적인 얼굴로 소멸이란 이름의 롤러코스터에 탑승하게 되리란 예감이 무서웠다. 휠체어를 접어 트렁크에 넣은 뒤 운전석에 앉아 시동을 걸었다. 고모에게 지금 우리는 서 군을 만나러 가는 거라고 차근차근 설명해주고 싶었지만 고모는 쉽게 깨어날 것 같지 않았고, 나는 여전히 내가 옳은 선택을 한 건지 확신할 수 없었다.

*

그 일본어 원고 뭉치는 그해 겨울방학이 시작되기 직전 서 군이 태영음반사로 와서 고모에게 직접 건넨 거였다. 방학이 끝날 때쯤 귀국하면 찾으러 올 테니 그때까지만 남들 눈에 띄지 않는 곳에 잘 보관해달라고 서 군은 부탁했다. 고모는 무턱대고 그 원고를 받긴 했지만, 왜 자신에게 이런 부탁을 하느냐는 질문은 끝까지 안으로 삼켰다. 서 군의 신뢰를 받고 있다는 것이 순수하게 기뻤던 고모는, 서 군에게서 서울에 아는 사람이 없어서라거나 비행기를 타고 오갈 때 거추장스러워서라는 상식적인 이유를 듣게 될까 봐 겁이 났던 것이다. 고모는 몰랐지만, 사실 그 무렵 서 군에게는 불길한 일이 하나 있었다. 갈 곳이 없다며 찾아온 고향 친구를 며칠 동안 하숙집에 기거하도록 해주었는데, 나중에야 그 친구가 조총련과 접선해왔다는 걸 알게 된 것이다. 친구에게는 곧 수배령이 떨어졌다. 조총련이 법정 최고 실형을 받을 수 있는 간첩과 동일하게 치부되던 시절이었다. 서 군은 친구가 머물렀던 자신의 하숙집이 언제라도 경찰의 수색을 받을 수 있다고 판단했으므로 문제가 될 만한 서적들은 모두 버리거나 태웠다. 그 원고는 아마도 처분하고 싶지 않아 고모에게 맡겼을 것이다. 서 군이 하고많은 사람 중에서 왜 하필 레코드 상점 딸에게 원고를 위탁했는지는 원고에 담긴 내용과 함께 이제는 아무도 알지 못하는 영역 속에 있다. 그는 그 이야기를 에세이에 쓰지 않았고, 고모는 일본어를 전혀 할 줄 몰랐으므로 그 원고를 읽어보려는 시도조차 하지 않았다.

그 겨울 고모는 대학 합격 통지서를 받았지만 다른 예비 대학생들처럼 마음 편히 지낼 수 없었다. 영화관이나 양장점에 구경 가자는 친구들의 권유를 모두 뿌리치고 고모는 거의 매일 태영음반사에 나가 할아버지 대신 가게를 보았다. 고모에게는 질리도록 길었던 겨울이 끝나고 이듬해 3월이 되었지만 서 군은 나타나지 않았다. 서 군에게 연락할 방법은 없었다. 고모는 그의 일본 집 주소나 하숙집 전화번호를 알지 못했다. 서 군을 만날 수 있는 공간은 오직 태영음반사뿐이었지만 이제 막 대학생이 된 고모에게도 많은 일들이 일어나고 있었다. 사정이 생겨 태영음반사에 들르지 못한 날이면 서 군이 원고를 받으러 왔다가 헛걸음만 하고 돌아간 건 아닌지, 그 원고가 없어서 학업에 지장이 된 건 아닌지 걱정이 되어 아무것도 손에 잡히지 않았다. 고모가 서 군의 원고를 서류 봉투에 담아 K대학을 찾아간 건 3월 말이었다. 그날 K대 근처에선 시위가 있었다. 시위대에 떠밀려 매캐한 연기 속을 무작정 뛰어다니다가 가까스로 K대 법학과 사무실에 도착했을 땐, 머리칼은 잔뜩 헝클어져 있었고 난생처음 입어본 원피스에선 최루액 냄새가 났다. 사무실에서 나오던 서 군 또래의 남자가 그런 고모를 유심히 쳐다봤다. 조교라고 생각했어. 고모는 말했다. 당연하잖아. 학과 사무실에 나온 이십대 청년을 그럼 무어라고 생각하겠니. 항변하듯 거친 목소리로 덧붙여 말하며 얼굴까지 붉히던 고모를 휴게실의 몇몇 노인들이 흘끗거렸던 기억이 난다. 지금 와서 그 청년의 정체를 확인할 길은 없지만, 어쨌든 그는 서 군을 알고 있었고 서 군에게 줄 것이 있다는 고모에게 호의적이었다. 괜찮다면 자신이 원고를 전해주겠다던 청년에게 고모는 의심 없이 서류 봉투를 건넸다. 고모는 그토록 엉망인 상태로 서 군과 마주치고 싶지 않았다.

 그리고 그날로부터 보름 정도 후에 아무도 예상하지 못한 일이 벌어졌다. 모든 언론을 통해 대대적으로 보도된 일본 유학생들의 간첩단 조직에 서 군의 이름이 포함되어 있었던 것이다. 고모는 자연스럽게 그 원고가 당시 정부의 시선으로 봤을 땐 불온한 내용이고 법학과 사무실에서 만난 청년은 기관원이라고 확신하게 됐다. 충격과 공포의 나날이 이어졌을 것이다. 서 군이 맡긴 원고를 기관원에게 넘긴 행위는 한껏 멋을 내고 K대학을 찾아간 천진한 용기와 합쳐지면서 용서할 수 없는 죄 덩어리가 되었다. 고모는 학교 수업에도 거의 나가지 않고 집 안에만 틀어박힌 채 자신의 삶에서 스무 살의 봄과 여름을 아프게 도려내었다.

그런데 고모가 미처 알지 못한 것, 아니 알려 하지 않은 것이 하나 있다. 서 군의 에세이에는 그가 이미 2월 말에 하숙집 근처에서 사복 차림의 사내들에게 납치되었다고 나와 있다. 그때 서 군이 끌려간 곳은 높은 담으로 둘러싸인 목조식 2층 가옥이었고 그곳에서 서 군은 간첩이 되었다. 고모의 추측대로 그 원고가 불온한 내용이고 기관원에게 흘러들어가 또 다른 증거물이 되었을 수도 있지만, 그 모든 건 가능성의 차원일 뿐 진실은 아니었다. 게다가 그들의 시나리오는 서 군의 원고와 상관없이 이미 오래전부터 완벽하게 짜여 있었을 것이다. 어쩌면 고모는 자신의 잘못을 믿고 싶어서 믿어버린 건지도 몰랐다. 악역으로라도 그의 삶에 개입하고 싶었을 고모의 마음을, 그러나 나는 자학적인 욕심이었다고 함부로 단정하고 싶지는 않다. 고모는 충분히 외로웠다. 고모에게도 몇 명의 애인들이 있었고 그중엔 결혼 이야기가 오간 사람도 있었다지만, 그 누구를 만나던 시절에도 고모의 하루는 태영음반사의 유리문 사이로 서 군과 눈이 마주쳤던 1971년의 늦은 봄밤에서 시작됐다. 사랑이 아닌 것은 때때로 사랑의 영역 바깥에서 하나의 영토를 일구기도 한다. 서 군이라는 이름의 영토 한가운데엔 상상의 법정이 있었고 고모는 수사관과 피고인, 증인의 역할을 모두 떠맡으며 한평생을 살았다. 고문하고 고문받으며, 죄를 묻는 동시에 자백하면서, 어제의 증언을 오늘 다시 부정하길 반복하며…… 인간의 삶이 뿌리내리기엔 지나치게 척박한 영토였지만 그곳을 떠나지 않은 건 고모의 선택이었다. 고모와 서 군을 한 번만, 딱 한 번만 다시 만나게 해주기로 결심한 건 내게는 고모의 삶 전체가 마지막 조난신호 같았기 때문인지도 모르겠다. 침몰은 이미 시작되었고, 무대는 곧 막을 내릴 터였다.

*

강북에 위치한 대학병원 지하 주차장으로 내려가면서 과속 방지턱을 감속 없이 지나간 탓에 차가 한 번 출렁였다. 깜짝 놀라며 잠에서 깬 고모가 주섬주섬 상체를 바로 하더니 재킷 소매로 차창을 닦았다. 차를 주차한 뒤 실내등을 켜고 고모를 바라봤다. 시간과 공간의 좌표를 잃은 눈동자는 공허해 보였지만, 나는 고모가 무언가를 예감한 듯 긴장하고 있다고 느꼈다. 준비되었느냐고 묻는 대신, 한 칸씩 잘못 꿰인 고모의 재킷 단추를 모두 풀어 새로 채워주었다. 단추를 하나하나 채우는 동안 고모의 가는 어깨가 여러 번 떨렸다.

서 군에 대해 조사하는 건 사실 그리 어렵지 않았다. 그는 제법 많은 글을 남겼고, 그를 취재한 국내 신문 기사도 여러 건 검색됐다. 이십대 중후반에 서울구치소와 대전교도소를 돌며 2년 6개월의 형기를 마친 서 군은 일본으로 돌아가서도 공부를 계속한 끝에 교토 지역의 사립대학 교수가 됐다. 그동안에 결혼을 했고 딸을 낳았으며 아내와는 사별했다. 그의 에세이 서문에는 죽은 아내를 향한 헌사의 문장이 적혀 있었다. 사랑과 존경이라는 단어가 들어간 그 문장을 읽을 때, 내 마음은 설명할 길 없이 쓸쓸해졌다. 그가 다시 한국으로 온 건 재작년이었다. 서울에서 살고 있던 그의 외동딸과 한국인 사위가 병든 그를 데려왔을 것이다. 그는 근육이 서서히 마비되는 병을 앓고 있었다.

두 달 전부터 나는 격주에 한 번씩 이곳 대학병원을 찾아와 그의 병실 근처를 서성였다. 내가 실질적으로 접근할 수 있는 사람은 오십대로 보이던 조선족 간병인뿐이었는데, 그녀가 소변통을 들고 화장실로 걸어갈 때 슬쩍 다가가 다른 환자의 보호자인 양 말을 건네면 자연스럽게 대화가 이루어졌다. 간병인에 따르면 서 군은 목 아래가 거의 마비된 상태로 작년 겨울부터 병이 악화되어 기관을 절개하고 인공호흡기까지 삽입한 상태였다. 딸의 집에서 요양하다가 병원에 장기 입원하게 된 것도 그 무렵부터라고 했다. 의사가 지나가면서 한 말, 고문으로 인한 정신적 외상이 오랜 기간 잠복해 있다가 차츰차츰 치명적인 병으로 발전했을 거라는 비공식적인 진단도 간병인에게서 들은 거였다. 몸은 마비되어가도 의식은 멀쩡하기 때문에 고통이 더 클 거라던 말을 들은 날에는 새벽까지 악몽을 꾸기도 했다.

서 군은 보통 저녁을 먹은 뒤 외출을 했다. 그래봤자 간병인이나 딸이 밀어주는 휠체어에 몸을 싣고 병원 로비를 오가는 게 다였지만, 그래도 서 군에게는 하루 중 유일한 외출이었다. 로비를 서너 바퀴 돌고 나면 서 군의 휠체어는 대형 텔레비전 앞에 정물처럼 놓이곤 했다. 접수대도 마감을 하고 메인 조명도 꺼진 조용하고 어둑한 로비에서 서 군은 표정 변화 없이 텔레비전을 시청했다. 간병인과 딸은 간혹 밤이 깊어질 때까지 로비의 서 군을 데리러 오지 않았다. 신문을 보는 척하며 서 군 옆에 앉아 있던 날들이 많았다. 장태영 씨, 기억해요? 한번 만나보시겠어요? 수도 없이 묻고 싶었지만 번

번이 입이 떨어지지 않았다. 도저히, 그럴 수가 없었다.

—고모, 서 군이 저 위에 있어요.

마지막 단추까지 채운 뒤 그렇게 일러주자 고모는 내 말을 알아들었다는 듯 서 군, 서 군, 중얼거렸다. 차에서 내릴 때 보니 고모는 쇼핑백을 품에 안은 채였다. 그러고 보니 고모는 하루 종일 저 쇼핑백을 몸에서 떼어놓으려 하지 않았다. 휠체어는 꺼내지 않았다. 그 대신 고모의 어깨를 부축하며 병원 로비로 이어지는 엘리베이터에 올랐다. 엘리베이터가 멈추고 로비로 나가자 여느 때의 저녁처럼 대형 텔레비전 앞에 놓인 서 군이 보였다.

서 군의 휠체어 옆 플라스틱 의자는 마침 비어 있었다. 그쪽으로 다가가 조심스럽게 고모를 앉히자 고모는 슬쩍 서 군을 보는 듯하더니 이내 가만히 나를 올려다봤다. 고모의 표정은 이제 너는 퇴장해도 된다는 허락으로도 읽혔고 나를 두고 떠나지 말라는 애원으로도 읽혔다. 이번에도 판단은 오로지 내 몫이었다. 나는 천천히 고모의 손을 놓았고 고모는 소리 없이 입술로만 서 군? 하고 물었다. 그렇다는 의미로 고개를 끄덕여 보인 뒤 그대로 돌아섰다. 숨어 있을 만한 공간을 찾고 있는데 희미한 불빛이 어른거리는 음료수 자판기가 눈에 들어왔다. 고모와 서 군의 시선이 닿지 않도록 자판기 측면에 몸을 붙였다. 한참을 허공만 응시하다가 그들 쪽으로 고개를 돌린 순간, 긴장감으로 굳어 있던 두 다리에서 힘이 빠져나갔다.

그곳에선, 내 예상과 전혀 다른 장면이 연출되고 있었다.

서 군과 고모는 나란히 앉아 물끄러미 텔레비전만 올려다볼 뿐, 아무것도 하지 않았다. 그들은 기차에서 우연히 동석하게 된, 그래서 대화를 나눌 필요도 없고 서로의 얼굴을 들여다볼 까닭도 없는 한시적인 동승자들처럼 보였다. 어느 순간부터 나는 선반의 유실물들을 떠올리고 있었다. 어쩌면 그들은 정말로 세계에서부터 분실된 존재들인지도 몰랐다. 동의 없이 그들을 이 세계로 밀어내고는 향유할 기억과 움직일 수 있는 자유를 빼앗아간 뒤 결국엔 이 어두컴컴한 병원 로비에 방치한 그 최초의 분실자를 용서할 수 없었다. 그자의 잔인함에 가까운 무신경을, 끝까지 아무런 책임을 지지 않는 게으름을, 뒤늦게라도 그들에게 이야기를 되돌려주지 않는 고집스러움까지, 그 모든 것을……

그때였다. 텔레비전에서 시선을 떼고는 한곳을 유심히 바라보던 고모가 갑자기 의자에서 벌떡 일어나더니 그쪽을 향해 허둥지둥 걸어가기 시작했다. 재빨리 고모를 따라가던 나는 이내 걸음의 속도를 조금씩 늦출 수밖에 없었다. 고모는 현금인출기에서 돈을 찾던 젊은 남자 뒤에 바짝 서 있다가 그가 돌아선 순간, 그때껏 품에 안고 있던 쇼핑백을 넌지시 건넸다. 나는…… 남자가 얼결에 그 쇼핑백을 받자 고모가 힘겹게 입을 열었다.

―나는, 미안합니다.

―……

―미안하고 또 미안했습니다. 다……

―……

―다, 전부, 잊어주세요.

―……

거기까지 말하고 고모는 남자를 향해 허리를 90도로 꺾었다. 괴로운 건, 서 군을 만날 수 있는 마지막 기회를 놓쳐버린 고모의 오인이 아니라 고모가 가짜 서 군에게 전한 그 몇 마디의 말이었다. 사랑하는 사람에게 영원한 타자일 수밖에 없었던 고모의 긴 인내의 시간은 미안하다는 말과 잊어달라는 부탁으로 끝났다. 고작, 그뿐이었다.

어리둥절한 얼굴로 누구냐고 묻는 남자를 향해 고모는 또 한 번 정중히 목례를 하고는 천천히 돌아섰다. 쇼핑백이 이번 생의 유일한 짐이었다는 듯 느린 걸음으로 로비를 가로질러가는 고모는 홀가분해 보였다. 아니, 그래야 했다, 반드시. 나는 남자에게 다가가 대충 상황을 설명하고 쇼핑백을 받아온 뒤 멀찍이 서서 고모를 지켜봤다. 고모는 어느새 유리로 된 병원의 출입문 앞에 서 있었다. 비가 내리고 있었는지 유리에 투영되는 불빛이 물에 젖은 듯 번져 보였다. 그 캄캄한 유리문을 마주 보며 고모는 한참을 서 있었다.

5년 전, 알츠하이머 진단을 받은 날에도 고모는 저런 자세로 병원 출입문 앞에 서 있었을 것이다. 인간이란 구르는 걸 멈추지 않는 한 조금씩 실이 풀려나갈 수밖에 없는 실타래 같은 게 아닐까, 그때 고모는 그런 생각에 잠겨 있었다고 했다. 병원 문을 열고 나가면 실타래는 이전보다 훨씬 더 빠른 속도로 굴러갈 것이고, 실타래에서 풀려나간 실은 밟히고 쓸리고 상하면서 먼지가 되어갈 것이다. 친밀했던 사람, 아끼던 사물, 익숙한 냄새를 잃게 될 것이고 세상도 그 속도로 고모를 잊어갈 터였다. 어느 날은 거울 속 늙고 병든 여자를 보며 이유도 모른 채 뚝뚝 눈물을 흘리기도 하리라. 하나의 실존은 그렇게 작아지고 또 작아지면서 아무도 모르게 절연의 준비를 하는 것이다. 그 누구의 배웅도 없이, 따뜻한 작별의 입맞춤과 헌사의 문장도 없이…… 오후가 저녁이 되고 저녁이 밤이 될 때까지, 실제로 고모는 그 문을 열지 못했다.

*

고모를 요양원에 도로 데려다주고 유실물센터로 온 나는, 불도 켜지 않고 내 책상에 앉아 고모의 쇼핑백 안에 들어 있던 것을 하나하나 꺼내보았다. 남성용 양말과 비누 세트, 수건과 담요였다. 오래전 고모가 대전교도소에 가면서 준비한 영치물도 이렇게 구성되어 있었을 것이다. 서 군이 서울구치소에서 대전교도소로 이송되고 몇 달 뒤에야 고모는 자리를 털고 일어나 서울역으로 갔다. 그 몇 달 동안 고모는, 서 군에게 잘못을 고해야 한다는 강박증과 그가 자신을 절대로 용서하지 않을 거라는 불안감 사이를 유령처럼 오갔을 것이다. 국가보안법을 위반한 수감자는 직계가족 외에는 면회가 안 된다는 걸 알면서도 부딪치면 방법이 있을 거라고 막연히 기대하며 고모는 대전행 기차에 몸을 실었다. 9월의 어느 날이었지만 교도소 근처는 겨울처럼 추웠다.

놀랍게도 고모의 그 대책 없는 시도는 거의 성공할 뻔했다. 고모가 교도소 문 앞에서 면회 신청을 받아달라며 교도관에게 사정하고 있을 때, 서 군이 투옥된 뒤로 한국으로 건너와 지내고 있던 서 군의 어머니가 마침 고모 곁을 지나가게 된 것이다. 고국이라고는 하지만 친척 하나 남지 않은 한국에서 외롭게 옥바라지를 하고 있던 서 군의 어머니는 아들을 보러 대전까지 내려온 서울 아가씨가 그저 반가웠다. 하지만 그 반가움이 미안한 마음으로 바뀌는 데는 그리 긴 시간이 걸리지 않았다. 서 군에게는 오래 만나온 정혼자가 있었다. 그녀는 서 군과 같은 재일교포로, 서 군 대신 결혼 비용을 벌어놓기 위해 간호사로 재직 중인 병원에서 퇴근한 후에도 오사카 시내 응급실을 돌며 파트타임으로 일을 하던, 보기 드물게 성실하고 속 깊은 사람이었다. 거기까지 말한 서 군의 어머니는, 아가씨를 내 막내딸이라고 속이면 함께 접견실로 들어갈 수 있을 텐데 정말 그걸 원하느냐고, 한층 조심스러워진 목소리로 물었다. 고모는 그 사려 깊은 질문에서 단단한 방어막을 느꼈다. 가족, 그 방어막의 이름이었다.

그날 고모는 영치물을 다시 품에 안고 서울행 기차에 올랐다. 피곤하고 배도 고팠지만 고모는 허리를 꼿꼿이 편 정자세로 정면만을 응시했다. 아무도 의도하지 않은 슬픔이라면 그 감정은 오류투성이인 거라고 고모는 생각했다. 자세가 흐트러지면 그 기만적인 슬픔에 잠식되고 말 터였다. 고모는 자신과의 감정 게임에서 지고 싶지 않았다. 그러나 그 소모적인 게임이 기차에서 내린 뒤에도 끈질기게 이어질 거라고는 고모 역시 예감하지 못했을 것이다. 고모가 사랑한 것은 서 군이 아니라 서 군의 이미지였으므로, 실체가 없는 이미지는 때려눕힌 뒤 링 밖으로 내던질 수가 없는 거니까. 서 군의 한 시절을 망쳤다는 근거 없는 죄책감은 서 군 대신 링에서 내려가려는 고모의 뒷덜미를 잡아채고는 끈질기게 상상의 법정으로 끌고 갔다. 서 군을 향한 고모의 영토는 그렇게 유지됐다. 국경도 여권도 없는 땅, 이민과 망명이 봉쇄된 독재의 나라, 아름답지도 않고 따뜻한 적도 없던 불모의 유형지……

나는 휴대전화 조명에 의지하여 쇼핑백을 빈 상자에 담아 밀봉한 뒤 작성한 유실물 접수 서류와 함께 빈 선반에 두었다. 41327, 새 유실물의 일련번호였다. 그것은 시간 단위로 환산될 수 없는, 상자 속 사물들에 선고된 기다림의 형량이기도 했다.

전화벨이 울린 건 가방을 챙겨 유실물센터를 막 나가려던 참이었다. 나는 수화기를 들 생각도 하지 못한 채 어둠 속에서 두 눈만 끔벅였다. 오랫동안 잊고 있었던, 그래서 정지된 화면 같던 어린 시절의 어느 하루가 갑자기 눈앞에 펼쳐지면서 생생하게 움직이기 시작했다. 이제 막 수리된 영사기가 등 뒤편 어딘가에 숨겨져 있기라도 한 것처럼 그날의 모든 일들은 손에 잡힐 듯 선명하기만 했다.

겨울 방학이었을 것이다. 어머니를 따라 고모의 아파트에 놀러 간 날, 나는 안방 침대에 누워 책을 읽다가 전화 한 통을 받았다. 한국말에 서툰지 한 음절 한 음절 힘주어 말하는 남자 목소리에 의아해했던 기억이 난다. 장태영 씨의 아들이냐는 물음에 아니라고 대답하려는데 마침 안방 문이 열리면서 고모가 들어왔다. 나는 고모에게 수화기를 건넨 뒤 다시 책을 집어 들었다. 책장을 넘기다가 이상한 느낌에 고모 쪽으로 고개를 돌린 순간, 두 손으로 수화기를 보듬은 채 연거푸 고개만 끄덕이는 고모가 보였다. 그때 서 군이 뭐라고 했는데요? 5년 전, 요양원 휴게소에서 내가 그렇게 묻자 고모는 쑥스러운 듯 작게 웃으며 말했다. 학위를 받고 딸을 낳고 교수 임용을 준비하면서 바쁘게 살고 있었는데, 그러다가 문득 어머니가 한 말이 생각났대. 그분이 생전에 내 얘기를 한 적이 있었나 보지.

―대사관에 의뢰까지 해서 고모 전화번호를 알아낸 사람이 고작 그런 말만 했다고요?

―알고 있었대.

―네?

―그 사람은 언젠가 한 번은 내게 연락하리란 걸 늘 알고 있었대.

―……

―그런 날이 오면 자식과 남편 자랑을 하고 직장 상사를 흉보고 휴가 계획에 대해 떠드는 그런 일상적인 이야기를 듣고 싶었다고 하더라.

―그래서 뭐라고 대답하셨어요?

―아무 말도……

―……

―아무 말도 하지 못했어. 그냥 듣기만 했어. 서 군이 작별 인사를 하는데도 입을 꾹 다물고 있었지.

―……

― 그리고 전화는 끊겼고, 그렇게 끝났어.

―……

고모의 말은 사실이었다. 나는 그때 고작 여덟 살이었지만 말 한 마디 없이 고개만 끄덕이는 통화가 이상하다는 것쯤은 알 수 있었다. 수화기에선 곧 남자의 목소리가 사라지고 신호음만 울리는 게 내게도 들렸지만 고모는 좀처럼 수화기를 내려놓지 않았다.

내 기억은 거기에서 끝났다.

그러나 영사기는 계속 돌아가며 그때 내가 미처 보지 못했던 고모의 얼굴을 비쳤다. 이제야 확인하게 된 그 얼굴을 하염없이 바라보고 있는데, 지금쯤 잠이 들었을 고모의 꿈속으로 밀려들어온 듯 몽롱한 기운이 순식간에 유실물센터를 에워쌌다. 어딘가에서 삐걱거리는 소음이 났고 선반들은 물렁하게 휘어지면서 하나둘 무너지기 시작했다. 고모는 어쩐지 쇼핑백을 내버려둔 채, 대전을 출발하여 45년 만에 서울역에 도착한 기차에서 하차하는 꿈을 꾸고 있을 것만 같았다. 고모가 유기한 쇼핑백이 이곳에 있는 한, 유실물센터는 세계의 그 어떤 곳으로도 대체될 수 없는 고유한 공간으로 남게 되리란 걸 나는 알 수 있었다. 동시에, 이 세계를 구성하는 데 없어도 무방한 덧없는 조각일 뿐이란 것도, 내가 분명하게 그것을 알고 있다는 사실이, 나는 슬펐다.

---

*이 소설을 쓰며 다음 책에서 영향 받았음을 밝힙니다.
최인기, 『떠나지 못하는 사람들』, 동녘, 2014.
노무라 모토유키, 『노무라 리포트』, 눈빛, 2013.
서승, 『서승의 옥중 19년』, 역사비평사, 1999.

조해진의 소설은 사회성이 짙고 서사가 단단한 편이다. 얼핏 낡은 듯 보이지만 시류에 영합하지 않고 제 길을 걸어온 이 작가의 간단없는 창작열은 세월호 참사 이후 새로운 사회성의 출현을 고대하는 독자들에게 새삼스런 주목의 대상이 되고 있다. 「사물과의 작별」은 발표 당시부터 평단의 관심을 모은 바 있다. 소설적 개연성과 상징적 의미 사이의 연관을 빈틈없이 조직하는 작가의 솜씨가 원숙하게 드러난 작품이기 때문일 것이다.

1970년대에 정치범으로 옥고를 치른 재일 지식인 서 군(君)과 그의 삶을 자신이 망쳐버린 것인지도 모른다는 죄의식 속에 평생을 독신으로 보낸 태영이 40여 년 만에 재회한다. 한 사람은 온몸의 근육이 서서히 마비되어가는 병을 앓고 있으며 다른 한 사람은 사라져가는 기억의 뒷모습을 무연히 지킬 수밖에 없는 알츠하이머 환자가 된 채였다.

둘을 이어준 매개자이자 태영의 조카인 '나'가 지하철 유실물센터 직원이라는 설정에서 알 수 있듯이 이 작품의 관심사는 잃어버린 삶의 시간과 그 되찾음의 의미를 향해 있다.

그 되찾음은 그러나 역사적 영웅이 아닌 어느 늦은 봄밤의 레코드점에서 첫눈에 서로를 알아본 청춘남녀의 시간에 더 가까이 다가가 있다. 그것은 물론 '세계를 구성하는 데 없어도 무방한 덧없는 조각'에 지나지 않을지도 모른다. 하지만 그런 것들이 다 빠져버린 역사란 '선반의 고정된 자리에서 과거의 왕국을 홀로 지켜가는' 한갓 유실물에 불과한 게 아닐까. 개인사와 사회사는 보통 수직적으로 갈등하지만 「사물과의 작별」은 둘 사이의 수평적 균형을 잘 맞추고 있다. 실은 그 자체가 이 작품의 주제인지도 모른다.

—강경석 · 문학평론가

황정은

웃는 남자

2005년 경향신문 신춘문예에 「마더」가 당선되어 등단했다.
소설집 『일곱시 삼십이분 코끼리열차』, 『파씨의 입문』,
장편소설 『百의 그림자』, 『야만적인 앨리스씨』, 『계속해보겠습니다』가 있다.

오랫동안 나는 그 일을 생각해왔다.

생각하고 생각해 마침내는 이해해보려고 나는 이 방에 머물고 있다. 오래전, 이 방 바깥에서 내 등을 두드리며 나를 이해할 수 있다고 말한 이가 누구였는지는 모르겠다. 그의 이름이 뭐였는지 내가 어쩌다 그 사람을 만났는지 그가 내게 중요한 사람이었는지 아니었는지 남자였는지 여자였는지조차 기억해낼 수 없다. 밤이었다는 것은 분명하다. 나는 너를 이해할 수 있어. 컴컴한 모퉁이에서 그 말을 들은 순간 나는 깜짝 놀랐다. 이 사람이 이해할 수 있다는 나를, 나는 왜 이해할 수 없는가.

나는 이해한다는 말을 신뢰하지 않는 인간이었다. 이해한다는 말은 복잡한 맥락을 무시한 채 편리하고도 단순하게 그것을, 혹은 너를 바라보고 있다는 무신경한 자백 같은 것이라고 나는 생각하고 있었다. 나 역시 남들처럼 습관적으로 아니면 다른 마땅한 말을 찾지 못해 그 말을 할 때가 있었고 그러고 나면 낭패해 고개를 숙이곤 했다. 다른 사람에게 들었을 때는 나중에 좋지 않은 심보로 그 말을 되새겼다. 그런데 그 밤에 그가 내 등을 두드리며 너를 이해할 수 있다고 말했을 때 나는 진심으로 놀랐고 그 말에 고리를 걸듯 매달렸다. 이 사람이 나를 이해할 수 있다면 나도 해볼 수 있지 않을까. 저 날의 나를 내가 이해해볼 수 있지 않을까. 그것을 할 수 있으려면 무엇부터 하면 좋을까. 내가 이제 무엇이 되는 게 좋을까.

단순해지자.
가급적 단순한 것이 되자고 나는 생각했다.

그러므로 이 집은 매우 단순한 집이 되어버렸다. 가구도 식기도 벽에 걸린 것도 없고 조명도 없다. 바깥이 어두워지면 이 집도 어두워지고 바깥이 밝아지면 이 집도 조금 밝아진다. 그것으로 낮과 밤을 구분하면서 가급적 단순하게…… 나는 이 공간에서 지내고 있다. 이것은 복도처럼 생긴 공간이다. 거실과 부엌과 욕실과 방이 열차 칸처럼 일렬로 이어져 있어 현관에서 방으로 가려면 거실과 부엌과 욕실을 반드시 거쳐야 하고, 역으로 나가려 해도 중간에 있는 공간을 전부 거쳐야 한다. 이 나란한 공간엔 현관문을 제외하고 세 개의 문이 있다. 문들은 거의 똑같이 생겼다. 바니시가 흘러내린 자국과 못을 잘못 박은 자국이 있는 목조 문으로, 나는 대개 이 문들을 모두 열어두고 저 멀리 입구를 바라보며 지낸다.

현관엔 불투명한 유리를 끼운 네모난 창이 있다. 저녁이 되면 그 창으로 가로등 불빛이 들어온다. 가로등이 켜지면 현관 부근이 주홍색으로 약간 밝아진다. 가로등은 꺼져 있다가 누군가 지나가면 켜진다. 이렇게 머물게 된 후로 알게 된 일이지만 누구도 지나가지 않는 밤이란 없다. 어느 밤이든 어느 순간에 문득 가로등은 켜지고 다시 꺼진다. 나는 세 개의 문 너머에서 밤새 그것을 지켜보며 생각한다.

그 일을 생각한다.

그리고 그 일을 생각할 때, 무슨 이유에선지 열에 서너 번의 빈도로 나는 아버지를 생각한다.

예컨대 장롱에 등을 기대고 앉아 무방비하게 웃거나 하면서 아기 공룡이 등장하는 만화책을 읽던 아버지, 갓 빤 것인지 새것인지 몹시 하얀 러닝셔츠를 입었고 그 하얀 색 덕분에 더욱 젊고 생생한 모습으로 기억되는, 아버지를 생각한다. 내가 이 모습을 사진으로 보아서 기억하고 있는 것인지 직접 보아서 기억하고 있는 것인지는 확실하게 말할 수 없다. 어쨌거나 나는 그와 같은 모습을 기억해낼 수는 있지만 상상할 수는 없다. 이를테면 지금의 늙은 아버지가 러닝셔츠 차림으로 만화책을 읽고 있는 모습 같은 것, 그런 것은 상상할 수 없다.

내 아버지는 건축된 지 36년 된 아파트 5층에서 우울증을 앓고 있는 내 어머니와 살고 있다. 어머니는 종일 소파에 앉아 아무것도 하지 않는다. 그녀가 앉은 소파와 벽 사이엔 빳빳한 푸른 봉투가 끼워져 있는데 그 속엔 그녀의 머리를 찍은 자기공명영상 필름이 들어 있다. 어머니의 머리 사진을 찍어보자고 제안한 의사는 필름에 나타난 강낭콩 모양의 반점들을 가리켜 보이며 그녀 자신도 모르게 앓고 지나간 뇌출혈의 흔적이라고 말했고 아직은 심각하지 않지만 어쨌든 그녀에게 경미한 치매 증상이 있다고 말했다. 내 아버지는 종일 소파에 앉아 있는 내 어머니를 대신해 양파 수프나 잣죽을 끓이고 양말과 속옷을 손수 빨아 입으며 지내고 있다. 이즈음 그에 관한 생각은 그 집의 낡은 변기와 세면대에 관한 생각으로 이어지는 때가 많다. 마지막으로 그 집을 방문해 변기를 골똘하게 내려다본 것이 언제였는지 모르겠다. 그리 오래 지나지 않은 여름이었을 것이다. 변기와 세면대엔 거품 섞인 구정물이 고여 있었고 변기 손잡이도 떨어져나가고 없었다. 상아색 손잡이가 있어야 할 부분에 손목이 쑥 들어가는 구멍이 남아 있었다. 일부러 뽑아버린 것이라고 아버지는 말했다. 그는 머리를 감거나 양말을 빨거나 이를 닦은 뒤에 남은 물을 세면대에 모았다가 그 물을 바가지로 퍼서 변기에 붓는 방법으로 오물을 처리하고 있었다. 그렇게 하면 물을 아낄 수 있다는 것이었다. 아버지는 자신의 배설물 냄새가 밴 어두컴컴한 거실에서 나를 물끄러미 보고 있다가 이렇게 덧붙였다. 물을 아끼는 게 옳은 것 아니냐. 내가 뭐라고 대답했겠는가. 나는 불그스름하게 착색된 변기를 다만 내려다보았다.

 내 아버지는 목수였다. 어렸을 적 나는 어두컴컴한 목공소에 딸린 작은 방에서 살았다. 아버지는 목공소를 찾아온 사람들에게 주문을 받아 탁자나 서랍장, 문짝이나 창틀 같은 것을 만들었는데 가족을 위해서는 무엇도 만들어주지 않았다. 솜씨 좋은 요리사는 집에서 요리를 하지 않는 법, 이라고 했지만 물건을 맞춰간 손님이 목공소를 방문해 항의하는 일이 곧잘 있었던 것을 생각해보면 솜씨가 썩 좋은 목수는 아니었던 것 같다. 아버지는 손가락과 관절에 심한 통풍을 앓기 시작하면서 목공소를 그만두었다. 팔 년 전의 일이다. 사십 년은 그 일을 해온 셈으로 어쨌든 열심히 했으니까, 돈을 부지런히 모아서 외곽에 허름한 집을 한 채 샀고 그 집에서 나온 세로 현재의 생활을 버텨가고 있다. 그 집 근처 염색공장에서 일하는 근로자와 가난한 부부들이 그의 세입자로 그들 각각의 살림이 어떨지는 몰라도 내 아버지가 그들보다 번듯하게 산다고는 말할 수 없을 것이다. 아버지는 이제 늙었고 당신이 잘못했다는 말을 들으면 화를 내는 사람이 되었다. 언제부터인지 모르게 그 말에 유독 반응하는 사람이 되어버렸다. 이것은 잘못되었다, 당신이 뭔가를 잘못하고 있다, 아무리 사소한 맥락이라도 그 같은 말을 들으면 그는 화를 참지 못한다. 아랫집 노인들, 친척들, 통신회사 서비스센터의 직원, 상대를 가리지 않는다. 지금 내가 잘못했다는 거냐? 빨개지거나 파랗게 질려서 따져 묻고 씩씩거리고 머리를 흔들고 혼자 구석진 곳으로 가서 생각에 잠겼다가 다시 돌아와 분통을 터뜨리며 똑같은 것을 몇 번이고 되묻는다. 내가 잘못이냐? 내 잘못이라고? 그래서 지금 잘못한 사람이 나라는 거냐? 조용하고 침울하고 전체적으로 회백색을 띠고 있는 평소의 당신과는 전혀 다른 존재인 것처럼 생생하게 분노한나. 어쩔 수 없을 것이다. 화를 내는 것 말고는 도리가 없는 거라고 나는 생각하고 있다. 잘못이 있었는지도 모른다는 것을 진지하게 생각하기 시작하면 그도 나처럼 틀어박혀야 할 것이다. 암굴 같은 곳에라도 틀어박혀 참으로 단순하게…… 이제 와 모든 걸 다시 생각해보는 것은 그처럼 나이를 먹어버린 사람에겐 너무 가혹한 일이 될 것이다.

암굴 같은 곳이라는 말이 나왔으니 말이지만 이곳은 암굴이다. 암굴이나 다름없다. 나는 여기서 매일, 단순해지자고 생각한다. 매일 조금씩 더 단순해지려고 노력하고 있다. 자고 먹고 싸고 생각한다. 생각하는 것을 하고 있을 뿐이다. 잠이 오면 자고, 잠에서 깨면 내 자리에 앉아 생각한다. 먹는 것도 단순하게, 조리를 하지 않고 먹을 수 있는 것을 먹는다. 불을 사용해 조리한 음식은 뜨겁고, 뜨거운 것은 맨손으로 쥘 수 없어 접시와 식기를 사용해야 하고, 다 먹고 난 뒤엔 버리거나 닦아야 할 것이 남으므로 좋지 않다. 단순하고 간단한 게 좋다. 나는 날고기를 먹지 못해 생곡을 먹는다. 먹을 때가 되면 자루에 담긴 쌀이나 보리를 한 줌 쥐고 의자에 앉는 것으로 단순하게 식사가 시작된다. 의자, 그렇지, 이 공간엔 아직 의자가 하나 남아 있다. 나는 이 의자에 앉아 주먹에 든 보리나 쌀을 조금씩 입에 넣으며 출입구를 바라본다. 암굴에 틀어박힌 짐승처럼 불을 다루는 생활에서 멀어져 생곡을 먹으며 지낸다. 별로 움직이지 않으니 이 정도만 먹고도 충분한 에너지를 얻을 수 있지만 털이 빠지고 있다. 머리털도 눈썹도 팔뚝에 돋은 털도 손으로 문지르면 부스러지듯 묻어난다. 아쉽지는 않다. 엄청 옛날에, 굴에 틀어박혀 마늘과 쑥만 먹고 지냈다는 곰은 이렇게 털을 잃었을 것이다. 잡식성인 곰은 영양 부족으로 털을 잃고 잃다가 마침내 매끈한 모습이 되었을 것이다. 곰이 인간이 되었다는 것은 그런 의미가 아닐까. 그런 것을 생각하기도 하며 출입구를 바라본다. 때때로 생각한다. 굴에 틀어박힌 짐승은 인간이 되어 나왔는데 인간은 무엇이 될까. 인간이 굴에 틀어박혔다면 그는 이제 무엇이 될까.

아버지는 이제 작은 공룡이 등장하는 만화책은 읽지 않을 것이다.

나는 아버지와 별로 닮지 않았다. 내가 아버지를 닮지 않은 것처럼 아버지도 자신의 아버지를 닮지 않았다. 나는 오랫동안 그렇게 생각해왔다. 아버지의 아버지, 내 할아버지는 갸름하고 둥근 머리에 탁하고 흰 피부색을 가졌지만 내 아버지는 일단 상체가 넓게 발달했고 피부도 거무스름하다. 할아버지는 옷을 별로 더럽히지 않는 관리직에 있었거나 별다르게 하는 일 없이 집에 머물곤 했으니 평생 해온 일도 다르다. 누가 봐도 닮지 않은 부자간이다. 그런데 나는 어느 날 우연하게 그 둘의 잠든 모습을 번갈아 보게 되었고 두 사람의 얼굴이 놀랍도록 닮았다는 것을 알았다. 얼핏 죽은 사람처럼 보이는 무감한 얼굴, 입을 약간 벌린 채로 잠든 그 얼굴이.

나는 디디에게 나도 그렇게 자느냐고 물은 적이 있었고 언제고 내가 세상모르게 자고 있을 때 사진을 한 장 찍어달라고 부탁했다. 디디는 그 사진을 찍거나 찍지 않았을 것이다. 찍지 않았다면 세상에 그런 사진은 없는 것이고 찍었다면 내가 찾아내지 못한 것이지. 이 년 전 겨울에 그 부탁을 했다. 그랬을 것이다. 이 년 전 겨울. 그 후에 나는 부탁을 잊었고 디디는 죽었다.

디디, 디디를 생각할 때는 내 얼굴 앞으로 우산 하나가 펼쳐진다. 빗물이 튀고 얼굴이 상쾌할 정도로 차가워진다. 디디가 우산 속에 있다. 왼쪽 눈꼬리 아래 작은 갈색 점이 있다. 비슷한 농도에 비슷한 크기의 점이 오른쪽 젖꼭지 부근에도 있다. 둘 다 따뜻하고 짠 점이다. 디디를 생각할 때 내게 벌어지는 일은 예컨대 이런 것에 가깝다.

디디가 죽었다는 말은 내게 아무것도 연상시키지 못한다. 디디는 죽었다. 무감하게 생각한다. 그 말엔 디디도 없고 나도 없다.

나는 디디를 동창생으로 만났다. 우리는 어렸을 때 같은 학급에서 공부했다. 나는 그때 디디를 잘 몰랐다. 머리를 늘 뒤쪽으로 땋아 늘어뜨리고 있었던 조그만 여자아이, 매일 똑같은 조끼를, 누군가가 손수 뜬 것처럼 보이는 초록색 헌 조끼를, 당시의 조그만 몸에도 꼭 끼게 입고 다녔던 여자아이로, 얼핏 기억하고 있을 따름이었다. 어른이 된 뒤에 동창회에서 만난 그녀는 여전히 작았고 별 말이 없었다. 그녀는 쑥스러워하면서도 자주 내 눈을 바라보았고 나는 뭔지 모르게 그녀가 바라보는 것, 이따금 말하는 것, 듣고 있는 모습 같은 걸 보는 게 좋았다. 같이 살게 된 뒤에도 그랬다. 디디는 잘 먹고 잘 지내다가도 이따금 엉뚱한 것을 골똘하게 생각할 때가 있었고 그러면 그 생각에서 한참 동안 헤어 나오질 못했다. 맛있는 것을 솔직하게 기뻐하며 먹었고 시간을 들여 책을 곰곰이 읽은 뒤 거기서 발견한 내용을 내게 말해주었다. 색실을 사용해 티셔츠 따위의 구멍 난 자리에 무당벌레 같은 것을 소박하게 만들어두곤 했다. 여름에 넓은 나뭇잎을 줍게 되면 잎맥을 절묘하게 잘라내 숲을 만든 뒤 내게 보여주었다. 작은 것 속에 큰 게 있어. 나는 그런 것이 다 좋았다. 디디가 그런 것을 할 줄 알고 그런 말을 할 줄 아는 사람이라는 게 좋았다. 디디는 부드러웠지. 껴안고 있으면 한없이 부드러워서 나도 모르게 있는 힘껏 안아버릴 때도 있었어. 이 사람을 행복하게 해주고 싶다고 나는 생각했다. 처음으로 내가 아닌 다른 사람을 행복하게 만들고 싶다고 생각했고, 그 행복으로 나 역시 행복해질 수 있다고 생각했다.

　잡곡을 한 줌 먹었다.
　입술에 거칠거칠하게 달라붙은 분이 느껴진다.
　잡곡은 그냥 내버려두면 저절로 부서지는 걸까. 분이라는 것이 매일 늘어나는 것 같다는 생각이 든다. 그제보다 어제가 더 많고 어제보다 오늘 더 많이. 증식이라도 하는 것처럼 가루가 늘어나서, 이제는 자루에 손을 넣는 것만으로도 손이 노르스름한 가루로 뒤덮인다. 아무리 씹어도 입속 어딘가 가루가 남아 있다. 씹고 씹는다. 씹고 씹으며 벽을 바라본다. 저 벽엔 아무것도 없어…… 걸린 것이 아무것도 없다. 벽지도 없다. 모조리 떼어내고 뜯어냈으니까. 그렇게 하는 것이 조금 더 단순해지는 데 도움이 된다고 나는 생각했다. 처음엔 시계였다. 초침이 움직일 때마다 티크 티크 소리를 내던…… 어느 날 오후에 나는 그걸 바라보고 있다가 떼어냈다. 그다음엔 액자에 담긴 그림이었다. 초록색 화병에 담긴 노란 국화를…… 그린 그림을, 그다음엔 사방의 못이며 고리를…… 잘 떨어지지 않는…… 그러다 벽지를 찢어먹었다. 풀을 바른 안쪽 면이 반들반들하게 굳어 있었다. 넓은 잎처럼 떨어져 나온 부분을 잡아당기자 죽 찢어졌다. 다른 부분을 잡아당기자 그것도 주욱, 찢어졌다. 차례차례 벗겨냈다. 다 벗겨내고 보니 벽은 내가 미처 상상하지 못한 방식으로 흉했다. 반듯하지도 균일하지도 않았다. 회색도 아니었다. 오렌지색, 자주색, 검은색, 흰색, 푸른색으로 불규칙한 얼룩투성이였다. 각종의 폐기물을 섞어 만들었기 때문일 것이다. 얼룩들은 쐐기, 소용돌이, 동그라미 모양을 하고 있다. 녹물이 길게 흘러내린 자국도 있고 아예 녹슨 것이 일그러진 채로 박혀 있는 곳도 있다. 벽은 심지어 단단하지도 않다. 방에서 욕실로 넘어가는 문턱 근처에서 새 발가락 모양의 얼룩을 발견하고 긁어본 적이 있었는데 쉽게 부스러졌다. 이 벽을 보기 전에 나는 이런 벽을 상상해본 적이 없다. 벽이 이럴 수 있다는 것을 상상해본 적이 없다. 얼마나 많은 벽이 이렇게 되어 있을까. 누구나 벽 곁에 머물지만, 벽과 벽 사이에서 벽에 둘러싸인 채, 방심한 채 온갖 정신 나간 짓을 하고 밥을 먹고 화를 내고 웃고 울거나 안정감을 얻고 잠을 자지만, 벽의 실상이 이렇다는 것을 사람들은 알까. 그것을 생각하면 바깥으로 달려 나가 아무에게나 묻고 싶어진다. 벽을 본 적이 있어? 내 말은, 벽을 본 적이 있느냐고…… 당신 집에도 벽이 있을 것 아냐…… 당신 집에도…… 당신이 항상 바라보고 있는 벽, 너무 믿고 있어서 믿고 있지도 않은 그 벽이…… 실은 그렇다는 걸 알아? 하고 묻고 싶어지는 것이다.

알아?

이것은 내 아버지의 말버릇이다. 아버지는 말을 많이 하는 편은 아니지만 대부분 그것으로 말을 맺는 습관을 가지고 있다. 자부인지도 모르겠다. 피난민에 전쟁고아로 자라 배부르게 먹는 것 외엔 욕심도 별다른 재주도 없었다고 하는 자신의 아버지와는 다르게, 손수 가족을 먹이고 재산을 불렸다는 자부. 그래서 그렇게 묻는 것이고 그렇게 묻기를 좋아하는 것인지도 모르겠다. 자신이 그것을 안다는 의미가 아니고 자신은 알지만 너는 모른다는 의미로.

알아?

이것은 나쁜 말이라고 나는 생각한다. 뭘 알아, 라고 반문하고 싶게 만든다는 점에서 나쁘다. 니가 뭘 알아 새끼야, 라고 말하고 싶게 만든다는 점에서. 왜냐하면 나는 내 아버지를 싫어하지 않으니까. 좋아한다고 말할 수는 없어도 말이다. 특별하게 반감을 품고 있는 것도 아니다. 반감을 품는 순간이 있기는 해도 그것을 내내 유지하고 있지는 않다. 오히려 많은 경우 나는 내 아버지가 안쓰럽다. 뭘 해야겠다는 마음은 들지 않아도 안쓰러워. 아버지와 나는 다툰 적도 별로 없다. 그런데 그가 내 앞에서 알아? 하고 말하는 것을 들으면 상당한 순간 그를 떼밀고 싶어진다. 그가 그렇게 물으면…… 아는 걸 말해봐, 당신이 제대로 알고 있는 걸 말해봐, 라고 되물으면서 아주 떼밀고 싶어지는 것이다. 그걸 당신은 알아?

알아?

그런데 나는 아버지가 자신의 아버지에게 그렇게 말하는 것을 들은 적이 없다. 내 할아버지에게, 내 아버지가, 그렇게 묻는 것은 들어본 적이 없다. 상당히 조심하는 것이겠지. 해서는 안 되는 말이라고 의식하고 있으니까 안 하게 되는 것이겠지. 입버릇처럼 하는 그 말을 어째서 자신의 아버지에게만은 하지 않는 걸까. 감히 그렇게 해서는 안 된다고 생각하는 걸까. 아니면 그렇게 물어봤자, 라고 생각하는 걸까. 존경일까 경멸일까. 어느 쪽일까…… 한번은 가족이 모여 비싼 고기를 먹던 자리에서 무슨 이야기를 하다가 할아버지가 내게 충고한 적이 있었다. 옛날엔 모두 잘 먹고 잘 살려고 노력했단다. 네가 지금 누리고 있는 자유와 번영으로 나를 판단하지 마라. 지금 당연한 것 가운데 상당수가 당시엔 당연하지 않았지. 아무것도 없는 상에 감 놓기란 일단은 나무를 키워야 하는 일이다. 내 세대가 나무를 키웠으므로 지금 네가 수천 개의 감이 놓인 상 앞에 앉아 있는 거라는 사실을 잊지 마라.

그러자 아버지가 바로 곁에서 내뱉듯 말했지. 그렇게 먹지 좀 마요. 다 익지도 않은 거 세 점 네 점 한 번에 집어서 먹지 말고, 아버지 옆에 새끼들이 먹고는 있는지 엄마는 먹고 있는지 좀 살펴가며 잡수라고요……

나는 여전히 의자에 앉아 있다. 이런저런 생각을 거듭한다. 아주 이상하다. 나는 단순해지려고, 보다 간단해지려고 이렇게 앉아 생각을 정리하고 있는데 생각을 하면 할수록 정리라는 것에서는 멀어지는 것 같다. 어쩌면 단순해지자고 생각하며 사는 덕에 조금도 단순해지지 않는지도 모르겠다. 생각 같은 건 하지 않는 게 나은 걸까. 내가 생각을 하고 있는 것이 아니고 생각이 나를 하고 있는 듯하다는 생각도 하게 된다. 그게 뭐야…… 생각이 나를 하고 있다면 생각은 나에 관해서는 만능인가? 생각이 나를 하고 있어. 생각이 나를 먹고 있어. 생각이 나를 짓누르고 있어. 생각이 나를 씹고 있어. 생각이 나를……

비가 내리고 있다. 어두워진 지도 한참 되었다. 비가 내리면 이 방은 더욱 고요해지고 무거워진다. 사방의 벽들이 시멘트 냄새를 뿜어낸다. 습하고 매캐해 숨을 들이쉴수록 가슴이 갑갑하다. 디디는 이런 집에서는 매일 울적하게 지냈을 것이다. 채광과 환풍. 집을 얻을 때 그것 두 가지가 디디에게는 중요한 조건이었다. 거실은 없어도 좋아, 방이 좁아도 좋아, 한참 올라가야 하는 층이라도 좋아, 햇빛하고 바람, 햇빛하고 바람이 잘 들어야 해. 그러나 그 두 조건은 상당히 비싼 옵션이었고 우리가 가진 돈으로는 옥탑이 최선이었다. 그런 이유로 대부분 옥탑에서 옥탑으로 옮겨 다니는 생활이었다. 마지막으로 둘이 살았던 옥탑은 크게 기울어진 비탈 아래쪽에 있었다. 작고 좁고 더러운 건물이었지. 디디는 일을 쉬고 그 집에 머무는 날이면 아래쪽 길이 내려다보이는 곳에 의자를 가져다두고 앉아서 잡지나 천일야화를 읽었다. 그러다 퇴근해 돌아오는 나를 발견하면 이야, 하고 부르며 손을 흔들었다. 아래쪽에서 바라보면 디디의 머리가 옥상 가장자리로 불쑥 나와 있었다. 둥근 단발머리 때문에 작은 버섯처럼 보이는 머리가…… 디디는 제때 나를 발견하려고 내가 도착할 무렵엔 자주 고개를 들어야 했을 것이다. 한 줄을 읽고 고개를 들어 비탈을 바라보고 다시 한 줄을 읽다 말고 고개를 들어 비탈을 바라보고. 더 행복해지자, 담배와 소변 냄새가 나는 가파른 계단을 올라가며 나는 다짐하고는 했다. 행복하다. 이것을 더 가지자. 더 행복해지자. 다른 것은 아무것도 생각하지 말고 그것 한 가지를 생각하자. 그런 생각을 하며 마지막 계단에 이르면 디디가 햇빛에 빨갛게 익은 얼굴을 하고 마중 나와 있었다. 번거롭게 뭐하러 이래, 겸연쩍고 안쓰러워 그렇게 말하면 디디는 싱글벙글 웃으며 이렇게 대답했다. 네가 돌아오는 걸 보는 게 좋아. 그게 정말 좋아서 그래.

내 잘못이 무엇인가.

내가 잘못한 것이 무엇인가. 그것은 정말 내 잘못인가. 잘못이기는 한가. 잘못이 있었다. 뭔가 잘못되었다. 그 잘못에 내 잘못이 있었나. 내 잘못인가. 잘못이다. 그게 잘못이 아니라면 뭐가 잘못인 걸까. 나 자체가 잘못인 걸까. 나는 어쩌면 총체적으로, 잘못된 인간은 아닐까. 어떤 인간인가, 나는.

끈질기게 떠오르는 일이 있다.

몹시 건조하고 무더웠던 한여름의 일이다. 입을 벌리면 체온보다도 뜨거운 공기로 금세 입천장이 말라버릴 정도의 폭염이었다. 햇빛을 정수리로 받으며 속수무책으로 서 있어야 하는, 차양도 없는 버스정류장에서, 나는 조금 멍해진 채로 버스를 기다리고 있었다. 넓은 도로 위로 투명한 폭포처럼 아지랑이가 끓고 있었다. 그때 내 곁에 서 있던 노인이 내 쪽으로 쓰러졌고 간발의 차이로 나는 그를 피해 비켜섰다. 다갈색 바지에 흰 면 셔츠를 입은 노인이었다. 그는 조짐도 없이 기울어지기 시작해서 조금 전까지 내가 서 있던 자리에 퍽, 하고 머리를 박고 쓰러졌다. 그리고 거의 동시에…… 버스가 당도했고 나는 버스를 탔다. 무슨 생각을 했던 것은 아니었다. 버스를 기다리고 있었으므로 마침 도착한 버스에 탔다. 그게 다였다. 죄책감을 느껴서 도망을 치고 싶었다거나 뭔가를 계산한 것도 아니었다. 죄책감이라니…… 저 사람이 쓰러진 게 나와 무슨 상관인가. 저 사람은 무더위 때문에, 자신의 몸 상태 때문에 저절로 쓰러졌는데 그게 내 탓인가. 쓰러지라고 내가 저 사람을 떼민 것도 아닌데…… 나 말고도 사람이 더 있었으니까 아마도 누군가가 조치했을 것이다. 어쩌면 지금쯤 툭툭 털고 일어났을 수도 있다…… 그런 생각을 하며 나는 그 정류장에서 멀어졌다.

버스가 조금 늦게 당도했더라면, 이제 와 그런 것을 생각한다.

그랬더라면 나는 어떤 조치를 취했을 것이다. 그렇게 했을 것이다. 그렇게 생각하고 싶다. 그러나 그렇게 하지 않았다. 지나간 일은 이미 지나가버렸다. 돌이킬 수 없다. 고통스럽게 그것을 곱씹는다. 달라지는 것이 없다.

그는 어떻게 되었을까.

그 뒤로도 이따금 그것을 생각하는 순간이 있었다. 지금처럼 자주는 아니더라도 꾸준하게, 그리고 무감하게 나는 그 노인을 생각했다. 디디가 죽은 뒤로는 더 자주, 그를 생각했다. 이제는 불로 새긴 작은 자국처럼 그의 모습이 기억 어딘가에 눌어붙어 있다. 뙤약볕 아래 짧고 짙은 그림자를 거느린 채 팔꿈치를 바닥에 대고 쓰러져 있던 노인. 그 뒤에 그는 어떻게 되었을까. 죽지는 않았을까. 죽지는 않았더라도 치명적인 상해를 입지는 않았을까. 그런데 그것은 내 탓인가. 결정적으로 내 탓인가. 그의 죽음이나 치명적인 상해가…… 내가 비켜서지 않았더라면 그는 괜찮았을까. 재빠르게 판단을 해서 그의 몸을 받았더라면 아니지 판단이고 뭐고 없이 그렇게 했더라면 그는 적어도 퍽, 하고 머리를 박지는 않았을 것이다. 판단이고 뭐고 없이…… 그런데 나는 그렇게 하지 않았지. 판단이고 뭐고 없이 그렇게 하는 인간이 있고 그렇게 하지 않는 인간이 있는데 나는 그렇게 하지 않았지. 어째서일까. 나는 도대체 뭔가.

조금도 단순해지지 않는다.

어떤 인간인가 나는.

단순해지자.

더 단순해지자.

오랫동안 나는 그 일을 생각해왔다.

나는 저녁에 디디를 만났다. 퇴근하고 돌아오는 길에 모처럼 시간을 맞춰 바깥에서 만났다. 정류장 근처 트럭에서 만두를 찌고 어묵을 끓이는 냄새가 났고 디디는 그걸 먹고 싶어 했다. 거리에서 선 채로 만두를 몇 접시 먹을까 망설이다가 우산이 거추장스러워 그냥 집에 돌아가 저녁을 먹기로 했지. 배고픈 채로 버스를 탔는데 앉을 자리가 없었다. 내가 먼저 올라타 손잡이를 잡고 섰고 디디가 바로 곁에 와 섰다. 첫 번째 좌석 앞이었다. 버스가 움직이기 시작했고 누군가의 이어폰에서 새어나오는 음악이 자글자글 들려올 정도로 버스 안은 고요했다. 혁명, 하고 디디는 말했지. 뻐꾹, 하는 것처럼 혁명, 하고.

뭐? 하고 묻자 디디가 손잡이에 매달린 채로 나를 보았다. 일하다 묻었는지 이마 오른쪽에 눈썹 한 올이 달라붙은 것처럼 사인펜 자국이 나 있었다. 혁명, 하면 뭐가 생각나느냐고 디디는 물었고 나는 조금 생각을 해본 뒤에 가격, 이라고 대답했다.

가격?

가격 혁명, 하고 말하자 디디는 하하하, 하고 웃더니 나는 있지, 하고 말했다.

나는 오스칼.

……영양제?

베르사이유의……

궁전?

아니 장미. 도도는 모르나?

몰라.

있어, 그런 만화가. 배경이 프랑스 혁명이거든. 앙투아네트하고 앙드레하고 로자리…… 그리고 교과서에 실린 그림이 있었는데 세계사인가…… 드라, 드라크루아의 여신…… 이렇게 가슴을 드러낸.

자유의 여신.

그래 그거. ……잘 아네. 단번에 아네.

유명하니까.

가슴이라서?

아니 유명하니까.

디디는 하하, 웃더니 다시 말했다.

일전에 나는 있지, 버스 안에서 혼자 혁명, 하고 말한 적이 있었어. 그냥 책 제목을 읽었을 뿐이었는데 말이야, 나 엄청 놀랐어. 이렇게 사람 많은 곳에서 이 말을 하다니, 하고 놀라서 눈치 보고 그랬어. 그런데 그렇게 놀라고 보니까 이상한 거야. 엄청 이상한 거야. 그게 그렇게 놀랄 정도의 일인가? 사람들 많은 곳에서 혁명…… 하고 말하는 것이. 그런데 나는 놀랐다? 되게 놀랐고 그렇게 놀란 게 좀 웃기다고 생각했어. 어머 나 좀 봐…… 하고.

그날의 디디를 반복해 생각한다. 손잡이에 매달린 팔에 왼쪽 얼굴을 묻고 선 채로 소곤소곤 말하던 디디, 속눈썹에 걸린 머리카락이 성가시다는 듯 눈을 깜빡이던 디디. 디디의 얼굴 너머로 와이퍼로 닦이고 있는 전면창과 그 창을 가득 메운 검은 도로가 보였다. 그건 내가 일상적으로 오가는 길이었지. 출근길과 퇴근길에. 창밖은 검정과 주홍, 낯익은 간판 불빛들은 흘러내리는 빗물로 경계가 번져 보였고 그런 광경들이 계속해서 뒤쪽으로 흘러갔지. 그 순간을 반복해 생각한다. 어느 순간 집에 호박이 있다고 디디가 말했던 것 같다. 집에 호박이 있어. 그렇게 말을 했거나 그렇게 말하려고 했을 것이다. 나는 그 순간을 소리가 사라진 광경으로 기억하고 있다. 갈림길에서 신호를 기다리며 멈춰 서 있을 때였다. 디디는 여전히 머리의 무게를 팔로 지탱하며 내 쪽을 바라보고 있었지. 집에 호박이…… 이윽고 금속조각으로 가득 찬 자루가 바로 귀 곁에서 터진 것처럼 요란하고 날카로운 마찰음이 들려왔다. 계속해서…… 계속해서…… 그런데 이것은 상당히 왜곡된 기억일 것이다. 왜냐하면 그건 아주 짧은 순간이었으니까. 아주 짧지만…… 돌이키고 돌이키기를 거듭하는 동안 억겁으로 늘어나버린 그 순간, 최초의 충격이 있었을 때…… 9인승 승합차와의 충돌로…… 작은 유리조각들과 빗물, 차가운 빗물이 바늘처럼 얼굴로 튀어 나는 나도 모르게 눈을 감았고…… 다른 차원의 소용돌이에 휩말린 것처럼 버스가 크게 회전했을 때…… 어깨에 메고 있던 가방을 있는 힘껏 붙들었지. 그 짧은 순간…… 나는 디디가 아니고 가방을 붙들었지.

가방을.

여기 그것이 있다.
내 무릎 위에.

평범한 가방이다. 내가 오랫동안 사용한 가방. 오래 사용해 부드럽게 단련된 가죽 끈이 달린 배낭. 주머니처럼 불룩하게 채울 수 있는 형태로 위쪽을 끈으로 조일 수 있고 바닥엔 방수 천을 덧댔고 기분 좋은 소리를 내며 잠기는 버클이 달린 내 낡은 가방. 여기 무엇이 들었나. 몇 번이고 뒤집어봤으므로 가방을 열지 않고도 안에 든 것을 나는 다 말할 수 있다. 충전기, 열쇠, 백오십만 원쯤의 잔고가 찍혀 있는 통장, 인감으로 사용했던 도장, 피부염 연고, 포장지에 들러붙은 껌, 수십 번 손을 문질러 닦아 변색된 손수건, 색연필로 낙서가 되어 있는 영화 티켓, 복권 한 장, 조그만 봉투에 담긴 방습제, 동전들, 메모들, 언제나 내가 사용했던 용품들, 나의 일상들, 잡동사니들. 이것뿐이다. 내가 움켜쥔 것, 그래서 지금 내 손에 남은 것.

이것뿐이다.

이것을 이해해보려고 생각에 생각을 거듭하며 나는 여기 머물고 있지만 구제불능이다.

이해할 수 없다.

단순해지지 않는다.

내 아버지는 오래전에 사고로 목공소 직원을 잃은 적이 있었다. 어린 시절에 내가 혜지 아저씨라고 불렀던 남자. 인색하게 지불되는 임금을 받고도 일을 배우겠다며 부지런히 목공소에 나오던 남자로 지금의 나와 비슷한 나이였을 것이다. 출근길에 그가 몰던 은색 티코 차량이 길가에 서 있던 덤프트럭 꽁무니에 처박혔다. 혜지 아저씨는 사고 후에도 정신을 잃지 않았고 연락처를 묻는 사람들에게 목공소 번호를 댔다. 내 아버지가 최초 연락을 받았다. 현장에 가서 보니 조수석과 운전석이 트럭 아래로 완전히 밀려들어가 있더라고 아버지는 말했다. 구급차와 장비가 도착했을 때까지도 혜지 아저씨에게는 의식이 있었고 이윽고 구겨진 운전석에서 빠져나온 그가 응급차에 실려 병원으로 가는 길, 내 아버지가 보호자로 동행했다.

구급차를 타고 가는데, 하고 아버지는 말했다.

그놈이 의식은 있는데 머리가 자꾸 부풀더라고. 머리가 이렇게 자꾸 커져. 겁이 더럭 났지. 그런데 이놈이 자꾸 말을 하려고 하는 거야. 가만히 있으래도 말을 해요. 뭐라고 자꾸, 말하려고 안간힘을 쓰는 거야. 가만히 있으라고 해도. 가만히 있으라고 해도. 그래서 아내가 닥치라고, 가만히 좀 이렇게 닥치고 있으라고 열불을 냈단 말이지. 그랬더니 나를 한 번 끔벅 보더니 그다음부턴 말을 안 해. 눈을 감아. 그리고 바로 파래졌지. 바로 파래졌어.

혜지 아저씨는 의식불명인 채로 병원에 도착해서 이틀을 버티다가 중환자실에서 숨졌다. 아저씨에겐 세 살 먹은 딸과 눈이 노란 부인이 있었는데 그녀가 장례식장에서 내 아버지를 찾아와 물었다고 한다. 마지막 순간에 그 사람이 뭐라던가요. 뭐라고 말을 남기지는 않았나요? 저나 혜지에게…… 뭐라던가요, 하고 묻는데 할 말이 없더라고 내 아버지는 말했다.

그렇게 죽을 줄 알았으면 내가 그렇겐 안 했지. 차라리 말을 하게 둬서 의식이라도 유지하게 만들었으면 부인이라도 보고 갔을지 몰랐는데 그놈이 그렇게 갈 줄은 몰랐던 거지 내가……

이것은 내 아버지가 유일하게 대놓고 후회하는 일로 나는 언젠가 그에게 왜 그렇게 했느냐고 물은 적이 있었다. 아버지는 왜 혜지 아저씨에게 닥치라고 다그쳤을까. 말하는 데 사용할 에너지를 아껴서 사는 데 집중하라고? 말하지 않는 것이 그의 상태에 더 도움이 된다고 판단했기 때문에? 아버지는 내 질문을 듣고 조금 생각을 해보더니 그것은 아니었다고 답했다. 그러게 자신이 무슨 생각으로 그랬는지 참 후회가 되지만 그때는 그냥 아무 생각이…… 없었다고 내 아버지는 말했고 그건 아마 사실일 거라고 나는 생각했다.

아무 생각이 없었을 것이다.

그는 그냥 하던 대로 했겠지. 말하자면 패턴 같은 것이겠지. 결정적일 때 한 발짝 비켜서는 인간은 그다음 순간에도 비켜서고…… 가방을 움켜쥐는 인간은 가방을 움켜쥔다. 그것 같은 게 아니었을까. 결정적으로 그, 라는 인간이 되는 것. 땋던 방식대로 땋기. 늘 하던 가락대로 땋는 것. 누구에게나 자기 몫의 피륙이 있고 그것의 무늬는 대개 이런 꼴로 짜이는 것은 아닐까. 그렇지 않을까. 나도 모르게 직조해내는 패턴의 연속, 연속, 연속.

얼마나 오래 여기 머물렀는지 모르겠다.

더는 싫다.

여기 있고 싶지 않다. 내가 있고 싶은 곳은 디디, 디디가 있는 곳. 하지만 디디는 죽었고 나는 살아 있다. 보잘것없는 것을 무릎에 올린 채 버티고 있지만 그러나 살아 있어…… 내 아버지도 살아 있고 내 어머니도 살아 있다. 두 사람의 부고를 전해 들은 적이 없으니 그들은 여태 그 집에서 살고 있을 것이다. 아버지의 소변 냄새와 어머니의 마비가 고여 있는 공간에서. 조금의 생기도 느낄 수 없어 거의 죽음처럼 여겨지는 그 공간이 저 문 바깥에 있다. 그것에 가까이 가기 싫다. 죽음은 싫다.

죽기 싫다.

죽기 싫다고 생각하며 매일 착실하게 생곡을 씹는다.

누군가 골목을 지나갔다. 가로등이 켜졌다. 그리고 꺼졌다. 어둠 속에서 그것을 지켜본다. 다시 바깥을 생각한다. 사람들이 거리낌 없이 들이켜는 공기로 가득한 곳, 과도한 호흡으로 가득한 거리를 생각하고 생각한다. 디디를 먹어치운 거리. 디디의 목을 부러뜨린 거리. 뼈를 부러뜨리고 피부를 찢은 거리. 의미도 희망도 없어. 죽음이나 다름없다. 그러나 여기는 다른가. 내가 지금 머물고 있는 곳, 여기엔 뭐가, 남아 있나. 여기 무엇이 있나. 벌거벗은 벽이 있고 내가 있고 의자가 있고 내 잡동사니가 있다. 나는 이것들과 더불어 이곳에서 먹고 자고 이따금 눈살을 찌푸리며 기묘한 욕을 뱉어낸다. 공중에 대고 침을 뱉듯이. 그리고 그 침은 대개 내 눈썹과 내 턱으로 떨어지지.

내가 여기 틀어박혔다는 것을 아는 이 누구인가.

아무도 나를 구하러 오지 않을 것이다.

아무도 나를 구하러 오지 않을 것이므로 나는 내 발로 걸어 나가야 할 것이다.

오랫동안 나는 그것을 생각해왔다.

되짚어보면 지난해엔 유난히 죽음과 애도를 다루는 문학이 많았다. 황정은의 단편 「웃는 남자」는 이제 과거가 되어 사라져가는 아픔들을 하나하나 돌이키게 만든다. 주인공 '나'는 갑작스럽게 벌어진 사고로 인해 연인을 잃고 나서 깊은 절망에 빠진다. 그는 사고가 발생한 순간 자신의 가방을 힘껏 끌어안은 자신을 책망한다.

우리는 이 소설에서 두 겹의 아픔을 읽는다. 하나는 지난해 우리가 함께 겪었던 끔찍한 재난과 사고들이고, 또 하나는 애초에 상실을 견디며 살아야 하는 우리의 실존적 상황이다. 그 가운데서 주인공은 좀처럼 자신의 잘못을 인정하지 않는 아버지가 고백한 유일한 과오를 떠올린다. 죽어가는 동료를 향해 "가만히 있으라"고 소리를 쳤던 일이다. 그의 말은 세월호 사건에서 수많은 어린 생명들을 죽음으로 몰고 갔던 바로 그 순간을 떠올리게 한다.

황정은의 소설은 시시각각 크고 작은 윤리적 딜레마를 던진다. 우리는 주변에 불행을 겪는 사람이 있을 때 외면할 것인가? 자신의 안위가 위협받는 순간, 피붙이와 연인에게 기꺼이 도움을 베풀 수 있는가? 만일 우리가 극도로 이기적인 존재라면, 상대방을 상실했을 때 왜 이토록 상심에 빠지는가? 이러한 질문들은 우리에게 먼저 '인간'이란 존재가 무엇인지 묻도록 촉구한다.

"여기 있고 싶지 않다. 내가 있고 싶은 곳은 디디, 디디가 있는 곳. 하지만 디디는 죽었고 나는 살아 있다. 보잘것없는 것을 무릎에 올린 채 버티고 있지만 그러나 살아 있어······."

극심한 고통의 심연에서 기어이 '살아 있다'는 증언을 끌어내고 마는 작가는 얼마나 뜨겁고도 냉정한 사람인가. 그리고 그는 왜 이토록 슬픈 이야기에 굳이 '웃는 남자'란 제목을 붙인 것일까. 소설을 끝까지 읽으면 알 수 있다. 아무도 자신을 구하러 오지 않는 상황에서, 그는 과연 혼자 힘으로 집 밖으로 걸어 나갈 수 있을 것인가?

―이소연 · 문학평론가

심사 경위

제15회 황순원문학상 심사 경위

신준봉 · 중앙일보 문화부 기자

소설가 황순원(1915~2000) 선생의 탄생 100주년이 되는 해를 맞아 진행된 2015년 제15회 황순원문학상 심사는 5월 1일 황순원문학상 운영위원회를 열어 예심 심사위원을 정하는 것으로 4개월간 남짓한 일정을 시작했다.

최윤·구효서 소설가, 성민엽·황종연·백지연 문학평론가로 구성된 5인 운영위원회는 문학평론가 강경석·서희원·이소연·조연정·차미령 5명을 올해 황순원문학상 예심 심사위원으로 선정했다. 예심위원들은 2014년 가을호부터(계간지 기준) 심사 개시 시점까지 출간된 수십 종에 이르는 주요 문예지에 발표된 단편소설들을 집중적으로 검토했다. 이후 계간지 2015년 여름호들이 나오는 대로 거기에 실린 작품들까지 면밀하게 살폈다.

그 결과 6월 26일에 열린 황순원문학상 1차 예심에서 아래 25편을 본심에 올릴 1차 후보로 선정했다.

이장욱 「올드 맨 리버」, 박현욱 「어딘가에 섬이 있다」, 천명관 「퇴근」, 손보미 「임시교사」, 이기호 「권순찬과 착한 사람들」, 권여선 「이모」, 김애란 「입동」, 황정은 「복경」, 황정은 「웃는 남자」, 정소현 「어제의 일들」, 강영숙 「맹지」, 백수린 「여름의 정오」, 김솔 「피커딜리 서커스 근처」, 박솔뫼 「주사위 주사위 주사위」, 박형서 「시간의 입장에서」, 윤이형 「꿈」, 조해진 「사물과의 작별」, 한강 「눈 한 송이가 녹는 동안」, 김금희 「조중균의 세계」, 백민석 「검은 눈」, 박민정 「아내들의 학교」, 한창훈 「눈을 감으세요」, 조경란 「저수하에서」, 김미월 「그늘과 그림자」, 정용준 「6년」(무순)

황순원문학상 2차 예심은 7월 21일에 열렸다. 예심위원들은 토론 끝에 아래의 10편을 본심에 올리기로 했다.

강영숙 「맹지」

권여선 「이모」

김솔 「피커딜리 서커스 근처」

김애란 「입동」

손보미 「임시교사」

이기호 「권순찬과 착한 사람들」

정소현 「어제의 일들」

조해진 「사물과의 작별」

한강「눈 한 송이가 녹는 동안」
황정은「웃는 남자」

  본심 심사위원을 정하는 운영위원회는 8월 4일에 열렸다. 매년 한 명씩 운영위원을 교체한다는 운영위원회 정관에 따라 올해가 운영위원 임기 마지막인 최윤 소설가, 또 다른 운영위원인 성민엽 문학평론가, 운영위원회 바깥에서 임철우 소설가, 서영채·심진경 문학평론가를 본심 위원으로 뽑았다.

  본심은 9월 1일에 열렸다. 심사위원들은 수상작으로 손색없겠다고 판단하는 두세 작품씩을 먼저 추천한 후 그 작품들에 대해 집중적으로 논의하기로 했다. 그 결과 조해진의 「사물과의 작별」, 한강의 「눈 한 송이가 녹는 동안」 두 작품으로 압축됐다. 최종적으로 두 작품의 특징, 장단점에 대해 깊이 있는 토론을 한 결과 한강의 「눈 한 송이가 녹는 동안」을 수상작으로 선정했다.

심사평

고통과 구원, 아름답고 정교하게 맞물리다

심진경 · 문학평론가

　이번 황순원문학상 본심에서 집중적으로 논의된 한강과 권여선, 조해진의 소설은 모두 세월호 사건으로 인한 현실의 변화와 심리적 파장을 반영이라도 하듯 죽음과 고통, 죄의식 등과 같은 문제를 그들 고유의 문학적·윤리적 감각으로 그려내고 있는 소설이다. 우연인지 알 수는 없으나 흥미롭게도 세 작품 모두 일인칭 화자 '나'가 친지(고모, 시이모)와 직장 선배의 죽음 직전 혹은 직후에 관한 관찰적 증언의 모양새를 하고 있다. 그만큼 현실을 바라보는 작가의 시선이 더 넓고 깊어진 것이 아닌가 싶다.
　조해진의 「사물과의 작별」에는 다양한 사물이 등장한다. '나'가 일하는 유실물센터 선반 위의 각종 분실물들, 고모가 '서 군'에게 받은 "일본어로 씌어진 원고 뭉치"와 간첩으로 몰려 감옥에 갇힌 그에게 끝내 건네지 못한 영치물, 국민을 비인간적으로 다루던 국가에 의해 '사물처럼'

버려진 사람들, 그리고 그런 시절을 간신히 견디다가 '정물처럼' 정신과 육체가 굳어져 끝내 사물이 되어버린 '나'의 고모와 '서 군' 등이 그들이다. 1970년대 실재했던 재일동포 유학생 간첩단 사건을 소재로 하는 이 소설은 뒤늦게 모습을 드러내는 이 세계의 '어떤' 진실 혹은 죄의식의 윤리를 깊은 정서적 울림과 함께 전달하는 소설이다. 특히 「사물과의 작별」은 그동안 대체로 소외, 고독, 비인간, 죽음 등으로 해석되어왔던 '사물'에 생의 존엄이라는 새로운 문학적 의미를 더했다는 점에서 심사위원들의 주목을 받았다.

권여선의 「이모」는 간단히 요약될 수 있을 것 같지만 결코 간단치 않은 '이모'의 생에 대한 기록이다. 그녀 '윤경호'의 생을 요약하면 이렇다. 그녀는 자기 삶의 비천함에 고심참담해하던 아버지와, 아들에게만 배타적으로 이타적이고 희생적인 어머니 사이에서 맏딸로 태어나 쉰다섯 살까지 평생 결혼하지 않고 직장생활을 하며 가족을 부양하다가 홀연 잠적하여 이 년간 혼자 살았고, 췌장암에 걸려 석 달간 투병하다 죽는다. 그럴 때 이모는 가족이라는 이름의 "파렴치한 주체"들에게 착취당하다가 자기만으로 구성된 우주 안에서 외롭게 생을 마감한 불우한 독고인(獨孤人)처럼 보인다. 그러나 과연 이모의 고독한 삶은, "불가촉천민"과도 같은 삶이란 온전히 다른 누구 때문이기만 한 것일까? 그녀는 피해자이기만 한 걸까? 그렇다면 대학교 1학년 겨울 지하주점에서 그녀를 향해 제의(提議 혹은 祭衣)의 포즈처럼 두 손을 내민 과 동기의 손바닥 한가운데를 담뱃불로 지진 이모의 악의와 적대는 무엇인가? 자기 삶의 불우와 비참을 견디기 위해서는 결국 만만한 누군가를 희생양 삼아야만 가능한 것인가? 삶은 그리 일면적이지 않다. 인간은 다면체적 존재다. 그런 점에서 소설 속 이모의 삶과 영혼에 저주처럼 새겨진 "반지 모양의 작고 까만 원형" 혹은 "무채색의 어둠"이란, 어쩌면 선의와 악의, 환대와 적대, 피해와 가해가 그로테스크하게 순환하는 우리 생의 비밀스러운 메커니즘과 이를 작동시키는 죄의식의 윤리성에 다름 아니다.

본심 위원들은 이 두 소설의 미덕에 깊이 수긍하면서도 간단치 않은 논의 끝에 결국 한강의 「눈 한 송이가 녹는 동안」을 당선작으로 결정했다. 한강의 「눈 한 송이가 녹는 동안」은 고통과 죄의식에 관한 소설이다. 작가는 부당해고, 출근투쟁, 천막농성 등으로 대변되는 사회적 문제를 자본가와 노동자 혹은 갑과 을이라는 익숙한 이항대립의 프레임으로 접근하는 대신, 부당한 해고에 맞서는 사람들의 각자 다른 입장과 윤리적 선택을 섬세하게 그려 보인다. 이 소설이 사회적 갈등을 다루면서도 마치 옆에서 얘기해주는 것처럼 독자들과의 뛰어난 정서적 감응력을 발휘할 수 있는 것은 바로 이러한 육화된 서사의 힘 때문이다. 어쩌면 고통을 직접 겪은 사람은 그 고통에 대해 말할 수 없을지도 모른다. 그 때문에 아이러니하게도 고통은 죄의식을 불러일으키고 죄의식은 마음의 평화를 교란한다. 이 끊임없는 고통으로 인해 구원은 불가능한 것처럼 보이지만, 작가는 그럼에도 불구하고 가능할 수 있을지도 모를 어떤 구원의 순간을 모색한다. 현실의 시간을 정지시키는, '눈 한 송이가 녹는 동안'으로 상징되는 비현실적인 찰나의 시간 속에서 어쩌면 구원은 가까스로 가능할지도 모른다는 것. 개인의 존재 조건과 사회 현실, 그리고 고통과 구원이라는 보편적인 주제의식이 아름답고도 정교하게 맞물려 있는 이 소설의 성취에 본심위원들은 흔쾌히 설득되었다. 작가에게 축하를 건넨다.

제15회
황순원문학상
수상작품집

눈 한 송이가 녹는 동안

초판 1쇄 2015년 11월 10일
9쇄 2024년 12월 13일

지은이 한강 외

발행인 박장희
대표이사 겸 제작총괄 정철근
본부장 이정아
편집장 조한별

기획위원 박정호

마케팅 김주희 이현지 한류아

일러스트 안소민

발행처 중앙일보에스(주)
주소 (03909) 서울시 마포구 상암산로 48-6
등록 2008년 1월 25일 제2014-000178호
문의 jbooks@joongang.co.kr
홈페이지 jbooks.joins.com
네이버 포스트 post.naver.com/joongangbooks
인스타그램 @j__books

ISBN 978-89-278-0693-6 03810

- 이 책은 저작권법에 따라 보호받는 저작물이므로 무단 전재와 무단 복제를 금하며 이 책 내용의 전부 또는 일부를 이용하시려면 반드시 저작권자와 중앙일보에스(주)의 서면 동의를 받아야 합니다.
- 책값은 뒤표지에 있습니다.
- 잘못된 책은 구입처에서 바꿔 드립니다.

문예중앙은 중앙일보에스(주)의 문학 단행본 브랜드입니다.